ANCHEE MIN

RODE AZALEA

Vertaald door Paul Syrier

1994

Uitgeverij Contact

Amsterdam/Antwerpen

Eerste druk mei 1994
Tweede druk juni 1994

Omslagontwerp Elise de Vries, ADM International bv, Amsterdam
Oorspronkelijke titel *Red Azalea*
Typografie Jenny van Achteren

ISBN 90 254 0139 2
D/1994/0108/593
NUGI 321
CIP

Voor Qigu

OPMERKING VAN DE SCHRIJFSTER

Ik heb de Chinese namen vertaald volgens hun oorspronkelijke betekenis in plaats van ze fonetisch over te zetten. Enkele namen heb ik gewijzigd om mensen te beschermen.

DANKBETUIGINGEN

Bedankt:

Sandra Dijkstra, mijn agente, voor je ontdekking.
Joan Cheng, mijn strijdmakker, voor je inspiratie.
Xian-Ming Yuan, voor je ophelderingen sinds de 51ste middenschool van Shanghai.
Michele Dremmer, voor je liefdevolle aandacht.
Diana en Richard K.M. Eu, mijn oom en tante, en de heer S.G. Lee van het Harris Meyer-instituut in Singapore voor uw oprechte steun.
Michele Smith voor je hulp bij het Engels sinds mijn aankomst in de Verenigde Staten.
Vincent Yip, mijn zwager, vanwege zijn bereidheid mijn 'wandelende woordenboek' te zijn.
Yan-Fang Jiang en Ci-Feng Zhang, mijn schoonouders, omdat ze op Lauryan hebben willen passen.
Julie Grau, voor je energie en je geloof in het boek.
Dan Frank, mijn redacteur, dank je.

DEEL I

Ik ben opgevoed met de leer van Mao en de opera's van Madame Mao, kameraad Jiang Ching. Op de lagere school werd ik leidster van de Kleine Rode Gardisten. Dit alles vond plaats tijdens de Grote Proletarische Culturele Revolutie, toen rood mijn kleur was. Mijn ouders leefden – zoals de buren hen beschreven – als een paar eetstokjes, altijd in harmonie met elkaar. Mijn vader was leraar industrieel technisch tekenen aan het Textielinstituut van Shanghai, maar zijn echte liefde was astronomie. Mijn moeder was lerares aan een middenschool in Shanghai. Ze onderwees alles wat de Partij haar vroeg te onderwijzen: het ene semester in het Chinees, het volgende in het Russisch. Mijn ouders geloofden beiden in Mao en de Communistische Partij, net zoals iedereen in de buurt. Ze hadden vier kinderen, die ieder een jaar na elkaar waren gekomen. Ik ben in 1957 geboren. We woonden in de stad, aan Zuidelijke Weeldeweg, in een klein huis met twee verdiepingen dat door twee gezinnen werd bewoond. Het huis was ons nagelaten door mijn grootvader, die vlak voor mijn geboorte aan tuberculose was gestorven.

Ik was al op mijn vijfde jaar volwassen. Dit was niet ongewoon. De kinderen waarmee ik speelde droegen hun kleine broertjes en zusjes op hun rug, vastgebonden met een stuk doek. De kleintjes speelden met hun eigen snot terwijl wij verstoppertje speelden. Ik was belast met het toezicht op het gezin omdat mijn ouders de hele dag bij hun werkeenheid zaten, net als alle andere ouders.

Ik noemde mijn zusjes en broertjes mijn kinderen, omdat ik ze allemaal uit de crèche en van de kleuterschool moest ophalen terwijl ik zelf nog maar net de leeftijd voor de kleuterschool had. Ik was zes toen mijn zuster Bloesem vijf was, mijn tweede zuster Koraal vier en mijn broer Ruimtevaarder drie. Mijn ouders hadden onze namen zorgvuldig gekozen. Ze werden als excentriek beschouwd omdat de buren hun kinderen Rode Garde, Grote Sprong, Lange Mars, Rode Ster, Bevrijding, Revolutie, Nieuw China, Russische Weg, Bied Weerstand aan de VS, Patriottische Voorhoede, Ongeëvenaarde Rode Soldaat enzovoort noemden. Aanvankelijk hadden ze me Lin-Shuan genoemd: Zonsopkomst Boven Een Berg. Ze lieten deze naam echter vallen omdat Mao als de enige zon werd beschouwd. Na enig nadenken noemden ze me Anchee – Vredesjade. Bovendien klonk het als de Chinese vertaling van het Engelse woord 'engel'. Deze naam meldden ze aan bij het bevolkingsregister. Bloesem en Koraal werden genoemd naar de klank van het woord chee (jade). Er waren twee redenen waarom mijn ouders mijn broertje Ruimtevaarder noemden: de ene was dat mijn vader dol was op astronomie; de tweede was een reactie op de uitspraak van Mao dat China binnenkort zijn eigen ruimteschip zou bouwen.

Mijn ouders deden werk dat – naar ik begreep – de wereld redde. Iedere avond haalde ik de kinderen op en vocht ik de hele terugweg naar huis met de kinderen uit de buurt. Ik kwam elke dag wel met een blauw oog of een bloedneus thuis. Het kon me niet al te veel schelen. Hoewel ik bang was om bij een stoplicht de straat over te steken en bang was voor donkere steegjes, leerde ik mijn angst niet te laten blijken omdat ik een voorbeeld moest zijn voor de kinderen, hun moest laten zien wat moed betekende. Nadat ik dan de kinderen aan het spelen had gezet in de zitkamer ging ik het fornuis aansteken om het avondeten te maken. Het duurde altijd lang voor ik het fornuis aan had, omdat ik niet begreep dat er lucht nodig is willen hout en steenkool branden. Ik propte het fornuis vol onder het zingen van liederen op citaten van Mao. Op een dag, toen ik het al heel vaak had geprobeerd en het fornuis maar niet wilde branden, verloor ik mijn geduld. Ik ging buiten spelen, in de veronderstelling dat het fornuis niet brandde. Er kwam een kind op me af dat me vertelde dat er rook uit het raam van ons huis kwam. Dit is driemaal gebeurd.

Ik probeerde de kinderen in bed te krijgen als het nog licht was. De voetjes van de kinderen trappelden tegen het katoenen laken en maakten nieuwe gaten op de plekken waar de oude hadden gezeten. Het laken veranderde al snel in een verzameling vodden. Als het stil begon te worden in de kamer leunde ik op de vensterbank en staarde naar de ingang van het straatje, wachtend tot mijn ouders zouden opduiken. Ik keek hoe de hemel diepblauw werd en Venus opkwam, en aan het raam viel ik dan in slaap.

In 1967, toen ik tien jaar was, verhuisden we. We moesten verhuizen omdat onze benedenbuurman ons ervan beschuldigde dat we meer woonruimte hadden dan zij. Ze zeiden: 'Hoe kan een gezin van zes leden vier kamers hebben terwijl een gezin van elf er maar één heeft? De revolutie gaat over eerlijkheid.' Ze kwamen met po's naar boven en smeten stront op onze lakens. Er was geen politie te bekennen. Het politiebureau werd een revisionistisch mechanisme genoemd en was door de revolutionairen gesloten. De Rode Gardes begonnen huizen te plunderen. Niemand reageerde op onze smeekbeden om hulp. De buren stonden gewoon toe te kijken.

De benedenbuurman bleef ons lastig vallen. We ruimden avond na avond de poep op en lieten gedwee en onderworpen beledigingen over ons heen komen. Het gezin onder ons was op een zeker moment niet meer te hanteren. Ze dreigden ons, de kinderen, kwaad te zullen doen als mijn ouders niet thuis waren. Ze zeiden dat hun een na oudste dochter een geesteszieke had. Daarom konden ze geen verantwoordelijkheid aanvaarden voor wat ze zou doen. De een na oudste dochter kwam naar boven en liet me een bijl zien die ze net had geslepen. Ze zei dat ze mijn hoofd doormidden kon hakken zoals je een meloen doormidden hakte. Ze vroeg me of ik wilde dat ze het deed. Ik zei: 'Blijf even hier wachten, dan zal ik je dadelijk zeggen of ik dat wil.' Ik graaide mijn zusjes en mijn broertje bij elkaar en we renden weg en verstopten ons de hele dag in een kast.

Op zekere dag kwam mijn moeder na haar werk thuis en sprong de een na oudste dochter haar op de nek. Ik zag ze worstelend in het trappenhuis verdwijnen. Moeder werd omvergeduwd, op de vloer gedrukt en kreeg een haal met een schaar. Ik verkeerde in shocktoestand. Ik stond vlak naast mijn moeder en zag bloed over haar gezicht en polsen stromen. Ik wilde schreeuwen, maar had geen stem meer. De dochter liep naar beneden en sneed zich met de schaar in haar eigen polsen. Toen rende ze, met haar bloederige handen opgeheven, naar een nieuwsgierige menigte die zich buiten had verzameld. Ze schreeuwde: 'Kijk eens. Ik ben een arbeidster en ben aangevallen door een bourgeoisintellectueel. Kameraden, dit is een politieke moord.' Haar familieleden kwamen naar buiten. Ze schreeuwden: 'Een bloedschuld moet met bloed worden gewroken.'

Mijn vader zei dat we zouden moeten verhuizen. We moesten ontsnappen. Hij schreef een paar briefjes waarin hij ons huis beschreef en wat hij ervoor in ruil terug wilde. Hij prikte de briefjes op de stammen van de bomen langs de straten. De volgende dag arriveerde er een vrachtwagen met allemaal meubilair bij ons huis. Er stapten vijf mannen uit, die zeiden dat ze hun huis met ons kwamen ruilen. Mijn vader zei dat we nog niet hadden gekeken of we hun huis wel wilden hebben. De mannen zeiden: 'Ons huis is ideaal voor u en u kunt er zo in.' Mijn vader zei dat we niet eens wisten hoe het eruitzag. De mannen zeiden: 'Ga maar kijken, u vindt het vast leuk.' Mijn vader vroeg hoeveel kamers het had. Ze zeiden drie, erg mooi, Shanghai-standaard. Mijn moeder vroeg: 'Weet u dat de dochter van de benedenburen geestesziek is?' De mannen zeiden dat dat geen probleem zou zijn. Ze zeiden dat ze de een na oudste dochter net een pak slaag hadden gegeven, en ze had opgebiecht dat ze normaal was en dat haar familie gewoon meer kamers wilde. Ze had beloofd in de toekomst geen problemen meer te zullen veroorzaken. De mannen zeiden dat ze een vader met zijn zoons waren en dat ze allemaal in een staalfabriek in Shanghai werkten. De zoons hadden een kamer nodig om te kunnen trouwen. Mijn vader zei: 'Laat ons alstublieft even nadenken.' De mannen zeiden: 'We wachten wel even buiten terwijl u een besluit neemt.' Mijn vader zei: 'Dat kan toch niet.' De mannen zeiden: 'Dat is geen probleem.' Mijn ouders besloten een kijkje te gaan nemen bij het huis van de mannen aan de Shanxi-weg.

Mij vroegen ze op het huis te passen terwijl mijn ouders weg waren. Ik was bezig met mijn huiswerk toen ik zag dat de mannen hun meubilair uit de auto haalden. Vervolgens begonnen ze onze meubels het huis uit te dragen. Ik ging naar ze toe en zei: 'Mijn ouders zijn nog niet terug.' De mannen zeiden dat ze ons graag zouden helpen verhuizen nu ze de vrachtwagen nog konden gebruiken. 'Je kunt nergens zo'n vrachtwagen lenen als je eenmaal besloten hebt te verhuizen,' zeiden ze. 'Wil je soms met die kleine blote handjes al die spullen versjouwen?'

Toen mijn ouders terugkwamen, stond het grootste deel van onze meubels al op hun vrachtwagen. Mijn moeder zei: 'Dit is niet de bedoeling, jullie kunnen ons niet dwingen te verhuizen.' De mannen zeiden: 'Wij zijn arbeiders, wij spelen geen slimme spelletjes. Jullie hebben geadverteerd, wij zijn met een goed aanbod gekomen. Het is zondag, onze enige vrije dag. We houden er niet van in de maling te worden genomen. We hebben die dochter beneden een pak slaag gegeven omdat ze ons in de maling nam.'

Mijn vader nam mijn moeder en de kinderen apart. Hij zei: 'We moeten hier weg. Laten we maar verhuizen, vraag je maar niet af of het eerlijk is.' En zo deden we. We verhuisden naar de Shanxi-weg in de wijk Xu-Hui. Het was een rij staatswoningen. Onze verdieping was een flat van twee kamers die door drie gezinnen werd gedeeld. De flat was eigendom van de regering. De drie gezinnen hadden samen één wc. Wij woonden aan de voorkant van de verdieping. Behalve een zitkamer hadden we een balkon en een keuken. Het gezin dat de achterkant van de verdieping bewoonde telde vijf leden. Ze woonden in één kamer, en hun fornuis stond pal naast de wc. Ik vond dit niet leuk, want het gebeurde vaak dat ik moest schijten terwijl zij aan het koken waren. Het derde gezin op de verdieping woonde op de achterveranda, die ze tot een kamer hadden omgetimmerd. Het waren erg rustige mensen.

Mijn vader zei: 'Laten we ons installeren. Laten we maar bedenken dat het slechter had kunnen aflopen, we hadden vermoord kunnen worden. Hier is het in ieder geval veilig.' Daar waren we het mee eens en we voelden ons al een stuk beter. Boven woonde een groot gezin met zes kinderen. De op twee na oudste dochter was van mijn leeftijd. Officieel heette ze Zonnebloem, maar thuis werd ze Kleine Doodskist genoemd, omdat ze zo mager als een skelet was. Ze kwam naar beneden en vroeg me of ik wilde meedoen aan de bijeenkomst die het gezin iedere avond na het eten hield om de werken van Mao te bestuderen. Ik zei dat ik dat aan mijn vader moest vragen. Mijn vader zei nee. Hij zei dat hij thuis geen revolutie wilde. Dit verraste me. Ik dacht een nacht lang na over de vraag of mijn vader soms een verborgen contrarevolutionair was en of ik hem moest aangeven.

Kleine Doodskist was teleurgesteld toen ze hoorde dat ik niet naar hun gezinsbijeenkomst zou gaan. Ze ging weer naar boven en ik hoorde het gezin zingen: 'Rood in het Oosten komt de zon op, China heeft een Mao Tse-tung voortgebracht...' Ik bewonderde het gezin. Ik wenste dat wij hetzelfde konden doen.

Het werd zo geregeld dat wij meisjes op de veranda sliepen en mijn broertje in de keuken. Mijn moeder miste ons oude huis vreselijk. Ze miste het feit dat ze geen eigen wc had.

De ochtend nadat we waren verhuisd, een maandag, herinner ik me, werd ik gewekt door een harde elektrische bel. Ik leunde uit het raam en keek naar beneden. Op de begane grond onder ons bevond zich een werkplaats voor elektrische bedrading en dergelijke. Als de harde elektrische bel om half acht afging, kwam er een menigte vrouwen binnenzwermen. Hun hoofden bewogen als die van bijen die een korf binnendringen. Er werkten zo'n tweehonderd vrouwen beneden ons en in het laantje achter, onder een afdak dat een derde van het laantje besloeg. Het waren grotendeels huisvrouwen. Ze hadden geen opleiding maar konden goed met hun handen werken. Ze zaten hier de hele dag bedradingen te maken en te solderen. Ze brachten hun eigen middagmaal mee en aten dat op in de tuin. Vanuit mijn raam kon ik zien wat ze aten: meestal ingelegde gezouten vis en tofoe. Sommigen kregen melkbonnen omdat het koperdraad dat ze soldeerden giftige chemicaliën bevatte. Als ze hun draad in de tuin uitlegden, steeg de stank van die chemicaliën op.

De vrouwen beneden stonden graag te kletsen, ruzie te maken en werk van kameraad Jiang Ching te zingen, Madame Mao's opera's. De buren noemden de vrouwen Grote Ruzie op Maandag, Woensdag en Vrijdag en Klein Meningsverschil op Dinsdag, Donderdag en Zaterdag. Ze hadden in elke kamer luidsprekers. 's Middags kwam daar een stem uit die voorlas uit Mao's werk, uit artikelen in het *Volksdagblad* en uit het tijdschrift *Rode Vlag*. Rond half vier, als we uit school thuis kwamen, hoorden we gymnastiekmuziek die van een bandje werd gespeeld. De vrouwen gingen dan naar buiten, stelden zich in rijen op en bezetten het hele laantje terwijl ze tien minuten lang hun rekoefeningen deden. Ik leunde vaak met mijn zusjes en broertje op de vensterbank om naar ze te kijken. We begonnen de bijnamen van de vrouwen te kennen, zoals Chow-Di – Trek een Broer; Lai-Di – Krijg een Jongen; Shuang-Di – Dubbele Jongen; Yin-Di – Win een Jongen; en Bao-Di – Gegarandeerd een Jongen. Die namen brachten me in verwarring. Hoewel ik geen verband kon zien tussen mezelf en die namen, ging het idee bij me postvatten dat het een trieste zaak was om als meisje geboren te worden. De werkplaats draaide een drieploegendienst. De draadtrekmachine draaide dag en nacht. Mijn vader kon het lawaai maar moeilijk verdragen. Hij kon er niet van slapen. Hij ging naar beneden om zijn beklag te doen, maar dat hielp niet. De vrouwen moesten werken, zei de baas. Het was een revolutionaire taak.

De kinderen van het laantje kwamen vaak naar de vrouwen kijken als ze aan het werk waren. De vrouwen schuurden het draad voordat ze het trokken. Ze gaven ons schuurpapier en we schuurden het draad. We hadden plezier. De vrouwen vertelden ons dat het draad naar Vietnam ging. Wat we deden was staatsgeheim. De vrouwen kregen erediploma's van de regering. Het grootste diploma hingen ze ingelijst aan de muur. Er stond op: 'Eer en Glorie voor de Draadtrekkerij Wu-Lee.'

Ik ging naar de lagere school 'Het Lange Geluk'. De school lag op zes huizenblokken van ons huis vandaan. Mijn klasgenootjes lachten me uit omdat ik altijd hetzelfde jasje met overal gaten droeg. Ik droeg het in elk seizoen. Het was een van de afdragertjes van mijn nichtje. Bloesem droeg de kleren meestal wanneer ik eruit was gegroeid. Nadat er stukken op de manchetten en de ellebogen waren genaaid, nam Koraal ze dan over. Nog meer stukken.

De kleren vergingen, hoewel Koraal wel voorzichtig was. Ze wist dat Ruimtevaarder op zijn beurt wachtte. Ruimtevaarder droeg altijd vodden. Ik voelde me er erg schuldig over.

De kinderen in de nieuwe buurt waren onvriendelijk. Ze vielen ons vaak aan. We werden 'Vodden' en 'Vlooien' genoemd. Mijn vader zei tegen ons: 'Ik kan het me niet veroorloven nieuwe kleren voor jullie te kopen om jullie er respectabel uit te laten zien, maar als jullie het goed doen op school, zullen ze respect voor jullie krijgen. Die nare kinderen kunnen jullie je schooltas afpakken, maar niet je intelligentie.' Ik volgde mijn vaders advies op en het werkte. Ik werd al snel geaccepteerd als lid van de Kleine Rode Garde en werd vanwege mijn goede schoolprestaties benoemd tot hoofd van de Kleine Rode Garde. Ik was een geboren leidster. Dat had ik thuis al vroeg geleerd. Een goede revolutionair te worden, was in die jaren alles. De Rode Gardes leerden ons te vernietigen, en te verafgoden. Ze sprongen van gebouwen af om hun loyaliteit aan Mao te bewijzen. Er werd gezegd dat de lichamelijke dood niets was. Dat was licht als een veer. Slechts wanneer men stierf voor het volk, zou de dood zwaarder zijn dan een berg.

Mijn ouders spraken thuis nooit over politiek. Ze beklaagden zich nooit over het werk dat ze kregen toegewezen. In 1971 was mijn vader geen leraar meer: hij werd als administratief medewerker naar een drukkerij gestuurd. Hoewel mijn moeder een academische opleiding had, moest ze in een schoenfabriek gaan werken. Het was een politieke eis dat men tot de werkende klasse behoorde, zei haar baas. De Partij noemde het een heropvoedingsprogramma. Mijn ouders waren ongelukkig met hun banen, maar hielden zich voor ons in. Als ze ooit bekritiseerd werden, zou dat invloed hebben op onze toekomst.

Mijn moeder had er moeite mee iemand te zijn die ze niet was. Haar collega's zeiden dat ze politiek onhandig was. Toen ze op een dag de leus 'Een lang, lang leven voor Voorzitter Mao' op waspapier moest schrijven, schreef ze:

敬祝毛主席万寿无疆！

Een lang lang leven voor Voorzitter Mao!

敬祝毛主席无寿无疆！

Een zonder zonder leven voor Voorzitter Mao!

'Een zonder zonder leven voor Voorzitter Mao.' 'Een lang lang leven' wordt in het Chinees weergegeven als 'Tienduizend jaar zonder einde', dus zat het karakter 'zonder' erin. Moeder haalde de karakters door elkaar en het werd 'Geen jaren zonder eind'. Het ging per ongeluk, zei mijn moeder. Ze had zware hoofdpijn gehad toen ze de opdracht kreeg. Ze mocht geen pauze nemen als ze last had van een hoge bloeddruk. Ze begreep niet hoe ze dat had kunnen opschrijven. Ze had altijd van Mao gehouden, biechtte ze op. Ze werd bekritiseerd op de wekelijkse politieke bijeenkomst die iedereen in het district moest bijwonen. Ze zeiden dat ze kwade bedoelingen had gehad. Ze moest als een misdadigster behandeld worden. Mijn moeder wist niet hoe ze het moest uitleggen. Ze wist niet wat ze moest doen.

Ik stelde een toespraak vol zelfkritiek voor haar op. Ik was twaalf. Ik schreef Mao's beroemde uitspraken op. Ik zei dat Voorzitter Mao ons leerde dat we mensen de gelegenheid moeten geven hun fouten te corrigeren. Dat is de enige manier waarop het grote Communisme geleerd kan worden. Een fout die door een onschuldige gemaakt wordt, is geen misdaad. Maar als een onschuldige niet in staat wordt gesteld haar fout te corrigeren, is dat wel misdadig. Het is een misdaad om Mao's lessen niet op te volgen. Mijn moeder las mijn stuk voor op de bijeenkomst van haar school en kreeg vergiffenis. Toen ze thuiskwam zei ze tegen me dat ze maar geluk had met zo'n slim kind als ik.

Maar de daaropvolgende week werd mijn moeder weer betrapt. Ze had een stuk krant met Mao's beeltenis erop gebruikt om haar kont mee af te vegen. We veegden ons in die dagen allemaal af met krantepapier, omdat maar heel weinig mensen zich wc-papier konden veroorloven. Op de wekelijkse bijeenkomst van de massa's liet mijn moeder een brief van de huisarts zien ten bewijze van het feit dat haar bloeddruk ten tijde van het incident extreem hoog was geweest. Ditmaal kreeg ze geen vergiffenis. Ze werd naar een schoenfabriek gestuurd om door zwaar werk heropgevoed te worden. De fabriek maakte rubberlaarzen. Elk paar woog ruim vier kilo. Het was haar taak de laarzen uit de vormen te halen. Acht uur per dag. Elke avond als ze thuiskwam stortte ze in.

Zodra mijn moeder binnen was, viel ze neer in een stoel. Ze zat daar, roerloos, alsof ze bewusteloos was. Ik liet Bloesem dan een natte handdoek en een kan water halen, Koraal een waaier van bamboe, Ruimtevaarder een kopje water en zelf trok ik moeders schoenen uit. Dan wachtten we rustig tot ze wakker werd en begonnen we met de verzorging. Moeder glimlachte gelukzalig en liet zich verzorgen. Ik depte haar rug, terwijl Bloesem met de waaier zwaaide. Koraal maakte de handdoek weer nat en gaf hem aan mij en Ruimtevaarder ververste het water. Tegen die tijd hoorden we mijn vaders voetstappen op de trap. Dan konden we er zeker van zijn dat hij de deur zou openen en een gek gezicht zou trekken.

Vaak zaten we aan het eind van de maand zonder eten. We werden hongerende dieren. Koraal had eens zo'n honger dat ze een medicijnflesje uit een kast wist te wurmen en alle roze pillen tegen constipatie opat. Ze dacht dat het snoep was. Haar ingewanden werden beschadigd. Ruimtevaarder at fruitschillen en pitten die hij uit de vuilnisbakken op straat haalde. Bloesem en ik dronken water en hoopten dat de dag snel voorbij zou gaan.

Moeder ontving haar salaris op de vijfde dag van elke maand bij het busstation. Op die dag wachtten we haar op. Als de deur van de bus opengging, sprong moeder er met een stralend gezicht uit. Dan besprongen we haar als apen. Ze nam ons mee naar een nabijgelegen bakkerij om eens flink te eten. We aten net zo lang tot onze magen hard waren als meloenen. Op die momenten was mijn moeder de gelukkigste vrouw op aarde. Het was de enige dag dat ze er niet ziek uitzag.

Mijn vader kon geen schoenen maken, maar maakte toch schoenen voor ons allemaal. De schoenen die hij maakte leken op bootjes, aan beide kanten liepen ze op – want de zolen die hij kocht waren te kort, zodat ze niet bij de bovenkant pasten. Toch boorde hij de gaten maar en naaide hij ze aan elkaar. Hij gebruikte een schroevedraaier. Elke zondag repareerde hij onze schoenen, met zijn vingers in verband. Hij deed het tot Bloesem en ik hadden geleerd uit vodden schoenen te maken.

Op een dag kwam mijn moeder thuis met een hoop medicijnflesjes. Ze kwam van het ziekenhuis. Ze had tuberculose en er was haar gezegd thuis een masker te dragen. Moeder zei dat ze eigenlijk wel blij was met haar ziekte, omdat ze nu eindelijk tijd bij haar gezin kon doorbrengen.

Ik werd in ons district een activist voor Mao en won wedstrijden omdat ik uit mijn hoofd uit het Rode Boekje kon voordragen.

Ik werd opera-fan. Er waren niet veel vormen van amusement. Het woord ‘amusement’ werd als een vuil bourgeoiswoord beschouwd. Opera was iets anders. Het was een daad van het proletariaat. De revolutionaire opera’s werden geschreven door Madame Mao, kameraad Jiang Ching. Wel of niet van opera te houden werd een serieuze politieke opstelling. Het betekende dat je al dan niet een revolutionair was. De opera's werden op de radio en op school onderwezen en werden gepropageerd door de buurtorganisaties. Tien jaar lang. Dezelfde opera's. Ik luisterde naar de opera's tijdens het eten, lopen, slapen. Ik groeide op met opera's. Ze werden mijn cellen. Ik versierde de veranda met affiches van mijn favoriete operaheldinnen. Ik zong opera's, waar ik ook ging. Mijn moeder hoorde me zingen in mijn dromen; ze zei dat ik in opera's was gemarineerd. Het was waar. Ik kon geen dag zonder opera's. Ik zat met mijn oor tegen de radio geklonken en probeerde de ademhaling van de zangeres te achterhalen. Ik deed haar na. De aria heette 'Ik zal het slagveld niet verlaten voordat alle beesten dood zijn'. Ze werd gezongen door IJzeren Pruim, een tienerfiguur in een opera die *De rode lantaren* heette. Ik hield pas op met het zingen van deze opera als mijn stembanden pijn deden. Ik dwong mijn stem naar de hoogste noten:

Mijn vader is een pijnboom, zijn wil is sterk.
Een held met een ontembare geest,
Hij is een ware communist.
Ik volg je.
Loop met je mee en aarzel nimmer.
Ik houd de rode lantaren hoog,
Het licht wijst me de weg.
Ik volg je om de beesten te verslaan
Mijn generatie en de volgende...

Ik kon alle operalibretto's voordragen: *The rode lantaren, De slimste van de Tijgerberg, Sha-Jia-vijver, De haven, Aanval op het regiment van de witte tijger, Het rode vrouwendetachement, Lied van de Drakenrivier.* Mijn vader kon mijn gejengel met de radio niet verdragen; hij schreeuwde altijd: ‘Ben je bezig je op te hangen, daar in de keuken?’

Oma van het platteland bracht ons een jonge kip. De Oude Kleermaker die naast ons woonde, was, toen hij het beest voor het eerst zag, onder de indruk van een massa donkerbruine veren bij haar snavel. ‘Dat is de baard van Karl Marx!’ zei hij. De kip kreeg dus de naam Grote Baard. Grote Baard was het lievelingetje van oma en opa. Ze hadden haar gehad sinds ze twee dagen oud was geweest. Toen oma te arm was geworden om haar nog te houden kon ze het niet over haar hart verkrijgen haar te slachten. Ze nam haar mee naar Shanghai en zei ons dat we Grote Baard voor haar moesten opeten. ‘Grote Baard is te jong om eieren te leggen,’ zei oma. Een kip is waardeloos als ze geen eieren kan leggen. Grote Baard maakte een geluid, go-go-go, en hield haar kopje scheef toen ze deze opmerkingen hoorde. Haar kam was heel, heel rood, net een stuk brandende steenkool. ‘Stoom haar met sorghumwijn,’ zei oma. ‘Zoiets proef je nooit meer.’ We vroegen oma of Grote Baard bij ons mocht blijven, maar ze schudde snel het hoofd en zei: ‘Jullie moeten haar opeten. Ik ben allergisch voor kippevlees.’ Haar kleine voetjes konden haar nauwelijks bijhouden.

Wie zou Grote Baard dus slachten? ‘Ik niet,’ zei mijn vader. ‘Ik voel er niet eens meer voor haar op te eten nu ik haar eenmaal heb gezien...’ Vader staarde naar Grote Baard. Grote Baard liet haar kopje heen en weer gaan en maakte haar geluid, go-go-go, en begon toen met haar snavel haar veren glad te strijken. Vader liep terug naar zijn bureau. Grote Baard klapperde met haar vleugels naar mijn moeder. ‘O nee, ik niet,’ zei mijn moeder, ‘ik kan toch al niets doodmaken.’ Ze keek me aan; de kinderen ook. Ik wist wat die blikken betekenden: jij bent de flinkste. Jij moet de slager zijn.

Ik zei: ‘Ik doe het wel. Er is niets aan.’ Ik heb lekkere

maaltijden gemaakt van levende duiven, krabben en kikkers. Een kip zou ik in tien minuten hebben geplukt, op dezelfde manier die ik altijd op de markt had gezien als de koppen van die eenden werden afgehakt. De slagers hingen ze aan hun poten op, lieten het bloed eruit lopen, lieten ze in kokend water zakken, haalden ze er weer uit en veegden de veren eraf.

Mijn zusjes en mijn broer knikten naar me. Ze hadden nooit twijfels over mijn vastbeslotenheid. Moeder zei: 'Neem haar maar mee naar het erf, zorg dat ik niets hoor. Wacht even...' Ze trok aan mijn mouw. 'Misschien moeten we haar aan de buren geven.' 'Waarom?' vroegen we allemaal. 'Ik heb er een hekel aan als mijn kinderen iets doden.' Echt moeder. Door haar liepen we altijd een hoop pret mis. Ze dwong ons de vogels vrij te laten die we hadden gevangen, het katje dat we hadden gevonden. Ik zei: 'We doen het op het erf. Je hoort helemaal niets.' Die kip was op de markt minstens vijf yuan waard. Een salaris van vijf dagen, denkt u zich eens in. Moeder werd stil toen ik Grote Baard bij haar vleugels pakte. Grote Baard maakte nog een paar go-go-go-geluidjes terwijl ze worstelde in mijn greep. Ruimtevaarder zei: 'Niet huilen, zo erg is het niet, we sturen je naar Karl Marx, zodat jullie je baard kunnen vergelijken.' Ik zei: 'Houd je mond, ga de grote schaar voor me halen.' Voordat Ruimtevaarder wegliep werd ik opeens gebeten. Grote Baard, de kip, had me gepikt. Haar snavel was net een schaar. Ik liet los. Ze vloog de trap op en af. Nadat ze een paar keer tegen het plafond was gevlogen landde ze op het cementen binnenplaatsje.

Daar lag ze, die kip, Grote Baard, op haar buik, met een van haar vleugels lam langs haar zijde. Go... go.... go... Ze trilde terwijl ze weer probeerde op te staan. Ze viel weer en sleepte haar vleugel achter zich aan. We keken elkaar aan, en toen naar Grote Baard. 'Ze heeft haar vleugel gebroken,' zei Koraal. Ruimtevaarder gaf me de grote schaar aan. Ik zei: 'Nee, nu kan ik haar niet doodmaken. Ze is gewond.'

'Ik ook niet,' zei Bloesem. 'Ik in ieder geval niet,' zei Ruimtevaarder, en begon te huilen. 'Jullie moeten altijd van mij profiteren.' Hij rende naar het raam. Hij hief zijn hoofd op en schreeuwde: 'Mam, ze profiteren weer van me!'

We besloten het slachten uit te stellen. We zouden het pas doen als de gebroken vleugel van Grote Baard was genezen. We gaven Grote Baard een onderkomentje in de keuken, bij het aanrecht. We gingen op zoek naar droog stro. We maakten een krans die op een nest leek. Ze ging er stil op zitten. We keken urenlang naar haar. Ze zat daar maar, haar kop onder haar vleugel, met een heet lijfje. De hitte kwam vanonder haar veren. 'Ze heeft koorts,' zei moeder. 'Ze heeft een ontsteking. Wat moeten we in godsnaam doen?' We werden allemaal nerveus. 'Ik heb mijn antibiotica, maar ik weet niet of...'

'Als dat voor een mens goed is, is het voor Grote Baard ook goed,' zei Bloesem. 'Grote Baard gedraagt zich bijna als een mens.'

'Dat doet ze inderdaad,' zei Koraal, terwijl ze de veren van de kip gladstreek. 'Kijk, ze wist dat ze geslacht zou worden, dus heeft ze zich te pletter gevlogen en haar vleugel gebroken.'

We gaven de kip allen voorzichtig klopjes met onze vingers. Grote Baard keek ons zachtmoedig aan. Go-go-go-go. Go-go-go-go. 'Ze heeft pijn, mam,' zeiden we allemaal. 'Geef haar alsjeblieft die antibiotica.'

Moeder goot een lepeltje antibiotica in Grote Baards bek terwijl wij haar in bedwang hielden. Koraal en Ruimtevaarder hielden haar poten vast, Bloesem en ik de vleugels. Grote Baard werkte erg mee. Nadat ze in de hele keuken had gescheten en in slaap was gevallen gingen we aan tafel. We konden niet eten. Door die kip rook onze keuken naar stront. Grote Baard nam de hele hoek van de keuken in beslag; we konden maar met moeite op onze stoel. Onder het eten dachten we allemaal aan de zieke kip. 'Ik zou graag willen dat jullie de keuken schoonhielden, ik bedoel dat jullie iets aan die lucht doen,' zei mijn moeder. 'Horen jullie me?' Wij harkten de rijst onze mond in. 'Hebben jullie je moeder verstaan?' vroeg vader. 'Anders geef ik die kip vanavond nog weg.'

We smeekten en beloofden de keuken schoon te zullen houden. We gingen naar de buren om as uit hun fornuis te halen. We bedekten de stront van Grote Baard met as en schepten het in de vuilnisemmer. We voedden Grote Baard wormen, gehakte botten, rijst en allerlei groenten. Ze kwam aan. De bruine kleur werd roder. We praatten tegen haar, zongen liedjes voor haar in de hoop dat ze snel eieren zou gaan geven. Ze stelde ons teleur. Ze werd mooier, haar veren begonnen te glanzen en haar poten werden sterker, maar nog steeds geen eieren. We verloren onze belangstelling voor haar verzorging. 'Ruim jij maar op!' wees ik naar Bloesem. 'Ruim jij maar op!' wees Bloesem naar Koraal. 'Jij!' Koraal tegen Ruimtevaarder. Ruimtevaarder wees op ons allen en zei tegen moeder: 'Ze profiteren weer van me!'

'Maak die kip af!' gelastte mijn vader. Ik zei dat ik dat weekend voor een proefwerk moest studeren. 'Wij ook,' zeiden de kinderen. 'Doe het dan maandag,' zei vader. 'Goed, maandag,' beloofde ik.

Maandag om twaalf uur sleep ik de schaar. Er was niemand thuis. Ik staarde naar Grote Baard. Grote Baard staarde terug. Ze maakte een nerveuze indruk. Ze keek zoekend om zich heen en was ongewoon angstig. Haar gezicht was zo rood. Ze ging op de krans zitten en stond weer op en liep rond, heen en weer, heen en weer. Ik werd nieuwsgierig. Ik kwam dichterbij om haar beter te bekijken. Dat vond ze niet leuk. Ze verstopte zich onder een stoel bij een afvoerpijp. Ik voelde dat ze behoefte had aan privacy. Ik wilde niet weggaan. Ik stond op en probeerde een manier te bedenken om haar te bekijken zonder zelf gezien te worden. Boven het aanrecht hing een spiegel. Ik kreeg een idee. Ik klom op de keukentafel en ging op mijn rug liggen. Ik draaide de spiegel in zo'n hoek dat ik Grote Baard kon zien zonder dat ze mij zag.

Na ongeveer vijf minuten stond Grote Baard op van de krans. Ze keek om zich heen alsof ze er zeker van wilde zijn dat er niemand in de keuken was. Met haar snavel herschikte ze het stro in de krans en begon haar poten te spreiden. Ze nam een vreemde pose aan; ze knielde niet, maar stond evenmin. Haar staart boog omlaag zodat hij haar anus bedekte. In deze houding bleef ze staan. Haar lichaam zwol op. Ik zag haar persen. Was ze een ei aan het leggen? Ik hield mijn adem in en keek gespannen in de spiegel. Grote Baard verdween uit beeld: ze bewoog zich naar een plek waar ik haar niet meer kon zien. Ik wilde haar niet bang maken; ik wachtte geduldig. Een paar minuten later verscheen Grote Baard weer in beeld, en wel zo dat ik haar perfect kon zien. Ik zag dat haar anus groter was geworden en dat er iets wit-rozigs uitkwam. Het was een ei! Grote Baard spreidde haar poten verder. Haar kop werd paars. Ze nam die rare houding weer aan, perste en perste. Uiteindelijk stond ze op. Ik zag een ei in de krans liggen.

Ik sprong van de tafel en raapte het ei voorzichtig op. Het was warm. De schaal was dun, bijna doorschijnend. Er zaten bloedvlekjes op de schaal. Ik keek naar Grote Baard. Ze keek ingetogen terug. Ik nam haar in mijn armen toen ze begon te kakelen. Go-go-go La! Go-go-go La! Ze kakelde zo hard en zo trots.

Koraal droeg Grote Baard naar het bed. Ze dacht dat ze dan tot rust zou komen na zo hard werken. We knielden allemaal voor het bed en praatten met Grote Baard. We gaven elkaar het ei door. Ruimtevaarder haalde een pen en ik schreef de datum op het ei. Bloesem ging op zoek naar een schoenendoos, legde het ei er voorzichtig in op vloeipapier en legde het geheel onder haar bed.

Toen onze ouders thuiskwamen vertelden we hun het grote nieuws. We zeiden dat Grote Baard, die nu eieren was gaan leggen, niet meer geslacht hoefde te worden. Eieren waren het duurste dat er op de markt te koop was. Mijn ouders waren het hiermee eens, maar zeiden dat ze de eieren van Grote Baard niet zouden opeten. We zeiden dat we de eieren voor bezoekers zouden bewaren.

Grote Baard werd het middelpunt van onze aandacht. Elke dag gingen we na school wormen zoeken. Ruimtevaarder klom in de bomen om grotere wormen te vinden. Grote Baard werd een beetje verwend. Ze at op een zeker moment alleen nog levende wormen. Ze legde om de dag een ei, en al gauw was de schoenendoos vol.

Het goede leven duurde echter niet lang voor Grote Baard. Die zomer begon het Partijcomité van de buurt een Patriottische Campagne voor Volksgezondheid, en alle honden, eenden en kippen moesten binnen drie dagen worden afgemaakt. We probeerden Grote Baard te verstoppen, maar we konden haar niet iedere keer de mond snoeren als ze een ei had gelegd. Ze moest laten blijken hoe trots ze als moeder was. Het comité, een groep gepensioneerde oude mensen, kwam bij onze deur leuzen roepen om ons te mobiliseren. Aanvankelijk deden we alsof we ze niet hoorden. Toen ze dichterbij kwamen en met papieren vlaggetjes begonnen te zwaaien werden we echter zenuwachtig. We hielden Grote Baard onder de vensterbank en legden dekens over haar heen. De oudjes schreeuwden zich de keel hees tot ze buiten adem waren. De leus luidde: ‘Fok geen eenden en kippen in de stad!’ Later werd het: ‘Fok geen eenden...’ – en dan raakte de oude man die het koor aanvoerde buiten adem, stopte, haalde diep adem en vervolgde: ‘Fok kippen in de stad!’ Het kon het spreekkoor niet schelen wat ze riepen, ze herhaalden de woorden gewoon tot waar de oude was gebleven en riepen dus: 'Fok geen eenden!' En als de oude dan zijn adem had teruggevonden, volgden zij met: 'Fok kippen in de stad!'

Het hoofd van het buurtcomité van de Partij kwam met me praten. Hij vroeg me waarom ik me niet gedroeg zoals een hoofd van de Kleine Rode Garde zich diende te gedragen. Hij vroeg of ik nog steeds tot Mao's Loyalist van het aanstaande jaar gekozen wilde worden. Ik begreep wat me te doen stond. Ik beloofde Grote Baard de volgende morgen te zullen slachten. Hij zei dat hij en zijn comité om half acht zouden komen controleren. Hij wilde dat ik hem de kop van Grote Baard zou meegeven.

Ik sliep even slecht als ik had verwacht. Bij zonsopgang stond ik op. Grote Baard zat al in het donker aan haar ontbijt. Toen ze me hoorde binnenkomen maakte ze haar go-go-go-geluid. Ik nam de schaar en pakte Grote Baard bij haar vleugels op. Ik ging naar de binnenplaats. Boven was Kleine Doodskist al terug van de voedselmarkt. Ik vroeg haar hoe laat het was. Ze antwoordde dat het vijf voor zeven was. Ik zei steeds maar tegen mezelf: het stelt niets voor. Grote Baard is maar een kip, een dier, een vijand van de volksgezondheid. Ik hief de schaar op en legde hem weer neer. Ik ging naar boven om een kom te pakken, zodat ik het bloed van Grote Baard zou kunnen opvangen. Het was kwart over zeven. Ik keerde terug op de binnenplaats en besefte toen dat ik nog iets was vergeten. Ik ging weer naar boven om water te koken. Ik liet Grote Baard vrij op de binnenplaats. Daar leek ze blij mee te zijn. Ze schudde haar veren en wrong met haar snavel mijn vuist open. Ze speelde met me. Ik ging weer naar boven en het water kookte. Ik nam de ketel mee naar beneden en zette hem naast de kom. Ik pakte Grote Baard, maar ze worstelde zich los, alsof ze gevaar voelde. Ik ging haar achterna. Ze knielde voor me. Ik pakte haar op en ze vouwde haar kop onder haar vleugel. Ik gebruikte al mijn kracht. Ik begon aan haar baard te trekken. Mijn handen waren beverig. Ik dwong mezelf er niet op te letten. Ik bleef trekken totdat Grote Baards nek zichtbaar werd. Ik pakte de schaar op. Mijn armen waren stijf. Het was vijf voor half acht. Grote Baard liet haar kop vanonder haar vleugel te voorschijn komen. Ze keek me aan, ze had een rood gezicht. Ze bleef worstelen. Ik hoorde de trommel van het buurtcomité in de steeg naast ons. Ik legde de kop van Grote Baard weer onder haar vleugel. Ik hief de schaar en mikte op haar nek. Ze worstelde hevig. Het was half acht. De bel van de werkplaats van Wu-Lee rinkelde: de vrouwen stroomden naar binnen. De mensen van het comité bereikten de deur; de leuzen klonken als golven: ze rezen en daalden. Ik klapte de schaar dicht. Grote Baard trok haar kop onder haar vleugel uit en maakte een go-go-go-geluidje. Ze legde een ei.

Ik kon niet kijken. Ik liet de schaar omlaagkomen. Toen ik weer kon kijken zag ik Grote Baard druipend van het bloed over de hoofden van de menigte vliegen. Mijn zusjes en broer keken vanuit het raam omlaag. Grote Baard zat in een boom, bijna even hoog als ons raam, en viel toen op de witte cementen grond.

Ik rende naar boven. Ik zei dat ik de kip niet meer aan kon raken. Niemand in het gezin was hiertoe bereid. Grote Baard lag dood op de cementen binnenplaats, naast de kom en een ketel gekookt water. Het ei werd vertrapt. Toen het water koud begon te worden kwam Kleine Doodskist vragen wat ik met de kip ging doen. Ik zei dat ze heel lekker zou zijn met wijn. Ik wist dat haar vader en grootvader alcoholist waren. Ze nam de kip mee.

Na het eten ging ik naar boven. Het gezin van Kleine Doodskist hield net een bijeenkomst ter bestudering van de werken van Mao. Grote Baard was in een handvol botten in een vuilnisbak in de hoek veranderd. Kleine Doodskist vertelde me dat Grote Baard heerlijk was geweest.

Op school waren de boeken van Mao ons lesmateriaal.

Ik was de beste van de klas in de geschiedenis van de Communistische Partij van China. Voor mij betekende geschiedenis hoe de proletariërs de reactionairen hadden overwonnen. De westerse geschiedenis was de geschiedenis van kapitalistische uitbuiting. We hingen portretten van Marx, Engels, Lenin en Stalin naast dat van Mao in onze lokalen. Iedere ochtend bogen we ervoor zoals we voor Mao bogen en baden dat hem een lang, lang leven beschoren zou zijn. Mijn zusjes schreven mijn opstellen over. Mijn opstellen waren net een verzameling leuzen. Ik begon altijd zo: 'De oostenwind waait, de strijdtrommel klinkt. Wie is er vandaag bang in de wereld? Het vólk is niet bang voor de Amerikaanse kapitalisten. De Amerikaanse kapitalisten zijn bang voor het volk.' Met dergelijke zinnen won ik prijzen. Ruimtevaarder keek naar me op alsof ik een tovenaar was. Voor mij stelden opstellen niets voor: rekenwedstrijden waren pas moeilijk. Ik schreef opstellen voor mijn zusjes en mijn broer, maar ik voelde dat ik niet veel gemeen had met de kinderen. Ik voelde me volwassen. Ik had behoefte aan uitdagingen. Dag en nacht propageerde ik op school het communisme en maakte ik revolutie door leuzen op de borden en de muren te schilderen. Ik ging mijn medescholieren voor in het inzamelen van centen. We wilden die centen cadeau geven aan kinderen in Amerika die van de honger omkwamen. We waren trots op wat we deden. We wisten zeker dat we rode stippen zaaiden op de wereldkaart. We streden voor de uiteindelijke vrede op de planeet. Ik voelde me niet één dag geen heldin. Ik was de opera.

Men vroeg me een vergadering van het Revolutionaire Comité van de school bij te wonen. Het was 1970, en ik was dertien. Ik besprak het probleem hoe we de Culturele Revolutie konden doorvoeren op onze Lagere School van het Langdurige Geluk, samen met de mensen van het comité, de echte revolutionairen. Als ik mijn hand opstak en zei dat ik graag iets zou zeggen, bloosde ik niet meer.

Ik wist waarover ik het had. Frasen uit het *Volksdagblad* en de *Rode Vlag* stroomden uit mijn mond. Mijn toespraken stonden in het teken van een hartstochtelijke en nobele geest. Ik kreeg onderscheidingen. In het begin van de jaren zeventig strekte het feit dat ik hoofd van de Kleine Rode Garde was ook mijn gezin tot eer. Mijn diploma's waren de trots van mijn moeder, hoewel ze ze nooit aan de muur hing. Mijn naam werd voortdurend genoemd door het schoolbestuur en ik werd geprezen als een 'Activist voor de Bestudering van de Gedachten van Mao', 'Het Brave Kind van Mao' en 'Excellerend Leerling'. Iedere keer dat ik sprak voor de microfoon van het radiostation van de school luisterden mijn zusjes en mijn broer in hun klas en bekeken hun klasgenoten hen bewonderend en jaloers.

De nieuwe partijsecretaris van de school, een man die Chain heette, was een arbeidersafgevaardigde van de Scheepswerf van Shanghai. Hij was ongeveer vijftig jaar, extreem mager, net een bamboestaaf. Hij leerde me hoe ik politieke meetings moest organiseren. Hij zei graag: 'We moeten onze kleine generaal een volledige rol laten spelen in de Culturele Revolutie en het initiatief van de Kleine Rode Garde volledig ruimte gunnen.' Hij zei me dat ik niet bang mocht zijn voor dingen die ik niet begreep. 'Je moet als volgt leren denken,' zei hij. 'Als de aarde ophoudt met draaien draai ik toch door.'

In de eerste week van november liet Secretaris Chain me bij zich komen. Hij vertelde me opgewonden dat het comité eindelijk een verborgen klassevijand, een Amerikaanse spion, had opgespoord. Hij zei: 'We houden een meeting tegen haar, een bijeenkomst die door tweeduizend mensen zal worden bijgewoond. Jij zal als vertegenwoordigster van de leerlingen tegen haar spreken.' Ik vroeg om wie het ging. Hij fronste zijn wenkbrauwen en noemde een naam die me verschrikkelijk schokte. Het was Herfstbladeren, mijn onderwijzeres. Ik dacht dat ik Secretaris Chain verkeerd had verstaan. Maar hij knikte traag tegen me, ten bewijze dat ik hem heel goed had verstaan.

Ik ging zitten. Eigenlijk viel ik op de stoel neer. Mijn benen hadden opeens hun kracht verloren.

Herfstbladeren was een magere dame van middelbare leeftijd en ernstig bijziend. Ze droeg een donkere bril, had een hese stem en was kortaangebonden. Ze was dol op Chinees, wiskunde en muziek. De eerste dag dat ze ons lokaal binnenkwam vroeg ze ons of iemand kon vertellen wat haar naam, Herfstbladeren, betekende. Niemand kon het ontcijferen. Toen legde ze het uit. Ze zei dat er tijdens de Tang-dynastie een beroemd gedicht was geschreven over herfstbladeren. De schoonheid en de betekenis van de vallende bladeren werden erin geprezen. In het gedicht stond dat als een blad via natuurlijke weg viel, het een symbool van een volledig leven was. De aanraking met de grond betekende de transformatie van een rijp blad in verse modder. Het blad bevruchtte de zaden de hele winter. Deze zwangerschap eindigde de volgende lente. Ze zei dat wij haar lente waren.

Ze was een energieke lerares, die nooit genoeg scheen te krijgen van het lesgeven. Ze hield er unieke methoden op na. Op een zeker moment spreidde ze haar armen ter hoogte van haar schouders, waardoor ze er als een kruis uitzag, om het begrip oneindigheid uit te leggen. Het moment erop sprak ze weer met een sterk Hunan-accent als ze uitlegde waar een bepaalde dichter vandaan kwam. Eenmaal raakte ze volledig haar stem kwijt toen ze me probeerde uit te leggen wat meetkundige reeksen waren. Toen ze het me uiteindelijk aan het verstand had gebracht lachte ze zonder geluid te maken, alsof ze stom was, en zwaaide met haar armen door de lucht. Toen ik haar bedankte zei ze dat ze blij was dat ik leren ernstig opvatte. Ze stelde me ten voorbeeld aan onze klas en al mijn leeftijdgenoten. Toen ze erachter kwam dat ik beter Chinees wilde leren nam ze haar eigen boeken voor me mee. Op deze manier ging ze met al haar leerlingen om. Op een dag, toen het na schooltijd hard bleek te regenen, gaf ze een paar leerlingen haar eigen regenjas, regenschoenen en paraplu mee. Zelf trotseerde ze de regen wel. De volgende dag had ze koorts, maar ze kwam toch op school en hield het vol, ondanks de koorts. Tegen de tijd dat ze klaar was, was ze weer haar stem kwijt. Ik kon me Herfstbladeren op geen enkele manier als Amerikaanse spionne voorstellen.

Alsof hij mijn gedachten kon lezen glimlachte Secretaris Chain tegen me en vroeg of ik ooit het spreekwoord 'Razende vlammen brengen het echte goud te voorschijn' had gehoord. Ik schudde mijn hoofd. Hij zei: 'Het wordt tijd dat je jezelf op de proef stelt om te zien of je een echte revolutionair of een salonrevolutionair bent.' Hij reciteerde een uitspraak van Mao: 'Revolutie maken is niet hetzelfde als gaan dineren, als het maken van een mooi schilderij of een borduurwerkje. Zo makkelijk en ontspannend is het niet. Revolutie is een opstand waarbij de ene klasse de andere met behulp van geweld omverwerpt.'

Ik merkte dat ik geen woord kon uitbrengen omdat mijn tong verstijfd was. Ik bleef maar zeggen: 'Herfstbladeren is mijn lerares.' Secretaris Chain stelde voor dat we aan mijn probleem zouden gaan werken. Hij stak een sigaret op en vertelde me de fabel van de 'Wolf in schaapskleren'. Hij zei dat Herfstbladeren de wolf was. Hij vertelde me dat de vader van Herfstbladeren een Chinese Amerikaan was die nog steeds in Amerika woonde. Herfstbladeren was in Amerika geboren en opgevoed. Secretaris Chain zei: 'Die kapitalist heeft zijn dochter naar China teruggestuurd om onze kinderen les te geven. Zie je dat niet als probleem?'

De twee hieropvolgende uren overtuigde Secretaris Chain me dat Herfstbladeren een geheim agente van de imperialisten was en lesgeven gebruikte als wapen om onze geest te vernietigen. Secretaris Chain vroeg me of ik dat zou toestaan. 'Natuurlijk niet,' zei ik. 'Niemand kan de proletariërs naar de oude maatschappij terugvoeren.'

'Mooi,' zei Secretaris Chain, en gaf me een klopje op mijn schouder. Hij zei dat hij wist dat ik een scherpe lans voor de Partij zou zijn. Ik hief mijn hoofd op en vroeg: 'Secretaris, vertelt u me alstublieft wat ik moet doen.' Hij zei: 'Schrijf een toespraak.' Ik vroeg wat ik moest schrijven. Hij zei: 'Vertel de massa's hoe je geestelijk bent vergiftigd.' Ik zei dat ik de woorden 'geestelijk vergiftigd' niet goed begreep. Secretaris Chain zei: 'Je bent nog niet rijp genoeg om dat te begrijpen.' Hij vroeg me daarna wat voor persoonlijkheid Herfstbladeren volgens mij was. Ik vertelde hem de waarheid.

Secretaris Chain lachte me hard uit. Hij zei dat ik al het slachtoffer was geworden van de spionne, die me al bijna had gedood met de handigheid waarmee de wolf de schapen doodt, zonder een spatje bloed achter te laten. Hij sloeg met zijn vuist op tafel en zei op luide toon: 'Dat is op zichzelf prachtig materiaal om over te praten!' Ik voelde me onhandig. Hij hield op met lachen en zei: 'Je moet je niet laten ontmoedigen door je onrijpheid.'

Hij maakte dat ik me in mezelf teleurgesteld voelde. 'Laat me je helpen,' opperde hij. Hij vroeg me naar de titels van de boeken die Herfstbladeren me leende. *De prinses op de erwt*, *De wilde zwanen*, herinnerde ik me, *Het meisje met de zwavelstokken* en *Sneeuwwitje*. Hij vroeg me naar de naam van de schrijver. Ik zei dat het iets als Andersen was.

Secretaris Chain hief opeens zijn hand op en fronste zijn wenkbrauwen. Hij zei: 'Stop maar, ik heb het. Wie is die Andersen?'

'Een oude man uit het buitenland, denk ik,' zei ik. Waar gingen die sprookjes over?

'Over de levens van prinsen, prinsessen en kleine mensen.'

'Wat doet Andersen nu?' vroeg hij.

'Dat weet ik niet,' antwoordde ik.

'Kijk eens hoe zorgeloos je bent!' schreeuwde Secretaris Chain bijna tegen me. 'Hij kan best een buitenlandse spion zijn!' Secretaris Chain haalde een flesje te voorschijn en stak een paar pillen in zijn mond. Hij legde uit dat het een medicijn tegen pijn in zijn lever was. Hij zei dat zijn lever erg pijn deed, maar hij kon het niet tegen zijn dokter zeggen, want dan zou hij direct in het ziekenhuis worden opgenomen. Hij zei dat de pijn erger werd, maar dat hij zich niet kon veroorloven ook maar een seconde aan een verblijf in het ziekenhuis te verspillen. 'Hoe kan ik Voorzitter Mao teleurstellen, die zijn vertrouwen heeft gesteld in mensen als wij, in de arbeidersklasse, in de klasse die ooit, voor de Bevrijding, minder was dan de varkens en de honden?'

Zijn gezicht werd paars. Ik stelde voor dat hij even zou rusten. Hij gebaarde dat ik door moest gaan en drukte zijn handen tegen zijn lever om de pijn te kunnen verdragen. Hij vertelde me dat hij niet veel onderwijs had gehad. Zijn ouders waren van honger gestorven toen hij vijf was geweest. Zijn broer en zijn zusje waren in zee gegooid nadat ze aan cholera waren overleden. Hij was voor vijftien pond rijst aan een kinderhandelaar verkocht. Hij was als kind gaan werken op de werf van Shanghai en was dikwijls door de eigenaar geslagen. Na de Bevrijding was hij lid geworden van de Partij en naar een avondschool voor arbeiders gestuurd. Hij zei: 'Ik ben onze Partij veel verschuldigd en ik heb niet hard genoeg gewerkt om mijn waardering te laten blijken.'

Ik keek hem aan en was ontroerd. De pijn scheen erger te worden. Hij drukte harder met zijn vingers tegen zijn lever, maar weigerde rust te nemen. 'Weet je, we hebben het dagboek van Herfstbladeren gevonden, en daar staat iets over jou in,' zei hij. 'Wat... wat heeft ze over me gezegd?' Ik werd zenuwachtig. 'Ze zegt dat je een van de weinige kinderen bent die iets kunnen leren. Ze heeft om het woord leren aanhalingstekens geplaatst. Heb je een idee wat dat betekent?' Zonder op mijn antwoord te wachten besloot Secretaris Chain: 'Het was duidelijk dat Herfstbladeren dacht dat je kon worden opgevoed tot haar type, tot het type van haar vader, tot het type van de imperialist.' Hij wees erop dat het doel van het schrijven van dat dagboek was geweest dat ze het als bewijs van haar succes als Amerikaanse spionne aan haar baas kon geven.

Mijn wereld stortte in. Ik voelde me diep gekwetst en gebruikt. Secretaris Chain vroeg me of ik me bewust was van het feit dat ik door Herfstbladeren als toonbeeld werd gebruikt om de andere leerlingen te beïnvloeden. 'Haar doel is jullie allemaal het communisme te laten *verraden*!' Ik voelde de schuld en de woede. Ik zei tegen Secretaris Chain dat ik de volgende dag het woord zou voeren. Hij knikte. Hij zei: 'Onze Partij vertrouwt je en Mao zou heel trots op je zijn.'

'Sleur de verborgen klassevijandin, de Amerikaanse spionne Herfstbladeren, uit haar schuilplaats! Zet haar in het volle zonlicht!' schreeuwde de menigte zodra de bijeenkomst begonnen was. Ik zat op het podium op een van de banken. Twee sterke mannen escorteerden haar het podium op en zetten haar tegenover de menigte van tweeduizend mensen, waaronder haar leerlingen en collega's. Haar armen werden achter haar rug gedraaid. Ze was vrijwel onherkenbaar. Er waren maar een paar dagen verstreken sinds ik haar voor het laatst had gezien, maar ze leek tien jaar ouder geworden. Haar haar was plotseling grijs geworden. Alle kleur was uit haar gezicht geweken. Een rechthoekig bord met de tekst 'Weg met de Amerikaanse spion' hing om haar nek. Twee mannen dwongen haar driemaal voor het portret van Mao te buigen. Een van de mannen verdraaide haar linkerarm heel hard en zei: 'Smeek Voorzitter Mao nu om vergiffenis!' Herfstbladeren weigerde de woorden uit te spreken. De twee mannen bogen haar armen achter haar rug omhoog. Ze trokken harder. Het gezicht van Herfstbladeren vertrok van pijn en toen bewoog haar mond. Ze zei de woorden en de mannen lieten haar los.

Mijn mond was verschrikkelijk droog. Wat ik zag was moeilijk te verdragen. Het touw waaraan het zware bord hing scheen in Herfstbladerens nek te snijden. Ik vergat wat ik moest doen – de menigte voorgaan bij het schreeuwen van leuzen – tot Secretaris Chain me aan mijn plicht herinnerde.

'Lang leve de grote proletarische dictatuur!' riep ik, in navolging van het repertoire van leuzen. Ik werd steeds banger toen ik Herfstbladeren met de beide mannen zag worstelen die hadden geprobeerd haar hoofd naar de vloer te drukken terwijl zij probeerde naar de hemel te kijken. Toen haar bril afviel zag ik dat ze haar ogen stevig dichtkneep. Secretaris Chain schreeuwde tegen haar. De menigte schreeuwde tegen haar: 'Beken! Beken!' Secretaris Chain pakte de microfoon en zei dat de massa's niet veel geduld zouden hebben. Door haar optreden zou Herfstbladeren haar eigen graf graven.

Herfstbladeren bleef zwijgen. Toen ze een harde schop kreeg zei ze dat ze niets te bekennen had. Ze zei dat ze onschuldig was. 'Onze Partij klaagt nooit iemand aan die onschuldig is,' zei Secretaris Chain, 'en toch zou de Partij nooit toestaan dat een klassevijand uit het net van de dictatuur van het proletariaat glipt.' Hij zei dat de tijd was gekomen om aan te tonen dat Herfstbladeren een misdadigster was. Hij knikte naar mij en richtte zich tot de menigte. Hij zei: 'Laat het slachtoffer zich uitspreken!'

Ik stond op en kreeg een duizelig gevoel. De menigte begon te applaudisseren. Het zonlicht was verblindend fel en deed pijn aan mijn ogen. Alles werd vaag en ik zag een miljoen bijen voor mijn ogen zwermen die als helikopters klonken. Terwijl de menigte bleef applaudisseren liep ik naar de voorkant van het podium. Voor de microfoon bleef ik staan. Ik haalde de toespraak uit mijn zak die ik de vorige avond had geschreven, en voelde plotseling behoefte met mijn ouders te praten. Ik was die nacht niet naar huis gegaan maar had in het schoollokaal op de tafel geslapen, samen met andere leden van de Kleine Rode Garde. We hadden de toespraak met zijn vijven geschreven. Ik had er spijt van dat ik de toespraak niet samen met mijn ouders had doorgenomen. Ik haalde diep adem. Mijn vingers trilden en wilden niet gehoorzamen bij het omslaan van de bladzijden.

'Wees niet bang, we staan allemaal achter je,' fluisterde Secretaris Chain me in het oor terwijl hij de microfoon op de juiste hoogte instelde. Hij zette een kopje water voor me neer. Ik pakte het kopje en dronk het in één slok leeg. Ik voelde me een beetje beter. Ik begon voor te lezen.

Ik las de menigte voor dat Herfstbladeren de wolf in schaapskleren was. Ik haalde de boeken te voorschijn die ze me had geleend en liet ze de menigte zien. Terwijl ik mijn toespraak hield zag ik uit mijn ooghoeken dat Herfstbladeren haar hoofd in mijn richting had gedraaid. Ze mompelde iets. Ik werd zenuwachtig, maar het lukte me door te gaan. 'Kameraden,' zei ik, 'nu begrijp ik waarom Herfstbladeren zo vriendelijk tegen me is geweest. Ze probeerde een vijand van het land van me te maken, en een volgeling van de imperialisten!' Ik las verder.

Er werden een paar leuzen geroepen, en in die intermezzo's wierp ik steelse blikken op Herfstbladeren. Ze ademde moeilijk en stond op het punt te vallen. Terwijl ik daar stond voelde ik mijn ledematen koud worden. Ik probeerde mijn blik los te maken van die van Herfstbladeren, maar ze hield hem vast. Ik was doodsbang toen ik haar zonder haar bril strak naar me zag kijken. Haar ogen waren net twee pingpongballetjes die bijna uit hun kassen vielen. De menigte schreeuwde: 'Beken! Beken!'

Herfstbladeren begon traag met haar hese stem tegen de menigte te spreken. Ze zei dat ze nooit van een van haar leerlingen een vijand van het land zou willen maken. Ze barstte in tranen uit. 'Waarom zou ik?' herhaalde ze steeds weer. Ze verloor de macht over haar stem. Ze begon met haar hoofd te zwaaien om de woorden naar buiten te krijgen, maar er kwam geen geluid uit. Weer zwaaide ze met haar hoofd, in een poging iets te zeggen. Ze zei dat haar vader van dit land hield en dat dat de reden was waarom ze was teruggekomen. Zowel zij als haar vader geloofden in onderwijs. 'Spioneren? Waar heb je het over? Waar heb je dat idee vandaan?' Ze keek me aan.

'Als de vijand zich niet overgeeft, laten we haar dan koken, braden en verbranden, tot ze dood is!' schreeuwde Secretaris Chain. De menigte nam zijn woorden over, schreeuwend en met vuisten zwaaiend. Secretaris Chain gebaarde me door te spreken. Ik stond echter te hevig te trillen om door te kunnen gaan. Secretaris Chain liep van de achterkant van het podium naar de microfoon. Hij nam de microfoon over. Hij vertelde de menigte dat dit het live optreden van een klassevijand was. Het had ons een gelegenheid gegeven te leren hoe bedrieglijk een vijand kon zijn. 'Kunnen we toestaan dat ze zo doorgaat?'

'Nee!' riep de menigte.

Secretaris Chain gaf Herfstbladeren bevel haar mond te houden en met een correcte houding de kritiek van de revolutionaire massa's te aanvaarden. Herfstbladeren zei dat ze geen onware feiten kon aanvaarden. Herfstbladeren zei dat een jong meisje als ik niet met kwade bedoelingen door iemand gebruikt hoorde te worden.

'Dan heb je het politieke bewustzijn van onze Kleine Rode Garde onderschat,' zei Secretaris Chain met een minachtend lachje. Herfstbladeren eiste dat ze met me mocht praten. Secretaris Chain zei dat ze haar gang mocht gaan. Hij zei dat hij, als dialectisch materialist, nooit het negatieve voorbeeld had onderschat dat leerkrachten konden geven.

Terwijl de menigte kalmeerde hurkte Herfstbladeren op haar hielen om op de grond haar bril te zoeken. Toen ze haar bril had opgezet begon ze me te ondervragen. Ik was bang. Ik had niet verwacht dat ze op zo ernstige toon met me zou praten. Mijn angst sloeg om in woede. Ik wilde weg. Ik vroeg: 'Hoe durf je me als een reactionair te ondervragen? Je hebt me in het verleden gebruikt om de imperialisten te dienen, nu wil je me gebruiken om je aan kritiek te onttrekken? Het zou een schande zijn als ik van je verloor!'

Herfstbladeren riep mijn naam en vroeg of ik werkelijk geloofde dat ze een vijand van het land was. Als ik het niet geloofde, kon ik haar dan vertellen wie me opdracht tot het houden van die toespraak had gegeven? Ze zei dat ze de waarheid wilde horen. Ze zei dat Voorzitter Mao graag wilde dat kinderen blijk gaven van hun eerlijkheid. Ze vroeg het me op precies dezelfde toon waarop ze praatte als ze me met mijn huiswerk hielp. Haar blik eiste dat ik haar aankeek. Ik kon haar niet in de ogen kijken. Die ogen hadden me aangekeken toen me de tovenarij van de wiskunde was uitgelegd; ze hadden me aangekeken toen me het prachtige verhaal van de *Wilde zwanen* was verteld. Toen ik de eerste prijs had gewonnen in de wedstrijd Rekenen-met-telraam hadden ze me vol vreugde aangekeken; toen ik ziek was, hadden ze me met medeleven en liefde aangekeken. Ik had de werkelijke waarde van dit alles niet beseft; tot ik het op die dag op de bijeenkomst voor altijd verloor.

Ik hoorde mensen naar me schreeuwen. Mijn hoofd voelde aan als een kokende theepot. De ogen van Herfstbladeren achter die dikke brilleglazen waren nu net geweerlopen die met vuur op me schoten. 'Wees gewoon eerlijk!' Haar schorre stem steeg naar een toppunt. Ik draaide me om naar Secretaris Chain. Hij knikte tegen me, alsof hij wilde zeggen: 'Verlies je nu van een vijand?' Hij glimlachte minachtend. 'Denk maar aan de slang.'

Ja, de slang, dat wist ik nog. Het was een verhaal dat Mao in zijn boek had verteld. Het ging over een boer die een bevroren slang op zijn pad had gevonden, op een dag dat het sneeuwde. De slang had de mooiste huid die de boer ooit had gezien. Hij had medelijden met haar en besloot haar leven te redden. Hij raapte de slang op en stopte haar in zijn jack om haar met zijn lichaam te verwarmen. Al snel werd de slang wakker en kreeg honger. Ze beet haar redder. De boer stierf. 'Wat onze Voorzitter bedoelt,' had Secretaris Chain tot slot van het verhaal gezegd, 'is dat we voor onze vijand absoluut wreed en genadeloos moeten zijn.'

Ik draaide me om en keek naar het portret van Mao, dat de hele muur besloeg. Het was achter het podium opgesteld. De ogen van de Voorzitter waren net twee heen en weer slingerende lantarens. Opeens dacht ik weer aan mijn plicht. Ik moest iedereen bestrijden die de leer van Mao bestreed. De geschreeuwde leuzen gaven me moed.

'Laat ons zien waar je staat' – Secretaris Chain overhandigde me de microfoon. Ik wist niet waarom ik huilde. Ik hoorde mezelf om mijn ouders roepen terwijl ik de microfoon aannam. Ik riep: 'Mamma, pappa, waar zijn jullie?' De menigte zwaaide kwaad met zijn vuisten en riep: 'Weg met haar! Weg met haar! Weg met haar!' Ik was zo bang, bang het vertrouwen van Secretaris Chain te verliezen, en tegelijkertijd bang dat ik niet in staat zou zijn Herfstbladeren aan te klagen. Uiteindelijk verzamelde ik al mijn kracht en schreeuwde met tranen in mijn stem hysterisch tegen Herfstbladeren: 'Ja, ja, ja, ik geloof inderdaad dat je me hebt vergiftigd! En ik geloof inderdaad dat je een echte vijand bent! Je vuile streken hebben nu geen effect meer op me! Als je ze weer op me uitprobeert zal ik je de mond snoeren! Dan pak ik een naald en naai je lippen op elkaar!'

Ik heb nooit vergiffenis gekregen. Zelfs niet na ruim twintig jaar. Zelfs niet toen de revolutie afgelopen was. Nadat ik om vergiffenis had gesmeekt hoorde ik de bekende schorre stem zeggen: 'Het spijt me erg, maar ik herken je niet. Ik geloof niet dat ik je ooit als leerling heb gehad.'

Op die bijeenkomst leerde ik de betekenis van het woord 'verraad', en ook die van het woord 'straf'. Ik was toen inderdaad te jong, maar men is nooit te jong om ijdel te zijn. Toen mijn ouders het nieuws over de bijeenkomst hoorden van Bloesem, Koraal en Ruimtevaarder, waren ze ontzet. Ze praatten erover afstand van me te doen. Mijn moeder zei: 'Ik ben ook onderwijzeres. Zou je graag zien dat mijn leerlingen hetzelfde met mij deden?' Ze ontzegde me zes uur lang de toegang tot het huis. Ze zei dat ze zich schaamde mijn moeder te zijn.

Ik schreef duizendmaal wat mijn moeder wilde dat ik schreef. Het was een oud gezegde uit de tijd van Confucius. Het luidde: 'Wat gij niet wilt dat u geschiedt, doe dat ook een ander niet.' Mijn moeder eiste van me dat ik het op rijstpapier met inkt en een penseel zou schrijven. Ze zei: 'Ik wil dat dit voor altijd in je hersens staat gegrift. Je bent niet mijn kind als je niet altijd naar deze regel leeft.'

Toen ik zeventien was, veranderde mijn leven alsof ik in een andere wereld was beland. Het plaatsvervangend schoolhoofd had, na vele gesprekken met anderen, ook een gesprek met mij. Hij vertelde me dat hij me eraan wilde herinneren dat ik een leidster van de leerlingen was en een model voor de kinderen die al van school af waren. Zo lag het beleid dus voor me op tafel, even streng als wiskunde. Hij vertelde me dat ik bij een bepaalde categorie mensen hoorde. De categorie die boer zou worden. Hij zei dat er niets aan de beslissing te veranderen viel. De politiek van Peking was een heilige opdracht. Ze werd door iedereen aanvaard. Ik was wel gedwongen te gehoorzamen. Hij zei dat hij vier van zijn eigen kinderen naar het platteland had gestuurd om te gaan werken. Hij was erg trots op ze. Hij zei nog veel meer woorden. Abstracte woorden. Woorden als liedjes. Hij zei: 'Als men de hemel uitdaagt, brengt het genot; als men de aarde uitdaagt, brengt het genot; als men zijn eigen soort uitdaagt, brengt dat het hoogste genot.' Hij reciteerde het gedicht van Mao. Hij zei dat een ware communist graag op uitdagingen inging. Ik zou het met waardigheid dragen. Ik was zeventien. Ik was geïnspireerd. Ik wilde me dolgraag aan de zaak wijden. Ik keek verlangend uit naar ontberingen.

Ik luisterde naar de verhalen die in de buurt de ronde deden. Mijn buurman schreef vanuit zijn dorp dat hij opzettelijk op zijn werk op zijn vinger had gehamerd om arbeidsongeschikt te worden verklaard en een kans te hebben naar huis te worden gestuurd. De oudere zuster van Kleine Doodskist ging naar het noordelijke grensgebied en schreef dat haar kamergenote als verraadster was neergeschoten toen ze had geprobeerd naar de USSR te ontkomen. Mijn neef, die naar Binnen-Mongolië was gegaan, schreef dat een goede vriend van hem was omgekomen bij de bestrijding van een bosbrand in de bergen. Hij werd als held vereerd: hij had ten koste van zijn leven de graanvoorraad van het dorp gered. Mijn neef schreef verder dat deze held hem had doen begrijpen wat de werkelijke zin van het leven was en had dus besloten de rest van zijn bestaan op een paard in Mongolië door te brengen om deze held na te volgen.

Een van de geruchten die ik hoorde was dat de dochter van het gezin Li was verkracht door een dorpshoofd in de provincie Zuidwest, dat de zoon van het gezin Yang eerbewijzen had gekregen vanwege het doden van een beer die zijn medearbeider in een bos bij een boerderij in het noorden had opgevreten. Deze gezinnen waren in alle staten. Ze gingen met deze afgrijselijke verhalen naar de plaatselijke Partijbestuurders. Ze lieten de brieven zien.

De gezinnen werd echter bezworen dergelijke monsterlijke leugens niet te geloven. Ze werden immers verzonnen door vijanden die bang waren dat de revolutie zich zou uitbreiden. De Partijautoriteiten lieten de gezinnen foto's zien van de plaatsen waar hun kinderen heen waren: het waren oorden van voorspoed. De gezinnen lieten zich overtuigen en waren getroost. Het gezin dat boven ons woonde stuurde zijn een na oudste en twee na oudste kind naar het platteland. De ouders van Kleine Doodskist ontvingen erediploma's en rode papieren bloemen, want ze hadden drie kinderen naar het platteland gestuurd. De deuren en muren van hun kamers waren behangen met felicitatiebrieven ter grootte van affiches.

Ten slotte verscheen mijn naam op de Glorieuze Rode Lijst. Ik werd gedetacheerd op de Boerderij van het Rode Vuur, die zich in het kustgebied aan de Oostchinese Zee bevond. De volgende dag kreeg ik opdracht naar een gebouw in de stad te gaan om mijn uitschrijving uit Shanghai te regelen.

Het was een koude middag. In het gebouw was geen licht. De klerken werkten in het donker. In dit donker begon mijn heldenreis. De ambtenaar gaf me het registratieboekje van mijn familie terug. Ik zag dat mijn naam met een rood stempel was weggewist. Het rode stempel, het symbool van gezag. Die middag voelde ik me een kaal ei, dat op een rots was gelegd. Misschien zou ik echt worden geboren, misschien zou ik worden verpletterd door de klauw van een onbekend dier. Ik besefte dat het op dat moment veel te gemakkelijk was het lied 'Ik ga waar de vinger van Voorzitter Mao wijst' te zingen. Ik herinnerde me dat ik dat lied had gezongen. Pas die dag besefte ik wat ik had gezongen.

Ik zat in het donker. En mijn familie zat bij me. En de dag brak aan.

DEEL II

In de ochtend van 15 april 1974 begeleidde mijn familie me naar het Volksplein. Midden op het plein stonden tien enorme vrachtwagens geparkeerd. Rode vlaggen met gouden karakters, Boerderij van het Rode Vuur, waren aan de zijkanten van iedere vrachtwagen gebonden. De vlaggen wapperden voluit en hadden de kleur van vers bloed.

Ik schreef me in. Ik werd begroet door een vrouw van ongeveer vijfentwintig jaar met kort, tot haar oren hangend haar en ogen in de vorm van halve manen. Ze was hartelijk. Ze stelde zich voor als kameraad Lu. Ze feliciteerde me herhaaldelijk, boog zich over mijn schouder en zei: 'Wees trots op jezelf!' Ze glimlachte. De halve manen werden kwart manen. Ze schudde me de hand en bond een rode papieren bloem op de voorkant van mijn blouse. Ze zei: 'Hé, lach eens een beetje, we zijn nu familie.'

Ik klom op een minder volle vrachtwagen. Mijn vader gaf me de koffers aan. Moeder zag er ziek uit. Bloesem en Koraal hielden haar overeind. Ruimtevaarder staarde naar me. Zijn diepliggende ogen waren poelen van chaos. Mijn vader zwaaide naar me en dwong zichzelf te glimlachen. 'En nu wegwezen,' zei hij, in een poging leuk te doen.

Mijn familie stond tegenover me, als poserend voor een saaie foto. Het was een beeld van treurigheid, van iets wat nooit meer hetzelfde zou zijn. Ik was uit beeld verdwenen.

Ik wilde tegen mijn familie zeggen dat ze weg moesten gaan, want hoe langer ze bleven, hoe verbitterder ik werd. Ik kon echter geen woord uitbrengen. Ik was te bedroefd om iets te zeggen. Maar ik was zeventien. Ik was moedig. Ik draaide mijn hoofd in de richting waar de wind vandaan kwam. Ik zei tegen de toekomst: 'Ik ben klaar. Kom me maar op de proef stellen!'

Toen de vrachtwagens begonnen te rijden hief de menigte een gekreun aan. Ouders weigerden de armen van hun kinderen los te laten. Ik wendde mijn blik af. Ik dacht aan mijn heldhaftige verleden, dat ik er altijd trots op was geweest een toegewijde revolutionair te zijn. Ik dwong mezelf me trots te voelen, en voelde me al een beetje beter. Kameraad Lu zag me, zag dat ik niet naar mijn familie zwaaide. Ze kwam naast me staan en zei: 'Flink zo.' Ze vroeg ons een lied met citaten van Mao te zingen. Ze ging ons voor: 'Ga naar het platteland, ga naar de grens, ga daarheen waar ons land ons het meest nodig heeft...'

We volgden Lu's voorbeeld. Onze stemmen waren hees en zwak als die van oude, zieke koeien. Lu zwaaide heftig met haar armen en probeerde zo het tempo op te voeren. De mensen besteedden geen aandacht aan haar. Het was een moment dat in je geheugen gegrift bleef. Het moment dat je jeugd wegsmolt. Ik staarde naar mijn ouders, die daar als bevroren auberginеplanten stonden: hun hoofden hingen slap op hun borst. Er welden tranen op in mijn ogen. Ik zong uit alle macht. Ik schreeuwde. Lu fluisterde tegen me: 'Flink zo. Flink zo.' In haar arm hield ze de vlag van de Boerderij van het Rode Vuur. De vrachtwagens reden weg, tegen de wind in. Stof waaide op, het beeld van Shanghai vervaagde.

Op de vrachtwagen stelde niemand zich aan de anderen voor. Iedereen zat pal naast zijn bagage en luisterde naar het geluid van de wind. We zaten daar alsof we in de rouw waren. Een paar uur later werden we begroet door de sterren aan de hemel. Ik begon mijn vader te missen. Ik dacht aan de nacht dat hij mij, Bloesem, Koraal en Ruimtevaarder uit bed had gehaald om naar de Melkweg en de sterren te kijken. Hij wilde dat we astronoom zouden worden. De droom die hij zelf niet had kunnen verwezenlijken. Het was toen even helder geweest als nu: de hemel, de Melkweg, Jupiter, Mars, Venus en een door mensenhand gemaakte satelliet in zijn baan...

Half slapend rook ik de Oostchinese Zee. Lu vertelde ons dat we bij de Boerderij van het Rode Vuur waren aangekomen. Het was laat in de middag. Ik zag een eindeloze oceaan van zeeriet. De vrachtwagens verspreidden zich in verschillende richtingen. Als een kleine spin kroop onze vrachtwagen het groen in. De hemel voelde zo modderig en dichtbij aan. Dichtbij als een laag plafond.

Ik stapte met tintelende benen van de vrachtwagen. Voor me stonden aan weerszijden twee rechthoekige barakken van grijze baksteen. Tussen de barakken bevond zich een lange openbare gootsteen met veel kranen. Ik zag mensen de barakken in en uit lopen. Mensen die er moe uitzagen, verveeld, in stoffige kleren en met vuil haar. Ze besteedden geen aandacht aan ons.

Ik pakte net mijn koffers op toen ik iemand hoorde roepen: 'Verzamelen! De commandant komt eraan!'

Commandant? Zat ik in een militair kampement? Verbaasd draaide ik me om naar Lu, die gespannen naar het oosten keek. Haar glimlach was geheel verdwenen. Ze keek ingespannen. Ik volgde haar blik in de richting van het open veld. Er verscheen een kleine gedaante aan de horizon.

Ze was lang, goedgebouwd en liep op een manier die gezag uitstraalde. Ze droeg een oud uniform van het Volksbevrijdingsleger dat bijna wit was van het wassen, en in haar taille bijeen werd gehouden met een vijf centimeter brede riem. Ze zag eruit als een veroveraar.

Ze bleef op ongeveer anderhalve meter van ons staan en glimlachte. Ze nam ons een voor een nauwkeurig op. Ze had een stel felle, intense ogen, waarin ik de energie van een leeuw ontwaarde. Ze had een verweerde huid, dikke wenkbrauwen, een bottige neus, hoge jukbeenderen, volle lippen in de vorm van een waterkastanje. Ze had de schouders van een oorlogsheer van lang geleden, buitengewoon breed. Ze was blootsvoets. Haar mouwen en broekspijpen waren half opgerold. Haar handen rustten op haar heupen. Toen haar blik zich op me richtte beefde ik onwillekeurig. Ze verschroeide me met de zon in haar ogen. Ik voelde me naakt.

Ze begon te spreken. Haar stem bracht nauwelijks geluid voort. De mensen werden stil en we hoorden een stem als een gefluister. 'Welkom, nieuwe soldaten van de Boerderij van het Rode Vuur, die zich bij ons voegen als' – ze schraapte haar keel en spuwde de woorden een voor een uit – 'ons vers bloed.' Ze zei dat ze het waardeerde dat we afscheid hadden genomen van het kleine wereldje van onze persoonlijke besognes om te gaan deelnemen aan een operatie op een zo grote schaal. Ze zei dat we zojuist de eerste stap op onze Lange Mars hadden gezet. Ze verhief plotseling haar stem en zei dat ze zich wilde voorstellen. Ze zei: 'Ik heet Yan Sheng. Yan betekent discipline, Sheng betekent overwinning. Jullie kunnen me Yan noemen. Ze zei dat ze partijsecretaris en commandant van deze compagnie was. Een compagnie die op alle gebieden veranderingen doorvoerde waardoor het aanzien van de aarde veranderde. Ze liet haar stem weer dalen tot een gefluister. Ze zei dat ze bij een gelegenheid als deze eigenlijk niet veel te zeggen had. Maar één ding wilde ze toch wel kwijt. Toen schreeuwde ze: 'Laat niemand van jullie proberen me in mijn gezicht te schijten! Laat niemand het wagen de glorieuze titel "De Vooruitgeschoven Zevende Compagnie", het model voor het hele Leger van de Boerderij van het Rode Vuur, door het slijk te halen!' Ze vroeg of ze duidelijk had gemaakt wat ze bedoelde. En wij riepen, geschrokken: 'Ja!'

Met haar hand voor haar neus heen en weer zwaaiend

alsof ze probeerde een vieze lucht kwijt te raken vroeg ze of we sterker wilden worden dan we waren. Ze herhaalde haar vraag. Ze wilde ons *ja!* horen zeggen, zoals een soldaat behoorde te doen. En we riepen met enthousiaste stem in koor terug.

Ze zei: 'Dat lijkt er meer op,' en glimlachte. Er sprak veel liefde uit die glimlach. Hij duurde echter maar drie seconden. Ze kreeg weer een harde uitdrukking op haar gezicht en vertelde ons dat de boerderij dertienduizend leden telde en onze compagnie vierhonderd. Ze zei dat ze verwachtte dat ieder van ons als een radertje in een grote revolutionaire machine zou functioneren. 'Houd jezelf in beweging. Blijf draaien, draaien, draaien,' zei ze, 'want als je stilstaat ga je roesten.' Ze wilde ons eraan herinneren dat we weliswaar geen formele uniformen zouden krijgen uitgereikt, maar wel als echte soldaten zouden worden getraind. Ze zei: 'Ik verkoop nooit onzin, nooit.' Deze uitspraak bleef me nog lang bij, want ze zei het op zo'n grove, verbeten manier.

Het was alsof we willoos waren van de schok, want niemand verzette een voet nadat Yan ons had laten inrukken. Lu hief haar hand op naar Yan. En Yan deed een stap naar achteren en stelde Lu voor als haar plaatsvervangster.

Lu zei dat ze ons een paar dingen te zeggen had. Ze stelde zich voor de rijen op. Er verscheen een brede glimlach op haar gezicht toen ze haar mond opendeed. Met een koude stem zei ze dat ze pas kort geleden naar deze compagnie was overgeplaatst, maar dat ze al heel lang lid was van de familie van de Communistische Partij. Ze begon een verhaal over de geschiedenis van de Communistische Partij, vanaf de stichtingsvergadering op een bootje in de buurt van Shanghai. Ze praatte en praatte, tot de zon zijn laatste stralen terugtrok en we door de neerdalende mist werden bedekt.

Ik werd ondergebracht in huis nummer drie, dat door vrouwen werd bewoond. Mijn kamer mat ongeveer twee meter zeventig bij vier meter twintig en bevatte vier stapelbedden. Ik had zeven kamergenotes. De enige privéruimte bevond zich binnen het muskietennet dat aan bamboestokken hing. De vloer was van aangestampte aarde.

De volgende dag kregen we order in de rijstvelden te werken. Ik was bang voor de bloedzuigers in het water. Een meisje dat Kleine Groene heette werkte naast me. Er zat een bloedzuiger op haar been. Toen ze probeerde hem van haar been te trekken groef hij zich dieper in. Algauw verdween hij onder haar huid, en bleef er op het oppervlak een zwarte vlek over. Ze gilde het uit van afgrijzen. Ik riep er een ervaren soldate bij die Orchidee heette en vroeg haar om hulp. Orchidee kwam en gaf zachte tikjes op de huid boven de kop van de bloedzuiger. De bloedzuiger trok zich terug en kwam naar buiten. Kleine Groene was me erg dankbaar voor mijn hulp, en we werden goede vriendinnen.

Kleine Groene was achttien. Ze had het bed naast het mijne. Ze was bleek, zo bleek dat haar huid ook niet van kleur veranderde als hij de hele dag aan de zon werd blootgesteld. Ze had magere en fijne vingers. Ze spreidde varkensmest uit alsof ze juwelen uitstalde. Ze liep elegant, als een wilg op een zachte bries. Haar lange vlechten zwaaiden heen en weer op haar rug. Als ze iets zei keek ze onveranderlijk omlaag. Ze was verlegen. Maar ze hield van zingen. Ze vertelde me dat ze was opgevoed door haar grootmoeder, die voor de Culturele Revolutie operazangeres was geweest. Ze had haar stem geërfd. Haar ouders hadden opdracht gekregen op verafgelegen olievelden te gaan werken, want het waren intellectuelen. Ze kwamen eenmaal per jaar naar huis, met nieuwjaar. Ze had haar ouders nooit goed leren kennen, maar ze kende alle opera's, hoewel ze de oude opera's nooit zong als er mensen bij waren. Als er mensen bij waren zong ze 'Mijn vaderland', een populair lied sinds de Bevrijding. Haar stem was de trots van het peloton. Ze hielp ons door het harde werk heen, door de dagen dat we om vijf uur moesten opstaan en tot negen uur 's avonds in de velden moesten werken.

Ze was stoutmoedig. Ze durfde haar schoonheid te accentueren. Ze versierde haar vlechten met gekleurde linten terwijl wij onze vlechten opbonden met bruine elastiekjes. Haar vrouwelijke uiterlijk was een bespotting van het onze. Ik keek naar haar en voelde dat deze waaghalzerige houding gevaarlijk was. Ik was leidster van de Rode Garde geweest. Ik kende de regels. Ik kende de smalle grens tussen juist en onjuist. Ik keek naar Kleine Groene. Naar haar schoonheid. Ik wilde ook iedere dag kleurige linten in mijn vlechten. Maar ik had niet de moed de regels te overtreden. Ik was altijd braaf geweest.

Ik moest toegeven dat ze heel mooi was. Maar ik en alle andere vrouwelijke soldaten zeiden dat ze het niet was. We bonden onze vlechten met bruin elastiek op. De kleur van modder, van varkensmest, van onze geest. Omdat we geloofden dat het een ware communist niets moest uitmaken hoe hij eruitzag. Wat ons ter harte ging was de schoonheid van de ziel. Kleine Groene discussieerde nooit met iemand. Het kon haar niet schelen wat we zeiden. Ze glimlachte voor zich uit. Ze keek omlaag. Ze glimlachte, vanuit haar hart, tegen zichzelf, tegen het kleurige lint, en was tevreden. Hoe moe ze ook was, Kleine Groene liep altijd vijfenveertig minuten naar een plek waar warm water was en droeg dan water naar de barak om zich te wassen. Ze verwijderde de modder onder haar vingernagels, geduldig en vrolijk. Iedere avond waste ze zich onder haar muskietennet terwijl ik onder het mijne lag en naar haar keek terwijl ik mijn klauwachtige vingernagels op mijn dijen liet rusten.

Kleine Groene liet me trots zien hoe ze resten textiel gebruikte om mooi ondergoed te maken dat fraai geborduurd was met bloemen, bladeren en vogels. Ze spande een touwtje naast het raampje tussen onze bedden waaraan ze haar ondergoed te drogen kon hangen. Dat touwtje was in onze kale kamer net een kunstgalerie.

Kleine Groene maakte me onrustig. Ze maakte de hele kamer onrustig, het peloton en de compagnie. Ze hield onze blik gevangen. We moesten wel naar haar kijken. Het uitschot van de compagnie kon zijn blik niet van haar afhouden, van dat wezentje met al die bourgeoisallure. Ik deed mijn eigen verlangen mijn jeugd tentoon te spreiden geringschattend af. Een smerig verlangen, hield ik mezelf wel honderdmaal voor. Ik was zeventienenhalf. Ik had bewondering voor de moed van Kleine Groene. De moed om de kleren die we kregen uitgereikt te vermaken. Ze nam haar overhemden bij de taille in. Ze vermaakte haar broeken zo dat ze langere benen leek te hebben. Ze geneerde zich niet over haar volle boezem. Vroeg in de avond droeg ze altijd die twee emmers warm water, met rechte rug en vooruitgestoken borst. Ze liep zingend naar onze kamer. De hemel achter haar was fluwelig blauw. De half-menselijke, half-aapachtige soldaten staarden altijd naar haar als ze voorbijkwam. Ze was de Venus van de avond van de boerderij. Ik beneed en aanbad haar. In juni waagde ze het zonder bh te lopen. Ik had een hekel aan mijn eigen bh als ik haar zag, haar op me af zag lopen met op en neer wippende borsten. Als ik haar zag kreeg ik het gevoel dat ik al wegkwijnde voordat ik had gebloeid.

De dagen waren lang, zo lang. Het werk duurde eindeloos. Om vijf uur in de ochtend maaiden we de oliehoudende planten. De zwarte zaden rolden in mijn nek en mijn schoenen als ik de planten neerlegde. Ik nam niet de moeite het zweet weg te vegen dat van mijn voorhoofd druppelde en in mijn ogen prikte. Daar had ik geen tijd voor. Ons peloton was het snelste van de compagnie. We stegen als pijlen ten hemel. We werkten ons in trapsgewijze formatie door de velden. Als we aan het werk waren zonken we diep weg in de zee van planten. We rechtten onze rug nauwelijks. We hadden niet de tijd om onze rug te rechten. Kleine Groene wel, af en toe. Ze maakte ons onrustig. We namen onvriendelijke woorden in de mond. We zeiden: 'Schande, die luilakken!' We hielden hier pas mee op als Kleine Groene weer haar rug boog om aan het werk te gaan. We deden dit met iedereen, behalve met Yan. Yan was een ruiter. Wij waren haar paarden. Ze hoefde ons niet met de zweep te geven om ons in beweging te krijgen. We voelden de zweepslag al als ze langskwam en keek hoe het met het werk stond. Ik keek hoe haar voeten langskwamen. Ik durfde mijn hoofd niet op te richten. Ik lette op wat mijn handen deden. Ze bleef staan en keek hoe ik werkte. Ik sneed de plant af en legde hem netjes neer. Ik probeerde te voorkomen dat de zwarte zaden op me neerregenden. Ze liep door en ik haalde opgelucht adem.

Een van de mooiste, met de hand geborduurde stukken ondergoed van Kleine Groene was gestolen. Het werd als een ideologische misdaad beschouwd. Het Partijcomité van de compagnie belegde een bijeenkomst. Deze werd in de eetzaal gehouden. Er zaten vierhonderd mensen op houten krukjes, in rijen. Het probleem met betrekking tot de diefstal werd door Yan ter sprake gebracht. Niemand biechtte de diefstal op. Lu was verontwaardigd. Ze zei dat ze dergelijk gedrag niet kon tolereren. Ze zei dat wat er was gestolen voor ons allemaal een schande was. Ze zei dat de Partij een politieke campagne moest lanceren om te voorkomen dat iets dergelijks nog eens gebeurde. Ze zei dat het meer de fout van de leiders van de compagnie was dan van de soldaten. Yan stond op. Ze bood haar verontschuldigingen aan, omdat ze te weinig strikt was geweest met de controle op het denken van haar soldaten. Ze bood de Partij haar verontschuldigingen aan. Ze bekritiseerde Kleine Groene vanwege haar ijdelheid. Ze beval haar haar fout toe te geven. Ze zei tegen Kleine Groene dat deze in de toekomst haar ondergoed niet meer bij het raam mocht hangen.

Kleine Groene zat 's middags haar vingernagels schoon te maken. Ze probeerde de bruine onkruidverdelger te verwijderen die vlekken op haar nagels had gemaakt. Ze gebruikte hiervoor een tandenborstel. Ik lag op mijn handen. Ik keek met hoeveel geduld ze te werk ging. Kleine Groene zei dat ze teleurgesteld was in Yan. 'Ik dacht dat ze menselijker was dan Lu,' zei Kleine Groene. 'Lu is een hond. Ik had niet verwacht dat ze de slagtanden van een olifant zou laten zien. Maar Yan wordt geacht een olifant te zijn. Ze wordt geacht ivoren slagtanden te hebben in plaats van een hondegebit als een zaag.'

Ik gaf geen antwoord. Ik vond het moeilijk commentaar te leveren op Yan. Ik wist niet precies meer wanneer ik een bewonderaarster van Yan was geworden. Zoals veel vrouwen in de compagnie nam ik haar automatisch in bescherming. Als we pauze hadden in het veld vertelden we de legenden die over Yan de ronde deden. Van Orchidee hoorde ik dat Yan op haar achttiende bij de Communistische Partij was gegaan. Toen ze hier vijf jaar geleden was aangekomen, had het land van de Boerderij van het Rode Vuur braak gelegen. Ze had haar peloton van twintig Rode Gardisten het veld op geleid om het in cultuur te brengen. Orchidee was een van die twintig geweest. Yan was beroemd vanwege haar stalen schouders. Om de modder weg te halen toen ze irrigatieslootjes aan het graven waren liep ze twintigmaal een kilometer per dag met meer dan tachtig kilo in manden aan een juk over haar schouders. Haar schouders zwollen op als rijzend brood. Ze bleef echter sjouwen. Ze liet het juk in haar bloedende schouders inslijten. Ze geloofde in wilskracht. Na een jaar had ze blaren ter grootte van duimen. Ze was de sterkste gewichthefster van onze compagnie. Orchidee vertelde het verhaal op een toon alsof Yan een godin was.

's Middags zag ik Yan zware lasten dragen. Ze stapelde de ene na de andere rietstengel op haar hoofd, tot het op het laatst leek of ze een hele heuvel op haar hoofd droeg, waaronder alleen haar benen nog bewogen. Ze had de spieren van een man. Haar voeten waren net dierepoten.

De oudere soldaten werden het niet moe één bepaald beeld van hun heldin te beschrijven. Een paar jaar geleden was er na de oogst brand uitgebroken. Strohutten en velden rijp graan waren verbrand en alle Rode Gardisten hadden staan huilen. Yan stond tegenover de rijen mensen; een van haar vlechten was weggebrand, haar gezicht was geschroeid en haar kleren rookten. Ze zei dat haar geloof in het communisme voldoende was om haar droom weer op te bouwen. De compagnie bouwde in vijf maanden nieuwe huizen. Ze werd verafgood. Ze was werkelijker dan Mao.

's Avonds laat, als ik luisterde naar de geluiden die Kleine Groene maakte terwijl ze zich waste, stelde ik me Yan voor met haar weggebrande vlecht, haar huid geschroeid door de brand die achter haar woedde... Yan was de hoofdrolspeelster in mijn opera geworden. Ik begon *Het rode vrouwenregiment* te zingen. Kleine Groene neuriede met me mee, en daarna onze andere kamergenotes. Ik zong het lied van Yan. Yan was de heldin van het werkelijke leven. Door dat lied te zingen wilde ik haar bereiken, haar worden. Ik wilde een heldin worden. Ik aanbad Kleine Groene als vriendin, maar ik had Yan nodig om te verafgoden.

De wilg voor het raam zwaaide heen en weer. De bladeren tikten tegen het venster. Het was een winderige avond. Morgen zou het weer een zware dag worden. De depressie sloeg toe. Ik richtte mijn gedachten op Yan. Ze inspireerde me, gaf mijn leven betekenis. Ondanks Kleine Groenes teleurstelling werd mijn bewondering voor Yan niet minder. Ik had behoefte aan een leidster om overeind te blijven. Mijn rug deed pijn. Mijn vingernagels waren helemaal bruin, mijn huid scheurde. Mijn denken was echter op Yan gericht. Denkend aan haar viel ik in slaap.

Ik begon de manier van lopen, praten en kleden van Yan te imiteren. Ik was me niet bewust van wat ik deed. Mijn riem was vier centimeter breed. Ik wenste dat hij twee centimeter breder was. Ik knipte mijn lange vlechten af, tot ze even lang waren als die van Yan. Ik probeerde zoveel mogelijk te dragen als ons peloton eropuit werd gestuurd om een nieuw irrigatiekanaal te graven. Ik liet het juk inslijten in mijn bloedende blaren. Als de pijn doordrong tot mijn hart dwong ik mezelf aan Yan te denken, te denken aan de manier waarop zij pijn verdroeg.

Om indruk te maken op Yan hield ik toespraken tijdens de bijeenkomsten voor zelfkritiek die iedere avond werden gehouden. Ik legde mijn zwakheden op tafel. Iedereen deed dat. We hielpen elkaar bij het onderzoek naar onze gedachten, om ons te ontdoen van de onjuiste. We geloofden dat als we hier niet in slaagden, ons hart door kwade bourgeoisgeesten zou worden vermoord. Mao had ons gewaarschuwd dat die geesten zich overal bevonden, dat ze zich verborgen hielden en het goede moment afwachtten om ons te pakken te nemen. Over de klassenstrijd moet iedere dag, iedere maand en ieder jaar worden gepraat, zei Mao. We praatten over ons karakter, over de vraag hoe we onszelf konden verbeteren en fatsoenlijk konden blijven. We praatten over de vraag hoe we meer wilskracht konden krijgen. Een wil met toverkracht. Een wil om eeuwig de overwinning te behalen. Ik besefte pas later dat het een tijd van grote betekenis, van brandende liefde en van bevrediging was geweest. Ik was enthousiast tijdens deze bijeenkomsten. Hoewel Yan me niet scheen op te merken was ik niet ontmoedigd. Ik leefde op mijn oprechtheid en geloofde dat ik uiteindelijk haar vertrouwen zou winnen.

Ik was een van degenen die order kregen mee te doen aan een militair trainingsprogramma dat door het hoofdkwartier van de boerderij werd verzorgd. Ik was blij dat ik als politiek betrouwbaar te boek stond. Het programma bestond uit een reeks intensieve cursussen schieten, granaatwerpen en man-tegen-mangevechten. Yan zei dat ze ons pas zou laten gaan als we in ons eigen zweet waren gemarineerd. We werden ook opgeroepen voor nachtelijke zoektochten: we dienden dan in drie minuten ons bed uit te komen en klaar te staan met onze geweren en zaklantarens.

Op een nacht, in het begin van de zomer, werd ik om twaalf uur gewekt door een noodoproep. De leidster van het peloton stond bij het raam en enkele minuten later was ik met de groep vertrokken.

De lucht voelde aan als water, verkoelend op mijn gezicht. We bewogen ons snel, bijna rennend, door het riet. Toen we de graanvelden bereikten kregen we gefluisterd het bevel onze geweren te laden.

Opeens was ik klaarwakker – het was de eerste keer dat we scherpe munitie moesten gebruiken – er was iets ernstigs gebeurd. Ik laadde mijn wapen.

En toen hoorde ik de stem van Yan. Ze gaf ons bevel te gaan liggen, en toen op te rukken. Het was de stem van iemand die wilde doden.

We begonnen ons kruipend door het graan voort te bewegen. Het was moeilijk iets te zien. Ik kreeg halmen in mijn gezicht, waardoor overal kleine naaldjes op mijn lichaam bleven hangen. Ik hield mijn geweer stevig vast. De mannelijke soldaat voor me hield halt en gaf het bevel door dat we moesten blijven liggen.

Ik lag daar met ingehouden adem te luisteren. De insekten begonnen te zingen en het graan rook zoet. De nacht was stil. Muskieten begonnen me door mijn kleren heen te steken. In de verte klonk geluid. Toen was het stil. Ik dacht dat ik het geluid in mijn fantasie had gehoord. Na ongeveer een minuut hoorde ik het geluid weer. Het waren twee geluiden. Het ene geluid was de stem van een man en het andere het gemompel van een vrouw. Ik hoorde een zachte, gesmoorde kreet. En toen de schok: ik herkende de stem als die van Kleine Groene.

Mijn enige gedachte was: ik kan niet toestaan dat Kleine Groene zo wordt betrapt. Ze was mijn beste vriendin, het enige stroompje frisse lucht in onze benauwde kamer. Ze had me nooit verteld dat ze iets met een man had, maar ik begreep ook heel goed waarom niet: het zou een schande zijn geweest zoiets toe te geven. Een goede vrouwelijke kameraad werd geacht al haar energie, haar jeugd, aan de revolutie te wijden. Het was haar niet toegestaan ook maar aan een man te denken; dat mocht pas als ze achter in de twintig was en een huwelijk overwogen zou kunnen worden. Ik dacht over de gevolgen die het voor Kleine Groene zou hebben als ze werd gesnapt. Ik zag al voor me hoe haar toekomst geruïneerd zou zijn. De maatschappij zou haar laten vallen en haar familie zou te schande worden gezet. Ik kroop naar voren, in de richting van het geluid. Onmiddellijk drukte een sterke hand me tegen de grond. Het was Yan. Ik spartelde tegen, trachtte me uit haar greep te bevrijden. Ze was echter te jong. Haar hand was van ijzer. Ze scheen precies te weten wat er gaande was.

Het gemompel en gehijg werden luider. Yan beet haar tanden op elkaar en ademde diep in. Ik voelde de kracht van haar lichaam. Een seconde later liet ze mijn rug los en schreeuwde plotseling: ‘Nu!’

Het was alsof er naast me een bom was ontploft. Yan richtte haar zaklantaren op Kleine Groene en de man. Op hetzelfde moment werden er ongeveer dertig zaklantarens aangeknipt, waaronder de mijne.

Kleine Groene gaf een gil. Hij scheurde door de nacht. Ze had haar lievelingshemd aan – het hemd dat met roze pruimebloesem was geborduurd. De lantarens schenen op haar blote billen. Haar schreeuw ging me door merg en been. Mijn hart scheurde.

De man was mager, droeg een bril en zag er uit als een kamergeleerde. Hij trok zijn broek op en probeerde weg te rennen. Hij werd onmiddellijk door de groep gepakt en voor plaatsvervangend commandant Lu geleid, die haar geweer naar voren stak en het tegen het hoofd van de man zette. De man hoorde niet bij onze compagnie, maar ik herinnerde me dat ik hem weleens op de markt had gezien. Hij had naar Kleine Groene geglimlacht, maar toen ik had gevraagd of ze hem kende had ze nee gezegd.

Kleine Groene beefde en huilde. Ze kroop heen en weer op zoek naar haar kleren en probeerde met haar handen haar billen te bedekken.

Ik liet mijn lantaren zakken.

Yan liep langzaam op de man af. Ze vroeg hem waarom hij dat Kleine Groene had moeten aandoen. Haar stem trilde. Tot mijn verrassing zag ik tranen in haar ogen glinsteren.

De man beet op zijn lip. Hij zei niets.

Yan gooide haar gordel op de grond en gaf de mannelijke soldaten opdracht de man een pak slaag te geven. Ze liep weg, maar hield weer halt en zei dat ze het prettig zou vinden als de soldaten de man aan het verstand zouden kunnen brengen dat de vrouw van tegenwoordig niet meer het slachtoffer van de begeerte van de man was. Ze trok haar jasje uit en legde het om Kleine Groene heen. Ze zei zachtjes tegen haar: 'Laten we naar huis gaan.'

De boekenwurm keek niet schuldig. Toen het trappen en slaan begon deed hij zijn uiterste best niet te schreeuwen.

Ik keerde samen met de andere vrouwelijke soldaten naar de barakken terug. In de verte hoorden we de gesmoorde kreten van de man en het geschreeuw van Lu: 'Dood aan de verkrachter!' Het gekerm van Kleine Groene wilde maar niet ophouden.

In de eetzaal werd een openbaar proces gehouden. Kleine Groene had gedurende vier dagen een 'intensieve gedachtenreiniging' ondergaan. Staande op een geïmproviseerd podium verklaarde Kleine Groene met hoge, gespannen stem dat ze was verkracht. Het vel papier waarvan ze haar verklaring aflas viel tweemaal uit haar handen. Haar minnaar werd veroordeeld. Ik zal nooit de uitdrukking op zijn gezicht vergeten toen het doodvonnis werd uitgesproken. Alsof hij uit een nachtmerrie ontwaakte zag hij er plotseling ontspannen uit. Zijn bont en blauwe gezicht was opgeklaard toen Kleine Groene de zaal had betreden.

Ik zat naast Yan. Ik hoorde haar enige woorden met Lu wisselen. Ze zeiden dat de man grondig vergiftigd was door bourgeoisgedachten. Yan zuchtte droevig. Lu zei dat het een goede zaak was dat de Partij had voorkomen dat het gif zich verder verspreidde. Yan stemde hiermee in en zei dat ze Kleine Groene in elk geval had gered. Lu hield een korte toespraak om het proces te besluiten. De omgevallen wagen voor je dient als waarschuwing voor de wagens erachter, zei ze tegen de compagnie.

De gil van Kleine Groene bleef een hele week in mijn oren hangen. Ik speelde met de gedachte met Kleine Groene te gaan praten, maar ik voelde me te schuldig om haar onder ogen te komen.

Na de terechtstelling praatte niemand meer over de man, maar iedereen dacht aan hem. Kleine Groene waste zich niet meer. Maanden verstreken. Ze had zich nog steeds niet gewassen. Men begon te klagen dat ze stonk. Ik haalde twee emmers heet water en vroeg of ze het goedvond dat ik haar ondergoed voor haar zou wassen, maar ze pakte een schaar en knipte het aan flarden. Ze knipte haar lange vlechten af en kamde haar haar niet meer. Snot droop van haar lippen. 's Avonds zong ze liedjes, vals. Toen werd het erger. Ze wilde na middernacht niet meer ophouden met zingen. Ze zong oude opera's. De een na de ander. Ze speelde met de muskietengordijnen in de kamer. Er kwamen muskieten binnen. De kamergenotes werden woedend. Ze bonden Kleine Groene vast op haar bed. Maar ze lachte alleen maar en zong nog harder. De kamergenotes spuwden haar in het gezicht en zeiden haar haar mond te houden. Maar ze ging door tot het aanbreken van de dag. Toen we wakker werden, waren alle schoenen verdwenen. Kleine Groene had ze meegenomen. Ze had de schoenen in de vijver achter het compagniesmagazijn gesmeten. Kleine Groene was gek aan het worden, maar niemand wilde die gedachte onder ogen zien. Ik kon mijn gevoelens niet beschrijven. Ik had haar vernietigd. We hadden haar vermoord. We waren krankzinnig. We hadden haar gewurgd tot ze gek was geworden.

De kamergenotes brachten verslag uit van haar gedrag. Yan weigerde te geloven dat Kleine Groene krankzinnig was. Ze dwong ons onze mond te houden. Ze vroeg Orchidee, Lu en mij met haar mee te gaan en Kleine Groene in het ziekenhuis van de boerderij te laten opnemen.

We brachten Kleine Groene weg met een tractor. We hielden haar met zijn vieren vast alsof we een dier naar het abattoir brachten. Yan legde haar jasje over Kleine Groene heen. Ze beschermde haar tegen de sterke wind alsof ze een pasgeboren baby was.

De artsen verrichtten verschillende onderzoeken bij Kleine Groene maar kwamen er niet achter wat er met haar aan de hand was. Ze vertelden Yan dat er verder niets te doen viel en vroegen haar Kleine Groene weer mee te nemen. Yan begon te brullen. Ze dreigde dat ze hen allemaal als reactionairen zou aangeven als ze niet met een aanvaardbare diagnose kwamen. De artsen smeekten om genade. Uiteindelijk verwezen ze Kleine Groene naar een ziekenhuis in Shanghai, waar een zenuwinzinking werd geconstateerd.

Toen Kleine Groene maanden later uit het ziekenhuis terugkwam herkende ik haar niet. Door de medicijnen die men haar had voorgeschreven was ze dikker geworden. Ze was dik als een varken.

Ze kreeg weer een bed in mijn kamer, waar ze het grootste deel van de dag stil één kant op zat te kijken. Haar pupillen draaiden soms omhoog, haar schedel in, alsof ze probeerde haar eigen gedachten te lezen. Haar haar zat aan haar schedel geplakt. Ik dacht terug aan de avonden dat ze na het eten haar haar had gewassen en in de zonsondergang had gekamd en gedroogd. Ik herinnerde me het lied dat ze zo mooi had gezongen: 'Mijn vaderland'.

Er zijn meisjes als mooie bloemen,
Jongens met sterke lichamen en een open geest.
Om ons nieuwe China op te bouwen
Werken en zweten we gelukkig samen...

De nacht van mijn achttiende verjaardag bracht ik onder het muskietennet door. Ik was doordrongen van een onbenoembare angst. Het voelde aan als een zweterige zomernamiddag. Irritant heet. De lucht voelde stroperig aan. Het was de rijpheid van mijn lichaam. Het begon te bederven. Mijn lichaam schreeuwde vanbinnen en probeerde zijn ketenen af te schudden. Ik was ongedurig.

Het riet ontsproot onder mijn bed. Ik moest het afsnijden omdat het door mijn bamboemat heen prikte en ik de vorige nacht al een paar schrammen op mijn wang had opgelopen. Ik moest het een halt toeroepen of het zou me pijn gaan doen. Het had me al eerder pijn gedaan. En ik had het met wortel en al uit de grond getrokken. Het riet was echter niet te vernietigen. Het was krankzinnig sterk, immuun voor zout. Als ik dacht dat het verdwenen was, was het terug. Het groeide uit het niets. Het moest aan het zout liggen. Het zout gaf het riet meer kracht, dacht ik. Zout en riet pasten goed bij elkaar. Dat waren de echte boeren van de Boerderij van het Rode Vuur.

Ik stapte uit bed en knielde. Ik trok het riet uit de grond en brak de stengels doormidden. Ik stapte terug onder mijn net, trok het goed dicht, sloeg drie muskieten dood. Ik wipte ze van het net en keek naar de bloedplekken. De rusteloosheid kreeg me in haar greep op dezelfde manier als waarop het riet terugkwam, uit het niets. Het lag aan mijn lichaam. Dat moest het zijn. Mijn lichaam en mijn rusteloosheid pasten goed bij elkaar. Ze schreeuwden binnenin me, braken me doormidden.

Ik gebruikte een kleine spiegel om mijn lichaam te bekijken, om de details van mijn geslachtsorgaan te bestuderen. Ik luisterde zorgvuldig naar mijn lichaam. Ik hoorde zijn problemen, zijn stoornissen. Het had geprobeerd iets op te vangen, een aanraking van een vreemde, om de spanning te sussen, maar tevergeefs. Mijn lichaam wilde per se afscheid nemen van zijn heerser, de geest. Het was kwaad. Het dreef me ergens heen waar ik niet heen wilde: ik begon over mannen na te denken. Ik droomde dat ik door veel handen werd aangeraakt. Ik walgde van mezelf.

Het was een heftig gevoel. Mijn lichaam hongerde. Ik kon het niet dwingen met me mee te werken. Ik woelde de hele nacht in mijn bed, de eenzaamheid omhulde me, de gespannenheid maakte me verdrietig. Ik lag op mijn rug, alsof ik op tralies lag uitgestrekt. Mijn handen over mijn hele lichaam, ik wist niet hoe ik mijn gemoedsrust terug moest krijgen. Ik voelde een monster in me groeien, een monster van begeerte. Het werd iedere dag groter, duwde mijn organen opzij. Ik was weerloos. Ik zag geen uitweg. Het muskietennet was een graf met een klein beetje bedorven lucht. Ik voelde me gewond, maar ik kon niet huilen. Ik moest op mijn hoede zijn, want niemand anders huilde in de kamer. Hadden mijn kamergenotes dan niets met me gemeen? De muskieten staken me. Ik zocht ernaar. Ze zaten in de hoeken van het net. Ze waren dik en onhandig na het opzuigen van al dat bloed. Ik richtte, sloeg mijn handen tegen elkaar. De muskiet vloog weg. Ik wachtte, joeg hem op, wachtte, richtte weer en viel aan. Ik sloeg er een dood. Hij lag plat op mijn hand, bloederig en kleverig. Het bloed van de muskiet. Mijn bloed. Ik joeg iedere avond op muskieten. Kneep ze allemaal dood. Bloedvlekken op mijn net getuigden van mijn successen. Ik speelde met muskieten met lange poten. Ik bewonderde de elegantie van de diertjes. Ik liet er vaak een op mijn knie neerkomen en keek dan hoe het me stak. Ik keek hoe het zijn kleine bek, die op een rietje leek, in mijn huid stak en begon te zuigen tot het bevredigd was. Dan kneep ik het dood tussen twee vingers, stevig, en keek hoe zijn donkere bloed omlaagdroop.

Het doden van muskieten gaf me mijn gemoedsrust niet terug. Mijn geest was niet meer de geest die ik had gekend. Ik was niet meer de volmaakte, vlekkeloze geest. Ik begon te twijfelen aan die in ongenade geraakte meisjes, de meisjes uit mijn middelbare-schooltijd. Als klasseoudste was het mijn taak semesterslang bij ze te zitten en hen het rechte spoor terug te helpen vinden. Ik moest hen corrigeren en beïnvloeden. Hoewel me nooit werd uitgelegd wat er met ze aan de hand was, was bekend dat ze 'La-Sai' werden genoemd – een slangwoord dat aangaf dat die meisjes schandelijke dingen hadden gedaan met mannen en door degenen die moreel goed waren werden veroordeeld. Die meisjes hadden geen zelfrespect. Ze werden 'porselein met barsten' genoemd. Niemand wilde ze. Ze hadden geen enkel uitzicht op een toekomst. Ze hadden geen toekomst. Ze waren vuilnis. Door hen naast mij te zetten werd aangetoond hoe ruimhartig de Communistische Partij was. De Partij liet zondaren niet in de steek.

De Partij redde hen. Ik vertegenwoordigde de Partij.

Doordat ik zeven jaar naast dergelijke meisjes had gezeten wist ik dat ze werden verteerd door schaamtegevoel. Ik leerde dat ik me nooit in hun positie moest begeven, dat ik uit de handen van mannen moest blijven. Ik keek op naar de modelvrouwen die door de maatschappij werden geprezen. De heldinnen in revolutionaire opera's hadden echtgenoten noch minnaars. De heldin in mijn leven, Yan, scheen evenmin iets met mannen te maken te hebben. Voelde zij zich ook rusteloos? Hoe dacht ze over haar lichaam? De laatste tijd maakte ze een ernstigere indruk dan vroeger. Ze hield geen toespraken meer tijdens de bijeenkomsten. Ze liep wel een week met een lang gezicht rond. Ik zag dat ze met Kleine Groene probeerde te praten. Kleine Groene reageerde heel vreemd. Afwezig speelde ze met stukjes riet of de knopen op Yans uniform. Ze lachte hysterisch. Yan keek pijnlijk getroffen en verward. Ze pakte Kleine Groene bij de schouders. Ze smeekte haar te luisteren. Maar ze stond tegen een muur te praten.

Toen ik later die middag klaar was met het slijpen van mijn sikkel keerde ik terug naar mijn kamer en ging bij Kleine Groene zitten. Mijn kamergenotes hadden allemaal iets te doen. Net als zijdewormen die zijde sponnen zaten ze truien, tassen en dassen te breien. Niemand zei een woord.

Ik ging onder mijn net zitten en trok het dicht. Ik keek naar het net tegen het plafond. Ik werd overweldigd door eenzaamheid. Ik was niet veel anders dan de koe waarmee ik had gewerkt. Ik hield mezelf voor dat ik het leven voor lief moest nemen. Iedere dag werden we verzengd door de zon, knielden we op het harde land, plantten we katoenzaad en maaiden we riet. Het stompte me af. Mijn geest was roestig geworden. Hij scheen niet te functioneren. Hij bracht geen gedachten voort als mijn lichaam erg zweette. Hij dreef rond in een witte zee. Mijn brein kromp ineen in het zout, droogde uit onder de zon.

De katoenzaden die we zaaiden klommen op uit de grond, als te vroeg geboren wezens met overal wild riet eromheen. Toen ze hun kopjes boven het oppervlak uitstaken zagen ze eruit als kleine mannetjes met bruine petjes. Ze zagen er aardig uit in de vroege ochtend, maar tegen het middaguur waren ze vernield door het naakte zonlicht en in de avond waren er veel dood voordat de mist hun vocht kon brengen. Toen ze doodgingen of begonnen dood te gaan vielen de bruine petjes op de grond en lieten de mannetjes treurig het hoofd hangen. Degenen die in leven bleven strekten zich uit en werden groter. Ze worstelden nog een dag door. Na een week vielen de petjes af en deelden de hoofden van de mannetjes zich in tweeën. Dit waren de eerste twee bladeren van de plant. In de Boerderij van het Rode Vuur groeiden ze nooit uit tot datgene wat er van ze werd verwacht omdat het waanzinnige, overweldigende riet al het water en alle mest opslorpte. Het riet spreidde zijn armen uit en ving al het zonlicht op. De katoenplanten bogen zich dan opzij. Ze leefden in de schaduw van het riet. Hun bloemen zagen er erbarmelijk uit. Het waren net weduwen met rozige gezichten. De vruchten – de katoenbollen die ze uiteindelijk vormden – waren harde noten, dun, gebarsten, opgevreten door insekten die zich in het hart van de planten verborgen. Het was katoen van de laagste kwaliteit. Het kwam niet eens voor classificatie in aanmerking. Als er eens iets voor classificatie in aanmerking kwam was het klasse vier. We plukten de bollen, stopten ze in zakken en verzonden ze naar een papierfabriek in plaats van naar een textielfabriek.

Ik voelde me als een van die harde noten. In plaats van te groeien kromp ik. Ik verzette me tegen dat krimpen. Ik wendde me tot Orchidee. Ik had dorst. Orchidee wilde graag vrienden met me worden. Ze nodigde me uit op haar bed te komen zitten. Ze babbelde over breipatronen. Ze praatte aan één stuk door. Ze vertelde me dat ze nu voor de vierde keer aan dezelfde trui bezig was. Ze liet me de details van het patroon zien en zei dat als ze de trui eenmaal afhad, ze hem weer zou uithalen en opnieuw breien, waarvoor ze dan dezelfde wol kon gebruiken. Ze zei dat breien het grootste genoegen in haar leven was. Ze móest breien. Niets anders interesseerde haar. Ze hield haar ogen strak op de pennen gericht. Verder deed ze niets. Haar bewegende vingers deden me denken aan een krekel die op gras zat te kauwen. Ik staarde naar de wol die langzaam werd verslonden, centimeter voor centimeter. Ik stelde voor over iets anders te praten – over opera bijvoorbeeld. Ze weigerde naar me te luisteren. Ze bleef maar praten terwijl haar handen met de trui bezig waren. De krekel kauwde het gras op, centimeter voor centimeter, uur in uur uit, dag in dag uit. Ik begon over opera te praten. Ik zong: 'Laten we leren van de pijnboom op de top van de Tai.' Orchidee sukkelde in slaap. Ze gleed weg onder haar net. Ze snurkte luid. Ik kreeg de aanvechting haar te vermoorden. Als ik me voorstelde dat de rest van mijn leven er ook zo zou uitzien werd ik overweldigd door waanzin.

Ik had gezien dat Yan altijd laat in de middag met een kruik in haar hand naar de velden vertrok. Op een dag dat het erg mistte besloot ik haar te volgen. Ik wachtte op haar in de zee van riet. Ze droeg een bruine kruik. Ze zocht ergens naar aan de voet van de rietstengels. Ze probeerde giftige waterslangen te vangen. Ze was snel en behendig. Ik volgde haar. Kilometer na kilometer. Geleid door de mythen die ze uitstraalde. Ik verborg me en rook het riet, de zee, de mist en de avond. Ook de volgende dag ging ik achter haar aan. Kilometers door het riet. Ik ging beter slapen. Ik was nieuwsgierig naar Yans bedoelingen, naar haar reden om met het vangen van slangen haar leven te riskeren.

Het had de hele dag gestroomd van de regen. We hadden order gekregen in onze kamer te wachten tot het op zou klaren. Terwijl ik daar zat bad ik tot de weergod of hij het zo lang mogelijk wilde laten regenen. Alleen als het regende mochten we rust nemen. Als het inderdaad regende was ik zo opgelucht. Ik rende dan de kamer uit, keerde mijn gezicht naar de hemel, hief mijn armen naar de hemel om de regen te voelen, te proeven en te danken. Ik liet de regen op mijn gezicht neerstromen, in mijn haar wegzinken, langs mijn hals, mijn middel, mijn benen, mijn tenen lopen.

Zittend aan het raam raakte ik verloren in mijn gedachten en staarde naar de wilg. De regen veranderde in een *mao-mao-yu*, een 'regen van koeiehaar', zoals de boeren het noemden. Ik staarde naar het raam tegenover het mijne. Het was het raam van de kamer waar de compagnieshoofden zaten. Yans raam. Het raam intrigeerde me. Ik vroeg me dikwijls af hoe de mensen achter dat raam leefden. Ik kende hen goed in hun uniformen, maar niet onder hun muskietennetten. En hun nachten? Hadden ze weleens zo'n nacht als ik?

Het raam aan de overkant ging open. Ik trok me terug onder mijn net. Ik keek erdoorheen. Het was de commandant. Ze stak een arm naar buiten. Ze probeerde te voelen hoe hard het regende. Ze hief haar kin op naar de grijze lucht. Haar ogen gingen dicht. In die houding bleef ze een tijdje staan. Het was zo'n privé-houding. Tussen haar en de hemel. Voelde ze zich net zoals ik: eenzaam en gedeprimeerd? Nadat Kleine Groene gek was geworden was mijn aanbidding voor Yan in haar tegendeel omgeslagen. Mijn verdriet om Kleine Groene was in woede op Yan veranderd. Ik besloot dat Yan mijn respect niet langer verdiende. Zij was de moordenares, maar dat was ikzelf ook. Zij had het echter opzettelijk gedaan, en dat was onvergeeflijk. Ik had haar besluit uitgevoerd. Toch groeide er een koppigheid in me. Ik ontdekte dat ik weigerde te denken dat Yan mijn respect niet meer verdiende. Om een of andere vreemde reden had ik het gevoel dat ik nog steeds behoefte had aan Yan als heldin. Ik had een heldin nodig zodat ik haar kon aanbidden, volgen, zodat ze als spiegel dienst kon doen. Zo had ik leren leven. Ik had dit nodig op dezelfde manier waarop Orchidee haar breien nodig had: om te overleven, om het leven het hoofd te bieden.

Ik raakte in de greep van het verlangen Yan te overwinnen. Of preciezer: mezelf te overwinnen, omdat Yan het symbool van mijn geloof was. Ik wilde dat ze me vertelde waarom ze zo wreed tegen Kleine Groene was opgetreden. Ik wilde haar dat masker van partijsecretaris van het gezicht rukken, ik wilde zien wat er in haar hoofd gebeurde. Ik wilde dat ze zich overgaf. Ik was geobsedeerd geraakt.

Plotseling draaide ze zich naar me om en bleef staan. Ze zag me naar haar staren. Ze stak een vinger in haar mond en floot. Yan, de commandant, floot om iedereen opdracht te geven terug te gaan naar het werk in de velden. Ze floot. Ze verjoeg mijn gedachten. Ze sloot het raam zonder te zwaaien, zonder een woord te zeggen, te knikken of een gebaar te maken.

De regen was opgehouden. De hemel was gevuld met zware, donkere wolken. De wolken zagen eruit alsof ze op ons hoofd zouden vallen. De kleren die ik, voordat ik naar bed was gegaan, had uitgetrokken zodat ze konden drogen, waren nat en modderig. Ik haalde ze van de lijn en trok ze aan; daarna sleepte ik me naar het veld.

We waren bezig rijstplantjes te verplanten. We werkten drie uur achtereen. Ik werkte aan de rand van het veld en zag een bloedspoor in het modderige water. Ik volgde het en vond Orchidee op haar knieën in het water. Haar broek was bloedrood. Orchidee had altijd problemen met haar menstruatie. Die kon wel een halve maand duren, tot ze bijna uitgeput was van het bloeden. Ze vertelde me dat ze niet had begrepen wat menstruatie was toen het haar voor de eerste keer was overkomen. Ze had zich te erg geschaamd om iemand om advies te vragen. Ze had haar broek volgepropt met niet-gesteriliseerd textiel. Het bloeden was zo gestopt, maar ze had een ontsteking opgelopen. Ik vroeg haar waarom ze er haar moeder of een vriendin niets over had gezegd. Ze had geantwoord dat haar moeder in een werkkamp zat en dat haar vriendin er nog minder van had geweten dan zij. Haar vriendin had niet eens geweten of Voorzitter Mao een man of een vrouw was.

Ik vroeg Orchidee waarom ze de leidster van het peloton niet om een vrije dag had gevraagd. Ze zei dat ze dat had gedaan. Haar verzoek was afgewezen. Het hoofd had haar naar Lu gestuurd, en Lu had gezegd dat het overplanten van de rijst voor middernacht klaar moest zijn, anders zouden we de hele oogst verliezen. Ik zei tegen Orchidee dat Lu volgens mij een salonrevolutionair was die van andere mensen eiste dat ze marxist waren terwijl ze zelf een revisionist was. Orchidee was het hier niet mee eens. Ze zei dat Lu voor zichzelf ook hard was. Ze zei dat Lu nog nooit een dag vrij had gehad als haar menstruatie begon. Orchidee zei dat Lu dan iedere keer ernstige krampen had. Orchidee had Lu eens huilend en kronkelend van de pijn op de wc gezien. Ik wist niet wat ik hierop moest zeggen. Ik zei Orchidee dat ik haar zou komen helpen zodra ik met mijn eigen werk klaar was.

De regen begon weer en werd heviger. Ik werkte snel, zodat ik Orchidee zou kunnen helpen. Mijn armen en vingers bewogen alsof ze niet van mij waren. Ik stond op om mijn rug te strekken en zag een paar veldjes verderop Yan. Ze bewoog zich voort als een danseres: ze nam de jonge plantjes met haar rechterhand uit haar linker over en stak ze in de modder, in volmaakt ritme met haar achterwaartse stappen. Haar natte kleren zaten aan haar lichaam geplakt.

Ik deed mijn best om haar tempo te evenaren. Yan reageerde op de uitdaging. Ze speelde met me, zoals een kat met een muis. Ze verhoogde haar tempo en ik bleef ver achter. Toen ging ze opeens langzamer werken, zodat ik haar kon inhalen, en ging er toen weer op los. Ze werkte een veldje af, en ging toen zonder haar hoofd om te draaien door met het volgende.

De hemel werd donkerder. Uit een luidspreker kwamen liederen met citaten van Mao. De soldaten waren uitgeput als planten die door een storm worden gegeseld. Er werden twee enorm felle lampen naar de velden gebracht, samen met gestoomd brood. De soldaten kropen naar de broodmanden. Lu hield ons staande. Ze schreeuwde: 'Er wordt niet gegeten voordat het werk erop zit.' Onze magen rommelden. We durfden echter niets terug te zeggen tegen Lu, de plaatsvervangster van de partijsecretaris. We waren bang voor haar. Toen klonk de stem van de commandant. Een donderende stem: 'Wat voor idioot ben jij? Vertelt je gezonde verstand je niet dat een mens alleen maar kan werken als zijn motor brandstof krijgt?' Yan zwaaide met haar armen alsof ze ons het brood toeschoof. 'Ga eten!' riep ze. We renden als varkens naar de trog.

Orchidee was in tranen toen ik haar eindelijk kwam helpen, en ze lag een heel eind achter. We kauwden op ons brood terwijl we de plantjes in de modder staken. Om tien uur waren we klaar. Orchidee bedankte me, huilend van opluchting. Ze zei dat haar moeder zelfmoord had gepleegd als ze haar zo had gezien. Gefrustreerd zei ik Orchidee haar mond te houden. Ik zei dat als Yan het kon, wij het ook konden. We waren niet de enigen die dit soort leven leidden. Er waren honderden, zelfs duizenden jongeren die in onze schoenen stonden. Orchidee knikte. Ze gebruikte haar mouw om haar tranen af te vegen. Ik had medelijden met haar. Ik kon de erbarmelijke staat waarin ze verkeerde niet aanzien. Terwijl ik haar het veld uit sleepte werd er een bijeenkomst afgekondigd.

Een van de lampen werd naar de plek verhuisd waar we hadden gewerkt; miljoenen muskieten zwermden rond in de lichtbundel. Lu vroeg roepend om onze aandacht. Ze wilde over de kwaliteit van het werk van die dag praten. Ze overhandigde Yan de microfoon. Yan zat onder de modder. Alleen haar ogen glinsterden. Ze gaf order de lamp zo te richten dat hij een bepaalde plek bescheen, waar tientallen jonge plantjes op het water ronddreven. Er was slecht werk verricht, helemaal tot aan de rand van het veld. 'Iemand heeft hier prachtig werk geleverd,' zei Yan sarcastisch. 'Die plantjes zijn allemaal voor zonsopgang dood.' Ze wilde dat we naar de stervende plantjes keken. Dat we er goed naar keken. Ze zei dat die plantjes haar baby's waren.

De soldaten begonnen nerveus het veld af te zoeken. Het gerucht begon de ronde te doen dat de sectie die verantwoordelijk was voor het zorgeloze planten peloton nummer vier was – ons territorium. Ik wist dat het het stuk land was waar ik had geprobeerd Yan bij te houden.

Lu gaf order dat de verantwoordelijke persoon uit de rij kwam om openbare kritiek in ontvangst te nemen. Orchidee voelde hoe bang ik was en pakte mijn hand stevig vast. Lu zei: 'Er gaat niemand naar huis voordat de fout is toegegeven.'

Terwijl ik mijn moed bij elkaar raapte en op het punt stond een stap naar voren te doen zei Yan opeens dat ze er de voorkeur aan gaf de kameraad zijn eigen fout te laten herstellen.

De velden lagen er stil bij in het maanlicht. De motregen was opgehouden en de lucht was roerloos. De insekten vatten hun nachtclubgezang weer op. De geuren van de planten dreven over mijn hoofd. De maan kwam te voorschijn vanachter de wolken. Ik zette mijn voeten stevig in de modder en begon het werk over te doen. Mijn voeten zwollen op. Ik zong een lied met Mao-citaten om tegen de slaap te vechten.

Ik heb besloten
De dood niet te vrezen.
Ik overwin alle moeilijkheden
En streef naar de overwinning.
Ik heb besloten...

De hemel stond vol oranje stapelwolken toen ik wakker werd. De zon moest nog opkomen. Ik lag in de modder, mijn gewrichten deden pijn en ik wist dat ik niet klaar was met het werk. Van de gedachte dat ik door zou moeten werken kreeg ik pijn in mijn rug. Bloedzuigers hadden zich aan mijn benen gehecht. Ik had niet de energie om ze weg te vegen. Ze zogen mijn bloed op tot ze genoeg hadden en zich lieten vallen. Ik was wanhopig. Toch wist ik dat er geen ontsnappen mogelijk was. Ik moest mijn werk afmaken. Ik had niet de moed een situatie te riskeren waarin de Partij haar handen van me af zou trekken. Ik was bang in ongenade te vallen.

Ik dwong mezelf overeind te gaan zitten. Ik keek om me heen en dacht dat ik droomde. Mijn werk was af. Helemaal tot de rand van het veld. Ik keek naar de zon. Er stond iemand. Op ongeveer dertig meter van me vandaan liep er iemand heen en weer over het veld.

De tranen welden op in mijn ogen, omdat ik Yan zag. Ze liep heen en weer in de zon. Ze was de zon. Mijn koude hart werd warm.

Ik stond op en liep naar haar toe.

Ze draaide zich om toen ze me hoorde naderen.

Ik bleef tegenover haar staan. Ik kon geen woord uitbrengen.

Ze knikte naar me en boog zich voorover om het laatste stukje te doen. Ze waste haar handen in de irrigatiesloot. Ze zag de bloedzuigers op mijn benen en zei me dat ik ze af moest kloppen. Ze zei dat Orchidee de vorige avond naar haar toe was gegaan en haar alles had verteld. Ze zei dat ze het goed van me vond dat ik de hele nacht in de velden was gebleven. Ze zei dat ik had gedaan wat ik moest doen. Ze maakte haar vlechten los, boog zich voorover en waste haar haar in de sloot. Ze kneep het water eruit en zwaaide haar hoofd heen en weer. Ze kamde haar haar met haar vingers en legde er weer vlechten in. Ze zei dat ik er als een grote schildpad had uitgezien toen ze me had gevonden. Ze dacht dat ik was flauwgevallen of zoiets. Ze pauzeerde even en zei toen dat ik haar een schuldgevoel bezorgde omdat ik ziek had kunnen worden, artritis had kunnen krijgen. Als dat was gebeurd, was de Partij er slechter van geworden.

Ik wreef me in de ogen en probeerde er fris uit te zien.

Ze keek me aan en er verscheen een flauwe glimlach op haar gezicht. Ze zei dat ze had geraden dat ik een sterke wil had. Ze zei dat ze hield van mensen met een sterke wil. Ze keek even naar de zon. Ze zei: 'Ik wil dat jij hoofd van peloton nummer vier wordt.' Ze zou ervoor zorgen dat ik naar haar kamer verhuisde, zodat ik de problemen met de hoofden van de compagnieën kon bespreken. Toen liep ze snel terug naar de barak.

Ik verhuisde naar de kamer van Yan en zes andere pelotonshoofden. Yan en ik deelden een stapelbed. Ik had het bovenste bed. De versiering van Yans muskietennet werd gevormd door een uitstalling van Mao-buttons, die op een rood stuk textiel waren gespeld, ongeveer duizend verschillende uit verschillende historische perioden. Ik was onder de indruk. Yan speldde er overdag een paar op en haalde ze 's avonds weer van haar jack. De kamer had dezelfde afmetingen als de kamer waarin ik hiervoor had gewoond. Hij deed dienst als slaapkamer, conferentiekamer en geïmproviseerde eetkamer. Het was ook een strijdtoneel. Yan had officieel de leiding en Lu was haar plaatsvervangster, maar Lu wilde meer. Ze aasde op Yans positie. Ze was geobsedeerd. Ze riep vergaderingen bijeen zonder agenda. We moesten haar wel gehoorzamen. We moesten doodmoe en slaperig haar bijeenkomsten uitzitten. Ze hield ervan als mensen haar gehoorzaamden. Het gevoel dat ze macht had was een verdovend middel dat ze nodig had. Alleen tijdens bijeenkomsten kon ze het gevoel hebben dat ze evenveel macht over het leven van anderen had als over haar eigen leven. Tijdens de bijeenkomsten liet ze waarschuwingen en dreigementen horen. Ze genoot van onze angst. Ze had het op al onze mogelijke fouten voorzien. Ze wachtte, ze wachtte lang, op het precieze moment om iemand op een fout te betrappen en deze uit te roeien. Ze had geprobeerd Yan te betrappen. Haar onjuiste manier van optreden. Ik wist zeker dat ze Yan van een rotswand had geduwd als ze de gelegenheid had gekregen.

Lu's volledige naam luidde IJs Lu. Ze was de dochter van een martelaar van de revolutie. Haar vader was in Taiwan door de Nationalisten om het leven gebracht. Hij was vermoord toen hij een geheime opdracht had uitgevoerd. Haar moeder was tot haar dood onder dit verlies gebukt gegaan. Ze was drie dagen na Lu's geboorte overleden. Het was een afschuwelijke winter geweest. Een hevige wind, scherp als een schaar, priemde door je huid. Ze had haar baby IJs genoemd. IJs was onder de speciale hoede van de Partij grootgebracht. Ze was opgegroeid in een weeshuis dat door de partijleiders was gesticht. Net zoals Yan was ze een van de oprichtsters van de Rode Garde. Ze was op bezoek gegaan in de stad in Hunan waar Mao was geboren; ze had er bladeren gegeten van dezelfde boom waarvan Mao had gegeten toen hij zo'n dertig jaar geleden door de Nationalisten was belegerd en klemgezet in de vallei.

Lu liet me een schedel zien die ze in de achtertuin van een huis in Hunan had gevonden. Ze zei dat het de schedel van een martelaar van het Rode Leger was. Ze wees op een gaatje in het voorhoofd van de schedel en vertelde dat het een kogelgat was. Ze liefkoosde de schedel met haar vingers, stak ze in de oogkassen en haalde ze er weer uit, streelde de kaakbeenderen. Bij het zien van de vreemde uitdrukking op haar gezicht stokte mijn adem. Ze vertelde me dat een oude dame uit het dorp de martelaar in het geheim had begraven. Twintig jaar later was de schedel uit de aarde omhooggeduwd. De oude dame had hem uitgegraven en aan Lu gegeven toen ze had gehoord dat Lu's vader ook martelaar was. Lu dacht vaak dat het de schedel van haar vader had kunnen zijn.

Ik staarde naar de schedel en probeerde te begrijpen welke aantrekkingskracht hij op Lu uitoefende. Misschien was het de dreigende geest? Misschien de koude die alleen de dood kon brengen? Lu had een blik die goed bij haar naam paste. Het was een kille blik. Haar enthousiasme voelde niet warm aan. Ze sprak langzaam en sprak iedere lettergreep zorgvuldig uit. Ze had een langgerekt gezicht in de vorm van een pinda. De uitdrukking op haar gezicht was vastbesloten en oordelend. Haar gelaatstrekken waren symmetrisch. Scheve ogen, ijskoud, net als die van een antieke schoonheid op een schilderij. Haar schoonheid werd echter teniet gedaan door haar eeuwige correctheid. Haar ogen, die de vorm van een halve maan hadden, keken niet meer warm en aardig naar de soldaten. Het respect dat we voor haar hadden was het respect van een muis voor de kat.

Lu hield van actie. Ze kende geen aarzelingen. Ze viel aan en rukte op. Vangen en toeslaan was haar stijl. Aanleggen, richten en schieten, zoals ze altijd graag zei. Maar dat maakte geen indruk op me. Integendeel, het hield me op een afstand. Ze had een bevroren geest. Een geest vol dode gedachten. Ze hield me in de gaten. Koud. Argwanend. Het begon op het moment dat ik in die kamer kwam wonen. Uit haar glimlach sprak een waarschuwing. Ze gaf me een exemplaar van haar studieaantekeningen bij Mao. Haar handschrift was uiterst hoekig. Ik wenste dat ik zo kon kalligraferen, maar wat ze schreef verveelde me. Haar geest was een propagandamachine. Hij had geen eigen krachtbron. Dat vertelde ik haar toen ze me om mijn mening vroeg. Ik zei niet dat haar geest een propagandamachine was, maar ik opperde dat ze de machine van haar geest eens moest smeren. Ze zei dat ze mijn oprechtheid op prijs stelde. Ze zei dat mensen haar leugens hadden verteld. Er was tegen haar gelogen door een zootje hypocrieten. Ze haatte hypocrieten. Ze zei dat het land vol zat met hypocrieten. De Partij werd in veel opzichten door hypocrieten geleid. Ze zei dat het haar taak was tegen hypocrisie te strijden. Ze zou de rest van haar leven mensen met onjuiste gedachten blijven corrigeren. Ze vroeg me of ik haar bij die strijd wilde helpen. Ik begreep niet helemaal wat ze bedoelde, maar dat zei ik niet. Ik zei: 'Ja, natuurlijk.' Hypocrieten waren natuurlijk altijd slecht. Ze vroeg: 'Ruik jij hypocrieten in onze kamer?'

Na het avondeten kwamen onze kamergenotes terug. Ze zongen en maakten grapjes. Ze maakten grapjes hoe ze die luiwammesen hadden gestraft, degenen die niet tevreden wilden zijn met hun boerenbestaan. De kamergenotes vielen stil toen ze Lu over hypocrieten hoorden praten. De een na de ander kropen ze als vissen in hun netten. Ik hoorde geluiden van grijpende handen. Het deed me denken aan vampiers die in graven op menselijke lichamen knaagden.

Lu praatte door. Het was net een theateruitvoering. 'Als dochter van een martelaar van de revolutie zal ik nooit vergeten hoe mijn voorvaderen hun bloed hebben vergoten en hun leven hebben gegeven voor de overwinning van de revolutie,' zei Lu. 'Ik zal nooit hun verwachtingen beschamen. Ik hoop dat jullie allen, mijn strijdmakkers, zullen toezien op mijn gedrag. Ik verwelkom iedere kritiek die jullie in de toekomst voor me mogen hebben. De Partij is mijn moeder en jullie allen zijn mijn familie.'

Ze probeerde een vleesgeworden operaheldin te zijn, maar zo zou ik haar nooit zien.

Het kostte me veel moeite te begrijpen hoe Lu iedere nacht neus aan neus met die schedel kon slapen. Ik begon nachtmerries te krijgen toen ik eenmaal had beseft dat die schedel zich vlak naast mijn bed bevond, want mijn bed en dat van Lu stonden tegen elkaar aan. Ik durfde niet te klagen. Mijn instinct zei me dit niet te doen, want ik wist zeker dat Lu mijn klacht als belediging zou opvatten. Hoe kon ik me veroorloven bekend te staan als iemand die bang was voor de schedel van een martelaar?

Lu hield iedereen in de gaten en legde haar observaties vast in haar in rood plastic gebonden aantekenboek. Ze bracht maandelijks rapport uit op het hoofdkwartier. 'Ik heb mijn politieke bekwaamheid van mijn familie geërfd,' zei ze vaak. Eenmaal vertelde ze ons trots over haar familie: haar adoptieouders waren politiek secretaris in het leger. Haar adoptiezuster en haar twee broers waren partijsecretaris op de universiteit en in een fabriek. Al haar verwanten hadden de eer in particuliere ziekenhuizen te worden opgenomen als ze ziek waren. Hun kamers grensden aan die van de premier.

Lu maakte politieke zotskappen. Ze pikte altijd iemand uit die hem tijdens een bijeenkomst moest dragen. Ze kreeg altijd haar zin. Frasen uit het tijdschrift *Rode Vlag* en het *Volksdagblad* stroomden als een waterval uit haar mond. Ze herinnerde me eraan hoe het zou zijn als schapen met een wolf moesten samenleven. Op een dag vertelde ze me dat een spiegel een symbool van eigenliefde was – een bourgeoisprul. Ik durfde niet met haar te discussiëren. Ik zei: 'Natuurlijk,' en verborg mijn spiegeltje in mijn kussensloop. Ik wist dat Lu me, als ze wilde, tot reactionair zou bestempelen. Ze had al een paar mensen tot reactionair bestempeld. Ze gaf ze klussen als het opblazen van bergen voor de aanleg van rijstvelden of het graven van ondergrondse kanalen. Ze regelde het zo dat ze hun leven verloren. Degenen die het er levend afbrachten leken erna op Kleine Groene. Niemand die met Lu in discussie ging, ontliep vergelding. Ik was zo bang voor Lu.

Vreemd genoeg probeerde Lu aan de andere kant erg om indruk te maken op de soldaten door onze kleren te wassen en onze sikkels en hakken te slijpen. Ze bezocht iedere avond onze kamer, stopte ons in en controleerde of niemand er een arm of een been onderuit liet steken en dus kou zou vatten. Ze stuurde haar hele salaris altijd anoniem naar de zieke ouders van een kameraad. Dat deed ze dikwijls. Ze werd erg geprezen. Lu zei graag: 'Ik vind het niet erg de dweil te zijn die wordt gebruikt om de vuilste hoeken van de keuken van de Communistische Partij schoon te maken.' Ze was erg goed in dergelijke uitspraken. We zeiden dat we al haar zorgen waardeerden. We moesten wel. We zetten lovende woorden in het maandelijkse rapport dat naar het hoofdkwartier werd gestuurd. Dat verlangde Lu van ons. De soldaten wisten dit zonder erover na te denken.

Wanneer ze de kans zag wees ze op onjuist gedrag van Yan. Ze zei dat Yan te zachtzinnig was waar het hervorming van het denken betrof, te nonchalant omsprong met het budget van de compagnie en te ongeduldig was als ze leiding gaf aan de studiebijeenkomsten over het werk van Mao die door de compagnie werden gehouden. Yan verweerde zich boos, maar ze kon slecht met woorden omgaan. Ze was niet tegen Lu opgewassen. Ze sprak onsamenhangend. In haar wanhoop ging ze altijd schelden. Het ene scheldwoord na het andere, van alles door elkaar: rotte rijstplant, varkenskont, neukende worm enzovoort.

Lu genoot ervan Yan in het nauw te drijven. Ze vond het heerlijk haar verbaal in de hoek te drukken en dan door te stoten. Ze viel haar genadeloos aan. Ze liet de compagnie zien dat Yan onbeschaafd was, dat ze alleen maar kon schelden. Dan vroeg ze: 'Waarom brengen we de zaak niet hogerop en laten we hen niet beslissen wie er gelijk heeft en wie ongelijk?' En altijd gaf Yan de strijd op en trok zich terug, omdat ze haar image als secretaris van 'een verenigde partijafdeling' niet wilde beschadigen, en dat wist Lu heel goed.

Lu wist dat ik van opera's hield. Als we rust namen op het veld vroeg ze me weleens een paar liederen ten beste te geven. Ze zei dat het kalmerend werkte op haar verslaving. Ik zong hard. Ik riep mijn peloton op mee te zingen. Lu genoot hiervan. We genoten er beiden van. Maar na het incident met Kleine Groene veranderde er van alles. Ik kon niets meer zingen. Ik probeerde het en kon aan niets anders denken dan aan de stem van Kleine Groene, die 'Mijn vaderland' zong. Mijn blik dwaalde af naar Kleine Groene, die als een zwijgende geest over de velden en door de kamers zwierf. De soldaten zorgden om beurten voor haar. We probeerden voor haar familie de waarheid te verbergen. We imiteerden haar handschrift en schreven haar grootmoeder. Deze truc was geen lang leven beschoren. Haar grootmoeder merkte dat het handschrift vals was. Ze schreef het Partijcomité van de compagnie en eiste dat haar de waarheid werd verteld. Ze zei dat als ze niet in haar bewegingsvrijheid was beperkt (ze zat in een huis van bewaring, waar ze als vijand werd gezien) zelf onmiddellijk zou komen kijken hoe het met Kleine Groene was. Yan nam de tijd om haar terug te schrijven. Ik las Yans brief na om haar grammatica en toon bij te vijlen. Het was een moeilijke brief. Yan probeerde uit te leggen wat er was gebeurd. Ik kon zien hoe Yan met de brief had geworsteld. Ze legde de gebeurtenissen niet echt uit. Ze kon het niet. Ze kon niet zeggen dat wij degenen waren die haar kleindochter hadden vermoord. Yan zei dat Kleine Groene erg ziek was. Ze leed aan geestelijke ontwrichting. Maar ze was nu in goede handen. Er werd voor haar gezorgd. De boerderij had nieuwe medicijnen en een nieuwe behandeling voor haar gezocht. Het was een zwakke brief. Er sprak niets dan schuldgevoel uit. De grootmoeder werd gevraagd de grote lijn voor ogen te houden, in te zien dat dit maar een incident was. De Partij stuurde honderden, nee duizenden jongeren naar het platteland. 'Een zekere opoffering is nodig als we volhardend voor de voorspoed van het land werken,' besloot Yan de brief met een citaat van Mao.

Yan maakte een uitgeputte indruk. Er zat blauwe inkt aan haar vingers en op haar lippen. Ik maakte een schone kopie van haar brief en gaf deze aan haar. Ze ging naar het hoofdkwartier van de boerderij om een postzegel te kopen en de brief te posten. Die avond zei ze tegen me: 'Als ik sterf word ik door de demonen in de hel aan stukken gescheurd.' Ze zei dat ze dat nu duidelijk inzag.

Lu vertelde me dat ik een goede spruit was. Waardig genoeg om tot een der 'steunpilaren van de staat' te worden uitgeroepen. Haar leuzentaal begon me op de zenuwen te werken. Ik hield er niet van. Haar taalgebruik werd gekenmerkt door oppervlakkigheid. Ze probeerde iedereen en alles te domineren. Tal van keren gaf ze tijdens bijeenkomsten blijk van haar politieke en ideologische deskundigheid door lange uiteenzettingen over de geschiedenis van de Partij ten beste te geven. Ze wilde zo graag bewonderd worden. Ze deed dit om Yan eraan te herinneren dat Yan geen enkele bekwaamheid bezat die van een leider werd verwacht. Ze slaagde er steeds weer in haar in een ongemakkelijk parket te manoeuvreren. Ik zag hoe ongemakkelijk Yan zich voelde. Ze zat in de hoek in haar handen te wrijven. Gefrustreerd. Ik had medelijden met Yan. Mijn gevoelens voor haar werden er vriendelijker door. Ik hield van haar linksheid. Ik aanbad haar onhandigheid.

Noch de hoofden van het hoofdkwartier noch de soldaten reageerden op het vertoon van leidinggevend vermogen van Lu. Seizoenen verstreken en Lu zat nog steeds in haar oude positie. Hoewel Lu niet dol was op teleurstellingen was ze een bekwaam vechtster. Ze ging steeds vaker knokpartijen aan met Yan, wees ten overstaan van iedereen op haar tekortkomingen. Yan werd steeds woedender. Yan wilde Lu levend verslinden. Het kostte me een halve maand om erachter te komen wat Yan precies mompelde als ze door Lu werd beledigd. Ze noemde Lu 'moeder van een scheet'. Als Lu een bijeenkomst wilde houden om de geesten van de soldaten te scherpen, zei Yan: 'Laten we eerst de hakken maar eens scherpen.' Lu zei: 'Je rijdt je te pletter in een doodlopende steeg als je alleen maar let op het duwen van je kar en niet waar je hem heen duwt.' Yan zei dan droogjes: 'Laten we ons dan maar te pletter rijden.' Lu zei: 'Zoals je je bed opmaakt moet je erop liggen.' Yan zei: 'Verdomme. Ik moet iets doen om mijn tanden te scherpen.'

Ik had vaak het gevoel dat Lu meer dan twee ogen had als ze naar me keek of met me sprak. Lu zei eens dat ze me graag zou bijspijkeren, zodat ik in haar speciale studieploeg voor gevorderde activisten kon. Ik zei niet dat ik daar geen belangstelling voor had, maar moet een gebrek eraan verraden hebben. Ze zei dat ze erg teleurgesteld was. Ik zei dat ik mijn best zou doen om dicht bij haar ploeg in de buurt te blijven. Ik beloofde haar aantekeningen bij de bestudering van Mao te lenen. Ze zei dat ze wist waarom ik niet bij haar in de groep wilde komen. Ze zei dat het slecht was in iemands schaduw te leven. Ze zei dat ze er een hekel aan zou hebben met een steentje in haar schoen te lopen. Ze zei dat als iemand zich niet aan haar politieke denkbeelden aanpaste, haar politieke toekomst zou worden geruïneerd.

Het was weliswaar belangrijk voor me dat ik tegenover mijn troepen een edele indruk maakte, maar ik besloot toch de waarschuwing van Lu in de wind te slaan. Ik voelde dat ik Yan moest blijven steunen. Door Yan te steunen zou ik mezelf de rol van het kleinste kwaad in een slecht toneelstuk toebedelen. Ik had nooit soldaat van de Boerderij van het Rode Vuur willen worden. Ik voelde me een slavin. Yan was mijn reden en gaf me het vertrouwen om door te gaan. Yan gaf me tenminste het gevoel dat we iets presteerden, dat we, zoals het eruitzag, het onmogelijke presteerden, maar dat was toch iets.

Om Yan een reden te geven trots te zijn schoof ik ons peloton de zwaarste taken toe: het uitspreiden van mest, nachtploegen, het graven van sloten. Ik zei mijn troepen dat het mijn ambitie was het peloton grote bekendheid te bezorgen bij de compagnie, zodat iedereen de grootste kans zou krijgen in aanmerking te komen voor de Communistische Jeugdbond. De soldaten geloofden in me. Orchidee stopte zelfs met breien. Tegen het eind van het jaar werd mijn peloton uitverkoren tot Voorhoedepeloton en kregen we een eerbewijs tijdens de bijeenkomst van de hele boerderij. Ik werd aanvaard als lid van de Communistische Jeugdbond.

Tijdens de eedsaflegging liep Yan het toneel op om me te feliciteren. Ze schudde mijn beide handen en hield ze stevig tussen haar wortelachtige vingers. Lachend fluisterde ze dat ze het moment niet kon afwachten dat ik lid van de Partij zou worden. Ze zei dat ik lid van de Partij moest worden. Ze zei: 'Ik kan zorgen dat het aanstaande lente gebeurt.' Ze zei: 'Ik zou graag zien dat het gebeurde.' Ik was opgewonden. Ik kon geen woord uitbrengen. Ik kneep hard in haar handen. Veel nachten sinds die avond liet ik, voordat ik ging slapen, de plechtigheid nog eens de revue passeren. Ik droomde van de lach van Yan. Ik besefte hoeveel ik van die lach hield.

Toen het drukke zomerseizoen was afgelopen kregen de soldaten na het avondeten een beetje tijd voor zichzelf. Deze vrije tijd bezorgde me een leeg gevoel. Ik miste Kleine Groene verschrikkelijk. Ik kamde altijd haar haar en waste haar kleren, maar hoewel haar lichaam zijn oorspronkelijke gedaante weer had aangenomen – ze was weer slank als een den – scheen haar geest voor altijd op de loop te zijn gegaan. Niets wat ik probeerde maakte een reactie bij haar los. Ze droeg nog steeds het hemd met de pruimebloesem – het hemd dat ze had aangehad toen ze was betrapt – maar er zaten nu gaten in de oksels en op de ellebogen. Het hemd herinnerde me aan die nacht – ik zal hem nooit vergeten – toen ik mijn geweer op haar had gericht. Ik wist niet hoeveel anderen met dit schuldgevoel leefden, als er al iemand last van dat gevoel had. Niemand praatte erover. De compagnie deed alsof het nooit was gebeurd. Kleine Groene kreeg licht werk te doen als bewaakster van het magazijn en kreeg bonnen voor suiker en vlees. Yan behandelde Kleine Groene op een vreemde manier. Ze greep haar beet en keek haar recht aan. Ze observeerde haar gespannen. Ze probeerde met Kleine Groene te praten, iets wat iedereen al lang geleden had opgegeven.

Kleine Groene was een gevaar voor zichzelf geworden. Eenmaal betrapte ik haar terwijl ze kleine steentjes opat. Orchidee snapte haar een keer terwijl ze wormen at. Ik meldde deze incidenten aan Yan. Vanaf dat moment zag ik vaak dat Yan Kleine Groene laat in de middag volgde in de velden. Het waren net twee verdwaalde boten die in dichte mist op zee dreven.

Yan ging nog steeds op slangejacht. En ik liep nog steeds achter haar aan. Haar geheimzinnige manier van doen en mijn nieuwsgierigheid werden een vast thema in het nachtelijk bestaan op de boerderij.

Ik begon er een hekel aan te krijgen het muskietennet om

me heen dicht te trekken. Het was te stil. Ik meed mijn bed en liep over een smal pad door het riet. Toen het duister begon te vallen merkte ik dat ik bij de baksteenfabriek van de boerderij was. Duizenden stenen lagen in patronen gestapeld om gebakken te worden. Sommige stapels waren tweeënhalve meter hoog, sommige helden over alsof ze zouden omvallen, en sommige waren al omgevallen. Ik hoorde de echo van mijn eigen voetstappen. Er hing op die plek de sfeer van een ruïne uit de oudheid.

Op zekere dag klonk er nog een geluid tussen de bakstenen, het leek wel het geluid van een *erhu*, een banjo met twee snaren. Ik hoorde een melodie – 'Liang en Zhu' – uit een verboden opera; mijn grootmoeder had het altijd geneuried. Liang en Zhu waren geliefden uit de oudheid die zelfmoord hadden gepleegd vanwege hun verboden liefde. In de muziek die ik nu hoorde werd verteld hoe de geliefden in vlinders veranderden en elkaar in de lente weer zouden ontmoeten. Het verbaasde me op de boerderij iemand het zo goed te horen spelen.

Ik liep op de bron van het geluid af. Het hield op. Ik hoorde voetstappen. Een schim dook weg langs het volgende pad. Ik ging erachteraan en vond de erhu op een krukje van bakstenen. Ik keek om me heen. Niemand. Wind floot door de opgestapelde stenen. Ik liep op het instrument af om het op te rapen, toen plotseling van achteren een paar handen over mijn ogen werden gelegd.

Ik probeerde de handen weg te trekken. De vingers verzetten zich. Het waren sterke handen. Ik vroeg: 'Wie is dat?' en er klonk geen antwoord. Ik stak mijn armen naar achteren en kietelde. Het lichaam achter me giechelde. Een hete ademstoot in mijn nek. 'Yan?' riep ik.

Ze stond nu voor me, glimlachend. Ze hield de erhu vast. 'Was jij dat? Speelde jij de erhu?' Ik keek haar aan. Ze knikte, zei niets. Hoewel ik in mijn hoofd het beeld van de commandante nog niet met de erhuspeelster kon verbinden, voelde ik een plotselinge vreugde. De vreugde dat een hevig verlangen was ingelost. Dat een gevoel van eenzaamheid werd gedeeld en in inspiratie verkeerde. Voor mijn geestesoog zag ik perzikkleurige bloembladeren als sneeuw neerdalen en het landschap bleken. Verre valleien en heuvels versmolten met elkaar. Over alles lag een waas van zuiverheid.

Ze ging op het krukje zitten en gebaarde dat ik naast haar moest komen zitten. Ze bleef glimlachen en zei niets. Ik wilde haar vertellen dat ik nooit had geweten dat ze de erhu speelde, haar vertellen hoe mooi ze speelde, maar ik was bang mijn mond open te doen.

Ze pakte de erhu en de strijkstok op, stemde de snaren, boog haar hoofd naar het instrument en sloot haar ogen. Na diep te hebben ademgehaald streek ze het instrument met de stok aan: ze begon 'De rivier' te spelen.

De muziek werd in mijn hoofd een aanzwellende rivier. Ik kon hem door zeeën en bergen horen stromen, voortgestuwd door de winden en de wolken, tuimelend over kliffen en watervallen, vastgehouden door rotsen en uitstromend in de oceaan. Ik werd door haar aangegrepen zoals zij door de muziek werd aangegrepen. Ik voelde via de erhu wie ze werkelijk was. Ik werd wakker geschud. Door haar. In een vreemd land, geconfronteerd met een persoonlijkheid die ik niet had leren kennen en de persoonlijkheid die ik tot mijn verrassing, en toch ook zo tot mijn vreugde, nu leerde kennen.

Haar vingers vlogen langs de snaren op en neer en maakten geluiden als van regendruppels die op bananebladeren vielen. Toen kwamen haar vingers tot rust en hield ze op met ademhalen. Haar vingertoppen beroerden de snaren en bleven erop rusten. De strijkstok kwam in beweging. Een reeks noten ontstond, die een nog niet eerder verteld verhaal van verbittering vertelde. Langzaam liet ze de snaar vibreren. Vingers plukten treurige zinnen. Na een stilte gaf ze een haal met de strijkstok, de noten werden heftig. Ze hief haar hoofd, met gesloten ogen en opgerichte kin. Het beeld fragmenteerde voor mijn ogen: de partijsecretaris, de heldin, de moordenares en de prachtige erhuspeelster...

Ze speelde 'Paardenrennen', 'De broer uit het Rode Leger keert terug' en ten slotte weer 'Liang en Zhu'.

We praatten. Het was een gesprek zoals ik nog nooit had gevoerd. We vertelden elkaar ons levensverhaal. In ons ongeduld ons uit te spreken praattten we steeds door elkaar heen.

Ze zei dat haar ouders textielarbeiders waren. Haar moeder was in de jaren vijftig als Eremoeder onderscheiden omdat ze negen kinderen had gekregen. Yan was het achtste. Het gezin woonde in de Lange Vredewijk in Shanghai, waar ze met zijn allen in één kamer met houten wanden woonden en met twintig andere gezinnen een put deelden. Ze hadden geen wc, alleen een nachtpo. Het was haar taak de nachtpo iedere ochtend naar een openbaar riool te brengen en schoon te maken. Ik vertelde haar dat wij in betere omstandigheden woonden. Wij hadden wel een wc, maar deelden deze met twee andere gezinnen, in totaal veertien mensen. Ze zei: 'O, ik kan me het spitsuur 's morgens voorstellen.' We lachten.

Ik vroeg waar ze de erhu had leren bespelen. Ze zei dat haar ouders veel van volksmuziek hielden. In haar familie was het een traditie dat ieder lid minstens één instrument leerde beheersen. Ieder familielid had een specialiteit: de luit, de erhu, de sheng met rietpijpen of de trompet. Toen ze jong was was ze erg mager en had dus de erhu gekozen. Ze had zichzelf herkend in die verticale lijnen. Haar ouders hadden geld gespaard en voor haar dertiende verjaardag het instrument voor haar gekocht. Het gezin had ieder weekend een gepensioneerde erhuspeler voor het eten uitgenodigd en hem gevraagd commentaar te geven op het instrument. Het gezin hoopte dat Yan op zekere dag een beroemd erhuspeelster zou worden.

In 1966, toen de Culturele Revolutie begon, was ze vijftien jaar. Ze werd lid van de Rode Garde en marcheerde naar Peking om door Voorzitter Mao op het Plein van de Hemelse Vrede te worden geïnspecteerd. Als jongste vertegenwoordigster van de Rode Garde kreeg ze een uitnodiging om in de Grote Hal van het Volk een opera te gaan zien, die kort daarvoor was geschreven door Madame Mao, Jiang Ching. Ze vond de zes centimeter brede riemen die de uitvoerenden hadden gedragen, mooi. Ze had haar mooiste verzameling Mao-buttons voor een riem geruild. Ze liet me haar riem zien. Hij was van echt leer gemaakt en had een koperen gesp. Hij was ontworpen door kameraad Jiang Ching, mijn heldin, zei ze. 'Heb je de boeken van Mao gelezen?' vroeg ze. 'Ja,' zei ik, 'allemaal.' Ze zei: 'Dat is prachtig, want dat heb ik ook gedaan. Ik heb het Rode Boekje uit mijn hoofd geleerd en ken ieder citatenlied.'

Ik vertelde haar dat ik sinds de lagere school bij de Rode Garde had gezeten, dat mijn ervaringen minder glorieus waren dan de hare, maar dat ik niet voor de gek kon worden gehouden als het erom ging hoeveel iemand wist van liederen van citaten van Mao. Ze glimlachte en vroeg of ze een klein examentje mocht doen. Ik vroeg haar de pagina te noemen als ik iets zong.

'De Partij blijft in leven door haar juiste politiek...'

'Pagina zeven, tweede alinea!' zei ze.

'Als de bezem niet komt, zal het afval niet automatisch verdwijnen...'

'Pagina tien, eerste alinea!'

'We kwamen van het platteland...'

'Pagina honderdzesenveertig, derde alinea!'

'De wereld is van jullie...'

'Pagina honderddrieënzestig, eerste alinea!'

'Door het bestuderen van de werken van Voorzitter Mao moeten we leren efficiënt te zijn. We moeten zijn leer toepassen op onze problemen, om snel resultaat te boeken...'

Ze begon met me mee te zingen.

'Als we in de zon een bamboestok in de grond steken zien we de schaduw meteen...'

'Waar zijn we nu?' riep ik.

'Het voorwoord van vice-voorzitter Lin Biao bij de citaten van Mao, tweede druk!' riep ze terug, en we lachten, we waren zo blij.

We liepen nog steeds te praten toen we bij de barakken aankwamen. We stonden daar in het donker, vervuld van ongelofelijke opgetogenheid. 'Wees voorzichtig,' zei ze. Ik knikte en begreep het: we moesten niet Lu's aandacht trekken. We namen verschillende paadjes en gingen terug naar onze kamer.

Ik kon die nacht niet slapen. De kamer en het muskietennet voelden anders aan dan gisteren. Yan zei in de kamer niets tegen me, maar er heerste opeens leven en er hing frisse lucht. Ik voelde de lente. Het groeiende riet onder mijn bed werd voor de eerste maal draaglijk. Ik dacht dat ik wat groen in de kamer wel leuk zou vinden. Zou Yan dat ook vinden? Zij lag in de brits onder me. Ik wilde zoveel met haar delen. Maar ik durfde niet met haar te praten. Lu's bed bevond zich naast het onze. We sliepen met zijn achten in die kamer, van elkaar gescheiden door muskietennetten.

Lu zou jaloers zijn op ons, op onze opgetogenheid. Ik had medelijden met haar. Ik wenste dat ik haar vriendin kon zijn. Het was treurig dat die schedel het enige was waarmee ze intiem was. Ik voelde voor het eerst medeleven met haar. Het was een vreemd gevoel. Waarom voelde ik iets voor Lu? Vanwege Yan? Lu was twee jaar ouder dan Yan. Ze was vijfentwintig. Ze wilde zoveel. Ze wilde ons leven beheersen. Wat deed ze met haar jeugd? Haar gezicht werd al ontsierd door rimpels. Ze zou binnenkort dertig zijn, en dan veertig, en dan zou ze nog steeds op de Boerderij van het Rode Vuur zitten. Ze zei dat ze van de boerderij hield en nooit zou weggaan. Ik vroeg me af hoe iemand van deze boerderij kon houden. Een boerderij die alleen maar riet en onkruid produceerde. Volledige duisternis. Een hel. Lu sprak de waarheid nooit. Ze zou niet weten hoe. Had ze gevoelens? Gevoelens die Yan en ik vanavond samen hadden gehad? Ze moest ze wel hebben. Ze was jong en gezond. Maar wie zou het wagen aardig tegen haar te zijn? Wie gaf er echt om haar, behalve dat iedereen haar vleide omdat ze macht had? Met wie zou ze haar gevoelens delen? Zou ze trouwen? Wat een vreemde gedachte, dat Lu zou kunnen trouwen. De mannen in de compagnie waren bang voor haar. Ze gaven haar haar zin, aanvaardden haar heerszucht. De mannen gaven zich over voordat ze de confrontatie waren aangegaan. Alleen al haar schaduw joeg mannen op de vlucht. Ze behandelden haar als een affiche aan de muur. Ze gaven blijk van hun bewondering, maar hingen haar ingelijst aan de muur van hun geest. Ik zag eenzaamheid in Lu's ogen. Die ogen die op regenachtige dagen over de velden uitkeken. Dorstende ogen.

Lu ging laat naar bed. Ze zat op een houten krukje de werken van Mao te bestuderen. Iedere nacht voerde ze dit ritueel uit. Ze maakte per avond ongeveer tien pagina's aantekeningen. Ze ging altijd als laatste naar bed en stond als eerste op. Ze maakte de kamer en de gang schoon. 'Ik houd ervan het volk te dienen,' zei ze altijd. Ze stond altijd klaar met een citaat uit Mao als ze geprezen werd. Ze zei dan: 'Ik doe alleen maar wat de Voorzitter me heeft geleerd.' Ze citeerde: 'Het is niet moeilijk een paar goede dingen te doen voor anderen; het is moeilijk je hele leven goede dingen te doen voor anderen.'

Ik vond Lu's gedrag angstaanjagend. Uit haar rigiditeit sprak haar monomane zucht naar macht. Ik werd voorzichtiger, beleefder tegen haar. Ik koos mijn woorden zorgvuldig als ik met haar praatte. We omzeilden elkaar.

Ze probeerde inzicht te krijgen in wat ik werkelijk dacht. Ze wist dat geen van ons beiden de ander kon beheersen. Dat vond ze niet aangenaam. Lu rook onmiddellijk dat ik vertrouwelijk met Yan omging, zoals een hond van alles ruikt. Ze kwam op een dag na het werk achter me aan en zei: 'Ik weet waarom je er opgewonden uitziet, je bent zo'n dief.' Ik zei: 'Ik begrijp niet wat je bedoelt.' Ze glimlachte en knikte. Ze zei me dat ik de koffers van de soldaten kamer voor kamer moest inspecteren. Ze ging met me mee. Ze zei dat ik al die koffers moest onderzoeken op pornografie. Toen we na dit werk naar onze kamer terugliepen zei ze plotseling: 'Weet je nog wat je gisterenavond hebt gezegd?' Ik struikelde bijna over een kei. Ze had me getroffen in mijn slechte geweten. Ik vroeg: 'Hoe moet ik me nou herinneren wat ik heb gezegd? Ik sliep – dus hoe kan ik dat weten?' 'Je weet het wel, ik heb het gehoord,' zei ze met een sluw lachje. 'Ik heb het gehoord,' herhaalde ze. Haar woorden voelden aan als luizen die over mijn rug omhoogkropen.

Lu deed de deur open om me voor te laten gaan, kwam achter me aan en sloot de deur. 'Vertel me eens, wat ben je al die tijd al van plan?' Ze keek me aan alsof ik een vlieg was en zij een spin, alsof we in een vechtpartij verwikkeld waren in het web dat zij had geweven. Ik zei: 'Ik moet mijn kleren gaan wassen. Ik heb al een week geen schone kleren aan. Ik moet voortmaken, want dadelijk heb ik een bijeenkomst van het peloton.' Ze keek naar me, naar mijn vuile kleren, mijn blote voeten. Ze zei: 'Ik dacht dat jij eerlijk was.' Ik zei: 'Ik ben eerlijk.' Ze zei: 'Maar niet tegen mij. Ik wil dat je je ervan bewust bent dat je steeds geraffineerder wordt. Je bent je zuiverheid aan het verliezen. De zuiverheid die ik in je zag toen ik je oppikte in Shanghai. Weet je nog waarom ik je toen mocht? Dat heb ik ook gezegd. Weet je nog dat ik je toen heb gezegd dat je het goede in je moest bewaren?' Ik zei dat ik die goedheid had bewaard en dat ik die zou bewaren, maar dat ik nu mijn kleren moest gaan wassen. Ze deed een stap achteruit om me door te laten. 'Doe niet alsof je me niet begrijpt,' zei ze. 'Als je echt lid van onze Partij wilt worden doet het je geen goed als je weigert eerlijk tegen mij te zijn.'

Terwijl ik mijn kleren stond te wassen dacht ik na over het probleem hoe vlug Lu me kapot zou kunnen maken door valse rapporten over me uit te brengen en hier en daar een dubbelzinnig woord in mijn dossier op te nemen, een dossier waartoe alleen de partijleiders toegang hadden. Woorden die me levend konden begraven. Woorden die, als ze eenmaal in een dossier stonden, nooit meer zouden veranderen. Ze zouden me zelfs na mijn dood nog achtervolgen. Het dossier beslist wie ik ben en wie ik zal zijn. Het zou het enige portret van me zijn dat de Partij als werkelijk en betrouwbaar zou beschouwen.

Als partijsecretaris had Yan dezelfde macht als Lu, namelijk de macht om mensen te manipuleren. Maar Yan hield niet van streken. Ze geloofde in rechtvaardigheid, hoe onrechtvaardig haar rechtvaardigheid voor mij ook mocht zijn. Ze probeerde niet toe te geven aan persoonlijke rancunes – een principe dat Mao voor ieder partijlid verplicht had gesteld. Ze probeerde dat niet met Lu te doen, hoewel ze het graag had gedaan. Ze voegde nooit extra zout of azijn toe aan haar rapporten aan het hoofdkwartier. Dit ontroerde me als ik haar rapporten voor haar kopieerde. Het bracht me dichter bij haar. In Lu kon ik een dergelijke eigenschap niet onderscheiden. Lu meldde zich vaak als vrijwilligster voor overuren in de velden en deed dan alle goede dingen die iemand maar kon bedenken, maar ze vergaf nooit iemand die op haar tenen was gaan staan door met haar van mening te verschillen of haar orders niet te gehoorzamen. 'Ik knijp hem dood als een luis als iemand het lef heeft me voor gek te zetten,' zei ze ons recht in ons gezicht. 'Ik zal de vijand graag de ijzeren vuist van de proletarische dictatuur laten voelen.'

Lu nam een hond mee terug uit het hoofdkwartier. Hij heette 409. 409 was een in het leger afgerichte Duitse herder. Er werd van hem gezegd dat hij alles kon. 409 had de taak op een varken te passen dat Luimenkop heette. Luimenkop, een beer die bijna honderd kilo woog, was een bron van zorgen voor de compagnie. Hij was de onberekenbaarste van zijn groep. De compagnie had niet genoeg goed dierenvoer. De varkens kregen half goed voer en half grof graan. Op een dag ontdekten de boerenknechten dat er een paar zakken goed voer waren verdwenen – een van de varkens moest ze hebben opgegeten, maar ze wisten niet welk. Twee dagen later waren er nog een paar zakken weg. Ditmaal zagen de boerenknechten dat de varkens de onverteerde poep van Luimenkop opvraten. Ze vermoedden dat Luimenkop de dief was. Ze hielden hem in de gaten en betrapten hem op heterdaad. Het vreemde met Luimenkop was dat hij het gezicht van een hond had en zich als een hond gedroeg. Hij was in staat uit zijn kooi te springen en binnen te dringen in de graanopslag en daarna, als hij genoeg van het goede voer had gegeten, rende hij naar de kooi terug en deed alsof er niets was gebeurd. Toch at hij bij de laatste voeding van de dag niet minder dan de andere. Hij was groter dan de andere.

Lu was dol op 409. Ze gaf al haar spaargeld uit aan droog voer voor de hond. Ze richtte hem af en beloonde hem. 409 raakte al gauw erg aan haar gehecht. Iedere avond wandelden ze een stuk langs het strand. Lu werd prettiger in de omgang dan vroeger. 409 was vals tegen iedereen, behalve tegen Lu. Lu was trots op de trouw van 409. Ze wakkerde zijn valsheid aan. Ze droeg 409 vaak een bepaald citaat van Mao voor. Ze gaf 409 bevel aan haar voeten te gaan zitten en vroeg hem dan: 'Is het niet van wezenlijk belang dat je moet leren wie je vriend is en wie niet?' 409 blafte dan ja tegen haar. Dan kreeg hij als beloning een stukje gedroogd vlees. En dan ging Lu door:

'Is het geen vraag van wezenlijk belang die men in de geest van de ware revolutionair moet beantwoorden: wie is de vriend van het volk en wie niet?' 409 blafte dan weer en kreeg dan weer een stukje vlees.

Als 409 overeind stond was hij even groot als Lu. Lu liet hem vaak met zijn voorpoten op haar schouders op zijn achterpoten lopen. Op een dag, toen Lu in het hoofdkwartier zat voor een bijeenkomst, jankte 409 de hele dag. Het klonk als een huilende oude vrouw. Om ongeveer twaalf uur begon hij tegen de muur te bonken. Twee mannelijke soldaten sloten hem op in een varkenskot, en hij smeet zichzelf tegen de latten tot hij ze doormidden had. Niemand kon hem in bedwang houden, tot Lu terugkwam. Toen ze zag dat de hond niet zonder haar kon barstte Lu in tranen uit.

409 was een verschrikkelijke waakhond. De soldaten zeiden dat hij in een vorig leven familie van Luimenkop moest zijn geweest. De twee beesten konden het uitstekend met elkaar vinden, vanaf het eerste moment. Ze keken elkaar onzeker aan, roken toen aan elkaar en aanvaardden elkaar. Kwam het doordat Luimenkop een hondekop had? Ze zaten als broers naast elkaar. Als het op het stelen van goed voer aankwam weerhield 409 Luimenkop hier niet alleen niet van: hij hielp hem zelfs het voer uit de zakken te schrapen, zodat Luimenkop sneller kon eten. Ze speelden in het varkenskot. 409 raakte altijd opgewonden bij het zien van het zaagsel. Als de boerenknechten kwamen aanlopen, trok 409 altijd een eerlijk gezicht, alsof hij had gevochten om het voer te beschermen maar het niet was gelukt. Yan hield niet van 409. Ze noemde hem een verrader. Ze gaf hem een schop en stelde voor dat Lu hem naar het hoofdkwartier zou terugsturen. Lu gehoorzaamde met tegenzin. Alsof hij Lu's gevoelens had geraden liep 409 naar haar toe en likte haar hele gezicht.

Lu smeekte Yan 409 te laten blijven. Ze liet Yan het

dossier van de hond zien. In het dossier stond dat 409 zich in de oorlog verdienstelijk had gemaakt. Ze zei: 'Geef me twee weken, zodat ik hem kan africhten om op Luimenkop te passen. Ik beloof je dat hij even goed wordt als ze me hebben beloofd.' Yan zei dat er een gebrek aan goed voer ontstond. De compagnie kon zich niet veroorloven nog één zak kwijt te raken. De andere varkens zouden van honger omkomen. Lu ging 's nachts de varkens in de gaten houden. 409 was niet veranderd. Lu slaagde er niet in hem te dwingen zich fatsoenlijk te gedragen. Yan was in alle staten en gelastte Lu 409 weg te brengen. Diezelfde dag, de dag waarop 409 zou moeten worden weggestuurd, betrapte Lu Luimenkop terwijl hij goed voer stal. Ze ging naar Yan en zei dat het wegsturen van de hond geen einde zou maken aan de activiteiten van Luimenkop. Waarom slachten we Luimenkop niet in plaats van dat we de hond wegsturen? Ze kreeg toestemming.

Lu liet het varken slachten voor het avondeten. Luimenkop lag in ieders eetkom. 409 kauwde op de varkensbotten en zocht daarna overal naar Luimenkop. Hij snuffelde rond in het kot van Luimenkop en bleef daar in het zaagsel liggen totdat Lu hem naar buiten riep. Lu was blij: ze haalde haar vingers door het haar op 409's rug. Lu bracht uren samen met 409 door, stopte haar hele hand in zijn bek en liet hem allerlei kunstjes doen.

Lu nam 409 mee naar dorpen in de omgeving, zodat hij een vrouwtje kon vinden. 409 was aardig tegen de vrouwtjeshonden, maar vals tegen hun eigenaren. Het verhaal deed de ronde dat hij met de vrouwtjeshond paarde en daarna, als uiting van zijn plezier, de broek van de eigenaar aan flarden scheurde. Hij sprong dan tegen de eigenaar op, ging op zijn achterpoten staan en begon te blaffen. De dorpelingen zeiden dat hij de doden tot leven wekte. De dorpelingen zeiden tegen Lu dat ze 409 nooit meer mee mocht nemen. Lu lachte alleen maar. Ze wist niet hoe serieus de dorpelingen het bedoelden.

Op het begin van een avond, toen 409 uit een dorp in de buurt terugkwam, werd het gezicht van 409 groen. Hij braakte en braakte. Lu probeerde hem water en pap te geven, maar 409 kon niets binnenhouden. Ik was juist de hakken aan het slijpen toen Yan me het nieuws kwam vertellen. Yan zei: 'Lu zingt een opera.' Ik ging naar de graanopslag waar 409 gewoonlijk sliep. Voordat ik 409 zag, hoorde ik Lu al snikken. 409 lag tegen Lu's borst, dood. Lu snikte als een dorpsweduwe. Naast hen stond een dierenarts. Yan kwam binnen en gaf Lu een natte handdoek aan. Terwijl Lu haar gezicht afveegde, vroeg Yan de dierenarts naar de vergiftiging. De dierenarts zei dat het gif in het gestoomde brood had gezeten. 'De mensen uit het dorp hebben het gedaan,' zei Lu. 'Het zijn reactionairen,' zei ze met opeengeklemde tanden. 'We moeten het hun betaald zetten.' Yan reageerde aanvankelijk niet. Toen ze na het eten zag dat Lu nog steeds bij 409 zat, zei Yan: 'Als ik jou was geweest had ik hem niet zoveel laten paren.'

Lu begroef 409 bij de rivier. Toen ons peloton de volgende ochtend met de hak in de velden aan het werk ging, was Lu al bezig. Haar ogen waren gezwollen. Ik vroeg haar of ze die nacht goed had geslapen, en ze zei dat ze de hele nacht bij het graf had gezeten. In de pauze vroeg ze me met haar mee te gaan naar het graf, om 409 te bezoeken. Ik ging met haar mee. Ik was geroerd door haar verdriet. Ik wist niet dat Lu in staat was tot verdriet. Ze knielde in de modder en zette wilde bloemen op het graf. Ze snikte terwijl ze het deed. Ik trok haar aan haar armen overeind en ze huilde tegen mijn schouder. Ze bedankte me. Ik had graag meer voor haar gedaan. Ze keek me aan en zei: 'Ik ben mijn enige vriend kwijt. Wat moet ik nu?' De toon waarop ze dit zei joeg me angst aan. Ik durfde niets te zeggen. Ik keek naar haar. Ze staarde uit over de velden. De wind blies haar haar op, zodat ik de wortels zag. Ze mompelde: 'Ik zal het doen. Ik zal het doen.' 'Je krijgt vast nieuwe vrienden,' zei ik. Ze keek me argwanend aan. 'Maar 409 heeft nooit tegen me gelogen,' zei ze.

Lu wist dat ik niet echt meende wat ik zei. Ze wist dat ik geen vrienden met haar wilde worden. Ik kon haar niet zeggen dat ik bang voor haar was omdat ze te bekwaam was. Ze had het karakter van een moordenaar, en dat schrikte me af.

Lu en ik werkten de hele dag schouder aan schouder. We wisselden een paar woorden. Ik dacht aan Yan, aan haar hartelijke lach. Lu werkte snel. Haar slanke figuur bewoog zich als een klipgeit over een bergwand, iedere beweging was precies en afdoende. Net als een klipgeit had ze slanke polsen en enkels. Daardoor kon ze harder lopen en zich sneller vooroverbuigen. Ze was een enthousiast werker. Ze was een aanhangster van de harde lijn. Voor mij was ze echter een toneelspot: ze scheen helder in het donker. Als de zon opkwam verloor ze echter haar helderheid. Ze vervaagde in de zon, en Yan was de zon.

Yan en ik gaven geen blijk van intimiteit als er mensen bij waren. We wasten zwijgend elkaars kleren en haalden heet water voor elkaar. We raakten gewend aan de taal van elkaars ogen. Iedere paar dagen vertrokken we afzonderlijk naar onze afspraak bij de steenfabriek. Yan verzon dan een uitvlucht, bijvoorbeeld dat ze de kwaliteit van het werk van die dag moest controleren. Ik nam het dikste boek van Mao en een aantekenboek mee en deed alsof ik een plekje zocht om alleen te gaan studeren. We slenterden hand in hand door het riet. Ze liet me zien hoe ik van het riet fluitjes moest maken. Ze rolde een stuk riet op tot een groene trompet. Ze zei dat ik moest blazen als zij op de hare blies. We maakten muziek met het riet, met de avond. We bedierven elkaars tonen en lachten als een toon klonk als het gehoest van een oude man.

Zelfs toen de winter kwam gingen we door met deze afspraken. Zittend bij de bakstenen oefende Yan dan op haar erhu; ik lag gewoon op mijn rug en luisterde. We begonnen over van alles te praten, zelfs over dat meest verboden onderwerp: mannen.

Yan zei dat volgens haar moeder, die een hekel had aan haar vader, de meeste mannen slecht waren. 'Moeder zei altijd dat ze nooit negen kinderen van mijn vader zou hebben gekregen als ze niet gehoor had willen geven aan de oproep van de Partij: "Een grotere bevolking betekent meer macht." Mannen ontlenen er genoegen aan vrouwen te verleiden en te verkrachten,' besloot ze.

Ik herinnerde me hoe Yan die nacht haar riem had afgedaan en de mannelijke soldaten bevel had gegeven die boekenwurm af te tuigen. Ik begreep waar haar haat jegens mannen vandaan kwam. Ik zei dat haar vader niet voor iedere man stond. Yan beweerde van wel. Toen vertelde ze me over haar vijf broers, allen in de twintig, allen groot en sterk. 's Nachts hielden ze smerige gesprekken, als het hele gezin van elf in dezelfde kamer lag te slapen. Haar oudste broer had het erover dat ze een buurmeisje zover moesten zien te krijgen naar binnen te gaan en dat hij haar dan op het bed zou verleiden terwijl zijn vier broers door een kier in de deur keken. Ik vroeg haar hoe haar ouders hierop hadden gereageerd. Yan zei dat ze geweigerd hadden het te geloven. Ze beschuldigden Yan ervan dat ze een verzonnen verhaal had verteld. De broers hadden haar in elkaar geslagen en haar ouders hadden toegekeken en gevonden dat ze dat had verdiend. Dat was de belangrijkste reden waarom ze bij haar familie was weggegaan en zich bij de Boerderij van het Rode Vuur had gemeld.

Yan vroeg me wat ik van mannen vond. Ik zei: 'Als je de waarheid wilt weten, zou het weleens een schok voor je kunnen zijn.' Ze zei dat ze bereid was te luisteren en beloofde mijn vriendin te blijven, wat ik haar ook vertelde. Ik vertelde haar een verhaal. Een verhaal dat ik nog nooit aan iemand had verteld. Het was gebeurd tijdens een bijeenkomst van de Rode Garde, toen ik zestien was. De elektriciteit was uitgevallen, en terwijl we in het donker zaten raakte een hand mijn rug aan. Bevend bewoog hij zich om mijn zij heen om mijn borst aan te raken. Ik was geschokt, maar liet de hand ongeveer een minuut liggen, waarna ik opstond en ergens anders ging zitten. Toen de lichten weer aangingen draaide ik me om. Ik zag drie jongens achter me zitten, allen van mijn leeftijd. Een van hen keek nerveus en was bleek. Ik kende hem – een A-student, een populaire kalligraaf die een meisjesachtig gezicht had.

Ik dacht dat ik mijn zuiverheid had verloren. Ik schaamde me voor mezelf.

'Waarom heb je niet geschreeuwd? Waarom heb je zijn hand niet weggeduwd?' vroeg Yan. Ik vertelde haar dat ik dat zelf niet wist. Ik vertelde haar dat mijn lichaam het wel een fijn gevoel had gevonden. Ze was verbijsterd. Ze zat enige tijd stil voor zich uit te kijken. Ze verborg haar gezicht in haar handpalmen.

Het riet zwaaide met een fluisterend geluid heen en weer. Sah-sah-sah, sah-sah-sah. Ik keek naar Yan. Ik keek hoe ze haar moed bijeenraapte. Ze vroeg of ik het verschil wist tussen het geslachtsorgaan van een volwassen man en dat van een jongen. Ik had er in een acupunctuurboek een afbeelding van gezien. Net een theepot op zijn kop. Yan knikte en zei dat dat wel voldoende was. Ze bleef nog even zitten. Blozend zei ze dat ze me iets moest opbiechten. Ik wachtte. Ze zei: 'Ach, laat ook maar.' Ik zei: 'Je vertrouwt me niet.'

'Dat is het niet,' zei ze. Ik vroeg: 'Wat is er dan aan de hand?' Ze haalde diep adem en zei dat ze het echt niet kon vertellen. Ze kon zichzelf er niet toe dwingen. Ze liet haar voorhoofd op haar knieën rusten. Ik zei dat ze alle tijd van de wereld had tot ze klaar was om het te vertellen. Ze zei dat ze daar nooit klaar voor zou zijn. Net als een slak die zich in zijn huis terugtrekt wilde ze niet naar buiten komen. Ik smeekte haar het me te vertellen. Ik zei dat ik ook weleens wc-gedachten had. Ze zei dat dat iets heel anders was. Haar gedachten waren monsterlijk. Ik duwde haar knieën uit elkaar en drukte met mijn vingers haar kin omhoog. Ik keek haar aan en zei dat ik bijna zeker wist wat het was. Ze zei dat ik geen idee had. Ik zei: 'Als ik gelijk heb, beloof je dan me alles te vertellen?' Ze knikte.

'Een man,' zei ik, haar recht aankijkend. Ze verloor haar kalmte.

Hij heette Luipaard Lee. Hij was vierentwintig en het hoofd van Compagnie Tweeëndertig. Hij kwam uit het Zuiden, van een familie van tuinlieden. Hij was tenger gebouwd. Ze had hem voor het eerst ontmoet tijdens een bijeenkomst op het hoofdkwartier en sindsdien stiekem aan hem gedacht. Ze zei dat dat het was. Het verhaal was afgelopen.

Ik vroeg: 'Spreken jullie elkaar weleens onder vier ogen?' Zij vroeg: 'Hoe bedoel je? Hoe zou dat kunnen?'

'Nou, hoe weet je dan dat hij jou aardig vindt?' vroeg ik. Ze zei: 'Dat voel ik gewoon.' Ze zei dat ze het natuurlijk niet zeker kon weten, maar hoe dan ook, het was niet het verhaal dat ze aan me kwijt wilde. Ik vroeg: 'Wat is het probleem?' Ze zei: 'Ik weet dat ik dergelijke gedachten helemaal niet mag hebben.' Ze zei dat het vreselijke was dat ze hem niet uit haar hoofd kon zetten. Ze was in de war, en daar hield ze niet van. Ik maakte een grapje en zei dat het een beetje klonk als corruptie van het persoonlijke leven, dat ze het probleem aan een compagniesbijeenkomst moest voorleggen. Ze zei dat het niet aardig was grapjes te maken over de pijn van een ander. Ik vroeg of het echt pijn deed. Ze zei dat het geacht werd pijn te doen, en dat deed het ook. Het rukte aan haar, ze brandde zich eraan. Het maakte dat er smerige gedachten bij haar opkwamen, dingen over mannen en theepotten.

Ze maakte een hulpeloze indruk. Ik zei dat ik precies dezelfde symptomen had. Ze vroeg wat ik eraan had gedaan. Ik zei dat ik een boek had gelezen. Ze vroeg of ik me beter had gevoeld toen ik het uit had. Ik bevestigde dit. Ze vroeg of ze de titel van het boek mocht weten. Ik zei: 'Het heet *De tweede handdruk*. Het is een verboden boek, ik heb het uit de koffer van Kleine Groene.' Het was met de hand gekopieerd, driehonderd pagina's. Ze vroeg waar het over ging. Ik zei dat het een verhaal over een man en een vrouw was. Ze zei dat ze ervan uitging dat dat het boek was dat Kleine Groenes hoofd had vergiftigd. Ik zei dat ik het daar wel mee eens moest zijn. Ze zei dat ze niet door het boek op een dwaalspoor gebracht wilde worden. Ik zei: 'Natuurlijk niet, maar wie kan weten hoe een ander er werkelijk over zal oordelen.' Ik zei dat ik niet wilde geloven dat een wilskrachtig iemand als zij door een boek vergiftigd zou kunnen worden. Dat zou belachelijk zijn. Het zou een grap zijn. Ze zei dat dat wel klopte. Ze zei me het boek 's avonds in haar regenlaars te stoppen. Toen zei ik dat ik niet verantwoordelijk zou zijn voor wat er in de toekomst met haar hoofd zou gebeuren. Ze zei dat ze die verantwoordelijkheid zelf wel zou dragen.

Ze verslond het boek. Yan, de commandant, de partijsecretaris, verslond het met de hand geschreven boek in drie nachten met een zaklantaren onder haar muskietennet. Toen ze me het exemplaar teruggaf, zag ze er anders uit. Ze zei: 'Ik wil die man een brief schrijven.' Maar toen betrok haar gezicht. Ze zei: 'Dat kan niet. Het is niet veilig.' We gingen naar de steenfabriek. Ik vroeg haar uit te leggen waarom het niet veilig was. Ze zei dat Lu de brief van die man aan Kleine Groene had geopend – zo had de compagnie geweten waar ze hen die nacht konden betrappen. De partijleiders konden ieder gewenst moment iemands brieven openen of iemands koffer doorzoeken. Dat was niet verboden.

Ik zei tegen Yan dat ik haar had gehaat omdat ze Kleine Groene te schande had gezet. Ze zei dat ik daar het volste recht toe had. Ze boog het hoofd. Ze luisterde rustig naar mijn beschuldiging. Ik zei: 'Je bent een moordenares.' Ik huilde. Ze zei dat ze zichzelf erom haatte, maar ze was ertoe gedwongen geweest. Ze wist al een hele tijd dat Lu Kleine Groene bespioneerde. Als partijsecretaris en commandant had ze geen keus gehad toen de zaak haar werd gemeld.

Yan nam mijn handen in de hare en wreef ze. Haar handen waren ruw, net die van een oude boerin. Ze zei dat ze pas nu had begrepen hoe onvergeeflijk haar optreden was geweest. Ze bevond zich nu zelf in Kleine Groenes positie – ze had iets met een man. Wat was het onvergeeflijk, wat ze had gedaan. Ze zei dat ze een kikker was die op de bodem van een put leefde: haar kennis van het universum was niet groter dan de opening van de put boven haar hoofd. Door haar naïveteit en onwetendheid was ze een moordenares geworden. Ze had zich laten misleiden door de partijpropaganda, door het tijdschrift *De Rode Vlag* en het *Volksdagblad*. Ze was getraind om een moordenares te worden. En voor wie gold dit niet? Ze begreep de wereld om zich heen niet, de wereld waar de moordenaars in leven bleven en de onschuldigen stierven als onkruid.

Ik herinnerde me haar jachten op slangen in het riet. Ik vroeg haar ernaar. Naar de zonsondergang starend zei ze dat ze dat voor Kleine Groene deed, zodat ze op zekere dag weer bij zinnen zou komen. Ze had negenenzestig waterslangen in een kruik bij elkaar gestopt, die ze onder haar bed bewaarde. Ze moest het volmaakte getal van honderd bereiken. Ze zei dat het de eerste keer was dat ze op een bijgeloof vertrouwde. Haar grootmoeder had ooit eens slangen verzameld om haar verlamde zusje te genezen. Toen ze er honderd had verzameld was haar zusje opeens opgestaan en gaan lopen. Ze was zes jaar verlamd geweest.

'Je weet toch dat die slangen giftig zijn?' vroeg ik. Ze knikte. Ze glimlachte kalm, en dat raakte me diep. Ik vroeg of ik met haar mee mocht. Ik zei dat ik niet bang zou zijn voor de slangen. Ze knikte, en pakte me bij de schouders.

We gingen afzonderlijk op slangejacht. Ik heb er nooit een gevangen. Ik was bang voor die beesten. Hun lijven joegen me afschuw aan. Van het vet op hun staarten werd ik paranoïde. Ik had nachtmerries waarin mijn lichaam in slangen was gehuld. Ik vertelde Yan niet over mijn dromen. Ik kon niet geloven dat zij er niet bang voor was. Toen ze met nog meer slangen terugkwam stelde ik me de doodsangst voor die ze had doorgemaakt. Ze was weer mijn heldin.

We praatten nog meer over mannen, vooral over Luipaard Lee. Ik opperde dat ik, als ze dat tenminste wilde, wel als persoonlijk boodschapper voor haar wilde optreden. Ze schudde haar hoofd en zei dat als Kleine Groene het niet had gemogen, zij het ook niet mocht. Ik ben partijlid. Ik kan geen dingen doen die ik anderen heb verboden. Ze keek treurig maar vastbesloten. Ze gedroeg zich belachelijk, maar haar waardigheid ontroerde me. Terwijl ik naar haar keek voelde ik me tot haar aangetrokken. Ik kon die avond niet genoeg van haar krijgen. Ze was mijn Venus.

'Het is maar iets oppervlakkigs, nietwaar?' vroeg ik op de terugweg naar de barakken. Ze zei opeens: 'Ik wed dat je nu een gevecht met Lu aankunt, want je hebt scherpe tanden gekregen.' Ze lachte. Ze maakte een hoed van riet voor me terwijl we bespraken hoe de brief eruit zou moeten zien en hoe ik een officieel excuus zou kunnen vinden om hem aan Luipaard Lee te overhandigen.

Ik voelde me blij. Blij in gezelschap van Yan te zijn. Blij dat ze van me afhankelijk was. Toch had Yan me nog geen brief gegeven om af te leveren. Als ze me zag omzeilde ze het onderwerp. Ik wist dat ze gelukkig was, en ook een beetje nerveus. Ik zag dat ze rood ondergoed te drogen hing. Felrood. Ze neuriede liedjes, bekeek zichzelf vaker in de handspiegel die bij de deur hing. Ze vloekte niet meer. Ik plaagde haar. Ik gebruikte de vloeken die zij altijd had gebruikt. Ze wist wat ik in de zin had. Ze glimlachte alleen maar en noemde me een kwajongen. Ik vroeg haar naar de brief voor Luipaard. Ze bleef het onderwerp vermijden. Ze zei dat ze nog geen tijd had gehad om te schrijven. Ik zei dat Luipaard haar misschien wel vergeten was. Toen ik die nacht in bed lag trok ze mijn muskietennet open en gooide een dichtgevouwen vel papier naar binnen.

> Kameraad Luipaard Lee,
>
> Hoe gaat het met u? Ik vroeg me af hoe het met het landbouwinitiatief in uw compagnie is gesteld. Hier boeken we goede vooruitgang. Ik heb nog vaak aan onze ontmoeting gedacht. Ze had veel betekenis en was bovendien politiek vruchtbaar.

In de kantlijn had Yan geschreven: 'Help je me alsjeblieft?' Ik pakte een stuk papier en antwoordde dat ik zou doen wat de Partij ook van me zou verlangen.

De volgende dag herschreef ik haar brief. Ik wist niet hoe Luipaard Lee eruitzag, dus beschreef ik maar het gezicht van Yan. Ik probeerde me voor te stellen wat ze zouden doen als ze samen waren, hoe ze elkaar zouden aanraken; alleen al de gedachte deed mijn hart sneller kloppen. Ik wilde Yans lichaam beschrijven, maar dat had ik nog nooit gezien. In plaats hiervan beschreef ik het mijne, raakte mezelf aan terwijl ik me voorstelde dat mijn lichaam het hare was en mijn vingers de zijne.

Toen Yan terugkwam fluisterde ik dat ik klaar was. Ze was opgewonden en zei dat ze gewoon niet kon wachten tot het bedtijd was en ze hem kon lezen. Ik zei haar dat ik haar wilde zien als ze hem las. Yan zei dat we een smoes moesten bedenken, zodat we samen naar bed konden. We maakten een plan en wachtten tot het donker werd.

Na het eten gingen Yan en ik bij de deur zitten. Ze begon haar regenschoenen te repareren terwijl ik mijn geweer ging schoonmaken. We zeiden niets tegen elkaar en deden alsof we ons concentreerden op wat onze handen deden. Ik nam het geweer uit elkaar en maakte het schoon. Ik was er niet met mijn hoofd bij. Ik keek stiekem een paar maal naar Yan. Ze haalde schuurpapier over de gescheurde schoen, smeerde de scheur in met lijm en klemde de twee helften op elkaar. Ze keek me niet aan, maar ik wist dat zij wist dat ik naar haar keek. Haar gezicht werd rood. Ze glimlachte verlegen. Ze blies een paar keer zachtjes op de schoenen. Ik genoot van haar verlegenheid, want niemand anders zou hebben gedacht dat ze ook verlegen kon zijn. Ik was de enige die haar intiem kende.

Lu zat hardop het werk van Mao te lezen. Andere kamergenotes waren in en uit gelopen, hadden hun kleren te drogen gehangen en het vuile water buiten weggegooid. De mannelijke soldaten in het gebouw tegenover ons zaten met hun eetstokjes op hun kommen te tikken. Ze zongen: 'Als de zon opgaat. O-Jo, O-Jo, O-Jo, Jo, Jo, Jo, O, O...' Het was een lied zonder einde. De soldaten spetterden bovendien water op de modderige vloer en liepen op hun blote voeten hun kamer in. De deuren gingen dicht. Het lied drensde door.

Toen het donker begon te worden, lag ik al in bed. Ik wachtte tot alle anderen ook in bed lagen. Ik keek door het net in de kamer rond. Ik keek op Lu neer. Haar geconcentreerdheid verbaasde me. Ze las echt elke dag het Rode Boekje. Ik wist zeker dat ze iedere komma en iedere punt uit haar hoofd kende. Vond ze dit leuk? Of deed ze het maar voor de show? Of beide? Voelde zij zich ooit rusteloos? Ze was jong, ze had een vol lichaam. Ze hield ervan naar haar eigen voeten te kijken, dat had ik gezien. Ze deed vaak heel lang over het wassen van haar voeten. Ze waren donkerverbrand, en haar teennagels waren schoon als pinda's. Ze zagen er anders uit dan de onze, die een oranjeachtige kleur hadden van de bestrijdingsmiddelen. Ze gebruikte iedere avond, als wij lagen te slapen, azijn om de kleur eraf te krijgen. Eenmaal was ik midden in de nacht wakker geworden van een sterke azijnlucht en had ik door het net gezien dat ze tijdens het schoonmaken van haar nagels in slaap was gesukkeld. Haar voeten rustten op een kruk, als twee grote rijstkoeken. Het was een stel jonge voeten, elegant gevormd. Ik vroeg me af waarom Lu zoveel tijd aan haar voeten besteedde. Toen begreep ik het. Haar voeten waren haar vorm van intimiteit. Ze had die intimiteit nodig om te overleven, net als ik die van Yan.

Ik begon met de opmerking dat ik niet genoeg dekens had en bang was dat ik kou zou vatten. Yan niesde en zei dat zij het ook koud had. Lu zat als gewoonlijk nog te studeren. Geërgerd door de geluiden die we maakten zei ze op ongeduldige toon: 'Waarom kunnen jullie elkaar niet helpen, kameraden? Waarom kunnen jullie niet iets bedenken om dat probleem op te lossen: waarom delen jullie je dekens bijvoorbeeld niet?' Ze trapte precies in onze val. Ik sprong met mijn dekens naar beneden en schoot onder Yans muskietennet. We trokken het net stevig dicht. Ik giechelde onwillekeurig. Yan legde haar handen over mijn mond. Ik gaf haar de brief. Ze trok de dekens over ons hoofd en knipte haar zaklantaren aan.

Ze bloosde. Ze las en herlas de brief. Ze fluisterde dat het het beste was dat ze ooit had gelezen. Ze zei dat ze nooit had geweten dat ik zoveel talent had. Ze drukte haar wang tegen de mijne aan. Ze fluisterde steeds weer dezelfde woorden, dat ik talent had. Nadat ze de brief nog tweemaal had gelezen wilde ze dat ik me voorstelde hoe Luipaard Lee zou reageren als hij hem las.

Ik zei haar dat hij verliefd op haar zou worden. Ze zei dat ik moest herhalen wat ik zojuist had gezegd, en dat deed ik. Ze fluisterde: 'Hoe kun je dat zeker weten?' Ik fluisterde terug: 'Als ik een man was zou ik verliefd worden.' Ze vroeg of ik ooit hagelfruit had geproefd. Ik vroeg wat hagelfruit was. Ze zei dat het een soort fruit was die in het Zuiden groeide. Als het rijp werd barstte het open en maakte dan een knallend geluid, net als voetzoekers. Ze zei dat haar hart nu zo klopte. Ik zei dat ik blij was dat ik talent had. Ze zei dat ik daar inderdaad blij om mocht zijn, want ik had haar betoverd en haar lot rustte in mijn handen.

Nadat we de zaklantaren hadden uitgeknipt staken we onze hoofden boven de dekens uit om een luchtje te scheppen. Ik vroeg of hagelfruit eetbaar was. Ze zei: 'Ja, het is zoet, maar de vruchten hebben een lelijke schil, net een stekelvarken.' Ik zei: 'Ik had nooit gedacht dat je zo'n zacht karakter had toen ik je voor het eerst zag.' Ik zei haar dat die zachtheid me me deed afvragen of ze een echt hard partijlid was of een salonrevolutionair. Ze zei: 'Nu moet je ophouden.'

Door het muskietennet zag ik dat Lu bijna klaar was met de azijnbehandeling van haar nagels. Ze schroefde de dop op de fles, stond op, draaide het licht uit en klom in haar bed. Yan en ik lagen wakker in het donker, te opgewonden om te slapen. Na enige tijd hoorden we Lu snurken. De bleekpaarse stralen van de maan vielen hier en daar door de gordijnen. Ik hoorde de geluiden van de regelmatige ademhaling van onze kamergenotes. De slangen klopten tegen de wand van de kruik onder het bed.

Mijn rusteloosheid kwam terug. Het was een hevige aanval. Ik voelde hoe mijn geest en mijn lichaam zich van elkaar scheidden. Mijn geest wilde mijn lichaam dwingen te slapen, maar mijn lichaam wilde in opstand komen. Om een of andere reden kon ik niet bedenken waarom mijn lichaam zo opstandig was. Ik werd bedwelmd door een gevoel van gevaar, een hitte, een betovering.

Yan draaide met een zucht haar rug naar me toe. Ik wilde haar terugdraaien, maar werd opeens bang. Er daalde een vreemde sfeer neer. Mijn lichaam verstijfde. Ze mompelde. Ik fluisterde: 'Zei je iets?' Ik hoorde de echo van mijn eigen stem in het donker. Ze zuchtte en zei: 'Jammer...' Ik wachtte of ze haar zin zou afmaken. Ze zweeg alsof zij ook bang was. Ik zei: 'Ik wacht.' Ze zei: 'Jammer dat je geen man bent.' Ze zuchtte weer. Het was een diepe en gefrustreerde zucht. Ik voelde me afgewezen. Mijn jeugd stak trots de kop op. 'Wat zou je doen als ik een man was?' vroeg ik. Ze draaide zich om zodat ze met haar gezicht naar me toe lag en zei dat ze precies zou doen wat er in de brief werd beschreven. Ik voelde haar hete adem. Haar wimpers streken tegen mijn wang. Een warme stroom golfde van mijn voeten tot mijn hoofd door mijn lichaam.

We lagen daar, zwijgend. Koortsig. Een van haar benen lag tussen de mijne. We hadden onze armen om elkaar heen geslagen. Toen trokken we ons bijna op hetzelfde moment terug. Om me met een grap van ons ongemakkelijke gevoel te bevrijden zei ik dat ik graag een alinea uit het Rode Boekje zou voordragen. 'Ga je gang, salonsocialist,' zei ze. 'Voorzitter Mao leert ons,' begon ik, "Nadat hij een steen had opgepakt liet hij hem op zijn eigen teen vallen in plaats van op die van een ander." Dat is het resultaat dat alle reactionairen zullen boeken als ze de revolutionaire krachten trachten te weerstaan.' 'Inderdaad,' viel ze in, 'alleen wanneer we de leer van de

Voorzitter volgen zijn we onoverwinnelijk.'

'Laten we zelfkritiek bedrijven,' zei ik. Zij zei: 'Jij eerst. Wat heb je op je lever. Biecht op. Bevrijd je van schuld.'

Mijn schuld of de jouwe, kameraad partijsecretaris?

Een oud gezegde luidt: 'Goede dingen komen altijd in tweeën.' Die herfst was betoverend.

Toen de bieten op het veld zoet genoeg waren om te eten moesten we rapporten opstellen hoe de plaatselijke boeren onze bieten hadden gestolen. We leverden deze rapporten in bij het hoofdkwartier, zodat de compagnie niet de schuld zou krijgen van een produktiedaling. Yan had een politiek van 'één oog open, één oog dicht' gevolgd, wat betekende dat ze niet al te streng was waar het de precisie van de rapporten betrof. Ze wist zelfs exact wie de dieven waren. Het waren niet de plaatselijke boeren, en evenmin de ratten. Het waren de soldaten zelf. Ik was er een van. Het salaris dat ik kreeg was niet voldoende voor mijn levensonderhoud, dus veranderde ik laat in de middag altijd in een dief. Ik groef in de modder naar bieten, radijzen en zoete aardappelen.

Yan deed alsof ze ons niet zag. Ze was eigenlijk druk bezig met haar eigen zaken. Ze werd gedreven door haar geloof in acupunctuur. Ze had Kleine Groene meegenomen naar het naburige veldhospitaal – het ziekenhuis van de Boerderij van het Rode Vuur – om een groep artsen van het Volksbevrijdingsleger te consulteren die de plaatselijke artsen de techniek van de acupunctuur leerden. Yan bracht Kleine Groene er tweemaal per dag heen, bij zonsopgang en laat in de middag. Ze stond om half vijf op, zette Kleine Groene op de tractor en legde hotsend de hele weg af naar het ziekenhuis voor een behandeling met naalden, en bracht Kleine Groene daarna terug, waarna ze haar achterliet bij de mensen van de kantine zodat ze kon ontbijten terwijl zijzelf naar de velden rende zonder iets te eten om haar achterstand op ons in te lopen.

Ik nam altijd een gestoomd brood extra mee. Ik gaf het aan Yan als ze het veld opkwam. Ze had een gestoomd brood ter grootte van een hand in drie happen op. Op een dag kwam ze drijfnat terug, met modder aan haar kleren geplakt. Ze zei dat ze met haar tractor een sloot in was gereden. Yan schreeuwde van geluk. Ze zei dat ze te opgewonden was om iets te zeggen. Ze zei: 'Er is een wonder gebeurd: Kleine Groene krijgt haar verstand terug.' Yan schreeuwde: 'Een lang, lang leven voor Voorzitter Mao.' Ze vroeg ons de leus met haar mee te roepen. Dat deden we. Toen de soldaten om haar heen kwamen staan omdat ze meer informatie wilden, zei ze dat ze Kleine Groene in het ziekenhuis had achtergelaten, zodat ze beter geobserveerd kon worden. Ze zei dat Kleine Groene die ochtend een zin uit 'Mijn vaderland' had gezongen. Yan brak die dag twee jukken toen ze zakken met vijftig kilo mest naar de velden droeg.

Die avond dirigeerde Yan terwijl we tijdens de studiebijeenkomst een opera zongen. Yans opgewondenheid stak de compagnie aan. Niemand besteedde aandacht aan Lu, die hoofdschuddend in de hoek stond. Iedereen zong: 'Niets ter wereld doet een communist de moed verliezen' – een aria uit *De legende van de rode lantaren*. Daarna bood Yan voor het eerst aan voor iedereen een concert op haar erhu te geven. Ze werd bewonderd en vereerd.

Ik ging achterover zitten en genoot van Yans geluk. In haar geluk voelde ik weer haar hartverscheurende pijn vanwege Kleine Groene. Ik stelde voor 'Mijn vaderland' te zingen om te zorgen dat Kleine Groene gezegend bleef. Yan speelde een noot op haar erhu. Ze brak echter een snaar omdat ze hem te hard aansloeg. Ze bood de menigte haar verontschuldigingen aan. In plaats van een nieuwe snaar op de erhu te spannen legde ze het instrument weg en begon te zingen. De klank was dezelfde – haar stem klonk precies als haar erhu. We moesten lachen. Yan vond het niet erg. Ze zong met schelle stem:

Dit is mijn grote land,
Het is de plek waar ik geboren en opgegroeid ben.
Het is een mooi land, waar
De zon overal schijnt,
De lentebries overal waait.

Yans geluk duurde niet lang. Nog geen week. Toen Kleine Groene terugkwam zag ze er weer hetzelfde uit, als een plant. De acupunctuur werkte even, en dan deden de zenuwen weer niets. Yan weigerde het op te geven. Ze stuurde Kleine Groene steeds maar weer naar het ziekenhuis terug. Op een dag ging de tractor kapot; ze droeg Kleine Groene op haar rug en liep de twee uur naar het ziekenhuis. De volgende dag werd Yan niet op tijd wakker. Ze was te moe. Ik bood aan Kleine Groene naar het ziekenhuis te brengen. Yan wilde er per se zelf heen. Uiteindelijk gingen we samen. We droegen Kleine Groene om de beurt. Kleine Groene sliep als een dood varken op onze rug. Ze zag er hopeloos uit. Yan zei dat ze nog steeds een laatste mogelijkheid had, de mogelijkheid van de slangen. Ik zei niet dat ik daar geen seconde in geloofde. Er klonk zo veel hoop in haar stem. Ze was waanzinnig.

Ik vroeg en kreeg een lift op een tractor naar Compagnie Tweeëndertig om Luipaard Lee te zien. Yan stuurde me erheen als vertegenwoordigster van onze compagnie om met zijn compagnie 'revolutionaire ervaringen uit te wisselen'. Ik was opgewonden toen ik de opdracht voor deze missie kreeg, alsof ik een ontmoeting met mijn eigen minnaar zou hebben. De brief zat, zorgvuldig opgevouwen, in mijn binnenzak. Ik knoopte de zak dicht voor het geval de brief er door het gebonk op de tractor uit zou vallen. Af en toe controleerde ik of hij er nog zat. Ik had de brief de nacht tevoren herschreven. Yan was volkomen in beslag genomen door de lezing ervan. Ze was bij zonsopgang wakker. Ze zei dat ik een ander van haar had gemaakt. Dat klopt, dacht ik. Ze was veel zachter geworden. Ze was tegen iedereen aardig, ook tegen Lu. De soldaten waren gevleid en Lu stond voor een raadsel.

Yan gaf de compagnie een dag vrij, en het regende niet eens. Zelf ging ze de hele dag bundels riet snijden. Als ze me zag, glimlachte ze bedeesd, alsof ik Luipaard Lee was. Tot mijn eigen verbazing dacht ik steeds meer aan haar. Ik kon er niets aan doen. Ik zag haar aan tafel tijdens het avondeten. Ze at afwezig, schepte het eten haar mond in. Ze staarde uit over de velden in de verte of keek naar een kever die het hart van een katoenbol opvrat. Ze gaf het personeel van de kantine opdracht meer suiker in de gerechten te doen. 's Nachts droeg ze rood, felrood ondergoed. Ze glimlachte tegen zichzelf in de spiegel als ze dacht dat er niemand in de buurt was. Ze zei me een fles azijn voor haar te kopen als ik naar de winkel ging. Ze ging voor bedtijd naast Lu zitten om de chemische kleur van haar teennagels te verwijderen. Soms zong ze samen met mij en Lu opera's. Ze zong als haar erhu, haar stem had de klank van een snaarinstrument. De kamergenotes zeiden dat ze geen verschil hoorden. Ze riep: 'Wat is daar verkeerd aan?' De kamergenotes verscholen zich onder hun muskietennetten, sloegen hun hand voor hun mond en lachten hard.

Toen ik Luipaard Lee zag, was ik verrast door Yans keuze. Hij was een mannelijke versie van Yan: hij had grote, intense ogen, wenkbrauwen als messen en borstelig, olieachtig haar. Hij was niet zo groot en sterk als ik me had voorgesteld. Hij deed me aan een aap denken, met zijn lange armen en snelle gebaren. Aan de manier waarop hij door zijn soldaten werd bewonderd zag ik dat hij een geslaagd leider was. Ze noemden hem allemaal bij zijn voornaam. Hij sprong liefdevol met ze om. Hij maakte grapjes met ze en waarschuwde ze de jonge plantjes niet te beschadigen als ze onkruid wiedden. Hij keek ongemakkelijk toen ik zei dat ik van Compagnie Zeven kwam. Hij keek me vanuit zijn ooghoeken aan.

Ik zei: 'Ik heb een brief voor u. Hij is van...' Hij begon te blozen voordat ik Yans naam kon noemen. Hij glimlachte gedwongen en keek om zich heen. Zijn handen trilden licht toen hij de brief aanpakte die ik voor hem ophield. Hij stopte de brief in zijn zak, keek nogmaals om zich heen en ging me toen door de velden voor naar zijn kantoor. Zijn compagnie maakte een meer gevestigde indruk dan de onze. Er stonden meer barakken. De soldaten waren ouder – de mannen waren magerder en de vrouwen dikker. Iedereen droeg een strohoed. Ze hielden net pauze. De vliegen zoemden boven de mestgeur. De soldaten lagen als aardappelen aan het pad door het veld. Ze hadden hun hoed over hun gezicht gelegd. De aarde was heet als een oven.

Terwijl hij me een kom water inschonk riep Luipaard zijn assistente, een kleine vrouw. Hij liep de kamer uit en gaf de vrouw opdracht te beginnen. De kleine vrouw stelde zich voor als Oude Wong. Ze begon een preek af te steken over de vooruitgang van de Culturele Revolutie in haar compagnie. Ze zweeg voortdurend even om me aan te kijken. Ze herinnerde me eraan dat ik geen aantekeningen maakte. Ze sloeg haar blik ten hemel om blijk te geven van haar ongenoegen. Ik besteedde niet veel aandacht aan haar. Ik wachtte gespannen op de terugkeer van Luipaard. Ik deed mijn uiterste best niet uit het raam te kijken. Eindelijk kwam Luipaard terug. Er viel niets aan hem te zien toen hij de vrouw vroeg of we klaar waren. 'O, zeker,' zei ik, in de hoop dat we van Oude Wong zouden afkomen. Dit bleek echter helemaal niet zijn bedoeling. Hij vroeg of er nog iets anders was wat ik wilde weten. Ik begreep niet waarom hij deze vraag stelde: hij wist precies wat ik wilde. Ik staarde hem aan. Luipaard speelde met een elastiekje. Hij was nerveus. Het elastiekje brak en sprong tegen het gezicht van Oude Wong. Ze gaf een gil en drukte haar hand tegen haar wang. Hij bood zijn excuses aan en pakte een sigaret uit de la. Hij stak hem aan en begon meteen de as eraf te knippen, die er nog niet op zat. Oude Wong vroeg of ze een tractor moest roepen om me terug te brengen. Luipaard knikte. Ik kon niet geloven dat het echt gebeurde, maar ik wist niet wat ik moest doen.

Ik stapte op de tractor. De bestuurder startte de motor. Ik keek naar Luipaard. Ik vond hem helemaal niet knap. Hij wendde zijn blik af. Hij was te bang betrapt te worden. Het was een lafaard. Ik begon antipathie voor hem te voelen, want Yan liep hetzelfde risico en was niet bang, terwijl hij, een man nota bene, geen lef had.

Die nacht vroeg Yan me onder het muskietennet hoe het bezoek was gelopen. Ik was bang dat ik haar pijn zou doen als ik haar de waarheid vertelde. Ik zei: 'O, hij zag er erg opgewonden uit.' Yan vroeg of hij terug zou schrijven. Ik knikte en zei op stellige toon dat hij dat zou doen. Yan was tevreden. Ze vroeg me nog een brief voor haar te schrijven.

Ik leverde in twee maanden vier brieven bij Luipaard af. Ik begon me vijandig te gedragen als ik bij hem langsging. Ik wenste dat ik hem met de zweep kon geven zoals ik een koe met de zweep zou geven, alleen maar om hem voor Yan te laten vallen. Een paar keer had het er de schijn van dat hij met me wilde praten, maar het lukte hem altijd weer de knop om te draaien voordat de stroom zijn bestemming bereikte. Ik dacht na over de vraag waarom hij zo gereserveerd reageerde. Hij kende Yan goed genoeg om te weten dat ze niets liever wilde dan met hem samen zijn. Ze zou niet in staat zijn haar gevoelens te verbergen. Ze zouden net zo betrapt worden als Kleine Groene en haar geleerde minnaar. Ze zouden hun positie in de Partij kwijtraken. Als ze elkaar hun liefde verklaarden zou het hoofdkwartier van de boerderij hun een bepaalde dag toewijzen om te trouwen en hun een kamertje in de barak geven als permanente woonplaats. Aan de legende zou een einde komen en de kans om naar Shanghai terug te keren zou voor altijd verloren gaan. Zodra ze zich vestigden zouden ze bij de categorie 'plaatselijke boeren' worden ingedeeld. Zou dit zijn wat Luipaard met zijn leven wilde? Plotseling kreeg ik mijn twijfels.

Ik had medelijden met Yan, want ze was ziek van verliefdheid. Iedere nacht luisterde ik naar haar gemompel en troostte ik haar door verhalen te verzinnen over de wonderen van de liefde. Ik besteedde al mijn suikerbonnen aan haar, want ze was verslaafd aan suiker. Ze at maïskolven, om de uitsluitende reden dat ze zoet waren. Om met haar in één bed te kunnen blijven slapen bleef ik de smoes hanteren dat het zo koud was. Ik zei tegen Yan dat ze haar muskietennet niet moest wassen omdat het door het vuil minder doorschijnend werd. Als het licht aan was, konden wij zien wat er in de kamer gebeurde, maar konden de anderen ons niet zien.

In weerwil van haar verliefdheid was Yan, als ze voor de troepen stond, zo hard als een diamant. Ze nam de compagnie mee naar een werkwedstrijd met de naburige Boerderij van de Rode Ster. We moesten een kanaal graven. De prestaties van Yan werden door duizenden mensen bewonderd. 's Nachts was ze daarentegen zachter dan gerezen brood. Ik genoot ervan haar te zien blozen als ze mijn brieven las. Ik vroeg haar zich als minnares voor te stellen en drong erop aan dat ze me alle details zou vertellen, die ik dan in mijn volgende brief zou gebruiken. Dan grijnsde ze en vroeg: 'Weet je hoe de plaatselijke boeren persimmonen kopen? Ze pikken de zachtste eruit. Jij doet hetzelfde met mij.' Ik zei dat ik de details moest weten, want hoe moest ik ze anders beschrijven? Ze vroeg: 'Wat is er met je fantasie aan de hand?' Ik antwoordde dat je niet over iets kon fantaseren waarvoor je geen gevoel had. Ze drukte haar wijsvinger tegen haar lippen en zei me mijn mond te houden. Ze fluisterde dat ze de gevoelens wel had, maar niet onder woorden kon brengen wat ze voelde. Ze geneerde zich er te erg voor. Ze greep mijn hand en drukte haar tegen haar borst. Ze wilde dat ik het kloppen van haar hart voelde.

Ik wenste dat ik het bloed in die hartkamer was. In het hameren van haar hartslag, in het rijzen en dalen van haar borst zag ik een stad van chaos. Een mythische kracht dreef me naar haar toe. Ik voelde een vuur in me laaien. Yan droeg een dun hemd met een bh eronder. Het hemd had de kleur van wortels. De bh was effen wit. Haar felrode ondergoed voegde brandstof toe aan het vuur. Terwijl ze lui haar lichaam strekte ging mijn hart tekeer.

Ze sloot haar ogen en trok mijn handen tegen haar wangen. Ze opende traag haar ogen en keek me strak aan. Haar lippen weken vaneen. Ik kon het niet verdragen: de manier waarop ze me aankeek, zoals water in een rots doordrong. Hartstocht stroomde uit haar ogen.

Ik deed mijn best mijn blik af te wenden en staarde naar de bovenkant van het net. Ik hoorde Lu's kuchje. Ze zat een meter van ons vandaan aan tafel, zich concentrerend op Mao. Ze sloeg een bladzijde om.

Onder de dekens hield Yan haar armen om mijn nek geslagen. Ze trok me dichter tegen zich aan. Haar borsten drukten tegen mijn schouder. Ze draaide me naar zich toe. Ze maakte een van haar vlechten los, trok toen mijn handen omhoog zodat ik de andere kon losmaken. Ik streek haar losse haar glad met mijn vingers.

Ik hoorde hoe Lu haar tanden poetste. Ze spuwde buiten, sloot toen de deur en draaide het licht uit. Het bed schudde terwijl ze erin klom. Ik wachtte tot ik haar gesnurk hoorde. Yan begon in mijn oor te fluisteren, een van de zinnen die ik in de brieven had gebruikt. Ze was een rijstscheut in een zomer van droogte.

Ik bleef Luipaard om de twee weken een brief brengen. Hij zei: 'Bedankt voor de brieven,' en verder niets. Ik keerde met lege handen naar Yan terug. Op een nacht, toen ik aan een volgende brief bezig was, lag Yan in tranen naast me. Ze zei dat ze wist dat alles wat ik over Luipaard had verteld een leugen was. Ze zei: 'Je handen zijn te klein om de hemel te bedekken. Je hebt me voor gek gezet.' Ze zei het op kalme toon. 'Een meelijwekkende gek,' voegde ze eraan toe. Vol wroeging verscheurde ik de brief. Ik zei dat ik het had gedaan omdat ik niet had geweten wat ik anders had moeten doen. Ik zei dat het me speet dat ik had geprobeerd de dingen mooier voor te stellen dan ze waren. Ze zei: 'Je hoeft je niet te verontschuldigen.' Ik zei dat hij misschien gewoon bang was en dat hij wellicht meer tijd nodig had. Ze schudde haar hoofd en glimlachte treurig. Ze zei dat ze niet mooi genoeg voor hem was, niet intelligent genoeg, niet vrouwelijk genoeg. Ze was een goedkope dwaas. Ze was stom geweest en dat was dat. Ze pakte een spiegel en bekeek zich erin. Na er lange tijd in te hebben gestaard zei ze dat ze een oud, verweerd gezicht zag. Ze zei dat ze vijfentwintig was, maar niets anders bezat dan die nutteloze partijtitels. Dat had ze ook verdiend, want je krijgt wat je plant. Ze verdiende die eretekenen.

Ik kon haar bedroefdheid niet verdragen. Haar uitspraak, dat ze niets anders bezat dan die partijtitel, bleef me achtervolgen. Ze bezat mij immers. Ik liep naar haar toe en trok de spiegel weg voor haar gezicht. Ik kon niets zeggen. Ik wilde zeggen: je bent heel mooi. Ik aanbid alles van je. Als ik een man was, zou ik willen sterven om je liefde te krijgen.

Om ongeveer vier uur kon ik mijn peloton laten inrukken. We waren een brug aan het repareren. Dat was mijn beleid: als ze klaar waren met hun taak kregen ze de rest van de dag vrij. De soldaten mochten me graag. In veel gevallen bleven degenen die klaar waren met hun werk achter om de anderen te helpen en reageerden zo op mijn oproep 'de communistische geest van samenwerking te bevorderen'. Lu had geen waardering voor dit beleid: ze noemde het 'kapitalistische contractflauwekul'. Ze vroeg me het te wijzigen en ik had geen keus dan te gehoorzamen. Maar als ze geen toezicht hield deed ik het zoals ik wilde.

Toen het werk erop zat, liep ik over de brug. Langs de kant van het kanaal was op een lap linnen aan twee dikke bamboepalen een enorme leus geschilderd: 'Wees niet bang voor de dood of voor zware arbeid.' We hadden het kanaal tijdens mijn eerste winter op de boerderij, bijna een jaar geleden, zelf gegraven. Ik was nog iedere keer trots als ik erlangs liep.

Op deze speciale dag hoorde ik, toen ik de brug passeerde, een plaatselijke schuitevoerder vanuit zijn boot roepen. Hij zei me dat ik vlug moest komen: hij had iemand gevonden die verdronken was. Ik rende naar de boot. Het was het lichaam van een vrouw. De schuitevoerder draaide haar langzaam om, als een omelet in een koekepan. Voor me lag Kleine Groene. Mijn adem stokte. Haar gezicht was opgezwollen. Haar hoofd was zo groot als een pompoen. Er zaten sporen van sneden op haar armen en benen. De schuitevoerder zei dat het eruitzag alsof ze een aanval had gehad. 'Zie je die sneden? Ze heeft geworsteld, maar is verstrikt geraakt in de planten.' Ik stond daar roerloos.

Iemand bracht Yan op de hoogte van het nieuws. Ze kwam als een dolgeworden paard over de brug aanrennen. Haar haar stond rechtop. Haar gezicht was blauw en rood alsof iemand haar had geslagen. Ze wilde niet luisteren toen de schuitevoerder haar zei dat het geen zin had mond-op-mondbeademing toe te passen. 'Ze is al uren dood,' zei hij. Yan bleef met haar vuisten op de borst van Kleine Groene drukken. Zweet liep in stromen uit haar haar. Haar hemd was al snel doorweekt. Ze hield pas op toen ze volledig uitgeput was.

Het hoofdkwartier van de Boerderij van het Rode Vuur hield een speciale herdenkingsdienst voor Kleine Groene. Ze werd geëerd als Voortreffelijk Kameraad en postuum toegelaten tot de Jeugdbond van de Communistische Partij. Kleine Groenes grootmoeder woonde de plechtigheid bij. Ze was even mooi als haar kleindochter was geweest. Ze had de elegantie van een operazangeres. Ze omhelsde Kleine Groene. Er stonden geen tranen in haar ogen; haar gezicht was bleker dan dat van de dode. Lu, die het Partijcomité van de boerderij vertegenwoordigde, overhandigde haar een cheque van vijfhonderd yuan als blijk van medeleven. Kleine Groenes grootmoeder nam de cheque aan en staarde ernaar.

Plotseling liep Yan weg. Ze kwam niet terug voor het avondeten. Ik ging naar haar op zoek en vond haar uiteindelijk zittend onder de brug. De kruik waarin ze de slangen had verzameld stond naast haar. Een paar dagen geleden had ze me opgetogen verteld dat ze net het volmaakte aantal had bereikt – honderd slangen – en verwachtte dat Kleine Groene via magische weg haar verstand zou terugkrijgen.

Ik kwam dichter bij Yan staan en zag dat ze iedere slang de kop afrukte. Het donkerbruine bloed van de beesten was overal over haar gezicht en uniform gespat. Toen alle slangen waren gedood pakte ze de kruik op en gooide hem kapot.

Ik kwam bij haar staan. Ze knielde aan mijn knieën. Ik hield haar vast toen ze begon te huilen.

Na de dood van Kleine Groene was Yan niet meer de partijsecretaris en commandant die ik had gekend. Ze veranderde mij samen met zichzelf. We spraken over de vraag waarom we het uitzicht op de 'stralende toekomst' die de

Partij had geschetst aan het verliezen waren. We vroegen ons af waarom we steeds armer werden terwijl we zo hard op het land hadden gewerkt. Ons maandsalaris van vierentwintig yuan was nauwelijks genoeg voor voedsel, kerosine en wc-papier. Ik had nooit nieuwe kleren voor mezelf kunnen kopen. Zouden we de rest van ons leven zo doorbrengen? Het was een bittere ironie: de Boerderij van het Rode Vuur was een communistisch modelcollectief, de golf van de toekomst. Het was een van de tien boerderijen langs de Oostchinese Zee. Al deze boerderijen – Rode Ster, Rode Vonk, Vier Mei, Zeven Mei, Voorhoede, Oostzee, Lange Mars, Zeewind, Zeeoogst en onze boerderij – een gebied waar in totaal meer dan tweehonderdduizend stedelijke jongeren werkten en woonden, produceerden niet eens genoeg voedsel om de bewoners in leven te houden. De boerderijen hadden ieder jaar aanvullend voedsel van de regering ontvangen. En de regering had het hoofdkwartier duidelijk gemaakt dat we volgend jaar geen enkele hulp zouden krijgen. We vroegen ons af wat het werkelijk wilde zeggen als we riepen: 'Hard zweten, meer oogsten tot steun van de wereldrevolutie.'

Yan verloor haar belangstelling voor het leiden van de politieke studiebijeenkomsten. Ze werd kwetsbaar, zwak en triest. We hadden ruzies. Ze zei dat ze haar positie eraan wilde geven. Ze zei dat ze niet meer de goede figuur voor deze baan was. Lu was er veel geschikter voor. Ik zei dat ik het niet leuk vond haar decadent te zien worden. Ontgoocheling zou ons niet redden. Ze zei dat opzeggen van haar baan bij haar karakter paste. Ik vroeg: 'En wat zou er gebeuren als jij je baan opzegde en Lu de macht kreeg? Zouden we dan nog samen kunnen slapen?' Ze zei: 'Ik wist niet dat je meer van mijn macht hield dan van mij.' Ik zei: 'Het gaat niet om de macht die je hebt, het gaat erom dat je onze levens in je hand houdt. Je kunt de toestand niet verbeteren, maar wel erger maken.' Ze zei dat haar leven een woestenij was, dat het hier een gevangenis was. Ik vroeg: 'Waar kunnen we heen? Hoe kunnen we ontsnappen?' Boven ons hingen netten en onder ons strikken. 'Als we wegrennen sterven we.' Mao en de Partij hadden ons lot vastgelegd. We waren gedwongen verder te ploeteren.

Yan vertrok naar een intensieve politieke training in het hoofdkwartier, die zeven dagen zou duren. Ik sliep alleen. En ik werd ongerust. Ik was bang haar te verliezen als zij en Luipaard elkaar weer zouden zien. Het was een vreemd gevoel, een gevoel van voortdurende afwezigheid. Ik droomde 's nachts van Yan. Ik keek verlangend uit naar de zonsondergang, die het einde van de dag verkondigde. In haar afwezigheid werd ze mijn geliefde. Als de zon onderging werd er een nieuw gevoel geboren, voor haar. De kleur ervan wiste het duister in mijn hart weg.

Ik schreef mijn ouders in Shanghai. Ik vertelde hun over de partijsecretaris, commandant Yan. Ik zei dat we erg goede vrienden waren. Ze was een eerlijke baas. Ze was als een grote boom vol takken en met een weelderig bladerdak, en ik genoot van de koele lucht als ik onder haar zat. Verder kon ik niet gaan om mijn gevoelens uiteen te zetten. Ik vertelde mijn moeder dat het goed ging met de boerderij en dat het goed ging met mij. Ik zei dat de ouders van enkele kamergenotes van me op bezoek waren geweest, maar dat de boerderij de moeite van zo'n reis niet waard was.

Mijn moeder schreef niet terug, maar kwam langs. Ik was juist bezig met het spuiten van chemicaliën. Orchidee vertelde dat mijn moeder was aangekomen. Ik geloofde haar niet. Ze wees op een in stof gehulde dame die op het pad stond. 'Zeg nu nog maar eens dat ik lieg,' zei ze. Ik tilde de jerrycan met chemicaliën van mijn rug en liep naar mijn moeder toe. 'Mam,' vroeg ik, 'wie heeft je gezegd hierheen te komen?' Moeder glimlachte en zei:

‘Een moeder weet haar kind altijd te vinden.’ Ik knielde om haar haar schoenen uit te trekken. Haar voeten waren opgezwollen. Ik schonk een kom water voor haar in. Ze vroeg me hoe zwaar die jerrycan met chemicaliën was. ‘Dertig kilo,’ zei ik. Moeder zei: ‘Je rug is doornat.’ Ik zei: ‘Dat weet ik.’ Moeder zei: ‘Het is goed dat je hard hebt gewerkt.’ Ik vertelde haar dat ik leidster van het peloton was.

Moeder zei dat ze trots op me was. Ik zei dat ik daar blij om was. Ze zei dat ze niets had meegebracht omdat Bloesem net eindexamen had gedaan en naar een interne vakopleiding was gestuurd. Haar inwonersnummer van Shanghai was ook ingenomen. ‘We hebben geen geld om een nieuwe deken voor haar te kopen. Ze gebruikt nog steeds de deken die jij hebt achtergelaten. Het is goed om zuinig te zijn, vind je ook niet?’ vroeg moeder. ‘En Koraal?’ vroeg ik. ‘Wordt die naar een fabriek gestuurd?’ Moeder knikte en zei dat ze had gebeden dat dat zou gebeuren. ‘Maar het valt moeilijk te voorspellen.’ Moeder schudde haar hoofd. ‘Koraal is bang om weg te gaan. De mensen op school zeiden dat ze een veel grotere kans had om in Shanghai te blijven als ze lichamelijk niet helemaal gezond zou blijken.’ Koraal had geweigerd naar een dokter te gaan toen ze eens ernstig dysenterie had gehad. ‘Ze probeerde haar ingewanden schade toe te brengen om te kunnen zeggen dat ze niet gezond was. Dat was stom, maar we konden het niet voorkomen. Een hoop jongeren in de buurt doen hetzelfde: ze zijn bang dat ze naar de boerderijen worden gestuurd. Koraal is erg ongelukkig. Ik heb er nooit om gevraagd geboren te worden, dat heeft ze me in mijn gezicht gezegd. Dat heeft mijn eigen kind me in mijn gezicht gezegd.’

Ik bracht moeder die nacht in Yans bed onder. Ik wilde met mijn moeder praten, maar ik viel in slaap zodra ik het kussen onder mijn hoofd voelde. De volgende ochtend zei moeder dat ze maar beter kon vertrekken. Ze zei dat ik geen medelijden met mezelf moest hebben. Dat was een blijk van zwakte. En haar aanwezigheid zou me misschien nog zwakker maken, en daarvoor was ze niet hierheen gekomen. Ze moest het heimwee van mijn soldaten niet nog erger maken met haar aanwezigheid. Ik kon niet zeggen dat ik me niet zwak voelde. Ik kon niet zeggen dat mijn gedrag geen invloed zou hebben op de anderen. Ik wilde in de armen van mijn moeder uithuilen, maar ik was al sinds mijn vijfde volwassen. Ze moest me sterk zien. Anders zou ze het niet overleven. Ze was van me afhankelijk. Ik vroeg haar of ze het leuk zou vinden als ik haar een rondleiding op de boerderij gaf. Ze zei dat ze genoeg had gezien. Het brakke, kale land was voldoende. Ze zei dat het tijd werd om terug te gaan.

Moeder stelde geen vragen over Yan, ze vroeg niet in wier bed ze de afgelopen nacht had geslapen. Ik wou dat ze het had gevraagd. Ik wenste dat ik haar iets over mijn werkelijke leven kon vertellen. Maar moeder vroeg niets. Ik wist dat Yans rang van partijsecretaris hier de reden van was. Moeder was bang voor partijsecretarissen. Ze was slachtoffer van alle mogelijke partijsecretarissen geweest, stuk voor stuk. Ze maakte zich uit de voeten voordat ik Yan aan haar had kunnen voorstellen.

Moeder wilde per se niet dat ik met haar meeliep naar de bushalte van de boerderij. Ze hield koppig vol. Ze liep alleen weg door het stof. Ondanks Lu's bezwaren tegen het feit dat ik een paar uur afwezig zou zijn, liep ik achter mijn moeder aan door het katoenveld. Vijf kilometer lang nam ze geen rust. Ze liep weg van wat ze had gezien: het land, de dochters van Shanghai, de gevangenis. Ze sloeg als een kind op de vlucht. Ik keek naar haar terwijl ze op de bus wachtte. Ze zag er ouder uit dan ze was: mijn moeder was drieënveertig, maar zag eruit als zestig of ouder.

Toen de bus met mijn moeder was vertrokken, rende ik weer de katoenvelden in. Ik rende tot ik uitgeput was en ging plat op mijn rug liggen. Ik huilde en riep Yans naam.

De dag dat ze werd terugverwacht liep ik haar kilometers tegemoet. Toen haar tractor op een kruising opdook sprong mijn hart zo'n beetje uit mijn mond. Ze stapte van de tractor en rende op me af. Haar sjaal waaide van haar hoofd. De tractor reed verder. Ze was zo mooi, zoals ze in haar uniform tegenover me stond.

'Heb je hem gezien?' vroeg ik, terwijl ik haar sjaal opraapte en aan haar teruggaf. 'Luipaard?' Ze glimlachte terwijl ze de sjaal aanpakte. 'En?' vroeg ik. Ze vroeg me de naam Luipaard nooit meer te noemen. 'Het is allemaal over en het is nooit gebeurd.' Ik vroeg haar wat er was gebeurd. Ze zei: 'Niets. We kenden elkaar niet. We stonden even vreemd tegenover elkaar als toen.'

'Was hij er?' hield ik aan.

'Ja.'

'Hebben jullie met elkaar gepraat?'

'Ja, we hebben elkaar begroet.'

'En verder?'

'Hoezo verder? We hebben de rapporten van elkaars compagnieën gelezen, dat was alles.'

Ze zag er niet gekwetst uit. Haar verliefdheid was verdwenen. Ze zei: 'Onze grote leider Voorzitter Mao leert ons: "Een proletariër moet zichzelf bevrijden om de wereld te kunnen bevrijden."' Ze krabbelde aan mijn neus. Ik zei: 'Je ruikt naar zeep.' Ze zei dat ze in het hoofdkwartier een bad had genomen. Dat was hun speciale traktatie voor afdelingssecretarissen. Ze moest me iets belangrijks vertellen. Ze zei dat ze binnenkort bij de compagnie zou weggaan.

Ik sloot mijn ogen en ontspande me in haar armen. We lagen daar lange tijd zonder iets te zeggen. 'Nu zou ik willen dat jij een man was,' zei ik. Ze zei dat ze dat wist. Ze trok me dichter tegen zich aan. Ik luisterde naar het bonzen van haar hart. We deden alsof we niet treurig waren. We waren dapper.

Ze had me verteld dat ze was overgeplaatst naar een verafgelegen compagnie, Compagnie Dertig. 'Ze hebben daar een partijsecretaris en een commandant nodig om leiding te geven aan achthonderd jongeren.'

'Waarom jij? Waarom Lu niet?'

'Het is een bevel,' zei ze. 'Ik behoor mezelf niet toe.' Ik vroeg haar of de nieuwe compagnie erg ver hiervandaan was. Ze zei dat ze vreesde van wel. Ik vroeg hoe het land er daar aan toe was. Ze zei dat het er vreselijk was, hetzelfde als hier, eigenlijk slechter, omdat het dichter bij de zee lag. Ik vroeg of ze er zelf heen wilde. Ze zei dat ze er geen vertrouwen in had dat dat land ooit bebouwd zou kunnen worden. Ze zei dat ze niet wist hoe het kwam dat ze zo bang was geworden. Ze zei dat ze me niet achter wilde laten. Ze glimlachte treurig en haalde een gezegde aan: 'Als de gast vertrekt wordt de thee snel koud.' Ik zei dat mijn kop thee nooit koud zou worden.

Lu draaide vroeg het licht uit. De compagnie had een lange dag van oogsten van de rijst achter de rug. Het gesnurk in de kamer rees en daalde. Ik keek naar het maanlicht toen Yans handen zachtjes mijn gezicht aanraakten. Haar handen streken over mijn hals en schouders. Ze zei dat ze de pijn dat ze me verliet moest dragen. Tranen welden op in mijn ogen. Ik dacht aan Kleine Groene en de man die op een boekenwurm had geleken. Hun vreugde en de prijs die ze ervoor hadden betaald. Ik huilde. Yan hield me vast. Ze zei dat ze zichzelf geen halt kon toeroepen. Haar dorst was angstwekkend.

Ze trok de dekens over ons heen. We ademden elkaars adem in. Ze leidde mijn handen naar haar borsten. Ze liefkoosde me, zelf trillend. Ze mompelde dat ze me graag zou kunnen vertellen hoe gelukkig ik haar maakte. Ik vroeg of ik voor haar Luipaard was. Ze sloeg haar armen om me heen. Ze zei dat er nooit een Luipaard was geweest. Ik had Luipaard geschapen. Ik zei dat ik dat in opdracht van haar had gedaan. Ze zei: 'Je hebt je heel goed van je taak gekweten.' Ik vroeg of we wel wisten wat we deden. Ze zei dat ze niets anders wist dan wat er in het Rode Boekje stond. Ik vroeg om een citaat dat op deze situatie sloeg. Ze citeerde: 'Je leert oorlog te voeren door oorlog te voeren.'

Ik zei dat ik haar niet kon zien omdat ik steeds tranen in mijn ogen kreeg. Ze fluisterde: 'Vergeet nou even dat ik wegga.' Ik zei dat ik dat niet kon. Ze zei: 'Ik wil dat je me gehoorzaamt. Je hebt altijd het goede gedaan als je mij gehoorzaamde.' Ze likte de tranen van mijn gezicht en zei dat ze zich ons zo zou herinneren.

Ik schoof mijn handen langzaam onder haar hemd. Ze leidde mijn vingers naar haar bh zodat ik de knoopjes kon losmaken. De knoopjes zaten erg strak, het waren er vijf. Uiteindelijk had ik het laatste los. Toen ik haar borsten aanraakte voelde ik een zoete schok. Mijn hart bonkte onregelmatig. Een wild paard bevrijdde zich uit de teugels. Ze fluisterde iets wat ik niet verstond. Ze was smeltende sneeuw. Ik wist niet meer welke rol ik speelde: haar ingebeelde man of mezelf. Ik werd naar haar toe getrokken. Het paard galoppeerde door. Ik ging naar waar de zon opkwam. Haar lippen hadden de kleur van tomaten. In me woedde een storm met donderslagen. Ik was betoverd door begeerte. Ik wilde worden aangeraakt. Haar handen streken over mijn borsten. Ik werd gek. Mijn zinnen juichten als bezeten in een laaiend vuur. Ik smeekte haar me stevig tegen zich aan te drukken. Ik hoorde een stemmetje in mijn achterhoofd dat me beval op te houden. Terwijl ik aarzelde kreeg ze mijn lippen te pakken en kuste me hartstochtelijk. Het stemmetje verstomde. Ik verdween in de liefkozingen.

Yan ging niet naar de Dertigste Compagnie. De order werd ingetrokken omdat het hoofdkwartier geen kans zag er een drinkwaterleiding aan te sluiten. We riepen: 'Een lang, lang leven voor Voorzitter Mao,' toen we het nieuws vernamen. Lu was ongelukkig. Ze zou Yans positie hebben gekregen als Yan was vertrokken. Ze zei dat het aan de regen lag. Het regende te veel, en dat was slecht voor haar geluk.

Het was mei. Het gewas schoot op. De afgelopen vijf maanden had het hoofdkwartier de compagniesleiders bevel gegeven aandacht te besteden aan het politieke bewustzijn van hun soldaten. Alleen als de geesten politiek vooruitgang boeken, boeken de kwantiteit en kwaliteit van de produkten vooruitgang. Dat is de sleutel tot ons economisch succes. Lu las de compagnie de instructie voor. Ze zei dat iedere soldaat tijdens de zelfkritiekbijeenkomsten die iedere avond werden gehouden een toespraak moest houden. Lu werd altijd kwaad tijdens deze bijeenkomsten, als twee derde van de aanwezigen als gewoonlijk in slaap sukkelde. Lu zei dat er zich in de rangen een klassevijand schuil moest houden. We moesten het touw van de klassenstrijd in onze geest strak aantrekken om onoverwinnelijk te blijven, zei ze.

Om ons te dwingen harder te werken vaardigde ook Lu een order uit: we mochten in werktijd maar twee keer per dag gaan piesen of poepen en mochten niet langer dan vijf minuten op de wc blijven. Iedereen die deze regel overtrad zou ernstige kritiek krijgen. 'Alleen luie ezels schijten meer,' zei Lu. 'En luie ezels verdienen een genadeloos pak slaag!'

Toen Lu Yan vroeg een mobiliseringspraatje te houden stapte Yan naar voren en zei: 'Herhalen jullie alsjeblieft: Voorzitter Mao leert ons: "Vertrouw het volk."' Ze ontbond de bijeenkomst in minder dan een minuut. Lu zei: 'We kunnen niet verwachten dat de wanden overeind blijven staan als de balken niet recht liggen.' Yan vroeg: 'Wat is het probleem?' Met haar pen op haar aantekenboek tikkend zei Lu: 'Kameraad secretaris, ik denk dat er geestelijke termieten in het huis van je geest zitten.'

'Oja?' Yan keek Lu schuins aan. 'Weet je waar ik die termieten vandaan heb? Van jou. Jouw hele hoofd zit vol termieten. In het huis van jouw geest zul je geen schone wanden of balken vinden. Die zijn al lang geleden opgegeten. En nu hebben je termieten honger, ze klimmen uit je ogen, je oren, je neusgaten en je kont om de huizen van andere mensen op te vreten.' Yan liep weg, Lu paars van woede achterlatend.

Hoewel mijn smoes dat het koud was steeds minder overtuigend werd, bleef ik samen met Yan in één bed slapen, met het voorwendsel dat het een gewoonte was geworden. Lu begon zich onbehaaglijk te voelen. Ze zei dat het niet gezond was als twee mensen zich van alle anderen afzonderden. Op een bijeenkomst van partijleden wees ze erop dat Yan haar zelfdiscipline had laten varen en een gevaarlijke neiging tot revisionisme begon te vertonen. Ze bekritiseerde haar omdat ze zich van de massa's zou isoleren en aan fractievorming zou doen. Yan zei me dat ik Lu moest negeren: ze noemde haar een politieke luis.

Op een middag ontdekte ik dat mijn bed was doorzocht. Later die avond merkte ik ook dat Lu niet meer snurkte. Ik vroeg me af of ze naar ons had liggen luisteren. De volgende dag kwam Lu op me af en zei dat ze graag met me zou praten. Ze vroeg wat ik samen met Yan bij de baksteenfabriek uitspookte. Ik zei dat we daar op de erhu studeerden. Ze vroeg: 'Is dat alles?' Ik zag aan haar blik dat ze er geen woord van geloofde. 'Je weet dat ik rapporten van de massa's over jullie beiden heb ontvangen.' Ze gebruikte altijd 'de massa's' om te zeggen wat ze wilde zeggen. Ik zei: 'Het spijt me, ik begrijp je niet.' Ze zei: 'Ik weet zeker dat je me heel goed begrijpt.' Ze glimlachte. 'Ik heb gezien dat jullie elkaars kleren dragen.'

Het was waar dat Yan en ik ons best deden er zo goed mogelijk uit te zien. Het was waar dat we elkaars kleren droegen en dat ik haar zes centimeter brede riem had gedragen. Ik vroeg Lu of dat een probleem was. Lu gaf geen antwoord. Ze liep weg met een glimlach van we-zullen-wel-zien. Diezelfde avond verscheen er een nieuwe leus op de muur van de cafetaria. Hij luidde: 'Wees bedacht op de nieuwe patronen van de klassenstrijd.' Lu hield tijdens de avondbijeenkomst een toespraak waarin ze de aandacht vestigde op 'verborgen bedervers in de rijen van het proletariaat'. Ze benadrukte dat de compagnie niet mocht toestaan dat een pot pap werd bedorven door een muizekeuteltje.

Diezelfde avond vertelde Yan me dat Lu in het geheim de instemming van het hoogste Partijcomité had gezocht om ieder muskietennet 's avonds te doorzoeken. Ze stelde voor dat we niet meer samen zouden slapen. 'Je moet me gehoorzamen,' zei Yan op ernstige toon. Ik zei: 'Goed dan, maar nog niet vannacht.'

Yan hield me in haar armen. Ik dacht dat haar armen mijn ribben zouden vermorzelen.

De volgende ochtend werd ik gewekt door een onbekende adem op mijn gezicht. Ik dwong mezelf met moeite mijn ogen te openen. Ik zag een vaag hoofd, dat boven me heen en weer zwaaide. Ik was vervuld van afschuw: het was Lu. Ze zat in ons net en bekeek ons.

Mijn hart slaakte een gil. Ik probeerde me te beheersen. Ik sloot mijn ogen en deed alsof ik nog sliep. Ik begon te beven. Als Lu de dekens optilde zou ze zien dat Yan en ik daar naakt lagen. Lu zou ons dan onmiddellijk kunnen laten arresteren. Ik voelde hoe Lu's ademhaling zich versnelde. Met mijn vingers greep ik de dekens stevig vast. Ik bad – tot wie of wat wist ik niet. Ik bad gewoon. Ik voelde hoe het hoofd van Lu steeds dichter bij mijn gezicht kwam. Haar hand bereikte mijn hals en raakte de zoom van het laken aan.

Yan draaide zich in haar slaap om naar de muur. De schim van Lu dook weg. Ik was verlamd. Toen ik mijn ogen weer opendeed was Lu verdwenen.

Lu hield op met vragen stellen. En ik merkte dat ik of door haarzelf werd gevolgd of door een van haar vertrouwde volgelingen, waar ik ook heen ging. Ik was Lu's doelwit geworden in haar aanval op Yan.

Het viel me zwaar niet dicht bij Yan te kunnen zijn. De dag verloor zijn betekenis. Yan trad strenger op dan vroeger. Ze werkte hard en gaf geen blijk van emoties. Ze haalde Lu over als haar partner op te treden bij het verslepen van stenen. Om Lu uit te putten nam ze een volle mand en liep zo hard mogelijk. Lu kromp als een garnaal ineen als ze met Yan samenwerkte, maar ze klaagde geen moment. Alsof ze wist dat ze op zekere dag zou winnen, droeg ze haar pijn bijna elegant. Een paar maal zag ik haar 's avonds haar tranen wegvegen terwijl ze haar studieaantekeningen maakte.

'Weet je, het kan me echt niet schelen ondersteboven gehangen te worden of met naalden in mijn billen te worden gestoken,' zei Lu, terwijl ze met een afgrijselijk lachje van haar aantekenboek opkeek. 'Geloof, meer heb ik niet nodig.'

Drie weken later, toen er op een avond niemand anders in de kamer was, smeekte ik Yan op te houden met het kwellen van Lu. Ik vroeg haar na te denken over de consequenties. Ik zei: 'Vergeet niet dat een hond die in een hoek wordt gedrongen zelfs over een muur heen springt.' Yan trok me tegen de deur en zei: 'Lu wil de macht, ze wil me uit mijn positie drukken. Het doet er niet toe of ik aardig tegen haar ben of niet, ze heeft besloten dat ze mijn vijandin is. Ze weet heel goed dat ze mij kan breken door jou te breken.' Yan vertelde dat toen ze me twee weken geleden als lid van de Communistische Partij bij het hoofdkwartier van de boerderij had voorgedragen, Lu tegen had gestemd. 'Ze zal niet toestaan dat een tijger vleugels krijgt,' zei Yan tegen me. 'Begrijp je het? Jij bent mijn vleugels!'

Ik zei dat ik sowieso niet zo graag partijlid werd. 'Maar je hebt het partijlidmaatschap nodig,' zei Yan. 'Het is een wapen voor je toekomst.' Ik zei: 'Wat kun je eraan doen dat Lu tegen heeft gestemd?'

'Als iemand het initiatief neemt me kwaad te doen,' citeerde Yan Mao, 'doe ik hem ook kwaad.' En ze vervolgde: 'Ik ben vanmiddag naar het hoofdkwartier geweest. De chef wilde met me praten over een promotie voor Lu. Ik heb met haar gedaan wat zij met jou heeft gedaan. Ik heb een paar botjes uit dat rotei geplukt. Het is gelukt. De chef heeft het voorstel laten vallen.'

Ik vroeg hoe ze de haat van Lu wilde aanpakken. Ze zei dat dat haar geen zier interesseerde, aangezien ze zelf een in de hoek gedreven hond was. We liepen op een nevelig pad over de dauw. Ik zei dat ik het leven moe was en er een hekel aan had als een kogel in een geweermagazijn te liggen. Yan zei dat zij hetzelfde voelde. 'Maar het is beter te vechten dan levend te worden verscheurd,' zei ze. 'Het moet ons noodlot zijn dat we in deze tijd zijn geboren. Als je niet kunt terugkeren naar de baarmoeder kun je maar beter goed leren vechten.'

De vakantie van het Lentefeest begon. Om goede voorbeelden voor de soldaten te zijn meldden Yan en ik ons als vrijwilligers om tijdens de vakantie over de eigendommen van de compagnie te waken, zodat we een tijdje samen konden zijn. Nadat bij zonsopgang de laatste soldaat was vertrokken, gingen Yan en ik de velden in om radijzen en bloemkool te halen. We maakten die avond een verrukkelijke soep.

Laat in de avond, na het eten, gingen Yan en ik een lange wandeling in het berijpte veld maken. Ik voelde me volledig vredig, zowel geestelijk als lichamelijk. Ik keek naar Yan, naar haar strakke gestalte tegen de zwarte hemel. Ze was een ijzeren godin. Ik voelde weer die aanbidding voor haar en werd er sprakeloos van. Ik liep schouder aan schouder met haar. Ze staarde in de verte, verzonken in gedachten. De koude lucht prikkelde. Ik ademde diep. Yan dacht na over haar toekomst en de mijne, dat wist ik zeker. Het deprimeerde me haar gedachtengang te volgen. Welke invloed hadden we op onze eigen toekomst? Geen enkele. Het leven dat we leidden was de toekomst die ons was toegewezen, wat ook voor onze ouders had gegolden: een baan voor het leven, een schroef in de draaiende machine van de revolutie, die pas kon worden losgedraaid als de machine kapot was gegaan en tot stilstand was gekomen.

Yan nam mijn hand en hield haar stevig vast. We zaten in het donkere riet, terneergeslagen en blij tegelijk.

Toen we in onze kamer terugkwamen dook Lu onverwachts op. Ze zei dat ze Yan of mij wilde vervangen, zodat een van ons vrij kon nemen. We waren erg teleurgesteld, maar zeiden geen van beiden een woord.

De onzichtbare strijd tussen Lu en ons was even hard als de bevroren brakke bruine modder. Lu hield ons voortdurend in de gaten. Ze raakte er verslaafd aan. Yan en ik omzeilden haar vallen. Overdag richtten we de graanopslag opnieuw in en selecteerden we katoen. Yan en ik zwegen het grootste deel van de tijd. 's Nachts sliepen we onder onze eigen netten en dachten we aan elkaar. Op een middag zag ik dat Lu zich achter een deur had verstopt en ons gesprek afluisterde. Nadat ik Yan met gebaren duidelijk had gemaakt waar Lu zich had verstopt, raapte Yan een stok op. Ze deed alsof ze een rat achterna zat en schopte de deur open, waardoor Lu opeens zichtbaar werd. Lu glimlachte ongemakkelijk. Ze zei dat ze op zoek was naar muskieten die ze dood kon slaan. Yan was geërgerd. Op zekere dag, toen Lu in de velden aan het werk was, pakte ze Lu's schedel en gooide hem in de gierput. Lu werd paars toen ze bij haar terugkeer de schedel niet kon vinden. Yan gaf niet toe dat zij het had gedaan. Lu zei niets meer over de schedel, maar kraste de datum in de houten deur. Toen ik naar de ondiepe maar gedecideerde krassen keek, voelde ik de verstikkende kracht van Lu. Strak aantrekken! Ja, strakker! Strakker! Op een nacht hoorde ik Lu huilen in haar slaap.

Na het Lentefeest gingen we elke dag onkruid wieden in de katoenvelden. De wind uit de Oostchinese Zee mengde zich met zand en voelde scherp als naalden aan. Hij prikte in onze huid en veroorzaakte kloven in onze lippen. De knoppen raakten beschadigd door de vorst. De soldaten waren wrokkig. Ze vloekten als de waterleidingen 's morgens bevroren waren. Ze kregen ruzie over kleinigheden als de vraag wie er de meeste ruimte gebruikte op de waslijnen. Lu's oproep een 'verenigde en harmonieuze familie' te vormen was aan dovemansoren gericht. Yan probeerde steeds Lu op fouten te betrappen. Ze wilde Lu uit de compagnie wegwerken. Lu wist dit en probeerde hetzelfde met Yan.

Yan en ik maakten allang geen afspraken meer bij de baksteenfabriek, omdat we niet wisten waarheen Lu haar menselijke waakhonden stuurde. Yan liep met een lang gezicht rond. Ze begon weer te schelden. Er vonden allerlei soorten executies plaats op de boerderij. Het hoofdkwartier raakte gefrustreerd over het gebrek aan geloof bij de soldaten. We zagen dikwijls affiches met ter dood veroordelingen aan de muren hangen. Men noemde het 'een kip doden om de apen bang te maken'.

Yan kwam op een dag aanlopen en vertelde me dat Orchidee Lu's waakhond was geworden. Ze had ons in het geniep gevolgd. Ik was het niet met haar eens. Ik zei dat Orchidee een goed mens was. Yan zei dat er niemand in de compagnie meer menselijk was. We waren honden. We vochten om elkaars vlees. Waren we immers niet tot alles bereid als het maar comfort opleverde? Lu had Orchidee licht werk gegeven, en dat was verdacht. Ik zei tegen Yan: 'Je ziet achter iedere boom een vijand staan.' Ze zei dat dat misschien wel zo was. 'Het is een gekkenhuis. De Boerderij van het Rode Vuur.'

Op een ochtend, toen ik met mijn peloton in het katoenveld aan het onkruid wieden was, kwam er een witte bestelwagen aanrijden, die op het pad stopte. Er stapte een groep goedgeklede mensen in groene legerjassen uit. Ze liepen op ons af. Terwijl ze ons passeerden bekeken ze ons met kritische blikken van top tot teen. 'Jij' – een man wees plotseling naar me. Ik veegde het zweet van mijn gezicht en vroeg: 'Ik?'

'Ja, jij.' De man kwam dichterbij en vroeg: 'Hoe oud ben je?' Hij was ongeveer veertig. Hij sprak het standaarddialect, dat leek op het Mandarijn van een radio-omroeper. Ik zei hem dat ik twintig was. Hij vroeg of ik hun de weg naar het hoofdkwartier kon wijzen. Een vrouw in de groep maakte aantekeningen van ons gesprek. Terwijl ik hun de weg uitlegde kwamen ze om me heen staan, bekeken mijn profiel, gingen op hun hurken zitten, knepen hun ogen halfdicht om mijn lichaamslengte en gelaatstrekken goed te kunnen zien. De man vroeg me of ik blaren op mijn handen had. Ik liet hun de blaren op mijn beide handen, mijn schouders en mijn knieën zien. Ze bestudeerden de blaren en keken ingespannen naar mijn nagels, die donkerbruin waren van het werken met het onkruidverdelgingsmiddel. Ik hoorde de man iets tegen de vrouw fluisteren. De vrouw schreef iets in haar aantekenboek. Een paar minuten later liepen ze terug naar hun bestelwagen. Ze namen niet de weg die ik ze gewezen had.

Tijdens de studiebijeenkomst van die avond sukkelden de soldaten niet in slaap, maar kwebbelden over de vraag wie die mensen geweest konden zijn en waarvandaan ze waren gekomen. Ten slotte kon een meisje, wier tante bij het cultureel bureau van de regering werkte, het uitleggen: kameraad Jiang Ching, Madame Mao, was bezig de filmindustrie te hervormen en had een groep medewerkers op pad gestuurd om correct ogende jonge mannen en vrouwen te vinden die tot de toekomstige filmacteurs en -actrices konden worden opgeleid. Het soort uiterlijk dat de massa's ervan zou overtuigen dat de desbetreffende, ook als hij een stel bajonetten op zijn nek kreeg gedrukt, geen afstand zou doen van zijn communistische overtuiging, ook niet als hij daarmee zijn leven zou kunnen redden. De weinige uitverkorenen zou geleerd worden de hoofdrollen in een film te spelen. De politieke eis werd gesteld dat de kandidaten uitnemende arbeiders, boeren of soldaten waren.

Ik vertelde Yan het nieuws, en zij dacht dat het allemaal fantasieën waren. Onze gezichten waren allerminst mooi te noemen. We waren net bruine aardappelen. De kans dat we gekozen zouden worden was ongeveer even groot als die op het vinden van een naald in een hooiberg.

Iemand van mijn kamer hing de volgende dag een stuk spiegelglas naast de deur. Iedereen maakte nu bij de deur een klein buiginkje om zichzelf even te bekijken alvorens de kamer te verlaten. Om twaalf uur zag ik Lu gezichten tegen zichzelf trekken toen ik de deur opendeed. Na een ongemakkelijk moment gaf Lu me opdracht de spiegel weg te halen. Ik zei dat het niet mijn spiegel was. Ze zei: 'Doe wat ik zeg.' Ze voegde eraan toe dat ze die avond een bijeenkomst zou houden over de vraag wat ons te doen stond om ons te onttrekken aan bourgeoisinvloeden. Ik haalde de spiegel van de muur en gaf hem aan Lu. Lu hing de spiegel tegenover het mededelingenbord van de compagnie en schilderde er als waarschuwing in grote letters een leus bij: 'De instorting van een dam begint met een mierengang.' Die avond hield Lu een twee uur durende preek hoe belangrijk het was de onzichtbare ideologische vijanden te bestrijden.

Lu's preek maakte geen einde aan de filmsterrenfantasieën van de mensen. Ze droegen hun mooiste kleren en verzonnen allerlei smoezen om naar het hoofdkwartier te kunnen gaan en langs de ramen van de ongewone gasten te lopen. Orchidee en ik kregen opdracht naar de winkel van het hoofdkwartier te gaan om ingemaakte groenten te kopen. We zagen dat het hoofdkwartier vol mensen stond. Iedereen praatte over de vraag waar de filmmensen zouden zijn en ik hoorde iemand zeggen dat ze op de terugweg de Laan van het Rode Hart zouden nemen.

Orchidee vroeg me of wij niet ook naar de Laan van het Rode Hart moesten toen ze anderen die kant uit zag lopen. Ik aarzelde. 'Je weet maar nooit,' moedigde Orchidee me aan. Ze vertelde me dat er de dag tevoren een meisje was uitgekozen dat bij Compagnie Dertien haar tanden had staan poetsen. Ze hadden haar gevraagd meer tandpasta op haar borstel te doen en door te poetsen terwijl ze een gesprek met haar voerden.

Orchidee en ik gingen naar de Laan van het Rode Hart. We wachtten zoals veel andere mensen en deden alsof we gewoon maar een wandelingetje maakten. Na een half uur zagen we een witte bestelwagen naderen. Opeens leefde iedereen op en begon in de richting van de auto te glimlachen. Ik glimlachte op het moment dat hij passeerde.

Orchidee en ik maakten net gebruik van de wc toen we iemand hardop een gedicht hoorden opzeggen terwijl hij op het mannentoilet zijn behoefte deed. 'Vier zeeën bewegen drijven wolk water kwaad,' reciteerde de man, en zweeg. Ik hoorde een drol vallen. 'Vijf continenten trillen beven wind donder strijd.' Weer het geluid van een vallende drol.

'De communisten zijn als zaden.' Een meisje achter me zong een lied bestaande uit Mao-citaten. 'De mensen zijn als de aarde. We moeten ons met de mensen integreren, waar we ook gaan...' Orchidee schreeuwde: 'Pas op dat je je niet te veel opwindt. Anders val je nog en integreer je je met de stront.'

'Bloei en wortel je in het volk...' ging het meisje door.

Een week later werden Yan en Lu door de chef-partijsecretaris van de boerderij naar het hoofdkwartier geroepen voor een belangrijke bespreking. Ze kwamen terug met een mededeling: van de hele Boerderij van het Rode Vuur waren twee vrouwen en één man uitgekozen om voor de eerste regionale auditie naar de filmstudio te gaan. Ik was een van hen.

Ik bekeek mezelf steeds weer in de kleine spiegel. Ik stelde me voor dat het een enorm filmdoek was en oefende allerlei gelaatsuitdrukkingen waarvan ik dacht dat ze het voor het publiek van miljoenen kijkers goed zouden doen.

Yan zei me dat ik voor de auditie de keus zou krijgen tussen dansen of het voordragen van een van Mao's gedichten. Ik besloot het gedicht 'Lof voor de winterpruim' van Mao voor te dragen. De Winterpruim was Mao's symbool voor de Communistische Partij en het Rode Leger. Yan keek naar me terwijl ik me op de voordracht voorbereidde. Ze zat daar als een boeddhabeeld. Toen ik haar vroeg hoe ik het er afbracht zei ze dat ze een gouden fenix uit een kippenhok zag opstijgen.

Drie dagen later kreeg Yan van het hoofdkwartier opdracht me voor de auditie naar Shanghai te brengen. De avond voor ons vertrek kwam Yan pas om middernacht thuis. Zonder een woord te zeggen trok ze haar schoenen uit, stapte onder haar net en trok het stevig dicht. Ik wist wat haar bezighield, maar kon niets doen om haar te helpen.

'Doe dat klotelicht uit, wil je, kameraad Lu?' schreeuwde Yan vanonder haar net. 'Ik ben nog niet klaar met mijn studie' – Lu bleef onwrikbaar op haar kruk zitten. 'Het is bedtijd!' riep Yan. Lu stond op en zei: '*Ik* bestudeer het marxisme!' Yan viel haar in de rede: 'Al bestudeerde je het kapitalisme! Ik wil dat het licht uitgaat!' Lu bleef zitten, sloeg de bladzijden om en zei: 'Hou op met dat Hitler-gedrag!' Yan sprong uit haar bed, draaide het licht uit en stapte weer onder haar net. Lu draaide het licht weer aan. 'Kutwijf!' schreeuwde Yan woedend, en sloeg het net open. Ze pakte haar erhu vanonder haar bed en smeet hem naar de lamp. De gloeilamp brak, samen met een van Yans snaren. 'Morgen meld ik het allemaal aan het hoofdkwartier,' zei Lu in het donker.

Ik hield mijn mond. Wat kon ik zeggen? Yan was van streek doordat ik misschien zou weggaan. Hoe graag ze ook wilde dat ik hier wegkon, mijn vertrek zou betekenen dat ze het helemaal zonder steun moest stellen. Aangezien haar geloof in het communisme aan het wankelen was geraakt, was ze emotioneel niet meer sterk. Ik had geen idee waar ik heen zou moeten als ik de auditie won.

De volgende morgen maakte Yan een kalme indruk. Ze strooide alle suiker die ze had gespaard in mijn pap. Lu keek toe terwijl Yan de tractor haalde en me tot haast maande. De soldaten keken zwijgend toe. Yan bracht me naar het hoofdkwartier om een stempel te halen waarmee ik de boerderij kon verlaten. We stapten over op de vrachtwagen naar Shanghai.

We zaten dicht tegen elkaar aan op de open vrachtwagen van de boerderij. Nadat we de grens van het platteland waren gepasseerd begon het bij het naderen van de stad te regenen. Ik probeerde niet te veel te denken aan wat er zou gebeuren: of Yan en ik voor altijd van elkaar gescheiden zouden worden. Yan haalde een stuk plastic uit haar tas om me te beschermen tegen de regen. Ik probeerde de deken zo omhoog te trekken dat zij er ook onder zat. 'Laat maar,' zei ze ongeduldig. Ik pakte haar arm en zei: 'Misschien overleef ik de regionale auditie niet eens.' 'Waag het niet op mijn gezicht te schijten,' zei ze.

De toegangspoort van de Shanghai Film Studio zag er plechtiger uit dan ik me had voorgesteld. Voor me lag een groot bloembed, en aan weerszijden hiervan stonden indrukwekkend twee donkere, roodachtige gebouwen. Yan en ik liepen door de studio's, waar we geschilderde oceaandecors en houten en aardewerken scheepsmodellen zagen. We verdwaalden en kwamen uiteindelijk op een plek met verbrande huizen en een ingestorte brug terecht. We verkenden ondergrondse tunnels, kunstbomen, plastic delen van menselijke lichamen die in uniformen van het Communistische Leger en het Japanse leger waren gekleed, en een verbrande Japanse vlag.

Een bewaker kwam schreeuwend achter ons aan. We lieten hem onze officiële brief zien. Hij wees ons de weg naar de toneelzaal, waar ik veel jonge mensen bijeen zag. We werden naar onze plaatsen gebracht. Ik keek om me heen. Boven het toneel hing een rode leus: 'Laten we al onze energie aan de culturele aangelegenheden van de Partij wijden!' Verticaal hingen er twee andere leuzen: 'Volg kameraad Jiang Ching!' en 'Lang leve de overwinning van Mao's revolutionaire lijn!' Voor het toneel stond een lange smalle tafel met een wit kleed eroverheen. Achter de tafel zaten ongeveer twaalf juryleden.

Het meisje dat naast me zat was het mooiste dat ik ooit in mijn leven had gezien. Ze vertelde me dat ze van de Boerderij van de Rode Ster kwam, die aan de mijne grensde. Ze had een mond als een kers. Vergeleken met de hare was de mijne zo groot als die van een kikker. Haar heupen dijden vanuit haar middel uit. Die van mij waren een rechte pilaar. Toen haar naam werd afgeroepen ging ze rustig het toneel op en deed zonder zich te haasten wat er van haar werd verwacht. Het stukje dat ze deed was een combinatie van dansen en het vertellen van een verhaal. Ze lachte en huilde als in het echte leven. Ik begon buiten adem te raken. De geluiden om me heen waren net verschillende lagen echo's. Mijn rivales, die op dezelfde rij zaten, veranderden in vage gedaanten en hoofden. Ik wist niets van professioneel acteren: ik kon me op geen enkele wijze met hen meten. Ik dacht er voortdurend aan dat ik niet eens behoorlijk Mandarijn sprak. Toen mijn naam werd afgeroepen, raakte ik in paniek. In plaats van op te staan en naar het toneel te lopen boog ik me over de stoel voor me en sloeg mijn armen om mijn hoofd heen.

Yan pakte me bij mijn armen en schouders, maar ik kon mezelf niet dwingen me te bewegen. Ik beefde hevig. De man met de microfoon herhaalde mijn naam en zei dat dit de laatste keer zou zijn. Ik had het gevoel dat ik flauw zou vallen. Ik zag dubbel. De kracht was uit mijn benen weggevloeid. Yan schreeuwde hard in mijn oor: 'Sta eens op, kop met varkensstront! In naam van onze voorouders, het is je enige kans om aan de hel te ontkomen!' Ze schreeuwde: 'Kop met varkensstront! Lijk dat de luizen niet eens lusten! Je hebt me teleurgesteld en onteerd.'

Ik sprong overeind. Ik veegde het zweet van mijn gezicht. Mijn legerjas viel van mijn schouders. Ik beende naar het podium.

Ik stond tegenover de jury. Ik zag geen uitdrukking op hun gezichten. Ze bekeken me van top tot teen. De man met het kale hoofd in het midden zette zijn bril af. Ik deed mijn mond open, maar er kwam geen geluid uit. Mijn hersens waren van zaagsel – ik was mijn tekst kwijt. Yan stond op. Haar gezicht was vuurrood.

De woorden stroomden vanzelf uit mijn mond. Het gedicht van Voorzitter Mao. Ik schreeuwde bijna: 'Ode aan de winterpruim!' Het klonk helder en duidelijk als een klaroenstoot. Yan glimlachte, haar mond bewoog met de mijne mee:

De wind en de regen hebben de lente verjaagd
Maar de sneeuw heeft hem teruggebracht.
Er hangen ijspegels van honderd voet lengte
Hangen gevaarlijk van kliffen.
Er bloeit een kleine pruimebloesem.
De bloem heeft niet de bedoeling
Met de lente te concurreren.
Ze is hier alleen ter aankondiging
Van de komst van de lente.
Tegen de tijd dat de bloemen
Overal in de bergen bloeien
Zal zij zich tussen de bloemen verbergen
En met grote vreugde glimlachen.

Yan keek me teder aan. De hele terugreis naar de Boerderij van het Rode Vuur hield ze mijn handen vast.

Terwijl ik op de uitslag van de auditie wachtte begonnen de soldaten van de compagnie afstand van me te nemen. Ik voelde hun jaloezie en verbittering. Na twee maanden, toen ik begon te geloven dat ik was uitgevallen, kwam Yan terug met een bericht van het hoofdkwartier dat ik voor de tweede regionale auditie was uitgekozen.

Mijn ouders in Shanghai waren blij met de gelegenheid het weekend met me samen te kunnen zijn. Mijn vader waarschuwde me niets te geloven. Mijn vader zag er ouder uit dan hij was. Hetzelfde gold voor mijn moeder. Ze hadden geen moed meer over. Hun levenslust had zwaar te lijden gehad onder hun wederwaardigheden. Mijn vader was niet meer de ambitieuze astronoom die zijn zoon Ruimtevaarder had genoemd. Hij was verpletterd onder de voeten van de partijsecretaris van zijn eenheid, hij was vertrapt. Hij was bedeesd als een muis die een shock had.

Ik werd naar de boerderij teruggestuurd en voor nog drie andere regionale audities opgeroepen. Ik dwong mezelf na iedere auditie niet aan de gebeurtenissen terug te denken.

Yan begroef zich in het werk. Een paar keer zag ik dat ze met een heel droevige uitdrukking op haar gezicht uit de verte naar me keek. Ze zei zelden iets, en als ze iets zei klonk haar stem vermoeid. Ik wist niet wat ik moest zeggen. Ik probeerde mezelf bezig te houden door over mijn nieuwe toekomst na te denken. Ik wilde me niet in mijn gevoelens verdiepen. Ik kon het niet. Ik kon Yan niet onder ogen komen. Het was te moeilijk. Ik probeerde alles te vergeten voor de tijd ons van elkaar zou scheiden.

In het begin van de lente van 1976, na de laatste auditie, werd ik naar de Shanghai Film Studio gestuurd om speciale lessen te volgen, waar mijn vermogen tot leren op de proef zou worden gesteld. Veel mensen die ik eerder had gezien en die ik uitstekend had gevonden, zoals het meisje met de kersemond van de Boerderij van de Rode Ster, waren uitgevallen. Mensen die blijk gaven van een gebrek aan vakkennis werden gehandhaafd. Later kreeg ik te horen dat het een van Jiang Chings principes was dat ze liever 'socialistisch gras had dan kapitalistische spruiten'. De juryleden waren van oordeel dat ik minder getalenteerd was maar wel politiek betrouwbaar.

In de klas kreeg ik opdracht een plastic tas te dragen en te doen alsof het een zware steen was. Men omschreef me als iemand met een neutrale achtergrond – dat wilde zeggen dat er in mijn familie niemand bij het toneel had gezeten – maar dat ik snel op opdrachten reageerde.

Bij een andere acteeroefening verzocht men me een kopje water te drinken. De instructeur onderbrak me en zei: 'Nee, nee, nee. Je drinkt niet goed.' Hij zei dat ik met twee problemen zat. Hij zei dat iemand uit de proletarische klasse een kopje nooit op zo'n oppervlakkige manier zou vasthouden – met drie vingers aan het oor. Hij gaf me opdracht de kop met mijn hele hand vast te houden. Hij wees erop dat een proletariër water nooit slokje voor slokje zou drinken, als een Juffrouw Bourgeoisie die alle tijd van de wereld had. Hij liet me zien hoe ik het water snel in één slok naar binnen moest slaan en mijn mond met mijn mouw moest afvegen.

De studio controleerde mijn familieachtergronden en mijn politieke dossier en stuurde me daarna terug naar de boerderij. Ze vertelden me dat ik geaccepteerd was.

Toen ik terug was en Orchidee het opwindende nieuws vertelde, bracht ze me op de hoogte van een schokkend gerucht: het hoofdkwartier had een onderzoek naar mij en Yan ingesteld. Lu was leidster van de onderzoeksploeg.

Ik ging naar Yan om het gerucht te verifiëren. Yan zag er wanhopig uit. Ze vertelde me dat Lu bij het hoofdkwartier een geheim rapport over ons had uitgebracht. De sprinkhaan was met knagen begonnen. Hij was zijn verwoestende werk begonnen. Yan kreeg van het hoofdkwartier opdracht op eigen initiatief 'haar kaarten op tafel te leggen' voordat de kracht van de massa in de strijd zou worden geworpen.

'Ik heb het ontkend,' fluisterde Yan tegen me. 'Ik heb alles ontkend. Ik heb alle partijtrucs onder de knie. Ik vertelde de chef partijsecretaris dat ik geen méér revolutionaire relatie met jou had kunnen hebben dan met wie van mijn kameraden dan ook. Ik heb hem veel voorbeelden gegeven van je prestaties als uitnemend pelotonleidster onder mijn leiding. Ik heb uiting gegeven aan onze loyaliteit ten opzichte van de Partij. Dat was schaamteloos van me. In een gekkenhuis kun je toch alles zeggen? De chef heeft de zaak geseponeerd omdat Lu niet over concrete bewijzen beschikte. Dat kreng van een Lu heeft toen een rapport bij het Partijcomité van de filmstudio ingediend. Het kreng was fantastisch waanzinnig. Ik moet zeggen dat ik bewondering voor haar voelde.

De filmstudio stuurde een ploeg om de zaak nader te onderzoeken. Ze voerden gesprekken met Lu. Met mij of met

Yan praatten ze niet. De chef scheen zijn mening over me te herzien. Hij richtte een onderzoeksploeg van twee man op en voerde met iedereen in de compagnie gesprekken, de een na de ander. Yan maakte zich zorgen. Ze zei: 'Ze zoeken in alle hoeken en gaten omdat, gelukkig en helaas, de massa's "helderder ogen" hebben, neem ik aan.'

Ik vroeg Yan wat we moesten doen. Ze zweeg lange tijd en haalde toen een gezegde aan: 'Als de tactiek van de duivel een voet hoog is, zal de tactiek van de Tao tienmaal zo hoog zijn.' Ik vroeg hoe ze dit gezegde interpreteerde. Ze zei dat ik twee dingen moest doen: ten eerste moest ik alles ontkennen als ik werd ondervraagd. Ten tweede moest ik doen wat ze me opdroeg. 'Stel geen vragen.' Toen ik vroeg waarom ze niet met me wilde praten over wat ze in de zin had, antwoordde ze dat dat nu juist een deel van haar plan was.

Lu gebruikte alle macht waarover ze beschikte, alsof Yan al uit beeld was verdwenen. Ze bestudeerde niet meer iedere avond Mao, met het argument dat ze de kern van de gedachten van Mao nu beheerste. Glimlachend liep ze de kamer in en uit, en tijdens het werk neuriede ze liedjes. Bij het middag- en het avondeten bestelde ze varkenskoteletten. Ze werd dikker. Een week nadat ik was teruggekomen riep Lu op een heldere morgen de compagnie bijeen bij de voorraadbussen. Ze gaf iedereen opdracht samen met haar een gedicht van Mao voor te dragen en aandacht te schenken aan de verborgen betekenis ervan. Iedereen zei haar na:

Rond de kleine bol
Botsen een paar vliegen tegen de muur.
Het lawaai dat ze maken
Klinkt schril en treurend –
Een mier die een boom probeert om te gooien –
Belachelijk hoe ze hun kracht overschatten.

Iedereen wist wat Lu insinueerde. Ze wierpen heimelijke blikken op Yan. Yan stond tussen de anderen als een Mount Everest in een storm. Het verraste me dat ze het gedicht hardop meelas, zonder woede te laten blijken. 'Ik heb jullie allemaal al eens eerder gewaarschuwd,' zei Lu, 'en ik waarschuw jullie nu weer.' Ze liep met brede armgebaren heen en weer. 'Een vlieg gaat alleen op een gebarsten ei zitten.' Ze wendde zich tot Yan. 'Klopt dat?' Yan knikte nederig.

Lu glimlachte arrogant. Ze haalde een vel papier uit haar zak en kondigde een besluit van het hoofdkwartier aan: 'Tot de onderzoeksploeg een conclusie heeft getrokken zal er geen kandidaat namens onze compagnie naar de filmstudio worden gestuurd.'

Ik keek Yan aan. Ik kon mijn teleurstelling en geschoktheid niet verbergen. Yan zat op een maïskolf te kauwen. Haar gezicht was vertrokken: ze leek op een gewonde stier. Na Yan even scherp te hebben aangekeken vroeg Lu of Yan een aspirientje wilde – ze zag er helemaal niet goed uit.

Yan draaide zich langzaam naar de rijen om en vroeg: 'Hoe moet een lam reageren als een wolf haar vraagt een nieuwjaarsbezoek te brengen?' De soldaten durfden geen antwoord te geven. Lu balde haar vuist en gaf de compagnie vervolgens opdracht een alinea uit de leer van Mao te reciteren: 'Als er geen bezem is, gaat het stof niet uit zichzelf weg. Hetzelfde geldt voor het wegvagen van de reactionairen.'

Bij wijze van afsluiting zei Yan tegen de aanwezigen: 'Leer van mij, kameraden, leer van mijn domheid. Ik heb een visseoog voor een parel aangezien.' Ze begon te lachen. De soldaten keken haar aan.

Lu glimlachte geslepen. Terwijl ze haar armen voor haar borst kruiste zei ze: 'De winnaar is niet degene die het hardst, maar degene die het langst lacht.'

Ik werd overmand door een gevoel van hulpeloosheid. Yan praatte al dagenlang niet tegen me. Ik begon me ziek te voelen. Hoeveel goed zou het doen alles te ontkennen? Wat zou in dit land normaler zijn dan dat je een reactionair werd als de Partij besloot je een reactionair te noemen? Hoewel ik nooit had getwijfeld aan de stijl van vechten van Yan, raakte ik nu gefrustreerd, omdat ze niet veel uitvoerde, afgezien van af en toe een partijtje kibbelen met Lu. Ik vroeg me weer af wat ik kon doen. Ik was ten einde raad.

Ik werkte de hele dag bij een dorsmachine. Het geluid dorste mijn gedachten. Mijn teleurstelling was zo groot dat ik alleen nog maar aan mijn ellende kon denken. De korenaren waren dun, dunner dan muizekeutels; ze hoopten zich rond mijn voeten op, hoopten zich op, ik werd eronder begraven. Ik schreeuwde tegen Orchidee toen ze het graan kwam opvegen. Ze schreeuwde terug: 'Het is het einde van de herfst, krekel, hoe lang zul je nog springen?'

Ik kreeg last van intense hoofdpijn. Na middernacht werd het erger. Terwijl ik in mijn bed lag te woelen hoorde ik plotseling gefluister. De stem kwam van onderen. 'Ben je wakker?' Het was Yan. Ze porde met haar vingers in mijn stromatras. Ik vroeg: 'Wat doe je?' Ze fluisterde zo hard dat Lu haar zeker kon verstaan. Yan wilde me spreken, bij de baksteenfabriek. Ik zei niets. Ik hield mijn mond omdat ik dacht dat ze misschien gek was geworden, net als Kleine Groene. Ik lag op mijn buik. Ik wilde huilen. Ze porde nog eens. Ik fluisterde: 'Ga slapen, alsjeblieft, de mensen horen je nog.' Ze zei dat het haar niet kon schelen. Ze zei dat ze me wilde. Ze zei: 'Het is middernacht, het is veilig.' Ze zei dat het te lang geleden was.

Ik merkte dat het bed van Lu een beetje schudde. 'Kom je?' ging Yan door. 'Ik neem de tractor en verwacht je daar.' Ze deed haar net open en glipte de kamer uit.

Het duister besprong me toen ik de kamer uitkwam. Ik voelde het einde van de wereld naderen toen ik Yan volgde en bij haar op de tractor stapte. Ik wist zeker dat Lu alles had gehoord.

Ik hield de stang van de tractor stevig vast. Yan reed als een waterslang door het riet. Zo boog zich als een jockey over het stuur. Hoewel de weg breed genoeg was voor twee tractoren schoot ze iedere keer dat er een zwaargeladen tractor in tegengestelde richting passeerde, overeind als een buidelrat.

De nacht was verstikkend donker. De koplampen van de tractor en de geluiden van de motor joegen me doodsangst aan. Yan reed hard. De tractor bonkte op en neer. Ik schreeuwde tegen Yan. Ik zei: 'Ik wil niet samen met jou gek worden.' Ik schreeuwde: 'Loop naar de hel, ga maar alleen dood. Ik wil niet naar de gevangenis. Ik wil geen Kleine Groene worden.' Yan schreeuwde tegen me terug. Ze schreeuwde clichés, clichés als: 'Winnaars gaan er niet vandoor, mensen die ervandoor gaan winnen nooit.' Ik schreeuwde dat we nooit zouden winnen. De Boerderij van het Rode Vuur was de plek waar we zouden worden afgemaakt. Lu zou ons afmaken. Ze zei: 'Ja, Lu zou heel blij zijn als ze ons kon afmaken.'

De tractor schoot door het riet. Mijn gezicht werd gestriemd door de halmen. Ik gaf een gil. Ze zei dat ik stom was en te veel droomde. Ze schreeuwde: 'Ik leer je doden. Doden om te winnen. Domkop, versta je me?'

Bij het irrigatiekanaal maakte ze een scherpe bocht. Ik viel bijna van de tractor in de rivier. Ze sloeg haar rechterarm om mijn middel en hield met haar linker de tractor in bedwang. Nadat ze de bocht had voltooid minderde ze vaart. Ik hoorde achter ons een andere tractor aankomen. Ze liet mijn middel los en zei me te springen. Ik bewoog me niet. Ik dacht dat ik haar verkeerd had verstaan. Ze herhaalde haar bevel. Ik hoorde haar zeggen: 'Spring van de tractor, loop terug en geef je peloton opdracht tot een noodspeuractie bij de baksteenfabriek.' Ik vroeg: 'Wat ben je van plan?' Ze schreeuwde: 'Ben ik duidelijk geweest?' Voor ik ja kon zeggen duwde ze me van de tractor.

Ik viel in het riet. Toen ik opstond, zag ik dat de andere tractor voor me langs was gereden als een tijger die over de struiken springt. Ik zag het niet duidelijk, maar ik wist dat hij door Lu werd bestuurd.

Ik stond te trillen. Ik kon niet denken. Ik rende zo snel ik kon terug naar de barakken en verzamelde mijn peloton op drie tractoren. Ik herhaalde steeds maar: 'Baksteenfabriek, baksteenfabriek.' Verder zei ik niets. Ik wist niet wat ik anders moest zeggen. Ik pakte mijn geweer en laadde het.

Een half uur later bereikte het peloton de fabriek. Mijn groepsleider kwam melden dat er in het riet tien meter van elkaar twee tractoren waren gevonden. Terwijl ik opdracht gaf te gaan zoeken begon ik Yans plan te begrijpen. Ik verkeerde in doodsangst. De schimmen van de soldaten bewogen zich tussen de stapels stenen.

Er schoot een herinnering door me heen aan Yan die de erhu voor me speelde. De aanraking van de muziek. Ik liep door en er steeg een vreemd gevoel in me op, dat me vertelde dat ik krankzinnig aan het worden was. Ik slaakte zenuwachtig een kreet. Ik zei: 'Stop.' Het woord kwam onverhoeds mijn mond uit. De soldaten vatten het als een bevel op. Ze bleven allen staan en lieten zich op hun knieën zakken. Voordat ik mijn hersens weer bij elkaar had hoorde ik in de verte een geluid. Ik begon te geloven dat ik echt gek was geworden, want ik dacht dat ik het gemompel van Kleine Groene hoorde en het geluid van tegen elkaar schurende lichamen.

Het hoofd vroeg me of we verder moesten. Ik hoorde mezelf met Yans stem zeggen: 'Geweer laden!' We kropen op het geluid af. Het geluid werd sterker. Ik begon mijn gevoel voor de werkelijkheid kwijt te raken. Ik liet me door de soldaten inhalen. Ik hoorde een geluid alsof er met een zak aardappelen werd gesmeten. Ik hoorde vreemde voetstappen, gemengd met dierlijke geluiden. Mijn angst werd heviger.

Op dat moment hoorde ik mijn hoofd schreeuwen: 'Verroer je niet!' Mijn hart bleef stilstaan. Het hoofd kwam melden dat hij de boosdoeners te pakken had. Zaklantarens en geweren werden geheven. De plek werd verlicht alsof de maan op de aarde was gevallen. Ik liet mijn ogen aan het licht wennen en het beeld dat ik vaag onderscheidde verscheurde mijn hart.

Yan en Lu lagen in een innige omhelzing, halfnaakt, als een paar groteske, parende zijdewormen. In het sterke schijnsel van de zaklantarens lichtten hun lichamen wit op. Yan schermde met haar hand haar ogen af en stond op. Ze maakte een beweging alsof ze wilde wegrennen. De soldaten sloten de kring en ze was gedwongen haar poging op te geven.

Er arriveerde een benzinetractor; de chef partijsecretaris stapte eraf. De soldaten maakten ruimte voor hem. Ik stond stomverbaasd te kijken. Ik was verbaasd door het plan van Yan. Ik begreep dat Yan altijd mijn leidster zou zijn.

Yan trok traag haar hemd weer aan. Ze keek om zich heen en raapte het hemd van Lu op. Ze sloeg het om Lu heen. Ze deed het met elegante gebaren. Lu lag daar roerloos, in shocktoestand. 'Zij kan er niets aan doen,' zei Yan kalm, op Lu wijzend. 'Ik heb haar verleid en aanvaard de straf voor mijn misdaad.'

Lu schreeuwde: 'Nee!' Ze schreeuwde: 'Het is niet wat jullie denken. Absoluut niet! Ik ben Yans slachtoffer.' Yan zweeg en zei toen: 'Het spijt me.' Ze zei steeds weer: 'Het spijt me,' alsof ze de controle over zichzelf had verloren. Lu huilde en zei: 'Het is niet waar. Het is een valstrik. Een val waarin twee reactionairen een revolutionair hadden willen vermoorden.' Ze wees op mij. Ze zei dat ik de medeplichtige was.

De soldaten keken verward. Iedereen in de compagnie die maar een beetje hersens had zou nooit hebben geloofd dat Yan een relatie met Lu zou hebben. Ze waren even onverenigbaar als water en vuur. Toch ging deze subtiliteit aan de chef voorbij. Hij trapte pardoes in de val die Yan had gezet. Yan kwam naar voren. Ze profiteerde van het feit dat iedereen zo geschokt was. Ze liet zich op haar knieën zakken en sloeg haar handen voor haar ogen alsof ze zich diep schaamde. Ze overtuigde de mensen ervan dat wat ze gezien hadden, inderdaad de ongelofelijke waarheid was. De waarheid die zoveel op een slechte poppenkastvoorstelling leek.

Ik speelde met Yan mee en profiteerde van de verwarring. Ik wees op Lu. Ik zei: 'Lu, je zult je misdaad alleen maar groter maken door ongefundeerde en grove beschuldigingen te uiten aan het adres van een onschuldige.' Tegen de chef zei ik: 'De werkelijke reactionair heeft de aanval ingezet.' De chef knikte en zei: 'Laat haar uitspreken.' Lu schreeuwde: 'Chef, ik vraag om recht.' Yan zei: 'Chef, Lu heeft het niet gedaan, ik heb het gedaan.' Lu zei: 'Chef, je mag dit niet laten passeren. We kunnen reactionairen niet met zachtheid behandelen.' De chef sloeg zijn armen achter zijn rug en liep terug naar zijn tractor. 'Een rover schreeuwt: "Houd de dief!"' snierde hij. Lu kroop naar zijn voeten. 'Ik zweer dat ik de Partij nooit heb bedrogen. Je moet me vertrouwen.' De chef klom op de tractor en gaf de bestuurder een teken de motor te starten. 'Jullie twee' – hij wees op Lu en Yan – 'mijn beste officieren op de hele boerderij, jullie hebben mijn vertrouwen beschaamd.' Hij zweeg, alsof het hem pijn deed verder te gaan. Lu smeekte om een kans alles uit te leggen. De chef vroeg: 'Wat wil je nog uitleggen? Ik heb alles met mijn eigen ogen gezien.' De tractor reed al toen de chef zijn vonnis velde: 'Om een veld schoon te maken moet men het onkruid met wortel en al uittrekken.'

Omdat ik een kameraad met een goede staat van dienst was werd mijn zaak nietig verklaard. Ik zou naar de Shanghai Film Studio worden gestuurd om tot actrice te worden opgeleid.

Het hoofdkwartier organiseerde een afscheidsfeest voor me. Iedereen bracht een toost uit om me geluk te wensen. De chef beloonde me met een rode vlag met in goud geborduurde karakters. Ik was eresoldaat. 'Onze Boerderij van het Rode Vuur is trots dat je bent uitgekozen,' zei de chef. 'Je moet de oprechte verwachtingen van het volk inlossen.'

Yan was geen moment uit mijn gedachten. Ze werd gedetineerd en opgesloten in een donkere kamer in een watertoren, samen met Lu. Ik kon me niet indenken dat ik van de boerderij zou vertrekken zolang Yan niet in veiligheid was. Ik wist echter dat ik niets aan Yans situatie zou verbeteren door mijn kans te laten lopen. Ik zou er alleen mee onthullen dat Yan en ik de werkelijke boosdoeners waren. Ik besefte dat ik voor Yans bestwil moest vertrekken.

Ik begon mijn spullen te pakken. Ik had Yans leven genomen. Wat zou er voor haar op de boerderij overblijven? Ik zag haar al 's nachts alleen onder dat koude net liggen, zonder iets om de volgende dag naar uit te zien.

De volgende ochtend vroeg, terwijl het nog donker was, stond ik op. Ik klom naar beneden, sloeg Yans net opzij en omhelsde snikkend al haar bezittingen. Ik nam haar verzameling Mao-buttons mee toen ik haar net voorgoed verliet.

Het was nog donker toen ik op het kruispunt op de eerste vrachtwagen naar Shanghai stond te wachten. Er stond een sterke wind. Het opgewaaide zand en stof trof me als duizenden kleine zweepjes in mijn gezicht, boorde zich door mijn kraag heen tot in mijn ruggegraat. Terwijl ik afscheid nam van de velden werd ik bestormd door de herinneringen aan alles wat ik met Yan had meegemaakt, vanaf de eerste dag, toen ik was aangekomen en haar aan de horizon had zien verschijnen.

De vrachtwagen arriveerde. Terwijl hij optrok voelde ik hoe de wereld om me heen als een wiel begon te draaien. Toen de vrachtwagen langs de watertoren kwam zag ik door mijn tranen heen een gedaante boven op de toren staan en een rode vlag die achter haar wapperde.

DEEL III

Door het stof en het vocht was mijn haar in een harde koek veranderd. Ik zat nu al uren in een open vrachtwagen. Het brandende gevoel vanbinnen was door de koude wind verdwenen. De koeiehaar-regen had samen met de neerdalende mist mijn hoofddoek doorweekt. De losse draden van de doek raakten mijn kin en deden me aan de natte vlechten van Yan denken. Velden met groene jonge rijst vlogen langs. Mijn gedachten gingen steeds maar terug naar Yan. Ik was een schelp waaraan de parel ontbrak.

Ik schepte een mondvol koude lucht. Mijn rode hoofddoek waaide weg. Ik kon hem niet meer te pakken krijgen. Hij belandde op een nat veld. Een koe was er niet ver vandaan aan het ploegen geweest. Een oude boer hield een zweep hoog in de lucht. De zweep maakte een scherp, fluitend geluid boven de kop van de koe.

Via een openbare telefoon belde ik mijn moeder op haar werk. Ik vertelde haar dat ik in Shanghai was. Moeder was sprakeloos. Ze was te opgewonden. Ze pikte me op bij het busstation. Ze rende op me af en viel bijna. Toen ze haar evenwicht weer had gevonden bekeek ze me van top tot teen. Ze pakte mijn handen en zei dat ik gegroeid was. Door het raam van het station kwam de lentebries naar binnen. Dauw droop van de bladeren. Moeder zei dat de frisse jonge bladeren haar altijd hoop gaven. Ze pakte mijn hand en keek naar mijn door bestrijdingsmiddel verkleurde nagels en trachtte het bruin eraf te krassen. Ik zei dat ze geen moeite hoefde te doen. Moeder legde mijn hand neer en zei: 'Je bent heel wat zwaarder geworden.' Ik zei dat ik honderdvijftig pond woog. 'Je gezicht heeft nu de vorm van een erwt.' Moeder lachte. Ze was zo blij. Ik vroeg: 'Zie ik er nu als een echte boerin uit?'

'Ja, heel erg.'

We stapten op een andere bus, die naar ons huis ging. Moeder vertelde me dat Bloesem op een ontwerpschool was geplaatst, waar ze een opleiding zou krijgen in het schilderen van propaganda-affiches. Koraal was bezig met haar eindexamen middenschool. Als er niets misliep, zou ze een baan als fabrieksarbeidster krijgen. Moeder zei: 'Laten we hopen dat zij de gelukkigste van het gezin is.' Ik vroeg naar Ruimtevaarder. Moeder zei dat hij nu een jonge man was. Hij was snel in wiskunde, maar dat betekende niet dat hij een goede toekomst had. Hij moest een leertijd doormaken. Hij zou of een baan als boer krijgen of, als hij geluk had, als fabrieksarbeider vlak buiten de stad. Ik vroeg moeder wat er gebeurd was met de jongeren die geen dienstplicht hadden gedaan. Moeder vertelde me dat geen van die mensen het er goed had afgebracht. Ze werden te schande gezet in de buurt. Hun familie werd iedere dag lastiggevallen, tot de desbetreffende naar het platteland ging. Moeder zei: 'Jij bent een braaf kind. Jij bent gegaan, zoals je moest. Je hebt je gedragen zoals het een grote zuster betaamt. Je hebt sinds je geboorte geen problemen veroorzaakt.' Ik zei mijn moeder niet dat ik doodmoe werd van mijn rol van grote zuster.

Zodra ik me in de buurt vertoonde begonnen de buren vreemd te doen. Ze staarden naar me alsof ze me nog nooit hadden gezien. 'Ze wordt filmster,' mompelden ze. De Oude Kleermaker, Kleine Doodskist, Groot Brood, Heks Chao, de vrouwen onder ons gaven achter mijn rug commentaar. Ik hoorde hen zeggen: 'Ze is helemaal niet zo mooi.'

De buren kwamen bij me op bezoek, de ene groep na de andere. De vraag die ze het vaakst stelden was of ik al een permanente verblijfsvergunning voor de stad had. Mijn vader moest uitleggen dat daar nog geen sprake van was, dat ik gewoon was opgepikt en nog meer examens moest afleggen.

We aten. Ik had in lange tijd niet meer zo'n maaltijd gehad. We aten zoetzuur varkensvlees, groenten en tofu. Bloesem nam vrij van haar internaat om mee te kunnen eten. Ik had niet veel te zeggen, en mijn zus en mijn broers evenmin. Ze hadden een eigen toekomst om zich zorgen over te maken, vooral Koraal. Als ik een permanente verblijfsvergunning voor de stad zou krijgen, zou Koraal beroofd worden van haar kans om arbeidster te worden. Ze zou dan naar een boerderij worden gestuurd, omdat ons gezin vanwege de maatschappelijke dienstplicht één boer moest opleveren.

Moeder praatte over het eten. Ze probeerde van het moment te genieten. Ze liet haar wanhoop nooit blijken. Vader was trots dat ik was uitgekozen, maar niet optimistisch dat ik een grote ster zou worden. Hij zei: 'Wie hoog stijgt kan diep vallen.' De kinderen uit de buurt riepen onder het eten mijn naam bij het raam. Ze wilden de filmster allemaal even bekijken. Ik kon Yan echter niet vergeten. De hele nacht zag ik haar gezicht voor me.

De filmstudio was een paradijs van leuzen. Hij werd omgeven door donkerrode ahornbomen. De bladeren zagen eruit als verstrengelde handen. Ze benamen me het uitzicht. De takken staken door de ramen van de gebouwen naar binnen. De muren van de studio waren wit geschilderd, met daarop rode leuzen: 'Lang leve de revolutionaire kunstpolitiek van Voorzitter Mao!' 'Een saluut aan onze grootste vaandeldraagster, kameraad Jiang Ching!'

Ik overhandigde de veiligheidsbeambte van de studio een verzegelde brief. Hij zei me te wachten en ging naar binnen. Een paar minuten later verschenen er een man en een vrouw in de hal. Ze stortten zich enthousiast op me. De man stelde zich voor als Klank van Regen, het hoofd van de afdeling acteren van de studio. De vrouw, Sovjet Wong, was zijn assistente. Ze pakten mijn bagage op en vroegen me hen te volgen, de studio in.

We kwamen door een reeks poorten. De zon scheen door de ahornbladeren. De bladeren verspreidden hun rozige stralen over het brandschone plaveisel. De arbeiders die onder de ahorns liepen werden bedekt met een doorschijnend roodachtig licht. Ze begroetten ons met veel pluimstrijkerijen.

Klank van Regen had een hoofd als een pompoen, met dikke wangen die aan weerszijden afhingen. Sovjet Wong had het gezicht van een schoonheid uit de oudheid. Ze had scheefstaande ogen, een lange neus, een kersemond en een uiterst fraaie huid. Ze was ongeveer veertig. Het was de manier waarop ze bewoog; ik voelde me aangetrokken door de elegantie van haar loop. Ze sprak perfect Mandarijn. Ze had een zijdeachtige stem. Klank van Regen vertelde dat Sovjet Wong in de jaren vijftig eindexamen aan de school voor filmacteurs van Shanghai had gedaan en een zeer getalenteerde actrice was. Klank van Regen zei dat ik er trots op moest zijn dat Sovjet Wong een van mijn vier docenten zou worden. Ik vroeg hoe het kwam dat ik meer dan één docent kreeg. Klank van Regen zei dat dat op bevel van Madame Mao, kameraad Jiang Ching, gebeurde. Sovjet Wong zei dat ze heel blij was met de opdracht me te leren acteren. Ik vroeg wat ik zou leren. Ze zei dat ik intensieve lessen in politiek en acteren zou krijgen. Ik vroeg of zij met ons zou acteren. Ze zweeg. Haar lippen verstrakten en ze boog het hoofd. Er viel een lok haar over haar gezicht. Ze vertraagde haar pas. 'De behoeften van de revolutie zijn mijn behoeften,' zei ze stijfjes. De rancune spatte tussen haar tanden naar buiten. Ze zag er duidelijk ongelukkig uit. Ze sloeg haar

haar naar achteren en ging snel harder lopen om weer bij Klank van Regen in de buurt te komen. Haar elegante rug boog lichtjes naar rechts. Ze deed alsof ze erg blij was. Ze moest duurzaam zijn als bamboe: in staat in alle richtingen te buigen op de wind. Ik liep behoedzaam, paste op waar ik mijn voeten neerzette.

Sovjet Wong liep een halve pas achter Klank van Regen, haalde hem nooit in en bleef ook nooit meer dan een pas bij hem achter. Beiden droegen ze blauwe Mao-jasjes, met de kraag hoog dichtgeknoopt. Ze knikten, eerst Klank van Regen dan Sovjet Wong, tegen de arbeiders die ze passeerden. De arbeiders kregen een brede glimlach. Die glimlach maakte me nerveus, hoewel het de meest bewonderde glimlach in het hele land was. Het was de glimlach die Mao had gepropageerd met de leus: 'Men moet zijn kameraden behandelen met de warmte van de lente.' Lu, van de Boerderij van het Rode Vuur, was een expert in deze glimlach.

Ten slotte kwamen we aan bij een verlaten decor. Het had de afmetingen van een stadion en was overwoekerd door een halve meter onkruid. We maakten een scherpe bocht en voor me doemde een alleenstaand huisje op. Het was een oud huis met een cementen gootsteen op de grond. Wilde planten kronkelden om de gootsteen. 'Hier wonen de meisjes,' legde Klank van Regen uit. 'Achter het huis zijn nog meer onderkomens. Het is gebouwd als stal, bij wijze van filmdecor. We hebben het laten verbouwen als onderkomen voor de uitgekozen jongens. Van jullie zullen er vijfentwintig op deze plek leven en werken. Jullie zullen bewaakt worden. Geen bezoeken van of aan familie, behalve de tweede zondagochtend van de maand. Iedereen die de regels overtreedt wordt weggestuurd. We willen geen beïnvloeding van buiten.'

'Absoluut geen beïnvloeding,' echode Sovjet Wong. Ik dacht opeens aan Yan.

'En brieven?' vroeg ik. 'Wat is er zo dringend aan brieven?' richtte Sovjet Wong zich opeens tot me; haar stem had plotseling een argwanende klank. Haar lange, smalle wenkbrauwen gingen omhoog tot ze in het midden een knoop vormden. Ik reageerde snel op dit teken van gevaar. Ik zei: 'O, niets, ik vroeg het gewoon.'

Ze geloofde me niet. Ik zag gewoon dat ze er het hare van dacht. 'Je hebt donkere kringen onder je ogen, wat aantoont dat je niet goed slaapt. Waar zit je mee? We hopen dat je de Partj geen valse beloften hebt gedaan.' Ze wendde zich tot Klank van Regen en zei: 'We moeten voorzorgsmaatregelen nemen om een mogelijke calamiteit te vermijden.'

Ik was beledigd, maar wist dat ik niets van mijn gevoelens mocht laten blijken. Mijn brein schakelde over in de hoogste versnelling. 'Niets is dringender dan de opdracht die ik heb gekregen,' zei ik, terwijl ik mijn best deed oprecht te klinken. 'Het kan zijn dat ik die kringen onder mijn ogen heb omdat ik 's nachts Mao bestudeer.' Ze vroeg: 'Waarom vertel je ons niet wie je zou willen schrijven, zodat we kunnen controleren of correspondentie wel goed voor je is?'

Hoewel ik niet begreep wat haar motief kon zijn, voelde ik aan dat het aanbod van Sovjet Wong onoprecht was. 'Ik heb niemand die ik kan schrijven, echt niet,' zei ik nonchalant om niet gretig te klinken. Sovjet Wong keek me aan; strak, het was een worsteling. Klank van Regen keek op zijn horloge en zei tegen Sovjet Wong: 'We hoeven ons geen zorgen te maken.' Zijn stem daalde tot een gefluister. Ik hoorde een paar woorden. 'Een ei zonder virus,' zei hij tegen haar.

Nadat ze de deur van het huisje hadden opengeduwd riepen Klank van Regen en Sovjet Wong: 'Kom eens naar buiten, meisjes, maak eens kennis met een nieuwe kameraad.' Er kwamen achter elkaar vier meisjes naar buiten, als sneeuwvlokken die in de lucht dansten. Ik knipperde met mijn ogen. Ze waren verbijsterend mooi. Ze leken enorm op elkaar, het waren net zusjes. Ik zei: 'Hallo.' Klank van Regen en Sovjet Wong snoerden me de mond en zeiden: 'Je moet standaard-Mandarijn spreken. Geen plaatselijk dialect.' In onhandig Mandarijn stelde ik me voor. Ik zei dat ik van de Boerderij van het Rode Vuur kwam.

De jonge vrouwen noemden verlegen hun naam. De eerste zei dat ze Brandhout heette. Ze was arbeidster in een staalfabriek en de dochter van drie generaties arbeiders. Haar hoofd had de vorm van een ei. Haar trekken spreidden zich vanaf haar neus uit. Ze had een kleine, smalle mond. Zo klein dat ik aan het kontje van mijn kip Grote Baard moest denken. Haar grote scheve ogen met die geplooide oogleden maakten een prettige indruk. Ze stonden wel erg dicht bij elkaar en deden me aan de ogen van een vos denken. Ze droeg een fel vermiljoenkleurig hemd. Op haar rug zwaaiden twee lange paardestaarten. Haar enthousiasme deed haar naam eer aan.

De tweede vrouw stelde zich voor als Juichende Speer. Ze had een heel dwingende blik. Je onderwierp je zonder het te willen aan haar schoonheid. Ze stond daar en straalde maar. Ze was ongeveer even oud als ik. Ze had een lage stem en koele ogen die de boodschap uitzonden dat ze wist wat ze wilde. Ze was vol zelfvertrouwen. Haar haar was opgekamd als de horens van een schaap en met bruine elastiekjes vastgezet. Ze had dikke wimpers. Ze sprak tegen me maar keek me niet aan. Ik staarde naar haar bewegende mond. Ik begreep niet waarom ze me niet aankeek. Haar Mandarijn was meer dan correct. Ze articuleerde iedere lettergreep en zorgde ervoor dat de 'er'-klank in alle zinnen voorkwam. Ze sprak 'dee-fang' ('plaats') uit als 'dee-er'. Ze zei dat ze journaliste bij de *Beijing Daily* was. Ze zei dat ze bij het volk hoorde. Ten slotte draaide ze zich om en keek me aan. Ze keek me aan maar liet blijken dat ze niet geïnteresseerd was. Het waren de ogen van een rivale. Achter het vriendelijke gezicht ging onvriendelijkheid schuil. Ze wilde me onderwerpen, dat voelde ik. 'Vroeger was ik ruiter,' zei ze. 'Ik bereed de moeilijkste paarden. Ik heb drie jaar in Binnen-Mongolië gewerkt als paardenfokster voor het leger. Ik kon acrobatiek doen op een paard. Ik speel accordeon.' Ze haalde een accordeon uit haar tas en speelde een reeks noten. Ze zong:

Rijdend naar de zon, zing ik en hef hoog mijn zweep.
Ik rijd paard om de wereldrevolutie te steunen.
Zonder angst berijd ik het paard
Naar de rode hoofdstad Peking,
Naar waar de zon opgaat,
Naar waar Voorzitter Mao woont.

Ze stopte, hief haar hoofd, keek me aan. Ze zei dat ze het moeilijk vond zichzelf te beschrijven. Ze zond Sovjet Wong een schitterende glimlach toe en vroeg haar of deze haar met de woorden wilde helpen. Ze zei tegen Sovjet Wong: 'Jij kent me het best.' Sovjet Wong keek aangenaam getroffen. Ze zei dat Juichende Speer een bescheiden jonge vrouw was, van wie iedereen moest leren. 'Leer enthousiasme, leer gezond denken, leer eerlijkheid van haar.'

'Natuurlijk,' zei ik. Ik stapte naar de derde in de rij. Ze was mager en droeg een goudgelig katoenen hemd. Ze stelde zich voor als Klokje. Ze zei dat haar vader soldaat was en voor de Bevrijding wees was geworden. Hij was aan de openbare badinrichting verkocht om als voetmasseur voor de rijken te werken, zei ze. 'Met die herinnering aan zijn ellendige verleden ben ik opgegroeid. Ik vind mezelf niet mooi,' zei ze. 'Echt niet. Een mooi uiterlijk maakt iemand nog niet mooi.' Ze glimlachte verlegen naar Klank van Regen, die haar strak aankeek. 'Vergeef me mijn verlegenheid,' zei ze. Klokje boog haar hoofd en streek met haar vingers haar haar glad.

'Heel mooi gezegd, Klokje,' zei Klank van Regen met een lage, verstikte stem, die klonk alsof hij uit een pot kwam. 'Een mooi uiterlijk maakt je nog niet mooi. Waar het om gaat is niet hoe je er uitziet, maar hoe je uiterlijk de zaak van het proletariaat kan dienen. Dat is een uitspraak van onze Supervisor uit Peking.' Ik vroeg wie de Supervisor was. Klank van Regen antwoordde dat hij degene was die als enige verantwoording moest afleggen aan kameraad Jiang Ching. 'Een groot genie op het gebied van de kunst,' zei hij.

Toen Klank van Regen het woord 'Supervisor' liet vallen, verrieden alle gezichten opeens een diep ontzag. Ik voelde onmiddellijk hoe belangrijk de man was. Als er iemand in dit land bij zijn titel werd genoemd in plaats van bij zijn naam, was hij niet zomaar belangrijk. Mao werd bijvoorbeeld de Voorzitter genoemd en Chou de Premier. Met het weglaten van de familienaam duidde men de macht van een persoon aan.

Nu begon de vierde vrouw te spreken. Ze heette Bij OhYang. Ik zag geen dreiging op dit gezicht. Het was een onschuldig gezicht, een gezicht dat geen kennis bezat, een zuiver gezicht. Ze zei dat ze op haar naam wilde lijken. Hiermee bedoelde ze een bij met een scherpe angel, maar die had ze niet. 'Het ontbreekt me aan strijdlust. Ik zou graag mijn geest hervormen.' Ze zei dat ze uit een oud dorp in het Zuiden kwam. Alle dorpelingen hadden één bijnaam, OhYang. Het was een arm dorp. Het produceerde alleen maar baby's. 'Ik ben de glorie van het dorp. Maar ik zeg dat ik van de Partij ben. Mijn geest, mijn hart en mijn ziel.' Terwijl ze stond te praten welden de tranen op in haar ogen. Ze werd ontroerd door haar eigen woorden. Bij was een schoonheid met een donkere huid. Ze zag eruit als een beeld, met een volle mond, een gezicht in de vorm van een meloenpitje en glanzend kort haar, dat tot haar oorlelletje afhing. Door haar sterke zuidelijke accent was haar Mandarijn moeilijk te verstaan.

Het was zonnig in de kamer. Het rook er naar houtschimmel. Er stonden vijf bedden, met elk een muskietennet. Mijn gedachten gingen naar Yan en ons muskietennet.

'Heel leuk hier,' zei ik. 'Als ik eerder was aangekomen had ik kunnen helpen schoonmaken.'

'Dat is wel in orde,' zei Sovjet Wong. 'Je zult nog vaak de kans krijgen het goed te maken. Ha ha.' Iedereen in de kamer juichte.

'Met ingang van morgen,' zei Klank van Regen, 'zullen jullie alles van de grond af opnieuw moeten leren: zelfs lopen, praten, eten en je uitdrukken, want' – hij pauzeerde lang – 'want maar één van jullie zal uiteindelijk voor de nieuwe Chinese cinema worden uitgekozen. Het is de laatste auditie waaraan jullie moeten deelnemen. Jullie moeten je uiterste best doen. Daarna zal de Supervisor een besluit nemen.'

We werden naar een ziekenhuis gebracht voor een medische keuring. De artsen deden heel geheimzinnig. Ik werd in een kamertje binnengebracht en kleedde me uit. Mijn onderlichaam werd door drie vrouwelijke artsen bekeken. Een grote vrouwelijke arts trok rubberhandschoenen aan en onderzocht nauwgezet mijn geslachtsdelen. Een paar minuten later deed ze de handschoenen af en noteerde iets in een aantekenboek. De twee andere vrouwen lieten me los en ik mocht van het bed opstaan. Er werd geen woord gezegd terwijl we weer naar buiten schuifelden. Toen ik naar buiten werd gebracht, zag ik Klokje. Ze huilde. Ik maakte aanstalten naar haar toe te lopen, maar Brandhout gebaarde dat ik terug moest komen. Brandhout fluisterde me in het oor dat men betwijfelde of Klokje wel maagd was.

Die hele middag lazen we uitspraken van Mao over kunst. Het verveelde me, maar ik wendde belangstelling voor. We zaten in een kring. We lazen en lazen. Voor het avondeten bestelde ik twee kommen noedels. Sovjet Wong liet me zien hoe ik eetstokjes diende vast te houden. Na het eten hielden we een discussie in onze kamer. De meisjes vertelden hoe belangrijk het werk van Mao was als onze gids naar de toekomst. Klokje was weer gelukkig. Na een serieus onderzoek werd ze toch als maagd beschouwd. Klank van Regen en Sovjet Wong gaapten, maar verlieten de kamer pas toen de krekels luid lawaai begonnen te maken op het erf. De deur sloeg achter hen dicht. De schimmelgeur werd sterker.

We wasten ons aan de gootsteen en gooiden daarna het water in het gras. Er kwam een krekel achter me aan toen ik de kamer weer binnenliep. Juichende Speer stond met een zaklantaren in haar hand op om naar hem te zoeken. Ik hoorde haar vijfmaal met haar voet stampen. Ze snoerde de krekel de mond. Het werd doodstil in de kamer. In het donker besefte ik dat ik me in een wespennest had gestoken. De duisternis verstikte een brullende kreet. Ik bevroor van mijn ijskoude gedachten. Ik hoorde hoe de ruggegraat van mijn droom brak. Ik wist dat ik moest slagen om in de toekomst Yan op een of andere manier te kunnen helpen. Met die gedachte dreef ik weg in de slaap.

Ik werd wakker van de geluiden van iemand die buiten haar stem stond te oefenen. Het was zes uur in de ochtend. Ik stond op en liep naar buiten. Het hondehaargras zwaaide heen en weer in de zon. Met een hand achter haar oor forceerde Brandhout haar stem tot deze brak. We wensten elkaar goedemorgen en ik hoorde haar stem weer breken. Brandhout vertelde me dat haar stem haar frustreerde. Ze vroeg me of ik haar wilde laten horen hoe mijn stem klonk. Ik zei: 'We krijgen toch geen opleiding voor een operagezelschap?' Brandhout maakte een spagaat. Ze gaf geen antwoord, en haar gezichtsspieren vertrokken van de pijn. 'Ken je kameraad Jiang Ching?' vroeg ze. Ik keek haar aan, ik keek naar dat trotse gezicht. Ik wist dat ik deze vraag niet hoefde te beantwoorden. Brandhout zwaaide haar bovenlijf naar links en naar rechts. 'Ik weet wel iets over haar,' zei ze, zich naar me overbuigend. 'Ze kijkt graag naar westerse films, vooral naar Amerikaanse films uit Hollywood.' 'Wat is Hollywood?' vroeg ik. Brandhout glimlachte geheimzinnig tegen me en ging toen verder met haar gymnastiek.

Ik boog mijn hoofd achterover en strekte mijn armen naar de muur. Ik was verbaasd toen er drie mensen achter me bleken te staan. Mijn andere kamergenotes – Juichende Speer, Klokje en Bij OhYang – hadden naar het gesprek staan luisteren. Ik glimlachte vriendelijk tegen ze. Ze maakten een spreidstand en begonnen hun beenspieren op te rekken.

Een bewaker die bij het hek met een bamboebezem bladeren had staan opvegen hield op met zijn werk en kwam naar ons huisje lopen. Het was een man van middelbare leeftijd, die een donkere baard droeg. Zijn naam luidde Een Ons. Hij zei: 'Klank van Regen stuurt me om jullie te zeggen dat je je klaar moet maken. Jullie worden geïnspecteerd door de Supervisor.'

We trokken iets aan waardoor we een goede eerste indruk zouden maken. Brandhout trok een ander vermiljoenkleurig hemd en een zeeblauwe marinebroek aan. Juichende Speer diepte een kledingstuk op dat met een ruitpatroon was bedrukt. Bij OhYang haalde twee hemden van verschillende kleuren te voorschijn en trachtte een keus te maken. Ik besloot mijn oude uniform aan te trekken, het uniform dat ik van Yan had gekregen.

We zaten in de kamer naast onze bedden, piekfijn gekleed, wachtend. De temperatuur in de kamer steeg naarmate de zon hoger kwam te staan. Ik zag een hoopje modderige troep in de hoek onder het bed van Juichende Speer. Het was het lichaam van de krekel die de vorige nacht achter me aan de kamer was ingelopen. Hij lag bewegingloos op de vloer.

Juichende Speer stond bij de deur, waar een kleine spiegel hing. Ze bekeek zichzelf erin en speelde met haar haarspelden. Ze probeerde een krul in de lokken op haar slaap te leggen. Haar gezicht verried haar ambitie. Ze pakte een plukje watten en wreef over een pukkel onder haar neus. Ze wreef heen en weer, waardoor een deel van haar gezicht op en neer ging.

Terwijl ik naar Juichende Speer zat te kijken, voelde ik me opeens minderwaardig. Haar schoonheid ontmoedigde me. Ik probeerde mijn angst te negeren.

Ik pakte een pen en krabbelde wat woorden op een stuk papier. Lieve Yan, schreef ik, en haalde het toen door. Lieve Yan, schreef ik, en haalde het weer door. Verzamelde werken van Mao Tsetung, schreef ik. Kritiek op de revisionisten. Yan, hoe gaat het met je? Ik verscheurde het stuk papier. De Supervisor kwam niet.

Die nacht had ik een nachtmerrie. Yan was iemand zonder gezicht geworden die door de velden van een boerderij zwierf. Er volgde een slapeloze nacht. Bij zonsopgang regende het. Het geluid van de vallende regendruppels bracht me terug op de Boerderij van het Rode Vuur en onder het muskietennet van Yan.

Na het middageten werd er op een fluit geblazen. Bij het hek zagen we Sovjet Wong. Achter haar stonden ongeveer twintig jonge mannen. Ze kwamen door het hek. 'Dit zijn de jongens die zijn uitgekozen,' stelde Sovjet Wong hen voor. 'Jullie zullen in de toekomst samenwerken.' De mannen hadden allemaal hetzelfde gezicht: grote ogen met geplooide oogleden, dikke wenkbrauwen, een neus en een mond als een Boeddha. Ze zagen er zo hetzelfde uit dat ze wel uit één gietvorm leken te komen. Niemand zei ons goedendag. We stonden op. Een man begon opeens te blozen. Sovjet Wong vroeg hem ons te vertellen waarom hij bloosde. De jongeman probeerde de vraag te beantwoorden. Hij krabde zich in zijn nek. Hij zei dat het kwam doordat hij het niet gewend was naar vrouwen te kijken. Sovjet Wong vroeg: 'Is je moeder een vrouw? Durf je te beweren dat je haar nog nooit hebt aangekeken?' De man kon geen woord meer uitbrengen. Sovjet Wong vervolgde: 'Als iemand geen slechte gedachten heeft hoeft hij niet te blozen.' De man die gebloosd had liet zijn hoofd zakken. De rode kleur liep door in zijn nek. De mannen die naast hem stonden bekeken hem medelijdend. 'Denk nog maar eens na over wat ik heb gezegd,' zei Sovjet Wong.

Sovjet Wong nam ons mee naar een oud gebouw dat schuilging onder de klimop. Achter de enorme, roestige ijzeren deur werden we besprongen door een zware schimmelgeur. Ik hield mijn hand voor mijn neus. Sovjet Wong gaf onmiddellijk blijk van geïrriteerdheid. 'Ik kan niet geloven dat iemand die als boer heeft gewerkt bang is voor stank. Is die lucht soms erger dan varkensmest op een rijstveld?' Ik liet mijn hand zwijgend zakken.

Een Ons knipte een zwakke lamp aan. We zaten in een ongebruikte studio met een decor in de vorm van een grot en een paar rijen banken. Sovjet Wong zei dat we moesten gaan zitten. We begonnen weer Mao's toespraken over kunst te lezen.

Het kostte me veel moeite me op Mao te concentreren. Mijn gedachten vlogen alle kanten op. Drie weken lang hadden we les gehad in politiek, Mandarijn, acteertechniek en wushu – verschillende soorten Chinees boksen en schermen. Het dagelijks leven was nogal saai. Heimelijk hadden we echter gewacht, gewacht op inspectie door de Supervisor. Het wachten leek eindeloos. Klank van Regen kwam af en toe kijken en bracht altijd verslag uit van een nieuwe verworvenheid op het gebied van de kunsten: Mao en de leden van zijn Politbureau hadden onlangs de nieuwe modelopera van kameraad Jiang Ching bekeken en geprezen. Klank van Regen liet dan een stapel kranten en een exemplaar van het script van de opera achter, vroeg ons alles te lezen en er een studierapport over te schrijven. We lazen en schreven. We bediscussieerden Mao's idee met betrekking tot de proletarische kunsten.

Op zekere dag vertelde men ons dat we nu speciaal materiaal waren geworden. We waren klaar voor de auditie om de grote opdracht van kameraad Jiang Ching.

Het ging om de titelrol in *Rode Azalea*. Rode Azalea was Jiang Chings ideaal, haar schepping, haar film, haar droom en haar leven. Als iemand van ons de opdracht in de wacht kon slepen, sleepten we de droom van het sterrenbestaan in de wacht. Het verhaal van *Rode Azalea* ging over een hartstocht temidden van kanonvuur. Het ging over de vraag hoe een vrouw diende te leven, over een proletarische liefde tot in de dood. Voor mij ging het niet alleen over de afgelopen oorlog, over de geschiedenis, maar ook over het wezen van de ware heldin, over het wezen van Yan, over de vraag hoe ik mijn leven moest voortzetten.

Sovjet Wong las het script door. Haar tranen druppelden op de papieren. Aanvankelijk dacht ik dat ze ontroerd was door het verhaal, en toen voelde ik dat het ergens anders om ging. Haar verdriet werd niet veroorzaakt door het verhaal, maar door wanhoop, de wanhoop dat ze nooit de kans zou krijgen de rol te spelen die ze wilde spelen. Ze moest ons de rol leren die ze zelf wilde spelen. Haar jeugd en schoonheid zouden tijdens deze lessen wegkwijnen. Het was haar taak mensen les te geven die ze het liefst zou neersteken. Ze werd door onze groei gekweld en gedood.

Om beurten lazen we het script. Ik zag hoe de andere drie, Brandhout, Klokje en Bij OhYang, uit de race raakten. Ze hadden geen gevoel voor de rol. Ze voelden niet wat Rode Azalea bewoog. Met Juichende Speer lag het anders. Juichende Speer voelde de rol aan. Ze kwam dichterbij, zelfs dichterbij dan ik. Te dichtbij. Ze begon een gevaar voor me te worden. Ze liet mijn hoop wegsmelten.

Juichende Speer had alles meegemaakt. Ze kon geen moment haar mond houden. Iedereen zweeg dan en zat nerveus te luisteren. Ze had altijd iets te zeggen. Dingen die nuttig en gunstig waren voor haar toekomst. Ze zei dat ze bewondering had voor Sovjet Wong, dat ze gelukkig was als ze bij haar in de buurt was. Ze zei dit niet waar Sovjet Wong bij was: ze zei het op bijeenkomsten, bijeenkomsten waarop de dienstdoende secretaris aantekeningen maakte, die Sovjet Wong dan later zou lezen. Juichende Speer zei dat ze bij benadering niet zo knap of begaafd was als Sovjet Wong. En dan weersprak ze zichzelf en zei dat ze heel erg op Sovjet Wong leek, terwijl ze in feite evenveel op elkaar leken als een olifant en een varken. Juichende Speer schaamde zich nooit voor haar vleierijen.

Sovjet Wong praatte niet meer met haar dan met de anderen. Juichende Speer had echter het tij mee. Ze werd op het toneel gezet om de menigte voor te gaan bij de voorlezing van de nieuwe instructies van Mao. Juichende Speer werd het middelpunt van de aandacht. De journalisten van dag- en weekbladen en fotografen praatten met Juichende Speer. Ze interviewden haar. Ze vroegen haar wie ze was en waar ze vandaan kwam. Juichende Speer vertelde altijd hetzelfde verhaal. Ze zei: 'Ik ben een studente van Sovjet Wong. Ik ben wat zij van me heeft gemaakt. Ik ben de grond en zij is de koe die me bewerkt. Ik ben haar oogst.' Iets anders zei Juichende Speer niet: ze zei alleen datgene wat nut had. De krant loofde Sovjet Wong als een voorbeeld van loyaliteit aan de Partij.

De race om de rol van Rode Azalea zou tussen Juichende Speer en mij gaan. Sovjet Wong zei dat we hard moesten oefenen omdat de Supervisor uit Peking binnenkort zou komen om iemand uit te kiezen voor kameraad Jiang Ching. Over de anderen werd niets gezegd. Niemand vertelde hun dat ze eigenlijk helemaal geen kans hadden. Sovjet Wong besloot Juichende Speer kandidaat A en mij kandidaat B te noemen. Het werd duidelijk dat Sovjet Wong haar prefereerde boven mij. Maar ze moest me nog een tijdje in de race laten, omdat het wel al te duidelijk zou zijn als ze me eruit had gehaald. Ze kon me niet terzijde schuiven omdat Juichende Speer en ik altijd de goede antwoorden gaven op de vragen die tijdens de les werden gesteld. We hadden altijd ongeveer dezelfde cijfers. Tijdens de lessen Mandarijn waren we de enige twee die de tabel met honderd lettergrepen goed konden uitspreken. Sovjet Wong moest laten zien dat ze eerlijk oordeelde omdat ze de Partij vertegenwoordigde.

Sovjet Wong vertelde me dat ik te snel op haar lessen reageerde. 'Je luistert niet echt,' zei ze. 'Je weigert te luisteren.'

'Maar ik luister wel,' zei ik. Ze leerde ons hoe we op het karakter van Rode Azalea moesten improviseren. 'Wat draag je?' vroeg ze, plotseling naar mijn voeten wijzend. 'Een paar zelfgemaakte strooien schoenen,' antwoordde ik dan, tevreden over mijn eigen slimheid. Ze glimlachte bijna bitter. 'Hoe zien ze eruit?'

'Ze zien eruit als de schoenen die Voorzitter Mao droeg op een foto van onze buitenlandse vriendin Anna Louise in de grot van Yanan,' zei ik.

Sovjet Wong keek dan nog meer verbitterd. Ze zei me dat ik moest kijken als Juichende Speer repeteerde. 'Kijk naar elkaar,' beval ze. 'Kijk goed.' Ik keek inderdaad goed. Zelfs als ik mijn ogen sloot zag ik hoe Juichende Speer Rode Azalea speelde. Juichende Speer was een hartstochtelijk actrice, een energieke geest. Ze putte zichzelf uit. Ze gaf alles. Ze stroomde over van de emoties. Ze gaf niets om subtiliteit op het toneel. Ze was dolgraag melodramatisch. Sovjet Wong vroeg me naar haar te kijken, dus keek ik. Ik leerde ervan wat er niet werkte en ik wist dat ik niet op dezelfde manier zou acteren. Toen Sovjet Wong me vroeg wat ik die dag geleerd had, antwoordde ik eerlijk. En ik ruïneerde mijn vooruitzichten. Toen ik besefte dat ik mijn vooruitzichten had geruïneerd, was het te laat.

De sfeer in de studio werd kil. De kilte trok in mijn botten. Sovjet Wong wees plotseling naar me en vroeg me uit te leggen waarom de dictatuur van het proletariaat het in de kunst won van het revisionisme. Het duurde niet lang of ik had een antwoord klaar. 'Om ons van het revisionisme te ontdoen,' zei ik, 'moeten we in de eerste plaats een dictatuur over de vijand in ons eigen hoofd instellen.' Mijn stem klonk duidelijk. De tekst was afkomstig uit het tijdschrift *Rode Vlag*. Sovjet Wong merkte op: 'We moeten uitkijken voor hen die reuzen zijn met taal maar dwergen in de praktijk.'

Sovjet Wong had de pik op me. Ze nam me als ze maar even kon te grazen, over de onbenulligste dingen. Op zekere dag zette ze een rekwisiet verkeerd terug – een theepot – en zei tegen de klas dat ik degene geweest moest zijn die hem had zoekgemaakt. Ik zei haar dat ik had gezien dat ze de theepot in haar eigen la had gezet. Ik ging de kast achterop het toneel zelf aanwijzen. Ze kwam bij me staan en trok de la open. De ontbrekende theepot stond erin. Sovjet Wong was woedend. Ze haalde een uitspraak van Mao aan: 'Degene die denkt dat hij slimmer is dan de massa's is degene die door de massa's in de steek zal worden gelaten.' Ik was in de war en kwaad.

Sovjet Wong heeft ons nooit gezien zoals een lerares haar leerlingen zag, maar zoals een oude concubine een nieuweling behandelt. Ze wist niet hoe ze zich teweer moest stellen tegen het gevaar dat we vormden. Kameraad Jiang Chings wens het imago van de film te veranderen, en haar liefde voor jongeren die eruitzagen alsof ze uit de arbeidersklasse kwamen, waren de doodsteek voor de toekomst van Sovjet Wong als actrice. Haar gedateerde schoonheid werd als achterhaald gezien. Ze heeft Juichende Speer nooit echt gemogen. Ze haatte haar eigenlijk. Maar door de vleierijen van Juichende Speer voelde ze zich minder gekwetst.

Juichende Speer had een gladder uiterlijk dan ik. De harde trekken op mijn gezicht vormden een bron van irritatie voor Sovjet Wong. Ze begreep niets van de nieuwe esthetica van kameraad Jiang Ching als ze mijn ruwe huid zag. Iedere ochtend als ze me tegenkwam keek ze alsof ze net een vlieg had ingeslikt. 'Heb je je gezicht wel gewassen?' vroeg ze dan walgend.

Sovjet Wong schudde altijd even met haar hoofd voordat ik een tekst uitsprak. Niets wat ik deed was in haar ogen goed. Talloze malen nam haar rancune de gedaante van haat aan, die zich in een impuls uitte. 'Je irissen zijn niet groot genoeg,' zei ze eens, me recht aankijkend. 'Ze lijken niet zo helder als ze op het doek moeten lijken. Kameraad Jiang Ching eist dat een vrouwelijke hoofdpersoon een stel vlammende ogen heeft. Die ogen symboliseren de rechtvaardigheid van het proletariaat. Zulke ogen zie ik niet bij jou. Vreselijk jammer. Je had eigenlijk helemaal niet uitgekozen moeten worden. Duidelijk een misgreep. Dat soort slordigheid maakt een hoop dingen kapot.'

Sovjet Wong vroeg me haar te vertellen of ik bijziend was. Ik zei van niet. Ze nam me mee naar het medisch centrum van de studio en liet een arts mijn ogen controleren. Ik zag perfect. Op weg naar buiten zei Sovjet Wong tegen me: 'Maar je ziet er wel uit alsof je bijziend bent, neem dat maar van me aan.'

Ik bekeek mezelf die avond in de spiegel. Na een half uur de omvang van mijn irissen te hebben bestudeerd begon ik Sovjet Wong te geloven. Het klopte dat mijn irissen niet zo groot waren als ze moesten zijn. Vanaf dat moment kon ik niet meer vergeten dat ik er uitzag alsof ik bijziend was. Als ik speelde werd ik me steeds sterker van mijn uiterlijk bewust. Mijn zelfovertuiging liet het afweten. Sovjet Wong riep: 'Stop!' nog voordat ik een woord had kunnen zeggen. Ze zei: 'Je staat op de verkeerde manier. Je vergeet dat je voeten een hoek van vijfenveertig graden met elkaar moeten maken.' Met de dag kreeg ik meer het gevoel dat ik te mismaakt was om de rol van Rode Azalea te spelen. Sovjet Wong pleegde een aanslag op mijn zenuwen. Maar ik weigerde de moed op te geven. Ik wist precies wat ze wilde, en dat wilde ik haar niet geven.

Langzamerhand gaf Sovjet Wong me geen lessen meer. Ze regelde dat ik in de kantine bonen kon helpen doppen. Ze zette me onder aan de lijst voor de acteerlessen. Klank van Regen scheen geen bezwaar te hebben tegen wat Sovjet Wong me aandeed. Hij scheen op haar oordeel af te gaan. Beiden begonnen ze nu te zeggen dat ze nooit een kapitalistische spruit zouden willen voortbrengen. Ik wist wat er gebeurde, net als iedereen in de studio. Maar niemand zei iets. Niemand durfde zich tegen Sovjet Wong te verzetten.

Ik wist kalm te blijven. Ik deed niet meer alsof ik iemand was die ik niet was omdat er toch geen manier te vinden was om Sovjet Wong te plezieren. Ze had Klank van Regen en daarna iedereen in mijn omgeving ervan overtuigd dat ze een hekel aan me moesten hebben en iedereen had nu ook een hekel aan me. Iedereen wilde graag goede vrienden zijn met Sovjet Wong. Ze begonnen met de opmerking dat Juichende Speer de enige kandidaat leek te zijn die in aanmerking kwam, omdat ze hartstochtelijk acteerde. Met hartstocht bedoelden ze hoeveel tranen een actrice kon vergieten. Ik kon niet anders dan bewondering hebben voor haar talent om met zoveel hartstocht die droge, leusachtige teksten te brengen. Juichende Speer was een tranenmachine. Vergieten van tranen: dat was het enige waar ze op uit was als ze acteerde. Ze kon het juiste aantal tranen vergieten op het juiste moment, zonder dat haar neus begon te lopen. Juichende Speers opvatting van acteren was wanneer je je tranen moest laten lopen.

Ik was jaloers op dat talent van Juichende Speer. Sovjet Wong zei tegen me: 'Zie je wel, het is een zaak van acteertechniek. Het is een kwestie van wie het grootste gevoel voor Voorzitter Mao heeft. We hebben een echte communist nodig om een communist te spelen.'

Juichende Speer en Sovjet Wong waren steeds betere vriendinnen geworden. Ze aten altijd samen. Sovjet Wong hielp Juichende Speer 's avonds bij het leren van haar tekst. Ze waren een mooi beeld van de relatie tussen lerares en leerling. Maar voor mij waren het twee tactici.

Ik dwong mezelf het vol te houden.

Niemand gaf het op: Brandhout niet, Klokje ook niet en Bij OhYang evenmin. Brandhout had haar stembanden beschadigd doordat ze iedere dag veel te veel stemoefeningen deed. Ze geloofde dat ze, als ze een deuk in de muur kon blazen, een zijden stem zou krijgen. Ze geloofde dat haar stem het probleem in haar leven was. Karl Marx was Karl Marx geworden omdat hij zoveel boeken had gelezen dat hij het kleed in de bibliotheek had versleten, zo vertelde Brandhout me. 'Succes hebben degenen met een sterke wil.' Brandhout had dit verhaal uit het tijdschrift *Rode Vlag*, en het was haar inspiratiebron. Ze werd in haar studeren aangemoedigd door Sovjet Wong, die haar soms op de piano begeleidde. Het zingen van Brandhout klonk alsof er een haan met een bot mes werd geslacht. Sovjet Wong speelde met gesloten ogen piano alsof het gebrul van Brandhout een massage voor haar geteisterde zenuwen was.

Brandhout kreeg uiteindelijk een gezwel op haar stemband. Heimelijk vond ik het uitstekend dat haar kansen op de rol nu nul waren. Mijn klasgenotes moeten hetzelfde gevoel hebben gehad, maar deze gevoelens verborgen we. We kochten allen tijgerbalsem voor Brandhout.

'We houden allemaal erg van je,' zeiden we, en glimlachten melodramatisch.

Een storm had die dag twee ahorns geveld. Ik ging naar de struiken om mijn tanden te poetsen en vond de bomen: ze lagen met uitgerukte wortels plat op de grond. Voor ik klaar was met tandenpoetsen begon de storm weer. Ik haastte me terug en trof Een Ons aan, die midden in de kamer zat. 'Tien uur,' zei hij traag, terwijl hij al zijn vingers opstak. 'Je wordt dadelijk naar hem toe gebracht: de beste kameraad van de grootste vaandeldrager, de Supervisor.'

Bij OhYang ging op het bed zitten en begon te snikken. Klokje maakte een vreemd geluid met haar keel. Brandhout liep naar buiten en kwam terug met een kom water. Juichende Speer liet wat haarolie in de kom druppelen en kamde haar hoornachtige haar nog eens met het oliewater. Zowel Brandhout als Bij OhYang legden opnieuw vlechten in hun haar. Ze zagen er van top tot teen piekfijn uit.

De storm ging door. Stof en bladeren dwarrelden op. Hij rukte de oude Mao-affiches van de muur. We liepen behoedzaam op onze weg naar de kantine, goed oppassend dat we niet op Mao's gezicht trapten. Een uur later arriveerden Klank van Regen en Sovjet Wong met een bestelwagen. De ramen van de auto waren bedekt met zwarte katoenen gordijnen. Sovjet Wong gebaarde ons de bestelwagen in. Ik begon te hoesten toen ik binnenkwam. Het zag er blauw van de rook. Het was de persoonlijke bestelwagen van een hoge partijfunctionaris. Verbaasd gingen we stil zitten. De chauffeur was een jongeman in een uniform van het Volksbevrijdingsleger. Hij droeg witte handschoenen. Klank van Regen gebaarde Sovjet Wong de deur dicht te doen. De bestelwagen reed soepel weg. Brandhout, Juichende Speer, Klokje, Bij OhYang en ik zaten in het donker.

We waren allen verdiept in onze eigen gedachten, gedachten hoe we elkaar konden vermoorden. Ik miste Yan zo. Toen de bestelwagen was aangekomen zaten we urenlang te wachten in een kamer met een tapijt op de vloer. Een jonge man die kennelijk secretaris was kwam ons de mededeling doen. De Supervisor was net vertrokken naar een belangrijke bijeenkomst in de hoofdstad. De bijeenkomst werd afgelast.

Ik overtrad de regels. Ik loog tegen Sovjet Wong. Ik vroeg drie dagen verlof. Ik zei dat mijn moeder ziek was en dat ik haar moest verzorgen. Sovjet Wong weigerde aanvankelijk. Ik probeerde het weer. Ik zei dat er vandaag toch geen bonen te doppen waren. De mensen van de kantine waren naar een bijeenkomst. Toen zei Sovjet Wong dat ik mocht gaan.

Ik ging terug naar de Boerderij van het Rode Vuur. Ik wilde Yan zien. Ik zag haar tussen de anderen middenin het rijstveld werken. De soldaten bekeken me van top tot teen. Ik zag jaloezie en afstandelijkheid in hun ogen. Ik wachtte aan de rand van het veld terwijl Yan naar me toekwam. Ze waste haar handen in het irrigatiekanaal en stak toen haar blote voeten in het water. Ze keek me aan. Ze glimlachte niet. Ze pakte mijn tas en we liepen naar de barak.

Yan was geen compagniescommandant meer. Haar conflict met Lu was onbeslist beëindigd. Niemand geloofde dat Lu haar minnares kon zijn geweest. Yan gaf in het hoofdkwartier later toe dat het een manier was geweest om wraak op Lu te nemen. Ze had een toneelstuk opgevoerd. De chef was onaangenaam getroffen over de smerige manier waarop ze wraak had genomen, maar wilde geen verder vervolg aan de zaak geven. Lu stond erop dat alles tot de bodem werd uitgezocht. Ze stond erop dat ik aan een nieuw onderzoek werd onderworpen. De chef wilde mijn zaak echter niet heropenen. Ik was weg en hij had me persoonlijk de titel Eresoldaat toegekend. Als hij me opnieuw zou aanklagen, zou hij van een verkeerd oordeel blijk geven. De zaak vervloog alsof hij nooit had bestaan. Yan had haar ontslag ingediend en was nu squadronshoofd. Lu was naar een andere compagnie overgeplaatst en was nu commandant.

Yan was de oudste in het squadron. De nieuwe soldaten zagen eruit zoals ik er vroeger had uitgezien. Ze zongen 'Mijn vaderland'. Ze aanbaden Yan. Als ze ging eten stond haar eten al voor haar op tafel. Dat hadden ze haar gebracht. Ze had altijd een volle kom. De jonge soldaten bedienden haar. Ze zeiden: 'Hier is je fles heet water, ik heb hem net voor je gevuld.' Yan woonde alleen, in de kamer waarin we vroeger hadden gewoond. Alle andere bedden waren verdwenen. Ze had haar bed midden in de lege kamer gezet. Met dat witte rechthoekige muskietennet zag de kamer eruit als een rouwkamer.

Ik zat tegenover haar naast de deur. Ik keek naar haar gezicht. Haar huid was diepbruin. Ze zag er bijna uit als een Afrikaanse. Ze was ouder geworden. De rimpels waren dieper. Er zat een draad wit haar in haar vlecht. Vroeger had ze dikke vlechten gehad, maar nu waren ze zo dun als muizestaarten. Ze haalde een pak meel te voorschijn, goot het meel in een pot, voegde er water aan toe en stak een kerosinebrander aan. Ze kookte het meel met suiker. Ze bood me het beste aan wat ze had. Het smaakte afschuwelijk, maar ik probeerde het niet te laten blijken. Ze voelde het. Ze vroeg me hoe goed het eten in de studio was. Ik gaf geen antwoord. Ze zei dat het wel niet te vergelijken zou zijn. Ze trok mijn kom naar zich toe, duwde de deur open en leegde de kom buiten. Terwijl ze de deur sloot zei ze: 'Het spijt me. Ik kan er niets aan doen.' Ze ging de kom afwassen in een bak water. Ze waste de eetstokjes en liet ze tweemaal vallen. Ze deed de kom en de eetstokjes in een katoenen zak en hing deze aan een bamboestaak. Toen ze dit had gedaan boog haar rug treurig door. Ze depte haar gezicht met een modderige handdoek. Ik voelde een steek van bedroefdheid. Ze draaide zich om en zei: 'Bedankt dat je bent gekomen.' Ze glimlachte en tranen welden op in mijn ogen. Ze vroeg: 'Wat wil je dat ik doe?'

Ze ging weer zitten. Ze probeerde het gesprek op gang te brengen. Ze zei: 'Zeg iets.'

Ik vroeg: 'Wat?'

'Kan me niet schelen.'

Ik vroeg: 'Waar is je erhu?' Ze zei dat ze hem had weggegeven. Ik kon niets meer zeggen. Ze sloeg een muskiet op haar been dood en wreef en brak de modder van haar voeten. Ze zei dat de soldaten nieuw waren maar heel gewiekst. Ze waren nog niet op de boerderij aangekomen of ze probeerden al naar de stad terug te verdwijnen. Ze bedachten schaamteloze smoezen om verlof te krijgen. Sommigen gingen met verlof zonder toestemming te vragen. Ze beweerden voortdurend dat ze ziek waren. Het was een stel hypocrieten. Ze waren nooit met hun hart bij de boerderij, nog geen seconde. Ze bedienden haar aan tafel om haar gunstig te stemmen. 'Ze weten hoe ze me moeten gebruiken,' zei ze. 'Ik walg van ze.'

Ik wilde zeggen: 'Vergeet ze toch – laten we over jou praten.' Maar ik kon het niet. Wat kon ik zeggen? Ze zat in de val. Geen uitweg. Ze was vijfentwintig en op je vijfentwintigste had je als squadronshoofd geen toekomst. Dit was haar toekomst. Ik wilde mijn armen om haar heen slaan en haar troosten, maar schaamde me.

Ze zei: 'Vertel me over de filmstudio, vertel me over de nieuwe mensen die je hebt leren kennen.' Ik zei dat er niet veel te vertellen viel. Ze zei: 'Ik wil het weten.' Ik vertelde haar over Juichende Speer, Brandhout, Klokje, Bij OhYang, Klank van Regen en Sovjet Wong. Ik vertelde haar wat we deden. Ze luisterde, onderwijl door de kamer ijsberend. Ze bleef staan en staarde uit over de velden. Voordat ik klaar was met mijn verhaal zei ze opeens:

'We moeten elkaar vergeten.' Het schokte me niet. Ik wist waarom ze het zei.

Ik zei: 'Je weet dat ik je niet ongehoorzaam kan zijn.' Ze zei: 'Ga dan nu weg.' Ik zei: 'Ik heb die hele reis gemaakt om je te zien. Het was niet eenvoudig. Ik heb tegen ze gelogen. Ik riskeer mijn toekomst. Als ze erachter komen word ik van de lijst geschrapt.' Ze trok haar modderige schoenen aan en vroeg: 'Niet eenvoudig? Je denkt waarschijnlijk dat mijn leven makkelijker is.' Ik zei: 'Dat heb ik nooit gedacht.' Ze viel me in de rede. Ze zei dat ze geen discussie wilde beginnen als ze zich gedeprimeerd voelde. Ik zei: 'Hiervoor ben ik niet gekomen.' Ze zei: 'Ik heb je niet gevraagd te komen.' Ik zei: 'Dan vertrek ik.' Ze liep de kamer uit.

Ik haalde mijn tas leeg. Ik legde de koekjes die ik voor haar had meegenomen in haar net. Haar net was schoon. Ik herinnerde me de tijd dat we het net niet wasten zodat niemand kon zien wat we daarbinnen uitspookten. Ik herinnerde me haar hartstocht. Ik raakte haar kussen aan en zag opeens dat er haar, haar haar, overal in het bed lag. Haar haar was al die tijd uitgevallen en ik deed er niets aan. Ik wilde vluchten, vluchten voor mijn schaamte.

De wind stootte de deur open. Yans handdoek viel van de hanger. Ik raapte de handdoek op en zag haar geweer tegen de muur staan. Plotseling miste ik Kleine Groene. Ik miste haar met haar 'Mijn vaderland'.

Yans geweer was roestig. Ik keek uit het raam. Het veld lag er levenloos bij. De zon droogde de aarde. De aarde zag eruit als een kale man. De oogst boog door op de zoute wind. Ik besefte dat ik hier niet meer hoorde.

Ik stapte de kamer uit. Een paar jonge vrouwen zagen me. Ze fluisterden iets tegen elkaar. Ze liepen met hakken in hun hand langs me. Ik vroeg naar Orchidee. Een van de vrouwen zei dat ze in de baksteenfabriek zat.

Ik liep door het riet. Ik was gelukkig dat ik deze ontberingen niet meer hoefde te dragen. Hoe gelukkiger ik werd, des te groter werd mijn schuldgevoel. Yan is achtergebleven, dacht ik voortdurend. Hoe kon ik haar achterlaten. Ik kwam een koek eten waar een uitgehongerd kind bij zat te kijken. Wat schandelijk. Ik herinner haar aan haar ellende. Ik ben een hypocriet. Ik kwam hier om haar te troosten. Het kostte me echt niets om iets aardigs te zeggen.

De baksteenfabriek zag er nog hetzelfde uit als toen Yan er voor me op de erhu had gespeeld. Ik liep door de gangen tussen de stapels en zag Orchidee en een ploeg de ongebakken steen in kunstige muren opstapelen. Ik vroeg een jongeman of ik hem mocht helpen met het duwen van de kar. Hij zei dat je daarvoor sterk moest zijn als een man. Ik zei dat ik dat wist. Ik had hier eerder gewerkt. Ik wist hoe het hier toeging. Ik pakte de geladen kar. Er lagen honderd bakstenen op. De man keek naar me. Ik duwde de kar op een ijzeren rail en sloeg een gang in. De man schreeuwde: 'Waar kom je vandaan?'

Orchidee zag me. Ze kwam me niet groeten. Ze bleef staan waar ze stond, met in haar armen een stapel bakstenen. Haar mond hing halfopen. Ik zei: 'Hallo, Orchidee.' Ze groette niet terug. Ze vroeg: 'Wat kom je doen?' Ik zei dat ik op bezoek was. Ze ging weer verder met het uitleggen van de bakstenen. Haar rug was tot haar middel drijfnat van het zweet. We werkten zij aan zij. Toen ze klaar was met het uitleggen van een karrevracht richtte ze zich op, veegde het zweet van haar wangen en zei: 'Yan is niet hier.' Ik zei dat ik dat wist. Ze zei: 'Ik weet dat je hier niet voor mij bent gekomen.' Ik zei: 'Ik heb de boerderij gemist.' Ze glimlachte sarcastisch tegen me en duwde de lege kar terug over de rail. Ik merkte dat ze mank liep. Ik volgde haar. In de laadzone hielden we halt. Verse bakstenen kwamen als cakes uit een snijmachine. Ik hielp Orchidee met laden. We duwden haar kar door een gang en begonnen de stenen uit te leggen. Ik vroeg: 'Wat is er met je voet gebeurd?' Ze zei: 'Er is een rietstengel doorheen gegaan.' Ze vroeg: 'Dat heb jij toch nog meegemaakt?' Ik zei: 'Ja, ik herinner het me nog. Is het dan niet genezen?' Orchidee zei: 'Ja hoor, zo is het genezen.'

Ik rechtte mijn rug. Ik zag de schoorsteen van de oven witte rook uitbraken. 'Vorige zomer is de oven ingestort,' zei Orchidee. 'Er zijn drie mensen omgekomen en twee gewond geraakt. Ik weet niet hoe lang de steenfabriek nog zal staan. Waarom ben je hier?' Voordat ik het kon uitleggen zei ze me recht in mijn gezicht: 'Ik vind het niet leuk je te zien. Echt niet.' Ze zei dat ze eerlijk tegen me wilde zijn. Ze zei dat niemand me wilde zien. Een filmster. Een kennis van vroeger die op een ladder naar de hemel stond. Niemand wilde eraan herinnerd worden hoe slecht het leven voor ze was.

Ik zei niets tot we de kar leeg hadden. Voordat Orchidee de kar naar de laadzone begon terug te duwen vroeg ze: 'Weet je het van Luipaard en Yan? Ze zijn elkaar blijven zien.' Ze maakte een gebaar dat 'ondergronds' betekende.

Ik voelde me beter toen ik op de bus terug naar Shanghai stond te wachten. Yan was Luipaard blijven zien. Ik wist dat ze altijd aan hem was blijven denken. Ik voelde me een beetje opgelucht. Ik wenste dat ze verliefd was geweest op Luipaard, maar onmiddellijk vond ik dat een gemene gedachte, omdat ik wist dat ze niet verliefd op hem was. Ze was er ellendig aan toe. Ik wist nog hoe vrolijk, open en vergevensgezind ze kon zijn. Ik wist hoe ze zich had gedragen toen ze verliefd was geweest.

De hemel werd donker, en er kwam geen bus. Mijn maag begon te rommelen. Ik had sinds die ochtend niets gegeten. Ik liep naar een stalletje aan de kant van de weg en ging ernaast zitten. Ik hoorde de krekels zingen. Ik bedacht hoe ik tegen Sovjet Wong had gelogen en hoopte dat er niets fout zou gaan. Ik kon mijn leugen camoufleren als het me zou lukken morgen voor zonsopgang naar de slaapkamer in de studio terug te keren. Ik kende achter de schuren een geheim pad dat naar de slaapkamer leidde.

Ik zat de donkere lucht in te ademen. Op het platteland heerste een rust die wel heilig leek. Ik keek de nacht in. Heel in de verte klonk het gefluit van een stoomlocomotief. De duisternis rook vochtig. Toen zag ik een lichte stip. Aanvankelijk dacht ik dat het een vuurvliegje was. Het kwam echter dichterbij, en toen zag ik dat het licht niet knipperde zoals een vuurvliegje deed. Het was een zaklantaren. Er liep daar iemand in het donker. Ik keek naar de lichte stip. Hij bewoog zich in de richting van het busstation. Ik kreeg een voorgevoel. Ik bleef een paar minuten ingespannen kijken. Ik zag de gedaante van degene die de lantaren vasthield. Een vertrouwde gedaante. Er klonk een claxon; de bus kwam er aan. De lichte stip begon op en neer te springen. Ik hoorde haar ademhaling. Het was Yan.

De bus kwam het station binnen. Ze stond een paar passen van me vandaan. Ik wachtte tot onze handen elkaar raakten. We hadden geen tijd om iets tegen elkaar te zeggen. Ze had kilometers gelopen. Ze haalde een pakje uit haar binnenzak en gaf het me. Het pakje rook naar koekjes. Ze snakte naar adem. De bus vertrok.

Mijn ouders vertelden me dat Sovjet Wong en Klank van Regen net weg waren. Ze waren komen controleren. Ze waren me komen zoeken. 'Heb je ze verteld waar ik heen was?' vroeg ik mijn moeder. 'Ik wist niet waar je was en dat heb ik ze gezegd,' antwoordde ze. 'Ze zeiden dat je moeder stond te liegen,' zei mijn vader. 'Ze zeiden dat het verbergen van een boosdoener een misdaad is.' Vader richtte zich nu tot moeder. 'Jij eigenwijze vrouw, je had niet met ze in discussie moeten gaan!'

'Ik moest wel met ze in discussie gaan omdat ze onredelijk waren,' zei moeder. Moeder keek me aan en zei boos: 'Ze zeiden dat je een bourgeoisindividualist bent, ze zeiden dat je altijd alles op je eigen houtje doet, je hebt geen groepsgevoel, je bent een egoïst, en dus moet je van de lijst af. Ja, dat probeerden ze te zeggen. Ze zeiden dat ze mijn mening wilden weten, dat ze de mening van de ouders over hun kind wilden weten. Ze kwamen je betrappen. Ze kwamen om je te beschuldigen, om de zotskap op je hoofd te zetten.'

Mijn vader gebaarde tegen mijn moeder. Hij zuchtte en zuchtte maar. 'Waar ben je geweest?'

'Naar de boerderij,' zei ik.

'Wat mankeert je? Voelde je niet aan dat ze je achterna zouden komen? Waarom kun je niet gewoon je plaats kennen en je gedragen? Zie je dan niet dat we al genoeg problemen hebben in dit gezin?'

Hij wees naar de veranda en stak drie vingers omhoog, waarmee hij Koraal, zijn derde kind, bedoelde. Ze zat op de veranda en was kwaad op me. Ik vroeg wat er aan de hand was. Voor mijn moeder iets kon zeggen sleepte mijn vader me mee naar de keuken en deed de deur dicht. Hij vertelde dat Koraal aan de Boerderij van het Rode Vuur was toegewezen omdat ik er weg was gegaan. De stem van mijn vader klonk hees. 'Het is erg oneerlijk tegenover Koraal,' zei hij. Maar ze was ingedeeld en moest gaan. Mijn vader zei dat hij en mijn moeder wensten dat ze in plaats van Koraal konden gaan, om hun kind te redden.

Ik was gefrustreerd. Ik zei tegen mijn vader: 'Wat wil je dat ik doe? Met haar ruilen? Ik zou liegen als ik zei dat ik dat zou doen. Ik heb op de Boerderij van het Rode Vuur gezeten. Ik heb mijn termijn uitgediend. Ik ben er zelf uitgekomen. Als ze ook maar een beetje lef had, zou ze...' Ik hield mijn mond, want ik besefte dat ik egoïstisch was. Over mijn lot was door het tijdsgewricht en door de politiek beschikt. Het had weinig met persoonlijke inspanningen te maken. Ik wist niets van acteren, maar ze hadden een actrice van me gemaakt.

'Ik wil je redenen niet horen,' zei mijn vader. 'Koraal is er niet mee geholpen, wie deze discussie ook wint. Ik wil alleen dat je je bewust bent van het feit, en het feit is dat je geen boer meer bent en dat het gezin een boer moest leveren om te voldoen aan het quotum van de regering, en Koraal, je kleine zuster, is aangewezen om het gat te vullen.'

Ik vroeg: 'Wat kan ik doen? Hoe kan ik helpen?'

'Aanvaard je lot en blijf op je eigen plaats,' zei vader. 'Je moeder en ik kunnen ons geen verdere verliezen veroorloven. Als je eruit wordt getrapt bij de studio zitten we met twee boeren bij de Boerderij van het Rode Vuur.'

Ik wilde dat ik het hardop had kunnen zeggen, dat het niet goed met me ging bij de studio, maar ik kon ze niet in de steek laten. Ik zei: 'Jullie hebben gezien wat een hekel mijn leraren aan me hebben. Hoe kan ik ze tegenhouden?' Mijn ouders zwegen. Ze waren gekwetst.

'Ik had naar beneden moeten gaan om ze persoonlijk uit te laten,' mompelde mijn vader. 'Sovjet Wong en Klank van Regen zullen wel ondersteboven zijn van mijn onbeleefdheid.'

'Je bent een idioot als je denkt dat dat enig verschil had gemaakt,' zei moeder. 'Ze verdienden het niet als gasten te worden behandeld. Niet in mijn huis. Je moet in ieder geval met de baas rekenen als je een hond slaat. Ik zal nooit een glimlachend gezicht opzetten als iemand mijn dochter in het gezicht spuwt.'

'Houd je slechte stemming voor je!' schreeuwde mijn vader. 'Word je al niet slecht genoeg behandeld doordat je je op je werk zo gedraagt?'

'Ik heb er geen seconde spijt van,' schreeuwde mijn moeder terug. 'Leef eervol of ga dood – dat is mijn principe, en ik wil dat mijn kinderen zich ook zo gedragen.'

'Maar zie je nu wat je ze hebt aangedaan? Als ze zich naar jouw principe gedragen, naar die idealistische nonsens, zie je niet wat er dan met ze gebeurt? Dan worden ze verpletterd door de maatschappij!' Moeder zei: 'Ik kan het niet geloven, jij, de man met wie ik ben getrouwd, de vader van mijn vier kinderen, haalt mijn principes door het slijk.'

Mijn vader sloeg zich op de borst, stampvoette, zwoer dat hij het niet zo had bedoeld.

Koraal praatte niet met me. Ze pakte haar spullen om naar de Boerderij van het Rode Vuur te gaan. Het deed me pijn haar te zien vertrekken naar de ontberingen die ik ook had ondervonden. Ik wist niet of ze het er zou redden. Ik wist niet wat ik tegen haar moest zeggen. Ik gaf moeder mijn salaris en zei haar dat ze een paar noodzakelijke dingen voor Koraal moest kopen. Moeder vertelde me dat Koraal had gezegd dat ze niets van me wilde hebben. Ik wist dat ik haar haar lijden nooit zou kunnen vergoeden.

Ik ging niet naar huis op de dag dat Koraal naar de boerderij zou moeten vertrekken.

Ik verwachtte dat Sovjet Wong me aan een verhoor zou onderwerpen. Maar dat deed ze niet. Ze praatte met iedereen in de kamer, behalve met mij. Ik dacht dat ze me openlijk zou bekritiseren, maar ook dat deed ze niet. Ze praatte met mijn klasgenotes over Rode Azalea, over de opwindende energie die de film zou losmaken. Ze deelde delen van het script rond maar vertelde me niet wat en wanneer ik zou moeten spelen. Ik wèrd erbuiten gelaten. Niemand was met mij belast. Men vertelde me niet wat er met me loos was. Opeens had ik niets meer te doen. Ik kreeg opdracht te kijken terwijl iedereen aan het repeteren was. Ik hoorde luide stemmen die de tekst oplazen. Ik hoorde hoe Juichende Speer zelfs slapend haar tekst opdreunde. Mijn pijn voelde aan als water dat in zand wegzakt, geluidloos, tot in de kern van mijn wezen. Ik scheen niet meer te bestaan.

Bij OhYang was gewaarschuwd omdat ze te veel met een mannelijke student tafeltenniste. Men vertelde dat ze met elkaar flirtten terwijl ze een balletje sloegen. Bij OhYang huilde en ontkende dat er iets tussen haar en die man aan de hand was. Sovjet Wong had met hen apart gepraat. Ze riep ons allen op voor een bijeenkomst. Ze meldde dat ze had geconstateerd dat het stel niet te ver was gegaan. Ze gaf ons een raad. Ze zei: 'Een gezonde geest is het belangrijkste in het leven.' Terwijl ik naar haar luisterde keek ik naar haar gezicht. Iedere zenuw sprak van deugdzaamheid. Haar huid was erg wit. Haar zakdoek rook naar tijgerbalsem. Ze vertelde ons een verhaal, een verhaal waarvan ze getuige was geweest. Het ging over hoe een vroegere jonge actrice haar eigen toekomst had bedorven en vernietigd doordat ze een affaire met een oudere man had gehad. Sovjet Wong wees erop dat de actrice in kwestie te veel uit *Jane Eyre* had gelezen. *Jane Eyre* had haar vernietigd.

Ik wilde onmiddellijk *Jane Eyre* lezen, hoewel het de eerste keer was dat ik ervan hoorde. Volgens Sovjet Wong was het stel betrapt aan de Weg langs de Vijver van de Familie Chow. Terwijl ze zich op een avond in de bosjes verstopten was de vrouw herkend door een voorbijkomende kameraad. Zoals het gezegde luidt: 'Een muur waar geen wind doorheen komt, bestaat niet.' 's Avonds werd bekendgemaakt wat ze hadden gedaan. De vrouw bekende dat het haar speet, maar dat was zinloos geweest. Sovjet Wong had het haar horen zeggen tijdens een massabijeenkomst. Maar het was te laat. Ze werd de rest van haar leven als een misdadigster beschouwd. Ze werkte nu als wc-schoonmaakster in de studio.

Sovjet Wong zei: 'Ik hoop oprecht dat jullie haar rampzalige voorbeeld niet zullen volgen.' Ze liet haar blik op me rusten en knikte even. Ik wilde haar blik ontwijken maar dwong mezelf haar recht in de ogen te zien. Ik stelde me voor hoe de jonge actrice in de bosjes door de oudere man was aangeraakt. Ik wist nu over wie Sovjet Wong het had. Ik kende die jonge actrice. Het was een zeldzame schoonheid met een stel bloemachtige ogen. De hele studio noemde haar een prostituée. Iedereen kon grappen over haar maken. De mannelijke arbeiders maakten smerige grappen over hoe ze haar hadden gehad. Ze werd de grap van de studio. Vreemd genoeg zag ik geen treurige uitdrukking op haar gezicht. Ze had het gezicht van een deugniet. Het kon haar niets meer schelen. Ze maakte grappen terug tegen de arbeiders. Ze vertelde de echtgenotes die haar minachtend behandelden dat ze met hun man had geslapen. Ze vertelde de arbeiders dat ze met hun baas had geslapen. Ze werd een echte hoer.

Zondagochtend ging ik naar huis om de dag met mijn ouders door te brengen. Ons erf was een rotzooi. Het Wu Lee Atelier had een nieuwe, ambitieuze leider gekregen, die op zijn eerste werkdag al verklaarde dat hij zijn atelier met ons erf zou uitbreiden, want daar wilde hij een fietsenstalling bouwen. Hij liet zijn arbeiders al het groen weghalen en het skelet voor een schuur bouwen. We protesteerden, vochten voor ons erf, en liepen de hele dag te schreeuwen. Maar hij beschikte over meer mannen dan wij. Het waren wanhopige mannen, die nieuwe werknemers. We verloren. Er werd cement over het gras gestort. Mijn ouders zeiden tegen de leider: 'Dat kunt u ons niet aandoen. We hebben jarenlang het lawaai van jullie machines en die chemische lucht verdragen. Jullie kunnen niet een vinger krijgen en dan de hele hand nemen. Jullie kunnen ons niet ons enige erf, ons groen afnemen.' Mijn ouders smeekten bijna. De leider was niet te vermurwen. Hij zei: 'Ik doe dit om werk te scheppen voor de werklozen, mensen die wanhopig behoefte hebben aan rijst in hun kom. Denken jullie nu echt dat ik die mensen wil hebben? Die hopelozen, die profiteurs? Waar is jullie geweten? Heben jullie dan geen enkel gevoel voor de proletariërs?'

Een dag thuis was een deprimerende aangelegenheid. Bloesem zat op kostschool, Koraal in de Boerderij van het Rode Vuur. Ruimtevaarder was door zijn middenschool naar een tractorfabriek gestuurd om te leren arbeider te zijn. Vader zat de hele dag over tafel gebogen aan zijn project te werken: een pop-upboek, *Vlucht naar de maan*. Hij maakte kaarten van Mars en de maan. Mijn moeder zei dat hij beter lid kon worden van het zonnestelsel dan van zijn eigen gezin. Ik keek hoe vader het zwarte gat tekende. Hij had veel geduld en zijn bril hing op het puntje van zijn neus. Hij zei: 'Laat me je vertellen hoe het komt dat de maan schijnt. Zou je het willen horen?' Ik vroeg: 'Wat kan het nou schelen of de maan schijnt of niet?'

Na het middageten ging moeder zitten lezen in het boek *Droom van het oude landhuis*. Ze riep me, beval me het boek aan. Ze dacht dat ik nu wel rijp genoeg was om het boek te lezen. Ze zei dat we het mochten lezen, omdat Mao had gezegd dat je het boek niet hoefde te lezen als een ouderwets liefdesverhaal dat in een achtertuin speelde. Het kon als educatief materiaal worden bestudeerd. In het boek werd een levendig beeld gegeven van de feodale maatschappij van China, van de smerige aard van de onderdrukkende klasse. Het was Mao's meest recente instructie. Mao beval aan dat iedereen het vanuit zijn standpunt las. Ik zei tegen moeder: 'Misschien een andere keer.'

Ik vertelde mijn moeder niet dat ik het boek al lang geleden had gestolen en gelezen, toen ze het nog in een kast had verstopt. Ik had het boek voor Yans liefdesbrief aan Luipaard gebruikt. Ik had de gedichten en zinnen uit het boek overgeschreven. Ik had Yan het verhaal verteld. Yan was er nooit toe gekomen het boek te lezen, maar ze kende alle details van het verhaal.

Ik vroeg mijn moeder me uit te leggen wat liefde was. Moeder zei dat ik haar in verlegenheid bracht. Ze zei dat er geen lessen bestonden in deze materie omdat je niet meer hoefde te doen dan je gids, de natuur, volgen.

De natuur als gids. Had ik die ooit gevolgd? Yan en ik hadden van de natuur geleerd en hadden, gezien onze behoeften, alles gedaan wat in onze macht had gelegen. De rivier van haar jeugd was buiten haar oevers getreden toen ze geen man had mogen liefhebben. Ik had voor haar een man moeten nabootsen. Maar ik had haar al mijn liefde gegeven.

Er vond een grote bijeenkomst plaats in de studio. Nadien kreeg iedere eenheid een document waarin kritiek werd geuit op Chou-'Confucius'. De regering wilde dat de arbeiders tussen de regels lazen en begonnen te roddelen over Chou, de premier, over zijn ziekte, over zijn conflict met kameraad Jiang Ching. Men suggereerde ons vraagtekens te zetten bij zijn loyaliteit aan Mao. Toen het mijn beurt was de tekst voor te lezen las ik ongeïnteresseerd. Ik had maling aan beide Chous. Het verveelde me. De mensen werd gevraagd commentaar te geven. De mensen gaven commentaar. Onzincommentaar. We moeten zorgen dat China eeuwig rood blijft – zo luidde de eerste zin van iedereen die het woord voerde.

Op het erf zag ik een net vol dode schildpadden en slangachtige, bruingroene vissen. Het was maandagochtend, en ik had opdracht gekregen wat studiemateriaal op te halen in een boekhandel in de buurt van het huis van mijn ouders. Ik besloot even langs te gaan. Aangezien ik uit de gunst was geraakt zouden de mensen in de studio toch niet merken dat ik er niet was. Toen ik van mijn fiets stapte vroeg ik me af wie die schildpadden en die vissen had gebracht. De vrouw die mijn buurvrouw was vertelde me: 'Uw vriendin staat al uren op de trap op u te wachten.'

Ik merkte dat ik niet meer in staat was mijn fiets weg te zetten toen ik wat helderder begon na te denken. De schildpadden en de vissen deden me aan de geur van de Boerderij van het Rode Vuur denken. Ik zette de fiets tegen de muur en rende naar boven. Yan, mijn commandant, zag eruit als een bruid. Nieuw kapsel, tot haar oren. Ze droeg een spiksplinternieuw indigo jasje en een rood overhemd waarvan je de boord zag, een donkerblauwe broek en een paar gloednieuwe schoenen met vierkante neuzen. Ze maakte een vastbesloten en kalme indruk. Ze was nog wel bleek, maar oogde niet meer treurig. Ze keek me aan en trachtte zich te beheersen. Toen zei ze me goedendag. Aan het trillen van haar stem merkte ik dat ze erg behoefte aan me had. Ik liep naar boven en pakte haar handen. Nu wist ze dat ik evenveel behoefte aan haar had.

'Ik had je niet verwacht,' zei ik. Ze zei: 'We zijn net klaar met de oogst. Ik heb de schildpadden en de vis vanmorgen voor je schoongemaakt. Ik heb ze gisteren gevangen.'

Ik staarde haar aan. Ik probeerde te zien hoeveel ze was veranderd sinds de laatste keer dat ik haar had gezien. Ik probeerde erachter te komen of het goed met haar ging. Ze wendde zich van me af en zei: 'Moet je eens luisteren, staren doen alleen dode vissen en schildpadden.'

Ik bracht Yan naar de flat van mijn ouders. Ik opende de deur en installeerde haar op de veranda. Ik schonk haar een kop thee in. Ik keek naar haar. Ik wist niet hoe ik het gesprek moest beginnen. Ik zei: 'Je ziet er goed uit.' Ze zei: 'Ik weet het niet. Ik denk dat ik voor een dubbeltje geboren ben. Ik voel me als een varken: niets kan me meer schelen.' Ze zweeg en er viel een stilte. Ze keek om zich heen en wees op een afbeelding van Mao aan de muur. Ze zei: 'Dat is een goeie, wie heeft die gemaakt?' 'Bloesem,' zei ik. 'Huiswerk van school.' Yan zuchtte en zei dat ze altijd had willen kunnen schilderen, maar dat ze het had opgegeven omdat ze de neus van Mao niet goed kon krijgen.

Ze wees op het grote houten bed en zei: 'Wat een groot bed.' Ik zei: 'Ja, daar sliepen Bloesem en ik altijd in, maar die komt nu alleen nog maar op zondag thuis.' Yan informeerde naar de gezondheid van mijn moeder. Ik zei: 'Nog altijd hetzelfde.' Ze kreeg geen dag vrij. Ze moest iedere dag naar haar werk. Ik zei: 'Ze gaat naar haar werk, ze wordt ziek en als haar pols boven de honderd komt krijgt ze een brief van de dokter en een vrije dag. Dan komt ze thuis, rust uit en moet de volgende dag weer op haar werk zijn. En dan begint de vicieuze cirkel weer.' Ik vroeg of ze mijn zusje Koraal weleens op de boerderij zag. 'Ik heb haar eenmaal gezien,' zei Yan. 'Ze sjouwde bakstenen, samen met de ploeg. Ze was traag, ze sleepte zich achter de anderen aan. Ze is niet zo sterk als jij.'

'Dat weet ik,' zei ik. Ik wist nog dat moeder me eens zei dat Koraal zwak was. Ze kon pas staan toen ze twee was. Het kindermeisje dat moeder stiekem in dienst had stal alle voedselcoupons van Koraal en stuurde ze naar haar dorp om haar eigen kinderen te eten te kunnen geven. Ik vroeg Yan hoe ik mijn zusje zou kunnen helpen. Yan zei: 'Ach, kom nou toch, ze is niet de enige in die gevangenis.'

Yan zei: 'Kijk naar me. Ik ben oud.' Ze bekeek zichzelf in de spiegel. Ik keek ook even naar haar in de spiegel. Terwijl ze haar kraag weer dichtknoopte zei ze: 'Het leven gaat door, dat is echt waar.'

Ik vroeg: 'Hoe is het met Luipaard?' Yan wierp me een blik toe en zei toen: 'Zijn vader is net overleden. Hij is voor de begrafenis naar Shanghai overgekomen.'

'Ben je met hem meegekomen?' vroeg ik. 'Wie denk je wel dat ik ben? Zijn schoondochter soms? Hoe dan ook: Luipaard is het eerst van de boerderij vertrokken, en ik ben pas vandaag aangekomen.'

'Je maakt afspraakjes met hem, toch?' Ik keek haar aan. Ze zweeg. Ze nam kleine slokjes van haar thee en boog zich voorover om het patroon van het hout van de tafel te bekijken. Daarna wierp ze een blik op de krant. Na een tijdje zei ze: 'Weet je, ik ben nooit iets met hem begonnen. Het is al ouwe koek, ik bedoel onze verhouding. Ik heb mijn beste jaren niet met hem doorgebracht. Die is hij misgelopen. Klink ik nu als een varken? Ach, ik heb hem natuurlijk wel brieven geschreven. Hoe kan ik zeggen dat ik nooit iets met hem begonnen ben? Je hebt míjn brieven toch bij hem afgeleverd, of niet soms...? Toen ging je voorgoed weg. Hij kwam me opzoeken. Ik bedoel: hij stuurde me een brief. Hij vroeg me of hij me in de baksteenfabriek kon zien. Hij zei dat hij me altijd had gewild. Hij was gewoon bang geweest voor politieke druk. Zijn secretaresse zat achter hem aan. Herinner je je dat nogal dikke meisje dat je me hebt beschreven? Dat meisje dat iedere keer kwam opduiken als je Luipaard die brieven gaf?'

'Ja, die herinner ik me,' zei ik. 'Ik herinner me Oude Wong nog wel.'

'Goed, zijn compagnie presteerde weinig,' zei Yan. 'Hun velden lagen dichter bij de zee. Ze zijn zouter dan die bij ons. Hij verspeelde zelfs zijn zaad. Hij liet het de soldaten opeten. Ze hadden niets te planten. Hij is wanhopiger dan ik. We praatten dus over van alles en nog wat. Hij zei dat hij altijd gek was geweest op mijn brieven. Mijn brieven! In Boeddha's naam, mijn brieven! Toen biechtte ik natuurlijk op dat ik de brieven nooit had geschreven. Hij dwong me de waarheid te zeggen. Ik vertelde hem over jou. Ach, niets schokkends, hoor, iets in de zin dat jij beter schreef dan ik. Dat is alles. Vind je het vervelend?'

'Houdt hij van je?' vroeg ik. 'Hij zegt van wel. Maar ik weet niet of ik daar echt op kan rekenen,' zei Yan. 'En jij?' vroeg ik. Ze zei: 'Ach, ik ben er niet zo goed in.' Ze dronk haar kop leeg en begon op de bladeren te kauwen. 'Ik hoop dat je hem een beetje aardig vindt,' zei ze, terwijl ze traag de bladeren doorslikte.

'Heb je...' Nog voordat ik was uitgesproken boog ze verlegen haar hoofd, alsof ze wist wat ik wilde vragen. 'Tja,' zei ze. 'Op de boerderij was het te riskant om te...

Je weet hoe gemakkelijk je daar wordt betrapt.' Ze keek me aan, haar wangen werden rood. Ik vroeg: 'Hoe kan ik je helpen?' Ze zei: 'Hij komt hierheen.'

Ik sprong op en keek uit het raam. Wat? Wie? Wanneer? Ze zei: 'Ik heb hem uitgenodigd me vanmiddag hier te ontmoeten.'

'Wat gedurfd!' zei ik. Ze zei: 'Dat zal wel. Maar weet je, ik wil hem gewoon zien, en dan drinken we samen een kop thee. Wat is daar zo shockerend aan? Alleen maar thee zitten drinken?'

Ik lachte om haar armzalige leugen. Alsof je met laarzen aan je voeten probeerde te krabben. Ik zei: 'Daar word je natuurlijk enorm onrustig van.'

Ze antwoordde: 'Tja, je kent me, tenzij...'

Ik zei: 'Ja, misschien kan ik wel wat doen.' Ze bloosde. 'Doe het voor me, alsjeblieft,' zei ze. Ik knikte.

Ik zei: 'Ik weet dat je hem wilt.'

Ze zei: 'Tja...'

Ik zei: 'Wil je hem? Wil je even met hem alleen zijn?'

Ze draaide haar hoofd naar het raam en knikte. 'Wil je de wacht houden?' vroeg ze langzaam, zonder me aan te kijken.

'Dat doe ik,' zei ik. 'Ik zal de wacht houden. Dat wil ik.'

Ze vroeg: 'Echt?'

Ik stond op en liep naar de keuken. Ik kon haar brandende blik niet verdragen.

Terwijl ik voor haar en voor mezelf jasmijnthee zette schoot het gevoel van haar aanraking door me heen. Ik voelde de warmte van haar lichaam. Ik wilde dat lichaam bezitten. Mijn handen trilden. Het hete water stroomde over de koppen heen op de vloer, zodat mijn voeten nat werden. Ik pakte een dweil en begon de vloer te drogen. Er verschenen voortdurend beelden voor mijn ogen. Ik zag de vreugde op haar gezicht, de vreugde dat ze genomen werd, dat ze diep werd gepenetreerd. Ik voelde hoe nat ze was. Ik kon haar dierlijke gekreun horen. Ik wist hoe ze bewoog als ze opgewonden raakte en zich er niet van kon weerhouden zich steeds dichter tegen me aan te trekken, tegen me aan te drukken, me tegen haar huid te plakken en indrukken van haar tanden in mijn schouders achter te laten. Ik wilde toekijken, ik wilde toekijken hoe Luipaard deed wat ik heb gedaan en toch niet heb gedaan.

Yan stond in de keukendeur naar me te kijken.

Het was tien uur in de ochtend. We hadden nog een paar uur voordat Luipaard zou arriveren. Yan vroeg me of ik problemen met mijn werkeenheid zou krijgen. Ik zei dat ik wel weer zou liegen. Yan vroeg me wat ik zou zeggen. Ik dacht even na en zei dat ik mijn fiets kapot zou maken en dan tegen Sovjet Wong zou zeggen dat ik een ongeluk had gehad. Yan zei: 'Zou ze dat geloven?' Ik zei: 'Liegen of niet liegen – het resultaat zou hetzelfde zijn, want ze geloven me toch niet.'

Yan stelde voor dat we een douche zouden gaan nemen in het badhuis aan Zoute Weg. Ik stemde toe.

We liepen hand in hand, als schoolmeisjes. Haar vlechten waren uitgebleekt door de zon, geelachtig. Een buurman zag ons voorbijkomen: hij knikte me toe, wierp een blik op Yan en vroeg: 'Familie van het platteland?' Toen vroeg hij Yan: 'Hoe vind je het in Shanghai?' 'Ma-ma-hoe-hoe,' zei Yan in het Shanghai-dialect: zo-zo. De buurman was verbaasd. Hij zei: 'Ze spreekt het dialect goed.'

'Ik kom uit Shanghai, hoort u dat niet?' vroeg Yan. De man schudde zijn hoofd. 'U ziet er Tibetaans uit.'

Yan zei: 'Laten we naar een warenhuis gaan. Ik wil iets kopen dat ik allang heb willen hebben.' We baanden ons een weg door de menigte en betraden het Tweede Warenhuis van Shanghai. We gingen naar de textielbalie. Yan zei dat ze te oud was voor de kleuren die ze mooi vond. Ze zei: 'Misschien kan ik er ondergoed van maken. Wat denk jij?' Ik zei dat het te duur was om als ondergoed te dragen. We liepen door naar de kledingbalie. Yan zag felrood ondergoed. 'Ho,' zei ze tegen me, toen ze me zag glimlachen. Ik vroeg: 'Kun je de kleur rood dan nooit vergeten?' Ik begon te lachen. Ze vroeg: 'Wat valt er te lachen?' Ik zei dat me net de gedachte door het hoofd schoot dat we vroeger rood textiel gebruikten voor zakjes om het Rode Boekje in te verpakken. Ze zei: 'Nou, rood is een hartstochtelijke kleur, en je bent wat je draagt.' Ik vroeg: 'Heb je dit al die tijd gewild?' Ze zei: 'Zoals altijd ken jij me beter dan de wormen in mijn darmen.'

Ik zei dat ik bang was door een collega uit mijn eenheid te worden gezien. Ze vroeg: 'Waar gaat alle ellende over?' Ik zei: 'Jij begrijpt die lui uit de studio niet. Het zijn hongerige wolven. Ze mogen me niet.' Yan zei: 'Maar je hebt die auditie overleefd. Moeten ze dan geen respect voor je hebben?' Ik zei: 'Lu is overal.'

'Oké,' zei ze, 'nu begrijp ik het.'

De uitgang stond vol mensen die noordelijke en zuidelijke dialecten spraken. Hoewel er in de winkel niet veel keus was, was Shanghai nog altijd het modecentrum van het land. De mensen van buiten de provincie kwamen iedere paar jaar om kleren te kopen die generaties zouden meegaan. Ze zaten op de stoep en rookten tabak, waarbij je hun rottende tanden zag.

We kwamen door een straat waar een etalage was met foto's van operavoorstellingen. Yan bekeek iedere foto langdurig en zei opeens: 'Ik heb gedroomd dat je in zo'n voorstelling zat.' Ze draaide zich naar me om en zei: 'In mijn droom zag je er niet meer uit zoals je er uitziet. Je was iemand anders, iemand als Lu. Ik denk dat dat door mijn angst kwam. Maar je bent helemaal niet zo veranderd.' Ik zei: 'Ik had meer kans gehad als ik veranderd was.' We praatten niet meer maar bleven wel lopen. Ik merkte dat ik niet aan Yans vertrek kon denken. Ik kon de gedachte aan haar leven daar op de Boerderij van het Rode Vuur niet verdragen.

Er kwam een jong meisje op ons af lopen. Ze oogde fris als een net geplukte perzik. Ze droeg een zeeblauwe rok met diagonale strepen en een paar groene plastic sandalen. Yan staarde naar haar en naar haar voeten. Ik zei: 'Je hoeft niet jaloers te zijn op die mooie teennagels.' Yan zei: 'Mijn teennagels zijn geruïneerd door dat bestrijdingsmiddel. Ik zou dolgraag sandalen dragen, maar dat kan niet meer.'

Ze voelde zich niet op haar gemak terwijl ze tussen de stadsmeisjes liep. Ze ergerde zich aan de mensen die naar haar verweerde gezicht keken. We gingen naar een soeptentje, waar het stomend heet was. Yan nam plaats aan een tafeltje tegenover de muur. Ik ging naast haar zitten. We zaten met ons gezicht naar de muur. Een dienster met een chagrijnig gezicht kwam het vuile tafeltje afnemen. We bestelden twee rode-bonensoep. De soep kwam. De randen van de soepkommen waren net een hondegebit. We aten voorzichtig met lepels. Yan bestelde gestoomd brood. Zij at vier stukken en ik twee. De muren van de tent waren behangen met portretten en citaten van Mao. Er zaten vingerafdrukken van rode bonen op de muren geveegd. De portretten van Mao waren geelbruin verschoten. Er hing een zware lucht van tabak. Yan en ik zaten daar en zeiden niets tegen elkaar.

De dienster kwam. Haar gezicht werd chagrijniger. Ze zei: 'Bestellen of opdonderen.' Yan wierp haar een zijdelingse blik toe. De dienster zei: 'Wat is er loos met je, boerenkinkel?' Yan hield zich in. Ik vroeg: 'Waarom kun je niet een beetje vriendelijk zijn?' Ze snauwde terug: 'Waarom zou ik vriendelijk tegen jullie zijn? Wie zijn jullie nou helemaal, stelletje boeren?' Yan nam haar van hoofd tot voeten op. Ik wist dat ze zat na te denken hoe ze haar te lijf kon. De dienster zweette hevig. Ze nam de tafel af en vloekte. 'Laten we gaan,' zei Yan. Terwijl we de straat op liepen zei Yan dat ze die dienster voor gek had kunnen zetten, maar dat ze medelijden met haar had gekregen. 'Ongelukkige mensen zijn gevaarlijk,' zei ze.

We kochten kaartjes voor een stortbad: vijftig cent per persoon. We hadden nummer 220 en 221. Het badhuis lag achter een rijstwinkel. Er stonden honderden fietsen in rijen op de stoep geparkeerd. Mannen en vrouwen sloften het badhuis in en uit, waarbij hun houten sandalen een ding-ding-ding-geluid op het cement maakten.

We wachtten in de vrouwenrij om naar binnen te kunnen. Een man met een schurkachtig gezicht bewaakte de ingang. Hij had een harde stem. 'Nummer 185, kuipbad,' schreeuwde hij als hij iemand binnenliet. Er verstreken tien minuten... er kwam niemand naar buiten. De vrouw voor ons knoopte een praatje met de bewaker aan. Ze klaagde dat de mensen zo lang over hun bad deden. De man zei: 'De mensen zijn allemaal hetzelfde. Ze komen driemaal per jaar douchen. Ze betalen zoveel, ze wachten zo lang, dus willen ze natuurlijk waar voor hun geld – ze moeten zo lang mogelijk in bad zitten. Het gebeurt nogal eens dat er mensen in bad flauwvallen.' De man lachte terwijl hij zijn hoofd schudde. 'Dat zal mij niet overkomen,' zei de vrouw. 'Het is stom. Ik kan me niet voorstellen dat ik naakt naar buiten zou worden gedragen.' De bewaker zei: 'Wie zal het weten? Het enige dat ik iedereen hier kan garanderen is dat je er een paar pond lichter uit komt.' De mensen lachten met de bewaker mee. Er kwam een vrouw naar buiten. Nummer 186, kuipbad. De bewaker liet de volgende naar binnen. 'En douches?' vroeg ik de bewaker. 'Nog geen doucheruimte beschikbaar. Zoals ik al zei, nemen de mensen alle tijd.'

Yan zei: 'We hadden beter iets meer kunnen betalen, dan hadden we een kuipbad voor twee gehad.' Ik zei dat ik betwijfelde of de kuipen wel schoon waren. Ik wees haar op een vrouw die een paar meter van ons vandaan stond en kennelijk een soort huidziekte had. Yan krabde haar hoofd en zei: 'O, nee toch.' De vrouw voor ons vroeg de bewaker of hij iets wist van het incident dat een paar maanden daarvoor had plaatsgevonden. De bewaker vroeg: 'Hoe zou ik dat niet kunnen weten?' De vrouw vroeg: 'Wat is er met die smeerlap gebeurd?' De bewaker zei: 'Die is natuurlijk gearresteerd en naar de gevangenis gestuurd. Het was niet de eerste keer dat hij zoiets deed. Hij was er goed in. Hij had een knap gezicht en het kostte hem geen moeite zich als vrouw te verkleden.'

'Hoe kwam het dat je hem doorliet?' wilde de vrouw weten. De bewaker geneerde zich een beetje. Hij zei: 'Hoe moest ik dat nou weten? Er komen hier iedere dag een paar honderd vrouwen langs. Hoe kon ik nou weten dat het een man was? Als hij normaal gekleed was geweest was hij niet in de rij voor de vrouwen gekomen.'

'Hoe heb je hem uiteindelijk te pakken gekregen?' vroeg de vrouw. De bewaker zei: 'Nou, er was een oude vrouw. Ze was erg oud, ongeveer zeventig, en erg veeleisend. Het kon haar niet schelen of iemand haar lichaam zag. Ze rende naakt door het hele badhuis en klaagde dat het water te heet was. Ze zou flauwvallen als er te veel damp zou komen te hangen. En weet je, als er niet zoveel damp hangt zie je alles heel duidelijk. Ze zag toevallig zijn jeweetwel. En toen viel ze flauw. We haalden haar naar buiten en lieten haar afkoelen. Toen ze bijkwam vertelde ze ons wat ze had gezien. De man was zich net aan het aankleden. Hij probeerde te ontsnappen, maar ik ben vegetariër. Mijn kracht laat me nooit in de steek.' De vrouw draaide zich naar ons om en zuchtte: 'Is het niet bizar?' De bewaker vroeg: 'Wat is er zo bizar aan? Er worden ieder jaar een paar honderd mannen gearresteerd omdat ze door het raam van de vrouwendouches gluren.'

De bewaker vertelde de vrouw dat hij het jaar daarvoor een vrouw in het grote mannenbad had betrapt. Ze had er nogal jongensachtig uitgezien: lang en slank. 'Ze had een platte borst. Ze had heel dik haar op haar ding.

Ze kwam trouwens voortdurend baden. Ze zei dat ze als portier werkte. Ik kon het aan haar stem niet opmaken. Het is toch heel gewoon dat een jonge jongen een meisjesstem heeft? Ik liet haar iedere keer binnen. Ik heb nooit getwijfeld of ze wel een man was. Ze was aardig en kocht sigaretten voor me. Ze was aardig.'

Maar hoe was ze ontdekt? We konden het vervolg van het verhaal gewoon niet afwachten. De bewaker stak een sigaret op, zoog de rook naar binnen en zei langzaam: 'Je kunt hete pap toch ook niet naar binnen schrokken?' Hij ging verder. 'Er was iets vreemds gebeurd. Alle kaartjes voor het mannenbad waren uitverkocht, en er stonden nog mensen te wachten. Ik werd argwanend. Waarom waren onze klanten plotseling allemaal zo enthousiast over dat bad? Nou, er vielen wat opmerkingen. De mannen zeiden dat ze verslaafd waren aan het bad. Met al die damp was het net alsof je door dichte mist liep. Vreemde handen masseerden hun zonnewijzer. Ze werden er gek van. Ze konden niet meer zonder. Het geluid van het baden overstemde hun gekreun. Die vrouw was daar bezig... Nou, moet ik het uittekenen soms? Een beest was het!'

'Vertel nou hoe je haar hebt gesnapt,' zei de vrouw tegen de bewaker. 'Vertel hoe je haar te pakken hebt gekregen.'

'Nu,' zei de bewaker, 'ik heb de tijger gevangen door hem in zijn hol op te zoeken, snap je wel.' De vrouw sperde haar ogen wijd open. 'Je bedoelt dat je...' De bewaker knikte. 'Maar ik deed het om haar kwijt te raken!' De vrouw staarde hem aan. 'Je wilt toch niet beweren dat je geen pret met haar hebt gehad?' Hij hief zijn hand naar zijn mond en fluisterde: 'Het was zo'n hete teef. Het was moeilijk haar te laten gaan. Toen ik haar naar het ministerie van Veiligheid stuurde was ik eerlijk gezegd wel bedroefd. Haar lichaam, het was... Ze zat op mijn... Wat een beest. Verdomme, ik denk niet dat ik haar ooit nog vergeet.'

Eindelijk riep de bewaker onze nummers af. We gaven hem de kaartjes en stapten het gebouw binnen. Het ingangshalletje was klein en had een hoog plafond. De douches voor de mannen waren links, die voor de vrouwen rechts. In de ingang hing een blauw katoenen gordijn. De damp kwam naar buiten toen het gordijn openging. We gingen naar binnen. Er zat een vrouw met een grof gezicht bij de ingang. Ze droeg een rode band om haar arm en had in de ene hand een bos kastsleutels en in de andere een bel. Ze luidde de bel en schreeuwde: 'Pas op je beurs en je tas. Diefstal wordt gestraft. Vergeet niet de sleutel van je kastje terug te geven. Verboden kleren te wassen.'

We konden geen kastje vinden. Er waren allerlei mensen bezig zich te verkleden. We zagen dat een oude dame met haar kastje klaar was en namen het van haar over. Ik zei tegen Yan dat ik nog steeds aan de verhalen van de bewaker moest denken. Ik kon niet geloven dat er in deze inrichting dergelijke dingen gebeurden. Yan zei: 'Het zou volgens mij best kunnen. Kijk maar, zoveel zie je echt niet in al die damp.' Ik keek om me heen. We zagen inderdaad niet veel.

Yan keek me aan terwijl ze zich uitkleedde. Het leek wel alsof ze me liet zien dat haar lichaam het enige was dat niet was veranderd terwijl haar gezicht en geest door de tijd verweerd waren geraakt. Door het boerenleven waren haar spieren sterk gebleven. Haar lichaam was rijp en haar borsten waren nog steeds stevig. Hoewel ik niet meer zo goed wist wat ze dacht, voerde het zien van haar lichaam me terug naar de tijd dat we samen met Kleine Groene 'Mijn vaderland' hadden gezongen. Bij het zien van Yans naakte lichaam stak mijn verlangen weer de kop op.

De vrouw met het grove gezicht en de bel staarde naar Yan. Ze schreeuwde en luidde de bel, maar haar blik was op Yans lichaam gericht. Tussen de kleine uitgezakte lichamen in het vertrek stond dat van Yan als een pijnboom tussen struiken. Haar lotusknopachtige borsten staken fier naar voren. Het kostte haar veel moeite onze kleren in één kastje te proppen. Ik legde een handdoek om haar schouders. De vrouw met het grove gezicht wendde haar blik af. Ik dacht eraan hoe de bewaker naar Yan zou kijken als hij in de buurt was geweest. Ik vertelde Yan wat ik dacht. Yan zei lachend: 'Jij bent niet anders.' Eindelijk zaten onze kleren in het kastje. We liepen naar de douches. Yan zei: 'Ik vind het heerlijk als je naar me kijkt.' Ik zei: 'Misschien hadden we een kuipbad voor twee moeten nemen en even niet aan huidziekten moeten denken.' Ze zei: 'Douchen is ook lekker. Laten we naar binnen gaan. Er hangt veel damp.'

In het douchevertrek zaten veel douchekoppen. Ze waren allemaal bezet. Iedereen was zich aan het wassen. Het hete water stroomde onafgebroken. We konden maar één douchekop vinden, dus zei ik tegen Yan dat zij die moest nemen terwijl ik naar buiten ging om de vrouw met het grove gezicht te vertellen dat ik er geen kon vinden. De vrouw zei: 'Tja, dan zul je moeten wachten tot er een vrij komt, of deel er anders een met je vriendin.' Ik vroeg hoe lang ik zou moeten wachten. Ze antwoordde: 'Misschien vijf minuten, misschien vijftig.'

Ik ging weer naar binnen en zei wat de vrouw had gezegd. Yan zei: 'Het is net of we weer onder het muskietennet liggen. Zou je mijn rug willen doen?' Ik pakte een stuk zeep, wreef er een handdoek mee in en begon haar rug te wassen. Ik smeerde weer wat zeep op de handdoek en streek zacht over haar rug. Ik had dit lichaam zo lang niet aangeraakt en wist nu hoe ik het had gemist. Ze stond onder het stromende water en zei tegen me: 'Harder wrijven.' Terwijl ik steviger wreef werden haar borsten hard. Mijn handen werden warm. Ik hield op. Yan begon nu mijn rug te wassen. Ik keek om me heen. Een douchende vrouw rechts van me stond zich af te spoelen. Ze wierp een bewonderende blik op het stevige lichaam van Yan. Ik knikte tegen Yan. Yan zag de vrouw naast ons en staarde terug. De vrouw boog gegeneerd het hoofd. Het lichaam van die vrouw deed me aan een meubelstuk denken: een rug die zo dun was als een deur, platte borsten, tepels als ladeknoppen, benen als tafelpoten en een gezicht als een gekookte aubergine. De vrouw pakte haar zeepdoos en kleren, sloeg een handdoek om zich heen en liep naar buiten. Ik nam haar douchekop over. We wasten ons tot we moe waren.

We zaten in de dampige verkleedruimte. Ik kleedde me sneller aan dan Yan. Ik keek naar haar terwijl ze zich aankleedde. Ze zag het en glimlachte tegen me. Ze wist dat ik graag naar haar keek. Ze begon zich trager te bewegen, wreef haar schouders droog met de handdoek. Ik bewonderde haar lange hals en brede schouders. De elegantie ervan. Het was het lichaam dat ik vroeger iedere nacht had verslonden. Haar borsten, zo vol. Ik wenste dat ik ze weer kon liefkozen. Mijn hart sprong op toen mijn ogen zich eraan vasthechtten. Yan boog zich voorover om haar bh te pakken, die achter me lag. Haar borsten streken langs mijn gezicht. 'Ik houd van je,' fluisterde ik. Ze glimlachte en zei: 'Dat weet ik.' Ze trok haar bh aan en knoopte hem dicht. Ik propte de handdoek in de tas. Ze knoopte haar veters dicht. Terwijl we het badhuis uitliepen zei ze dat ze verdorvener was geworden dan ik me kon voorstellen.

Het was twaalf uur. Op de terugweg aten we ieder een kom noedels. Er stond een oude vrouw op de hoek. Ze droeg een mand met een natte handdoek eroverheen. Ze verkocht stiekem jasmijn. We betaalden vijftig cent en kochten een krans. We brachten de jasmijn naar onze neus en roken er de hele wandeling naar de flat aan. Yan had een blaadje in haar mond. Ze slikte het door toen we in onze straat aankwamen.

Yan lag lui op mijn bed met de jasmijn te spelen. Ik nam de jasmijn uit haar hand en spreidde de blaadjes uit over haar haar. Ik rook haar. Ik rook de verborgen treurigheid. Ze maakte haar riem los en trok haar jasje uit. Ze zei dat ze op dit bed wilde sterven. Ik begon haar te kussen en ze brak in tranen uit. Ze draaide zich van me weg. Ze werd overvallen door treurigheid. Ik probeerde haar te beschermen. Mijn kussen vertelden haar hoe ik haar had gemist. Het enige waarover we niet konden praten was Luipaard. Hoe graag we elkaar ook wilden hebben, we werden door onze situatie uiteengedreven. Hopeloos uiteen. Zonder dat we waren gewaarschuwd of enige druk hadden gevoeld. Plotseling waren we niet meer vertrouwd met elkaar. Yan was wanhopig. Ik was wanhopig. We wilden niet beseffen dat we ons ergens aan hadden vastgeklampt, aan een dood verleden dat niet meer tot bloei kon komen. We waren rijstscheuten die uit de modder waren getrokken. Daar lagen we, met onze wortels bloot. We wilden echter niet toegeven. We zouden nooit toegeven. We waren heldinnen. We probeerden alleen maar de kloof te overbruggen. We deden ons best. De rijstscheuten probeerden zonder modder verder te groeien. Probeerden te overleven terwijl het onmogelijk was. We hadden de hardvochtige storm weerstaan. Het gevoel van hopeloosheid was diep in ons vlees gedrongen. Ik zou niet toestaan dat ze me zag huilen. In mijn kussen zag ze echter mijn tranen. Ze zei: ‘Laat het een droom zijn.’ Ik zei: ‘Luipaard is onderweg. Moeten we niet zorgen dat we voor hem klaarstaan?’

Het geluid van voetstappen in het trappenhuis. ‘Dat is mijn vader,’ zei ik. ‘Wat doen we?’ Yan trok snel haar jasje weer aan en gespte haar riem dicht. Ik pakte een yuan en zei: ‘Ga twee kaartjes voor het Oostenwindtheater kopen.’

‘Waarom?’

‘Om mijn vader weg te krijgen.’

'Voor welke voorstelling?' vroeg ze.

'*Lenin in 1918* en *Lenin in oktober*,' antwoordde ik. 'Vergeet niet kaartjes voor twee voorstellingen achter elkaar te kopen.' Ik wilde dat mijn vader minstens vier uur weg zou blijven.

Yan zei: 'Nee, dat kunnen we hem niet aandoen.'

'Laat dat nou maar aan mij over,' zei ik. Ik wees Yan de weg naar het achterraam en zei haar dat ze zich via het dak naar beneden moest laten glijden. Toen ik zag dat dit goed was gegaan en dat ze het hek over was, sloot ik het raam.

Ik vroeg mijn vader waarom hij zo vroeg thuis was. Vader zei dat hij goed nieuws had. Het Museum voor Natuurlijke Historie van Shanghai ging binnenkort weer open. De mensen van het museum waren naar de drukkerij gegaan en hadden met de baas gepraat om mijn vader te 'lenen', zodat hij een voorstelling over de hemel kon organiseren. 'Dit is het nieuws waarop ik jaren heb gewacht,' zei vader opgewonden. 'Het is mijn droom om iets met de sterren te doen. Ik heb er genoeg van technische manuscripten voor Albanië te vertalen. Mijn Russisch is zo slecht: dat wordt vast nooit beter. Bak maar wat rijst voor me, dochter.'

Terwijl mijn vader in een la rommelde begon ik een maaltijd voor hem te maken. Ik hoopte dat Yan geen problemen met het kopen van de kaartjes zou hebben. Gewoonlijk was er geen publiek voor dit soort films, omdat het de enige twee buitenlandse films waren en ze al jaren draaiden. Bijna iedereen kende het verhaal al, en tieners citeerden de uitspraken van Lenin in de hele wijk: 'We zullen brood hebben; we zullen melk hebben; de revolutie zal slagen. Lang leve de Sovjet-Unie!'

Yan kwam terug toen mijn vader zat te eten. Ik stelde ze aan elkaar voor. Yan was verlegen. Ze tilde haar hoofd niet op. Mijn vader vroeg: 'Zie je die door mensenhand gemaakte satelliet aan het plafond?' Yan richtte haar hoofd op en keek naar het plafond. Mijn vader lachte en zei toen: 'Ik wilde alleen het gezicht van de beste vriendin van mijn dochter maar even zien. Ik hoop dat je me de grap niet kwalijk neemt.' Yan probeerde beheerst te kijken. Mijn vader zei: 'Alle vriendinnen van mijn dochter zijn verlegen. Mijn dochter is een kwaaie aap, hè?' Yan boog haar hoofd en begon te blozen. 'Ben je het er niet mee eens?' vroeg mijn vader. 'Dan ken je haar niet echt.' Hij scheen gelukkig. Hij was zelden in zo'n goede bui. Ik nam de kans waar. Ik zei: 'Pappa, ik heb twee bioscoopkaartjes voor je gekocht.'

'Wat lief van je,' zei mijn vader.

'Voor welke film?'

'Voor *Lenin in oktober* en *Lenin in 1918*.'

'Nee,' zei hij. 'Die films heb ik al honderd keer gezien. Ik heb echt wel wat beters te doen.'

'Moet je me nu echt teleurstellen?' vroeg ik, terwijl ik de kaartjes op tafel legde. 'Ik dacht dat je zo gek was op alles wat uit Rusland komt.' Ik ging op de stoel zitten pruilen. Ik wachtte. En mijn vader zei precies wat ik had verwacht.

'Nou goed dan, ik zal mijn dochter maar een plezier doen,' zei hij, de kaartjes van de tafel pakkend. 'O hemel, hij begint over tien minuten!'

'Ga dan maar gauw,' zei ik. 'Ik weet zeker dat je ervan geniet.' Ik duwde hem naar buiten. Mijn vader liep hoofdschuddend de trap af.

'Ik voel me schuldig,' zei Yan. Ik zei: 'Geloof me, hij amuseert zich uitstekend. Als pappa naar een film kijkt wordt hij net een kind. Hij gaat volledig in de film op. Ik ken mijn vader. Nu zijn we veilig.'

Yan vroeg hoe veilig de kamer was. Het was een kleine veranda met grote ramen en glazen deuren die met gebloemde gordijnen waren afgeschermd. 'Zal je bij die gordijnen de wacht houden?' vroeg Yan. Ik knikte. 'Er komt niemand langs op dit uur van de dag,' zei ik. 'Buiten staan hoge bomen, zodat de buren niet naar binnen kunnen kijken. Boven de bladeren is alleen nog de hemel. Je hebt er toch geen bezwaar tegen als de vogels meekijken? Je kunt kijken hoe de wolken van vorm veranderen. Dat doe ik zelf ook vaak.'

Yan ging op het bed zitten terwijl ik de gordijnen dichttrok en de kussens schikte. Yan keek naar me. Ik wendde mijn gezicht af omdat ik het niet kon verdragen dat ze me aankeek. Ik kon het niet verdragen mezelf aan te kijken. Yans ogen zeiden het onzegbare. Ik zag een aarzeling in haar zelfverzekerdheid. Ik boog me uit het raam. Yan vroeg wat ik deed. Ik zei: 'Ik wacht op Luipaard.' Yan werd nerveus. Ze kwam naast me zitten. Ze legde haar hoofd tegen mijn dijbeen. Ze hield me bij mijn middel vast. Ze zei dat ze haar nervositeit moest overwinnen. Ik vroeg: 'Waarom kus je me niet?' Ik voelde haar lippen, haar omhelzing. Ik zei: 'De blaadjes zijn zo groen, het riet op de boerderij zal wel al heel hoog staan. Daar komt een wolk voorbij. Net een enorme katoenbol, vind je niet?' Ze gaf geen antwoord. Ze bleef in gedachten verdiept. Ik staarde uit over het erf. Het groene deel van het erf. Ik keek hoe de perzikbloesem van de takken regende, blaadjes op blaadjes. Ik liet Yans warmte in me doordringen. Ik beheerste me. Ik zag het erf niet meer. Ik zag een groene oceaan. Ik dreef met Yan in de golven.

Luipaard verscheen op een fiets bij de ingang van het laantje. Hij zette de fiets neer onder een boom. Hij droeg een plastic tas op zijn rug. Ook hij had een nieuw kapsel, hij had gel in zijn haar gedaan. Zijn ogen stonden zenuwachtig, hij liep onvast. Hij zag eruit als een dief die voor de eerste keer op pad gaat. Zijn gezicht zag rood van het schuldgevoel. Hij droeg een donkerblauw pak. Hij zag me. Hij zwaaide ongemakkelijk naar me. Er lag een vreemde glimlach op zijn gezicht. Ik zwaaide terug en zei dat ik de deur voor hem zou opendoen. Ik draaide mijn rug naar het raam. Yan lag op haar knieën. Ze hief haar gezicht op en keek me met brandende ogen aan. Ik probeerde kalm te blijven. Ik knielde voor haar neer. Ik zei: 'Luipaard staat beneden – moet ik hem gaan halen?'

Ik ging naar beneden en deed de deur voor Luipaard open. Hij dook naar binnen. Hij was te zenuwachtig om me te begroeten. Ik deed de deur dicht en sprong de trap op. Luipaard volgde me en liep de veranda op. Yan zat aan tafel thee te drinken. Luipaard nam zijn tas van zijn rug, zette hem naast zijn voeten en nam aan de overkant van de tafel plaats. Hij zei: 'Tja', schraapte zijn keel en liet daarna een droog gekuch horen. Yan keek hem niet aan. Er viel een stilte. Een lang, onbehaaglijk moment. We probeerden elkaars blikken te ontwijken. Luipaard had veel moeite met het vinden van een goede plaats voor zijn handen. Hij begon te spreken. Hij was in het verkeer blijven steken. Hij zei dat hij de fiets van zijn oom, een gepensioneerde portier, had geleend. De ketting van de fiets was roestig en hij had een lekke band. Hij zei dat het hem speet dat hij ons had laten wachten. Yan, die hem nog steeds niet aankeek, vroeg hoe de begrafenis was verlopen. Luipaard zei dat het goed was gegaan. Yan informeerde naar zijn moeder. Hij zei dat het goed met haar ging. Ze had een tijdje bij zijn negende tante op het platteland gezeten. Zijn negende tante woonde alleen. Haar zoon, de neef van Luipaard, was onlangs gearresteerd en in de gevangenis gezet. Yan vroeg waarom. Luipaard zei dat hij dat niet wist. De reden was niet duidelijk. De negende tante had het de familie nooit uitgelegd. Zijn neef was zevenentwintig, was violist en had een lied geschreven dat 'Aan haar' heette. 'Had hij soms iets met een vrouw gehad?' vroeg Yan. Luipaard knikte en zei dat ze Moon heette. Stilte. Drie geesten dwaalden weg, ieder naar zijn eigen wereld. Luipaard keek op zijn horloge. Yan nam nog een slokje thee. De vogels buiten zongen luid.

Yan stelde Luipaard geen andere vragen. Luipaard

bracht geen onderwerp ter tafel. Ze zaten daar als twee compagniesleiders die op een vergadering van het hoofdkwartier hun mond niet open durfden doen. Ik zei dat de weerman op de radio had voorspeld dat er vanmiddag koeiehaarregen zou komen. Luipaard zei: 'Oja?' Yan zei: 'O, die koeiehaarregen.' 'Ja, ik ben altijd gek op koeiehaarregen,' zei ik. 'Ik ook,' zei Luipaard. 'Ik ook,' zei Yan. Ze keken elkaar aan.

Ik ging naar de keuken en schonk een kroes jasmijnthee in. Ik liep terug naar de veranda en zette de kroes voor Luipaard neer. Ik schonk Yans kroes nog eens vol en ging toen zitten. De geur van jasmijn vulde de veranda. Het zonlicht in de kamer schoof langzaam naar het westen. De klok in de woonkamer klonk als een trage hartslag. Ik stond op en trok de gordijnen omlaag. Er hing nu een donkergroen licht in de kamer.

Voordat ik naar buiten stapte zond Luipaard me nog een smekende blik toe. Het deed me denken aan de dag dat ik naar Compagnie Tweeëndertig was gegaan om Yans brief af te geven. Hoe had ik toen gewenst dat hij mij zo'n blik zou toezenden. Ik herinnerde me mijn teleurstelling. Yans teleurstelling. Ziek was ze geweest van verliefdheid. Ik kon het Luipaard niet vergeven. Ja, ik vergaf het hem wel. Want ooit was hij de reden geweest waarom Yan me nodig had gehad, ooit had hij van ons tweeën een gemaakt.

Ik deed de glazen deur achter me op slot. Ik ging naar de keuken. Ik trok een stoel onder de tafel vandaan, ging erop zitten en keek uit het raam. Ik keek naar een buurvrouw die met een glanzend nieuw paddestoelkapsel en een mand spinazie over haar arm door het laantje kwam. Ik keek naar een groep kinderen die met stenen speelden. Ik keek hoe er kookdampen uit het raam aan de overkant kwamen en een huisvrouw een kruik water over de grond uitgoot. Ik keek. Maar mijn geest was er niet bij. Mijn geest was bij Yan en Luipaard.

Oude Kleermaker kwam het steegje in. Hij zag eruit als een uitgedroogde maïskolf. Hij pakte zijn naaibord en zette het op bij de muur op het erf. Dit deed hij iedere dag. Hij had nooit haast. Hij legde een halfvoltooid jasje op het bord en koos een naald uit een roestig blikje. Hij zette een bril op en probeerde een draad door de naald te krijgen. Het lukte hem niet. Hij brak de draad met zijn tanden en probeerde het nog eens, en nog eens. Ik keek naar hem, maar was in gedachten nog steeds in de kamer. Het geluid van de klok werd harder. Ik ijsbeerde door de keuken. Ik hoorde geen geluid in de kamer.

Ik probeerde mijn verlangen te onderdrukken. Het verlangen naar hen te gaan kijken. Het verlangen mijn andere ik te bekijken: Yan. Ik had het gevoel dat ik niet uit de kamer was weggegaan. Ik zat in Yan. Er zaten drie mensen in de kamer in plaats van twee. Mijn nieuwsgierigheid zwol op. Mijn begeerte was onweerstaanbaar. Yan wist dat ik op wacht stond. Ze wist dat ik achter de gordijnen stond. Dan wilde ze toch dat ik meedeed? Ik moest zien hoe haar lippen opengingen en haar adem warm werd. Ik voelde armen om mijn schouders. Slangachtige armen die me omklemden. Ik wist niet of ze van Yan of van Luipaard waren, of van hen beiden. Ik wilde Luipaards lichaam voelen. Ik wilde dat we met zijn drieën met elkaar verbonden waren als elektradraad.

Toen mijn vingers het gordijn aanraakten begon ik te beven. Ik wist zeker dat het niet in de haak was wat ik deed. Ik had een hekel aan spionnen. En nu zou ik zelf iemand bespioneren. En als Luipaard erachter kwam? Wat zou er dan gebeuren? Zou Yan me haten omdat ik haar plezier had vergald? Zou Luipaard kwaad zijn?

Ik dwong mezelf naar de keuken terug te gaan. Toen ik weer uit het raam keek zag ik dat Oude Kleermaker het jasje aan het strijken was. Hij streek de kraag en toen de mouwen. Hij zette het ijzer op een stoof. Hij wachtte tot het ijzer heet was. Hij wakkerde met een waaier de stoof aan. De vlammen sloegen eruit. Oude Kleermaker draaide zich plotseling naar me om. Het was te laat om me te verstoppen. Hij glimlachte tegen me. Van die glimlach werd ik argwanend. Het was een geheimzinnig lachje. Had hij een vermoeden van wat we uitspookten? Het was een raar glimlachje, waarvan de betekenis niet was vast te stellen. Moest ik in actie komen? Moest ik Yan waarschuwen? Zou hij naar boven komen? Hoe snel kon hij naar boven? Wat moest ik doen als hij het deed?

Oude Kleermaker was een gerespecteerd buurtactivist. Hij had dieven en overspeligen aangegeven. Hij werd geëerd vanwege zijn 'revolutionaire reukzin'. Zijn grootste belangstelling lag niet in het maken van kleren, maar in het zoeken naar achterdeurnieuws. Hij was betrokken bij veel problemen die gezinnen hadden. Hij werd vaak geprezen op het mededelingenbord van het district. En nu glimlachte hij maar naar me. Ik glimlachte terug. Ik stak mijn hand uit naar een waslijn voor het raam. Ik deed alsof ik controleerde of de was al droog was. Oude Kleermaker richtte zijn aandacht weer op zijn strijkwerk. Hij nam een grote slok water, pakte het hete strijkijzer op en sprenkelde met zijn mond het water op het jasje. Hij zette het ijzer op de mouwen. Er steeg witte stoom uit op.

Ik trok me terug in de zitkamer. Ik werd gekweld door datgene waaraan ik geen deel kon hebben. Mijn geest tekende het beeld voor me uit. Wilde beelden. Ik liep behoedzaam. Ik was voorzichtig en maakte geen geluid. Bij de gordijnen bleef ik staan. Ik stond doodstil, ingespannen luisterend. Ik kreeg ademnood. Ik hoorde niets. Helemaal niets.

Mijn verlangen werd me de baas. Heel, heel voorzichtig trok ik de gordijnen iets uit elkaar. Ik keek naar binnen en zag eerst een overweldigend rode kleur, waarvan ik dacht dat het Yans rode ondergoed was. Mijn hand viel slap omlaag. De kier tussen de gordijnen sloot zich weer. Ik voelde hoe mijn huid schroeide. Mijn hart brak.

Ik begreep niet wat ik voelde. Ik begreep niet waarom ik gekwetst werd door wat ik zag. Ik vergat wat ik geacht werd te doen.

Hij nam haar. Luipaard nam Yan. Aan de manier waarop hij haar liefkoosde zag ik dat hij van haar hield. Ik zag het: ik wist hoe hij eruitzag als hij niet van haar hield. Dan was hij arrogant en beleefd en deed hij alsof hij geïnteresseerd was. Nu was hij totaal geabsorbeerd. Hij was de slaaf van zijn liefde. Hij was in tranen. Door de manier waarop hij haar liefkoosde haatte ik hem. Hij mompelde iets tegen haar. Hij vertelde haar hoeveel pijn het hem deed dat hij niet genoeg van haar had kunnen houden. Ik haatte zijn oprechtheid. Ik voelde me geschonden. Mijn jaloezie was niet te verzoenen. Ik weigerde de hemel met Luipaard te delen. Ik was woedend over zijn liefde.

Yan droeg een dun wit hemd. Ze hield haar ogen gesloten. Ze was buitengewoon mooi. Ik smolt ervan. Luipaard maakte haar bh los, en toen verdwenen zijn handen in haar ondergoed. Ze reageerde op hem en moedigde hem aan. Ze boog haar borstkas uitnodigend. Mijn tranen stroomden onbeheersbaar. Hij hield haar in zijn armen en begroef zijn hoofd tussen haar borsten. Hij richtte zich langzaam op. Hij keek haar recht in haar ogen. Hij kon zijn ogen niet van haar afhouden terwijl hij langzaam in haar binnendrong. Hij kuste haar ogen. Zijn tranen maakten haar wangen nat. Ze woelde met haar vingers door zijn haar en sloeg haar armen om zijn nek. Hij schreeuwde van genot, en toen volgde zij. Ik kon niet meer denken. Mijn zintuigen werkten door, maar mijn brein functioneerde niet meer. Steeds weer zag ik twee lichamen de liefde bedrijven. Ik rook de jasmijn. Ik herinnerde me hoe Yan smaakte, ik hoorde haar stotende ademhaling en ik voelde me... ik voelde me verraden. Ik was doodsbang voor dit gevoel en vergat dat ik het paar stiekem begluurde.

Voordat ik besefte wat ik deed zag Yan me al. Ze zag

me huilen achter het raam. De gordijnen werden opzijgerukt. Ze zei tegen Luipaard dat hij moest ophouden en ging rechtop zitten. Ze keek me recht aan. Luipaard begreep niet wat er gebeurde, en toen zag hij mij. Hij was geschokt. Hij kleedde zich aan. Yan zat daar, naakt, als een standbeeld. Ze besefte wat het voor mij betekende. Ze had het van tevoren bedacht. Ze voelde mijn woede. Ze wendde haar blik af. Ze liet haar hoofd in haar handpalmen rusten. Ze zei: 'Kom alsjeblieft binnen.'

Ik deed de deur van de veranda open en stapte naar binnen. Ik kon geen woord uitbrengen. 'Komt er iemand aan?' vroeg Luipaard. 'Moeten we weg?' Ik wilde zeggen: 'Het spijt me,' maar mijn tranen zaten me in de weg. Ik weet nog dat ik moest doen alsof. Ik moest doen alsof er niets was gebeurd tussen Yan en mij. Ze was mijn commandant. Ik was haar soldaat en haar bewaakster, zoals het altijd was geweest. Langzaam trok Yan haar kleren aan. Ze keek even uit het raam. Ongeveer op dat moment zag ik kans Luipaard te vragen: 'Wil je nog wat thee?' Luipaard keek naar Yan en vroeg me of hij naar de wc kon. Ik bracht hem naar de wc en liep terug naar de veranda. Yan knoopte net haar kleren dicht en ik knielde voor haar. Ze sloeg haar armen om me heen en zei: 'Het spijt me dat ik dit moest doen, maar het moest. Ik denk dat we nu klaar zijn om verder te gaan met onze levens. Je hebt de Boerderij van het Rode Vuur nu voorgoed achter je gelaten.'

Ik liep naar de keuken en keek uit het raam. Ik liet mijn tranen in stilte vrijelijk stromen. Ik zal altijd van je houden, wat je ook doet om me van je af te duwen, bleef ik inwendig zeggen. Oude Kleermaker zat nog steeds te naaien. In het laantje was het stil als in een diepe put. Ik goot wat water in een wok en zette deze op het fornuis. Ik stak het fornuis aan en wachtte tot het water zou koken. Ik hoorde weer zwaar ademen in de kamer. Luipaard kreunde. Er klonken geluiden van een worsteling. Toen gaf Yan toe.

Toen ik weer door de groene gordijnen keek, zat Yan bij Luipaard op schoot. Luipaard vrat haar op. Kan hij de poëzie van haar lichaam lezen zoals ik het kan? Begrijpt hij de manier waarop haar hart zingt zoals ik het begrijp? Ik probeerde te ontkennen wat ik zag en mezelf ervan te overtuigen dat Yan niet van hem hield. Maar Yan bleef me met de werkelijkheid om de oren slaan. Ze wist dat ik niet kon ophouden naar haar te kijken. Ze wilde mijn hart ter dood brengen. Ik keek naar haar. Ik had geen keus: ik moest naar haar kijken. Hoe iedere haarpunt in zweet was gedrenkt, net zoals iedere haarpunt van Luipaard. Yan zat met haar gezicht naar me toe, ze zat met geheven kin en gesloten ogen. Ze probeerde zichzelf uit te putten. Ze had hem in zich. Hij zat met zijn gezicht tussen haar borsten. Hij mompelde. Steeds weer fluisterde hij haar naam. Zijn handen drukten tegen haar heupen. Terwijl ze begon te hijgen sloeg ze haar armen om hem heen als twee slangen die een eekhoorn omklemmen. Ze kuste hem diep. Ze liet het me zien. Het was voor mij bedoeld. Ik voelde dat mijn hart naakt op de grond lag, dat erop werd getrapt, net zoals het ei van de kip Grote Baard. Ik sloot de gordijnen niet. Ik dwong mezelf naar Yan te blijven kijken, de dood van mijn liefde voor haar te voelen, te aanvaarden wat me door het lot was geschonken. Ik wist nog dat ze tegen me had gezegd dat ze verdorvener was dan ik me kon voorstellen. Ze deed dit opdat ik haar zou haten en haar zou vergeten, zodat zij mij kon vergeten en een eind kon maken aan de pijn die ze had gevoeld. Ze was altijd de heerseres, de manipulator geweest. Ze was altijd de baas. Ze vernietigde onze liefde om de liefde te behouden. Ze vermoordde onze liefde met haar eigen handen. Ik haatte haar egoïsme. Ik zou me ditmaal niet laten manipuleren. Het speet me voor Luipaard, want die was redeloos verliefd; hij had geen idee van wat hem overkwam. Misschien had ik ongelijk. Misschien was Yan niet meer degene die ze vroeger was geweest: een ware heldin, eem godin met een stralenkrans om haar hoofd. Misschien was ze veranderd door de boerderij, door het leven, door het feit dat ik haar alleen had achtergelaten onder het muskietennet. Misschien was ze wel verdorven in een mate die ik me niet kon voorstellen, zodat ze geen vertrouwen meer had in de liefde, of in wat dan ook. Misschien vergat ze door Luipaards begeerte wat ze zich wilde herinneren. Misschien deed ze er trouwens wel goed aan om naar mijn huis te komen om me te verleiden.

Yan zag bleek toen ze de deur naar de veranda opende. Zij en Luipaard waren geheel gekleed. Mijn kalmte moet haar verwonderd hebben, want ze zei: 'We moeten nu weg.' Ze wilde me ontsnappen. Toen zei ik: 'Gefeliciteerd.' Ik wist niet waarom ik het zei, ik zei het zomaar. Ik lachte. Ik zei tegen Luipaard: 'Ik heb met liefde op wacht gestaan. Mochten jullie me ooit weer nodig hebben, aarzel dan niet, laat het me weten.' Tegen Yan zei ik: 'Dag, en pas op jezelf.' Ik probeerde mijn arm om haar heen te slaan, maar het was onmogelijk. Ik walgde van haar. Ze voelde het aan. Ze hurkte en deed alsof ze haar schoenen dichtmaakte. Ze probeerde echter haar tranen in te houden. Ze wist, net zoals ik wist, dat we elkaar niet meer zouden zien. Ze zei tegen Luipaard: 'Laten we gaan.' Alsof hij het gevoel had dat hij me iets verschuldigd was, zei Luipaard op waarderende toon: 'Je hebt ons enorm geholpen – hoe kan ik je genoeg danken?'

'Zorg goed voor je vrouw,' zei ik. Hij zei: 'Ik ben blij dat je geen man bent, anders had jij haar gekregen.' Luipaard zei het oprecht genoeg, maar mij klonk het als een bespotting in de oren. Tegen hen beiden zei ik: 'Het was een genoegen.' Ik merkte dat ik niets meer kon zeggen en hield de deur voor hen open.

Ik hoorde voetstappen op de trap. Het was moeder. Ik zei tegen Yan en Luipaard: 'Wacht even. Zeg alleen mijn moeder even goedendag, oké?' Ze knikten. Ik rende de veranda op en wierp een snelle blik naar binnen. Alles was opgeruimd: het kussen, de stoelen en de dekens. Mijn moeder kwam de kamer in. Ik zei: 'Mamma, dit zijn mijn gasten van de boerderij. Dit is Yan, en dit is Luipaard.' Moeder zei: 'O, Yan, mijn dochter heeft het voortdurend over je gehad, ik kon haar niet stil krijgen.' Ze liep op Yan en Luipaard af. Ze bloosden en bogen het hoofd. Ik zei: 'Mamma, ze moeten weg.' Moeder trok me mee naar de keuken en vroeg: 'Waarom heb je ze niets aangeboden?' Ik vertelde haar dat ik ze thee had geschonken. Moeder zei: 'Thee is niets. Geef ze wat noedelsoep. Het water op het fornuis is al gekookt. Ik zou in tien minuten noedels kunnen maken.' Ik zei: 'Nee, niet nodig.' Ik liet Yan schieten. Ik moest haar laten schieten.

Om zes uur in de avond kwam mijn vader thuis van zijn twee films. Hij was uitgeput en had hoofdpijn. Hij vertelde me dat ik hem nooit meer zo ver zou krijgen dat hij naar de bioscoop ging. Ik praatte niet met hem of met de rest van het gezin. Ik voelde me zo eenzaam. Die nacht tikte de koeiehaarregen tegen het raam en stroomde als druppelende tranen over het glas.

Niemand in de studio zei iets over mijn oorlog met Sovjet Wong. Iedereen werd voorzichtiger met zijn dagelijkse doen en laten. Ze keken wat Sovjet Wong interesseerde en wat haar niet interesseerde en probeerden te bedenken hoe ze zich volgens haar voorkeuren konden gedragen. Niets werd met zoveel woorden gezegd. Je zag het aan hun ogen, het venster van hun hart. Iedere handeling werd heel precies uitgevoerd.

Juichende Speer kwam op een avond naar me toe toen ik in het wilde gras naar de ondergaande zon zat te kijken. Ik dacht aan Yan. Ik was geheel verdiept in mijn verleden. Het was een manier om aan de ellende van het nu te ontsnappen. Juichende Speer had een spriet hondsgras in haar mond. Ze bleef tegenover me staan. Ze nam de zon weg. Ik keek haar aan. Ze glimlachte. Ze nam de grasspriet uit haar mond en zei: 'Ik wil je niet voorschrijven wat je moet doen, maar als ik jou was zou ik me nu terugtrekken. Ik zou vragen of ik terug mocht naar waar ik vandaan kwam. Het is beter met de wind mee te buigen als het stormt.'

Ik was verbaasd over haar brutaliteit. Mijn woede steeg op naar het puntje van mijn tong. 'Bemoei je met je eigen zaken,' zei ik. Ik keek haar aan en vervolgde: 'Ik weet dat er niemand gelukkiger is dan jij nu ik op het punt sta uit de race te verdwijnen. Het staat op je gezicht te lezen. Ga nou maar een tijdje naar dat gezicht kijken. En ga uit mijn zon.'

'Ik wilde alleen maar laten zien dat ik je graag mag,' zei Juichende Speer. 'Ik weet heel goed wat je in je schild voert,' zei ik. 'Ik heb een hekel aan spionnen. Ga nou maar gauw rapport over me uitbrengen,' zei ik tegen haar. Ze keek me aan en zei: 'Ja, dat doe ik als je dat per se wilt.' Ze stak de grasspriet weer in haar mond en zei: 'Ik ben blij dat je nog een vermoeden hebt waar je uiteindelijk terecht zult komen.' Ik zei: 'Je weet helemaal niets over me.'

'Laat me je dan een advies geven,' zei ze. 'Je zou je veel beter voelen als je was voorbereid. Je bent ook zo'n bourgeoisindividualist. Iedereen in de studio is ervan overtuigd dat jij de kapitalistische spruit bent.'

Juichende Speer deed me vaak aan Lu denken. Het leek wel of ik nooit aan Lu zou kunnen ontkomen. In heel China vond je Lu's. Ik moest denken aan het oude gezegde: 'Armoede brengt slechte karakters voort.'

'Echt, ik hoef me niet met jouw zaken te bemoeien, want daar heeft de Partij al voor gezorgd,' zei Juichende Speer terwijl ze wegliep. Haar schaduw op de grond was die avond buitengewoon lang. Ik kon hem nog een hele tijd zien voordat hij achter haar aan verdween. Vreemd genoeg dacht ik aan gieren, aan de vogels die over bergpaden vliegen en in de hemel rondcirkelen op zoek naar een kans om te duiken en hun maal op te pikken.

De volgende dag kregen we een berichtje van Een Ons. Hij zei dat de Supervisor in Shanghai was aangekomen en dat hij van plan was de komende week langs te komen om de actrice uit te kiezen die Rode Azalea zou spelen.

Deze ontmoeting met de Supervisor, en de vraag of ik indruk op hem zou kunnen maken, zou mijn toekomst ingrijpend kunnen veranderen. Sovjet Wong gaf ons opdracht ons materiaal te gaan halen en ons op de wedstrijd voor te bereiden. Voordat we met repeteren zouden beginnen kwam Juichende Speer op me af en zei: 'Ik denk dat jij gaat winnen.' Ik gaf geen antwoord. Ik wist niet hoe ik haar kon vertrouwen. Na een tijdje vroeg ze op achteloze toon wat ik zou laten zien. Zou het 'Azalea bezoekt het hoofdkwartier van het Rode Leger' worden of 'Azalea vertelt haar levensverhaal'? Toen ze voelde dat ik haar geen antwoord wilde geven, glimlachte ze en zei: 'Ik ga "Azalea in de gevangenis" doen.'

Ik keek Juichende Speer aan. Ik voelde medelijden met haar. Ik kon maar moeilijk geloven dat ze dat deel had uitgekozen, het deel waarin Rode Azalea achter de tralies zat. De hele tekst bestond uit twee regels. Ik kon niet geloven dat ze haar kans zo zou vergooien. Ik keek haar aan, twijfelend of ik haar goed had verstaan. Juichende Speer overtuigde me. Ze overtuigde me dat ze echt zo stom was. Ze zou 'Azalea in de gevangenis' doen. Dat was haar keus. Ik haalde opgelucht adem. Ik voelde een stiekem plezier. Ik vroeg: 'Weet je dat zeker?' Ze antwoordde: 'Ja, dat ga ik doen.' Toen vroeg ze: 'Welk deel doe jij?' Achteloos zei ik: 'Azalea vertelt haar levensverhaal.' Ik zei dat ik het tafereel had uitgekozen omdat ik er verschillende aspecten van haar karakter in kon laten zien. Ze zei: 'Laten we elkaar succes wensen.' Ze maakte een ongewoon vriendelijke indruk terwijl we samen repeteerden en commentaar leverden op elkaars optreden. Ze gaf me voortdurend complimenten. Ik zag dat mijn succes voor het grijpen lag.

De dag waarop over mijn lot zou worden beslist brak aan. Het was ochtend, ongeveer negen uur. Een wolkeloze dag. De zon hakte door de ramen de repeteerruimte in. Het vertrek zat vol mensen. Iedereen wachtte op de Supervisor. Juichende Speer en ik zaten inwendig de laatste repetitie nog eens door te nemen. We lieten ons niet afleiden door de vraag hoe Brandhout, Klokje en Bij OhYang zich voelden. Ze kregen opdracht de bijrollen te spelen. Sovjet Wong, Klank van Regen, een groep studiohoofden en journalisten zaten al op hun plaats. Ze hadden allen een kroes warme thee in hun hand. Ze zaten geduldig te wachten.

Ik stond bij het raam. Ik haalde diep adem. Juichende Speer zag er niet zo nerveus uit als ik. Ze kwam laat binnen en ging naast me zitten. Ze droeg een rood overhemd. De rode kleur werd weerkaatst door haar gezicht. Ze was in een goed humeur. Ze vroeg me of ik zenuwachtig was. Ik zei: 'Een beetje.' Ze zei dat zij niet zenuwachtig was. Ze schudde me de hand toen we een auto de poort van de studio zagen binnenrijden.

De man die de Supervisor werd genoemd werd aan ons voorgesteld. Hij droeg een grote zonnebril. Niemand kreeg veel van zijn gezicht te zien. Hij droeg een groen legeruniform. Hij had een gemiddelde lengte. Zijn achterovergekamde haar was extreem zwart. Hij was niet zo oud als ik me had voorgesteld. Hij was ongeveer veertig. Hij stapte uit de auto en liep met krachtige pas op ons af. Sovjet Wong en Klank van Regen renden op hem af om hem te begroeten. Ze schudden elkaar de hand. Hij werd het vertrek binnengeleid en naar de middelste stoel gebracht. De actrices – Juichende Speer, Brandhout, Klokje, Bij OhYang en ik – verzamelden zich in een hoek achter in het vertrek. Sovjet Wong kondigde het programma aan. Het programma van twee kandidaten die om de rol van Rode Azalea streden. Ze riep de naam van Juichende Speer af, daarna de mijne. Ze ging naast de Supervisor zitten en de wedstrijd begon.

De Supervisor keek niet naar ons. Hij sloeg zijn benen over elkaar en stak een sigaret op. Hij zette zijn zonnebril niet af. Juichende Speer beende naar het podium in het midden van het vertrek. Ze had zich verkleed en het kostuum van Rode Azalea aangetrokken: een katoenen jasje met knopen aan de zijkant, dat met een patroon van rode azalea's was bedrukt. Ze was vol zelfvertrouwen. Ze begon met haar tekst. Ik was geschokt, diep geschokt. Ze deed het deel 'Azalea vertelt haar levensverhaal'. Ze voerde mijn materiaal uit. Maar ze deed het beter. Ze voegde er goede details aan toe. Ik hoorde alleen een oorverdovende toon in mijn hoofd. Juichende Speer was met mijn stuk bezig. Ik had geen tekst meer. Als ik zou opvoeren wat zij nu opvoerde zou iedereen denken dat ik haar imiteerde.

Ik was mijn kans om te winnen kwijt nog voordat de strijd was begonnen. Ik kon niet geloven dat Juichende Speer me dit aandeed. Ik kon niet geloven dat ze mijn tekst opvoerde. Het ging zo plotseling, en zo vernietigend. De Supervisor keek met intense aandacht naar Juichende Speer. Sovjet Wong glimlachte. Ze keek zo aangenaam getroffen.

Juichende Speer was aan het einde van haar optreden gekomen. Ze lanceerde haar laatste zin als een eersteklas acrobaat die op zijn tenen op het zadel van een rijdende fiets landde. Er klonk luid applaus. Juichende Speer boog voor het publiek, voor de Supervisor. Sovjet Wong liep het podium op om haar te feliciteren. De Supervisor scheen onder de indruk. Hij ging Juichende Speer de hand schudden. Hij vroeg haar of ze kon paardrijden. Toen Juichende Speer zijn vraag bevestigend beantwoordde, vroeg hij of hij haar eens kon zien paardrijden in het stadion van Shanghai. Ze zei: 'Natuurlijk. Wanneer?' Ze zei dat ze er al zo lang naar verlangde weer eens op een paard te zitten. De Supervisor nodigde Juichende Speer uit naast hem te komen zitten. Hij zei dat hij een tochtje te paard zou regelen.

Toen was het mijn beurt. Ik had twintig minuten om terug te vechten. Ik had twintig minuten om de Supervisor te overtuigen dat ik beter was dan Juichende Speer, en dat hij mij dus moest kiezen. Maar ik was al verslagen. Ik bloedde inwendig. Mijn tijd vergleed. Ik stapte het podium op. Mijn benen trilden. Ik gaf de stomste voorstelling van mijn leven. Ik voerde 'Azalea vertelt haar levensverhaal' uit. Ik droeg de regels voor en probeerde te bedenken hoe ik de mensen ervan kon overtuigen dat ik geen imitatie van Juichende Speer gaf. Het publiek begon te gapen. Toen was het afgelopen. Ik was klaar nog voordat ik was begonnen. Mijn benen waren ijskoud.

Ik liep net terug naar mijn stoel in de zaal toen ik Juichende Speer tegen een journalist hoorde zeggen dat ze haar succes aan Sovjet Wong te danken had. Sovjet Wong was de moeder van haar uitstekende prestatie. De volgende dag publiceerde de krant van de Partij een grote foto van Juichende Speer, op een paard dat door Sovjet Wong werd geleid.

'De taak van de revolutie vereist dat je scriptgirl wordt' – Een Ons bracht me het bericht met vlakke stem. Ik zat nietsdoend in mijn kamer. Ik deed al uren niets. 'Als het je niets lijkt, vindt de studio het niet erg als je naar de Boerderij van het Rode Vuur teruggaat.' Het kostte hem dertig seconden om deze order uit te spreken. Niemand in de kamer keek verbaasd. Ik besefte dat er een eind aan mijn geluk was gekomen. Ik wilde vragen: 'Wie heeft die beslissing genomen?' Mijn tong was zo stijf dat ik nauwelijks een geluid kon uitbrengen. Ik voelde me opeens duizelig en liep de kamer uit. Ik hield me vast aan de stam van een ahorn en ging in het gras zitten. 'Het Partijcomité, natuurlijk,' zei Een Ons behoedzaam. 'Wie zijn dat precies?' Ik keek hem aan. 'Sorry, dat weet ik niet,' zei hij. 'Ik ben alleen maar een bewaker die een boodschap van boven overbrengt.'

Ik pakte mijn spullen en verliet de kamer. Ik was op weg naar mijn baan als scriptgirl in de studio. Het was vroeg in de ochtend, ongeveer halfzeven. Juichende Speer, Brandhout, Klokje en Bij OhYang waren al met hun gymnastiek bezig. Hun stemmen klonken helderder dan normaal. Toen ik voorbijkwam staarden ze me aan. Ik wist dat ze blij waren achter die uitdrukkingsloze gezichten. Ik liep door in de richting van de poort. De ahorns zwaaiden heen en weer en vogels scheerden op zoek naar eten tussen mijn voeten door. Een Ons ging de grote houten poort openen toen hij me zag aankomen. 'Het is wel goed. Ik neem de zijdeur wel,' zei ik. Een Ons hield vol. De klink was na een paar regenbuien roestig geworden. Een Ons draaide de klink stevig om en om. Het roestige geluid was onaangenaam om te horen. Nadat hij een tijdje met de klink had staan worstelen ging de poort open. De vogels vlogen weg. Een Ons strekte zijn rechterarm en maakte een onderdanig gebaar dat ik kon doorlopen.

Ik stond mezelf geen gevoelens toe. Brandhout, Juichende Speer, Bij OhYang en Klokje gingen door met hun stemoefeningen. Ze zongen:

Wie verbrak onze ketenen?
Wie redde ons uit de vuuroven?
Wie ging ons voor naar de gouden weg?
O, de zon aan de hemel,
O, het helderste baken op zee,

Bent u,
De grootste Voorzitter Mao en de Partij,
U hebt ons leven gered.

Een producer van de Shanghai Film Studio gaf me een grote dweil, een script, een aantekenboek en een doos krijt. Hij vroeg me het script uit mijn hoofd te leren. Het bevatte 1042 shots. Het ging over de opnamen van *Rode Azalea*. Mijn ogen deden pijn toen ik naar de titel keek. 'Snap je,' zei de producer, 'een scriptgirl is degene die het script bijhoudt, en dat betekent letterlijk alles. Als er een mier over de set kruipt, zal een goede scriptgirl dat vastleggen. Het is een zware verantwoordelijkheid, want we nemen niet in chronologische volgorde op. Een man doet bijvoorbeeld een voordeur open en stapt een hal in. Daarvoor zijn misschien twee opnamen nodig. De buitenscène nemen we op in Hunan en de binnenscène twee maanden later hier in de studio in Shanghai. Je moet je bijvoorbeeld precies kunnen herinneren welke kleren hij toen droeg en hoe hij ze op verschillende locaties draagt – stond zijn kraag bijvoorbeeld open of droeg hij hem gesloten? Als je daar een fout mee maakt komt iemand met open kraag op en is die kraag even later opeens gesloten. Dan is die scène natuurlijk voor niets opgenomen. Dan is er één voet film, die onze boer een seizoen graan kost, verknoeid. Een hele verknoeide film betekent eten voor generaties boeren. En jij weet wat dat voor het land betekent.'

Ik dwong mezelf ingespannen naar de producer te luisteren. Hij vroeg me dertig kopieën van zijn aantekeningen voor de crew te maken. 'We hebben nog maar drie dagen tot de opnamen beginnen,' zei hij. Hij vroeg me het opnameschema te maken, de opnamen in te tekenen, de kostuums, de rekwisieten en de figuranten te controleren. 'De vloer.' De producent wees omlaag alsof hij me aan iets belangrijks herinnerde. 'Je moet beginnen met de vloer te dweilen,' zei hij op serieuze toon. Toen ik de dweil pakte, zei hij: 'We houden hier niet van lijntrekkers. Je moet het echt goed doen, anders word je naar de Boerderij van het Rode Vuur teruggestuurd.'

Ik keek niet op terwijl ik de vloer dweilde. Ik had het gevoel dat ik geen gezicht had. Er was een repetitie aan de gang in de opnamestudio. Ik hoorde iemand herhaaldelijk door een microfoon schreeuwen. Het was een stem met een sterk Pekings accent. Ik herinnerde me die stem.

Om zes uur was ik klaar met mijn werk en liep ik naar een achterkamertje om te roken. Ik was met roken begonnen op de dag dat ik uit de acteursopleiding was verwijderd. Ik zat op een bankje. Om me heen was het donker en vochtig. Ik knipte het licht niet aan. Ik had behoefte aan duisternis. Ik kwam hier iedere dag in het donker sigaretten roken tot mijn lippen verdoofd raakten.

Na de pauze moest ik de rest van de trap in het gebouw dweilen. Het leek of er geen einde aan kwam. Ik herinnerde me opeens een oud gezegde: 'Het is voor een slang moeilijk naar de hel terug te keren als hij eenmaal van de hemel heeft geproefd.' Die slang was ik nu. Iedere dag voelde ik me beroerder dan de voorgaande. Iedere ochtend bij het wakker worden vertrokken mijn lichaam en mijn ziel naar verschillende plaatsen. Het lichaam zonder ziel ging vloeren dweilen en de ziel zonder lichaam vertrok naar een rijk van vage hoop. Een paar maal werden lichaam en ziel tijdelijk één als ik het gevoel had dat mijn dweil in een machinegeweer veranderde. Terwijl ik hem over de vloer haalde schoot hij kogels af.

Ik inhaleerde diep. Plotseling klonk er achter me een stem, een zachte stem. 'Waarom zit u zo in het donker?' vroeg de stem.

Ik dacht dat ik die stem fantaseerde. Ik hield me muisstil. De stem herhaalde zijn vraag. Hij klonk nu nog zachter. Een Pekings accent. Ik stond op en wilde het licht aanknippen. 'Ik rook ook graag in het donker,' zei de stem. 'Heeft u een vuurtje voor me?' Ik zei niets in het donker. 'Dank u,' zei de stem. Ik hoorde dat er iemand opstond en op me af liep. 'Wie bent u?' vroeg ik.

'Ik ben iemand als u, iemand die op de set helpt,' zei de stem. 'Prettig kennis met u te maken.' Ik zag dat er een sigaret naar me werd uitgestoken. Ik gaf hem mijn sigaret. De twee sigaretten raakten elkaar. De roker inhaleerde. Ik zag een vriendelijk gezicht. Het gezicht verdween weer in het duister. Mijn gedachten dwaalden weer af.

Ik dacht aan mijn ouders. Ik praatte niet meer met ze. 'Je verdient die zotskap niet,' had mijn moeder keer op keer tegen me gezegd. Ik had tegen haar gezegd dat ik ziek werd van haar deugdzaamheid. Ik had tegen mijn moeder gezegd dat ze zich niet meer met mijn leven moest bemoeien. Ik had gevraagd: 'Waarom leer je eigenlijk nooit iets? Wat is er met je aan de hand? Doe je het omdat je eigen leven niet ellendig genoeg is?' Mijn moeder had met haar eigen logica geantwoord: 'Ik heb geen enkele spijt van de manier waarop ik leef, omdat ik altijd eerlijk tegenover mezelf heb gestaan.' Ik kon haar logica niet uitstaan. Ik zei: 'Ik wil jouw leven niet erven. Het is een vreselijk, vreselijk, vreselijk leven.' Ik had tegen haar geschreeuwd. Mijn moeder ging een pil slikken. Ik vroeg: 'Zie je het dan niet? Zie je dan niet dat het niet werkt? Jouw filosofie werkt voor mij niet.' Mijn moeder weigerde de moed op te geven. Ze zei dat ze niet geloofde dat het kwaad de wereld moest beheersen. Ik antwoordde: 'Het kwaad beheerst de wereld al.' Ze zei: 'Dat kan niet.' Ik zei: 'Ik dweil vloeren. Zie je dat dan niet?' Ze vroeg: 'Wat heb je dan verkeerd gedaan?' Ik antwoordde: 'Ik wou dat ik het wist.' Mijn moeder begon van voren af aan: 'Dan was dit niet met je gebeurd.' Ik zei: 'Het is immers met me gebeurd.' Ze zei dat ze graag eens met mijn lerares wilde praten. Ik lachte.

De leraren kwamen nog voordat mijn moeder haar moed bij elkaar had geraapt om naar hen toe te gaan en hun de waarheid te zeggen. Het waren Sovjet Wong en Klank van Regen. Ze kwamen me een zotskap opzetten. Ze wilden dat ik een misdaad opbiechtte die ik niet had begaan. Ze wilden dat ik zei: 'Ja, ik verdien het eruit te worden geschopt, want ik ben slecht.' Mijn moeder vroeg: 'Wat heeft mijn dochter verkeerd gedaan?' 'U hebt een booswicht in bescherming genomen,' zeiden ze.

Mijn moeder liet zich niet van haar stuk brengen. Ze vocht tot het bittere einde. Ze vocht tot de laatste traptrede. Ze zei: 'Zeg dan wat er met mijn dochter aan de hand is.' Ze zeiden: 'Alles. Er is van alles aan de hand met uw dochter.' Ze zei: 'Geef me dan een voorbeeld.' Ze zeiden: 'Dat hoeven we niet te doen.' Mijn moeder zei: 'Kameraad Sovjet Wong, mijn dochter mag u nooit meer haar lerares noemen.'

Mijn moeder liep achter ze aan door het laantje. Ze schreeuwde voordat ze op het cement struikelde. Ze schreeuwde: 'Ik zal niet toestaan dat jullie van mijn onschuldige dochter een misdadigster maken.' Mijn vader sleurde mijn moeder weer naar boven. Hij zei: 'Je maakt het alleen maar erger. Weet je niet dat ze de Partij vertegenwoordigen?' Mijn moeder schreeuwde: 'Maar ik ben niet schuldig.' Mijn vader duwde haar in een stoel. Mijn vader bracht mijn moeder de eerste beginselen van het leven bij. De eerste beginselen, om mijn moeder aan het verstand te brengen in wat voor wereld ze leefde. Mijn vader vertelde haar dat hij net ontslagen was bij het Museum voor Natuurlijke Historie van Shanghai omdat hij het met zijn partijchef oneens was geweest over een technisch plan. Hij werd ervan beschuldigd de wetenschap te hebben gebruikt om de Communistische Partij aan te vallen. Mijn vader vertelde mijn moeder dat Koraal gedwongen was boerin te worden omdat ik niet meer op de Boerderij van het Rode Vuur zat. Koraal moest boerin worden om aan de door de Partij opgelegde dienstplicht te voldoen. Ze werkte bij de Boerderij van het Rode Vuur, bij Compagnie Dertig, de compagnie die geen eigen waterleiding had. 'De Partij zegt de mensen wat ze moeten doen, niet omgekeerd,' zei mijn vader. Mijn moeder weigerde te begrijpen in wat voor wereld ze leefde. Ze weigerde de dingen te begrijpen die in haar ogen geen zin hadden. Ze had haar zintuigen het zwijgen opgelegd omdat ze liever in haar eigen wereld leefde. Ze leefde met de god der rechtvaardigheid. Ze brak die avond onder het afwassen drie borden. Vroeg in de morgen werd ik wakker en trof moeder in de keuken aan, starend naar de afvoer van de gootsteen, alleen.

'Waar ligt je belangstelling?' onderbrak de stem in het donker mijn gedachten. 'Ik heb geen belangstelling,' zei ik. 'Ik heb behoefte aan commentaar op een kostuum dat ik net heb uitgekozen – zou jij er iets over willen zeggen?' vroeg de stem.

Het licht werd aangeknipt. In het vage gaslicht zag ik een man in een antiek rood zijden gewaad met een geborduurde gouden draak op de borst en zilveren golven langs de benedenzoom. Onder een met diamanten versierde hoed blonk een paar heldere amandelvormige ogen. Lange en dunne wenkbrauwen, als de vleugels van een zeilende zeegans. Zijn gladde bleke huid had op de wangen een lichte paarsige toets. Een delicate neus en een tomaatrode, volle mond. Hij reciteerde:

Lenterivier, de maan beschijnt een bloemennacht
Herfstahorn, de zon verkondigt een morgen vol dauw.

Ik staarde de man aan. Ik dacht: het moet aan de makeup liggen. Door de make-up ging hij er vrouwelijk mooi uitzien. 'Wie bent u?' hoorde ik mezelf zeggen. 'Ik heb u al verteld dat ik een setassistent ben, net als u.'

'Waar komt u vandaan?'

'Uit Peking.'

Hij deed een stap in mijn richting om me een hand te geven. Terwijl ik naar zijn beschilderde gezicht keek werd ik door een vreemde vraag in beslag genomen: was het een vrouw of een man? Hij leek beiden te zijn. Hij was op een groteske manier mooi. Hij boog zijn hoofd, wendde bijna bedeesd zijn blik af. Hij tilde voorzichtig zijn gewaad op en liep als een zwaaiende wilg naar de deur: hij droeg tien centimeter hoge toneellaarzen.

'Wat doet u hier?' vroeg ik. 'Acteren,' zei hij. 'Herinner je je de uitspraak van Voorzitter Mao: "Laat het verleden het heden dienen"? Ik speel met dat idee.' Ik vroeg: 'Waarop houdt u hier toezicht?'

'Op alles,' zei hij. 'Trouwens, hoe vind je dit kostuum?'

Ik zei hem dat het er ongebruikelijk uitzag.

'Ik heb het me door de kostuumbaas laten sturen. Vind je het niet prachtig?'

Hij vertelde me dat hij ideeën verzamelde om goede kunst te kunnen scheppen voor het volk. Hij vroeg me naar mijn mening over modelopera's. Ik zei: 'Hoe zou iemand daar een mening over kunnen geven? De mening van de Partij is de mening van het volk. Hoe zou ik een eigen mening durven hebben?' Ik was door Sovjet Wong uitgeschakeld omdat ik een eigen mening had.

De woorden stroomden uit mijn mond. Ik stond te trillen van woede. Toen ik het over Sovjet Wong had werd ik vals. Ik uitte mijn haat gretig. Het kon me niet schelen wie er op dat moment naar me luisterde. Hij wachtte stil tot ik was uitgeraasd. Ik begon spijt te krijgen van mijn opwelling. Ik zei: 'Negen miljoen mensen hebben in negen jaar negen opera's gezien. Prachtig. In het tiende jaar zou er een tiende opera komen, *Rode Azalea*.' Ik wilde de naam Juichende Speer uitspreken, maar ik kon niet verder praten. Het deed me pijn die naam uit te spreken. Ik was onbeschrijfelijk jaloers.

'Je zegt niet wat je werkelijk op je lever hebt,' zei hij. 'Natuurlijk doe ik dat wel,' zei ik. Hij zei: 'De modelopera's zijn geschreven, let wel, door Madame Mao, kameraad Jiang Ching. Betekent dat dat niemand er kritiek op mag hebben?'

'Inderdaad,' zei ik. Hij lachte, met een vrouwelijk, zijdeachtig geluid.

Hij zei me dat hij een geslepen geest had leren kennen. Hij zei dat hij een uitdaging interessant vond. Hij had zich verveeld. Hij trok zijn kostuum uit, deed de make-up af en trok een indigo Mao-jasje aan. Hij zag er tenger uit. Ik herkende de man die ik had gezien toen mijn optreden was mislukt. De Supervisor. Hij was degene die de dief van mijn Rode Azalea had uitverkoren. Hij hield van Juichende Speer. Ik wenste alleen maar dat ik hem kon vertellen wat Juichende Speer me die dag had aangedaan. Hoe kon ik het vertellen zonder belachelijk te klinken? Juichende Speer was fantastisch geweest toen ze me had verslagen. Juichende Speer had van veel talent blijkgegeven toen ze mijn werk voor het hare had laten doorgaan. Als ik het nu vertelde, zou ik dan niet een nog belachelijker indruk maken dan ik al had gemaakt? De Supervisor vroeg of ik een sigaret voor hem had. Hij had slanke en gladde vingers, als een vrouw. Ik stak een sigaret op en gaf hem haar. De rook die we uitbliezen vermengde zich boven onze hoofden.

De volgende avond vroeg hij of ik bij hem wilde blijven zitten tot hij zijn sigaret ophad. Ik zei: 'Natuurlijk.' We zaten in de rookkamer. Hij vroeg me waar ik woonde. Ik zei: 'Aan de Shanxi-weg, bij mijn familie.' Hij vroeg: 'Hoe groot is je familie?' Ik zei: 'Op het ogenblik vijf mensen.' Hij vroeg: 'Hoeveel kamers hebben jullie?' Ik zei: 'Een kamer en een veranda.' Hij zei: 'Dus je slaapt nooit alleen.'

Ik zei: 'Nee, natuurlijk niet.' Hij zei: 'Nee, natuurlijk niet.'

Hij vroeg weer of ik van modelopera's hield. Ik antwoordde weer: 'Hoe zou iemand er niet van kunnen houden? Hoe zou iemand het kunnen wagen niet van zoiets te houden?' Hij zei: 'Kun je het uitleggen?' Ik zei dat mijn antwoord hem zou vervelen. Hij zei dat hij liever een persoonlijk antwoord hoorde. Hij zei dat hij zelf niet tevreden was over die opera's. Hij zei dat hij verlangde naar revolutionaire hartstocht en dat je die in veel opera's niet vond. Ik zei dat ik het met hem eens was en dat ik in de privé-levens van de figuren geïnteresseerd zou zijn. Ik zei dat het me vreemd voorkwam dat de figuren in opera's geen privé-leven hadden. Hij vroeg: 'Bedoel je romantiek?' Ik zei dat ik dat niet helemaal bedoelde, maar nu hij het zelf zei, ja, misschien wel, ja. 'Ik heb niets te verliezen. Lager kan ik niet zinken.' Hij lachte geluidloos. 'Je hoeft niet zo in paniek te raken,' zei hij. 'Ik ben in je mening geïnteresseerd. Ga door.' Hij zei dat het klopte dat geen van de modelopera's iets van romantiek hadden. Ik zei dat ik niet geloofde dat die figuren helemaal geen liefde kenden. 'Ik geloof niet dat de geest van welke mens ook zo ontbloot kan zijn van diepe gevoelens.'

Er trok een wolk van misprijzen over het gezicht van de Supervisor. 'We mogen geen fantasieën gebruiken om onze jongeren te misleiden,' zei hij. Zijn vingers met de sigaret ertussen beschreven een cirkel door de lucht. 'Romantische liefde bestaat niet onder proletariërs,' zei hij op een toon die geen tegenspraak duldde. 'Dat is een bourgeoisfantasie. De mensen schenken iemand die leugens vertelt geen vergiffenis.'

Ik stond op en pakte de dweil. Hij stond op en zette er zijn voet op. Ik bleef zwijgend staan. 'Het kan bijna niet anders of je hebt een soort minnaar,' zei hij. 'Lieg niet tegen me.'

'Dat doe ik niet,' zei ik. 'Je hebt problemen.' Hij keek me recht aan.

'Dat gaat u niets aan,' zei ik, de dweil oppakkend, en liep de deur uit.

'Je bent gisteren vergeten me te vragen hoe ik heet,' zei hij de dag erop in de rookkamer tegen me. 'Dat kunt u me dan nu zeggen,' zei ik ongeduldig. Hij zei: 'Dat wil ik niet. Je zult me Supervisor moeten noemen, net als iedereen.' Ik zei: 'Ik zou het van andere leden van de crew te weten kunnen komen als ik wilde.' 'Probeer dat dan maar,' zei hij.

Niemand wist hoe hij heette. Iedereen zei dat hij uit Peking kwam en expert was op het gebied van opera en film. Iedereen noemde hem de 'Supervisor'. Zijn missie, had Klank van Regen de crew ooit verteld, was de belangrijkste missie van de eeuw. Klank van Regen zelf wist niets van de details.

Juichende Speer werd steeds weer naar de set gebracht voor een screentest voor *Rode Azalea*. Ik zag haar droom in haar ogen. Juichende Speers gezicht straalde en ze keurde me geen blik waardig. Ik dweilde de vloer en werd verteerd door verschrikkelijke jaloezie. De Supervisor stond dicht bij Juichende Speer en keek hoe ze werd opgemaakt. 'Prachtig,' zei hij uit de grond van zijn hart. Het kon hem niet schelen dat de crew zag dat hij haar aanbad. Toen begon iedereen, behalve ik, haar te aanbidden.

Ik at in het donker in de rookkamer mijn rijstkoek. Ik voelde me als een dier dat haar eigen ingewanden opvrat. Ik kon het niet verdragen Juichende Speer te zien glimlachen. Ik kon haar vrolijke gezang niet verdragen. Ik kon me niet onttrekken aan mijn jaloezie op haar succes. Juichende Speer werkte hard. Haar acteren werd steeds beter. Ik kreeg opdracht haar te assisteren. Ik moest haar haar tekst helpen onthouden. Ik moest ten behoeve van de cameraman lijnen om haar voeten trekken, haar een kom water geven als ze iets wilde drinken, haar na de opnamen helpen verkleden, haar kraag dichtknopen als zij het vergat.

Sovjet Wong kwam vaak op de set. Ze hield ook mij in de gaten. Ze keek naar me als ik de plaats van Juichende Speer innam als deze werd weggestuurd om haar make-up in orde te brengen. Ik stond voor Juichende Speer onder de lampen. Het was moeilijk te verteren. Maar ik wilde Sovjet Wong en Juichende Speer niet laten zien hoe gefrustreerd ik was, hoewel Juichende Speer te veel met zichzelf bezig was om me op te merken. Ik hield mijn gezicht op zijn plaats, tussen mijn schouders, vastgeplakt op de voorkant van mijn schedel. Ik wenste Juichende Speer goedemorgen. Ik knielde om krijtstrepen te trekken en nog eens te trekken voor de camerabewegingen. Soms stroomden de tranen uit mijn ogen zonder dat ik het merkte. Vooral als Juichende Speer tegen me zei: 'O, wat doe je je werk toch goed.'

De Supervisor was weliswaar de regisseur, maar hij kwam en ging zonder nadere aankondiging. Er werkte een groep van vier assistent-regisseurs voor hem. Ze stonden altijd samen te fluisteren. Dan klonk de stem van de Supervisor opeens weer achter de camera nadat hij een paar dagen weg was geweest. Hij scheen steeds meer op Juichende Speer gesteld te raken. Op zekere dag zei hij tegen haar: 'Ik wil dat je goed bent voorbereid, omdat de massa's je zo graag zullen willen zien dat ze je zullen wurgen. Ben je voorbereid?' Ik trok net krijtstrepen onder de voeten van Juichende Speer toen de Supervisor dit zei. Ik brak het krijtje.

'Je hebt de hele dag geen hap gegeten. Gaat het wel goed met je?' klonk de stem van de Supervisor in de hoek. 'Je hebt maar één maag; kun je je veroorloven die te misbruiken?' Ik zei: 'Ik voel me inderdaad niet goed.' Hij zei: 'Maak je zenuwen niet kapot, want het is het niet waard. Het kan niemand iets schelen wat er met je gebeurt. Egoistisch zijn is niet verstandig. Je kunt jezelf kapot maken op die manier.' Hij stond op en liep de deur uit.

Plotseling werd ik bang daar helemaal alleen in het donker te zitten. Ik voelde een vreemde aandrang een einde te maken aan het heden, aan mijn leven. Om aan deze gedachte te ontsnappen pakte ik de dweil en ging naar de gang. Terwijl ik de gang dweilde hoorde ik de stem van de Supervisor uit de luidspreker. 'Geef me de tune! Geef me de tune!' schreeuwde hij. Ik loerde door een raam op de trap de regiekamer in. De Supervisor lag met een koptelefoon op zijn hoofd op een bank. Hij had zijn voeten op een tafel gelegd. Het orkest begon weer te spelen. De Supervisor werd woedend. 'Jullie rijstwurmen, jullie hebben geen oren aan je kop!' schreeuwde hij, en liep naar de studio. Hij rende naar een vleugel en speelde een snelle reeks noten. Hij draaide zich om en zei: 'Neem even pauze, dan proberen we het nog een keer. Als het dan nog niet goed gaat zorg ik ervoor dat jullie je kom rijst niet meer krijgen.' De Supervisor kwam de trap op. Hij zag me voordat ik kon proberen voor hem opzij te gaan. Hij keek me aan en zei: 'Laat die bel stinkend gas toch ontsnappen. Het is een mooie dag.' Ik reageerde niet. Hij passeerde me en ik hoorde in de luidsprekers zijn stem de tune zingen.

Ik dweilde de vloer, geknield aan de voeten van anderen. De ene voet na de andere. Mijn hoop vervloog. Ik zon voortdurend op een ontsnappingsmogelijkheid. Ik vroeg Klank van Regen of hij me een baantje ergens anders kon geven. Hij zei: 'Daar kan ik je geen toestemming voor geven omdat ik weet dat je motieven niet zuiver zijn. Ik weet dat je eigenlijk bij de studio weg wilt. Je hebt tegen me gelogen, je hebt tegen de Partij gelogen en dat is dat.' Ik stond daar maar. Klank van Regen vervolgde: 'Waarom wil je maar niet zien dat je hier serieus werk hebt? Waarom ben je zo egoïstisch dat je de zaak van de revolutie niet de belangrijkste plaats in je denken geeft?' Hij pakte zijn werkrooster en zei me dat ik de komende vijf jaar vol zat. Terwijl hij het boek dichtsloeg zei hij dat hij de regels niet opstelde.

Ik zat in de donkere kamer te roken. Ik was kettingrookster geworden. Na een dag werken kwam de Supervisor ook altijd naar die kamer en zat dan voor zich uit te kijken. We zaten zoals gewoonlijk te zwijgen, ongeveer anderhalve meter van elkaar, alsof de ander een rekwisiet was. Mijn zintuigen zeilden rond op een donkere oceaan. Het lichtpuntje van de sigaret van de Supervisor deed me aan een boei denken.

De eerste rushes werden door boven hogelijk geprezen. Men zei dat kameraad Jiang Ching er blij mee was. Ze wilde Mao de rushes laten zien. De Voorzitter en zijn belangrijkste adviseurs zouden de rushes bekijken en goedkeuren en de film onder het publiek propageren.

Klank van Regen en Sovjet Wong kwamen naar de set en kondigden aan dat kameraad Jiang Ching de set zou inspecteren en 's avonds met de leden van de crew zou eten. Men vroeg ons om veiligheidsredenen het nieuws geheim te houden. De crewleden raakten opgewonden, zo opgewonden dat ze zich in een hoek terugtrokken en luid begonnen te fluisteren. Ze fluisterden elkaar in het oor: 'Het is waar! Wat een geluk hebben we toch!'

Nadat iedereen was vertrokken maakte ik mijn dweil schoon. Ik ging niet naar de maaltijd. Dat zou me alleen nog meer aan mijn ellende hebben herinnerd. Ik besloot te blijven. Ik besloot mezelf te zijn. Ik ging naar de kamer om een sigaret te roken. De Supervisor was er niet. Ik ontdekte dat mijn gedachten op dit moment in het donker vreemd genoeg naar hem uitgingen. Ik vroeg me af wat voor iemand hij was, wat zijn achtergronden en zijn doel in het leven waren. Ik bewonderde zijn toewijding. Als ik er niet zo slecht aan toe was geweest, was ik vrienden met hem geworden. Ik mocht hem. Ik waardeerde zijn wonderlijke geest. Ik begon te denken: als we vrienden waren, zou ik hem dan over Yan vertellen? Ik vroeg me af waarom hij, de schepper van *Rode Azalea*, zo dol was op Juichende Speer.

De deurknop werd omgedraaid. Er dook een bekende gedaante naar binnen. 'Goedenavond,' zei hij. 'Je hebt niet gegeten, hè?' 'Nee,' zei ik.

'De kantine gaat dicht,' zei hij.

'Dat weet ik,' zei ik. 'Maar ik heb geen honger.'

'Waarom ben je niet naar het diner geweest?' vroeg hij me. 'Ik weet zeker dat je bent uitgenodigd. Wilde je onze grootste vaandeldraagster niet ontmoeten?'

'Natuurlijk wil ik dat wel,' zei ik. 'Maar ik weet zeker dat niemand graag een sethulpje ziet.'

Hij zei: 'Dat kun je nooit zeker weten. Kameraad Jiang Ching geeft heel veel om gewone mensen.'

Hij glimlachte en ging tegenover me zitten. Hij legde twee loempia's voor me neer. 'Eet ze op nu ze nog warm zijn,' zei hij. Ik pakte een loempia en propte hem in mijn mond. Ik had vreselijke honger. Ik wist niet waarom ik ten overstaan van hem opeens zoveel durfde. Kwam het door zijn lof aan het adres van Juichende Speer, die mijn hoop de bodem had ingeslagen, zodat ik geen behoefte meer voelde hem stroop om de mond te smeren?

De Supervisor ging zitten en pakte de sigaret aan die ik hem gaf. 'Het is inderdaad een verstikkende wereld,' zei hij terwijl hij de rook uitblies. 'Je bent geen slecht mens.'

'"Niet slecht"' snierde ik. 'Hoezo, niet slecht?'

'De reden is niet van belang,' zei hij. 'Je dient een doel.'

Ik wilde weten: welk doel?

Hij zei: 'Het is beter als je het niet weet.'

Ik draaide me naar hem om en zei: 'Ik hoef helemaal niets te weten.'

'Prachtig,' zei hij. 'Laat de zon schijnen. Laat hemel en aarde delen in... in de mythe en schoonheid van het onbekende. Het maakt heus niet uit of je het weet of niet weet,' zei hij, alsof hij tegen zichzelf praatte. 'Leegte is de ideale toestand.' Hij draaide zich om en keek me aan. Hij keek me aan in het donker. Ik zag de glinsterende irissen van zijn ogen. Hij stond op, knipte het licht aan en verliet de kamer. Denkend aan hem bleef ik achter.

Klank van Regen en Sovjet Wong kwamen de volgende dag naar de set. Er werd door het Centraal Comité een nieuw document vrijgegeven waarin stond dat de richting waarin *Rode Azalea* zich ontwikkelde enkele politieke problemen had veroorzaakt. Kameraad Jiang Ching was bezig een aantal knopen door te hakken. De opnamen mochten nog niet beginnen.

De laatste buitenscènes zouden in maart in het Westelijke Merendistrict van de provincie Hang Chow worden opgenomen. Ik stapte net voor het vertrek op de bus. De enige vrije stoel was die naast de Supervisor. Ik aarzelde, maar besloot er toch te gaan zitten. Ik voelde dat er een vreemde spanning tussen ons hing. Hij gaf me een sigaret. We zeiden geen woord tijdens de reis, die zes uur duurde. Juichende Speer en Sovjet Wong zaten voor ons. Ze zongen de hele weg opera's. De een na de ander. De bus kreeg panne vlak voordat we het Merendistrict binnen zouden rijden. Terwijl de andere leden van de crew naar buiten gingen om hun benen te strekken, begonnen de Supervisor en ik te praten.

Ik vroeg behoedzaam of hij familie had. Hij zei ja, maar hij was al die jaren in wezen alleen geweest. Ik vroeg hem waar hij woonde. 'Hier en daar, ik woon waar ik werk,' zei hij. Hij vroeg hoe ik me door het leven had geslagen en of ik gelukkige momenten had gekend. Ik zei nee en stelde hem dezelfde vraag. Tot mijn verrassing zei hij dat hij zo droog lag als een vis op brak land. Hij zei dat hij moe was, maar verplichtingen had aan zijn missie. Wat voor missie? 'Voor het volk vechten,' zei hij. 'Voor mensen met hetzelfde lot als ik,' voegde hij eraan toe. Ik vond die uitspraak een soort leus. Dat zei ik hem. Hij lachte en zei dat hij onder de indruk was van mijn moed.

'Waarom vecht u voor het volk? Wat bedoelt u met het volk?' vroeg ik. Hij zei dat ik meer over hem aan de weet moest komen. Ik zei dat ik dat graag zou doen. Hij begon over zichzelf te vertellen. Zijn familie was afkomstig uit de Oostelijke Bergprovincie in het Noorden. Zijn moeder was voor de Bevrijding dienstmeid geweest. Zijn vader had hij nooit gekend. Zijn hele kindertijd waren hij en zijn moeder door de rijken gecommandeerd en hadden ze geen dak boven hun hoofd gehad. Zijn moeder had zich moeten prostitueren om hem te eten te geven. De rijke kinderen sloegen hem en hun honden beten hem. Hij had sindsdien een hekel aan honden gehad. Zijn moeder was aan syfilis overleden toen hij twaalf was. Zijn moeder had niet in haar dorp bij haar voorouders begraven kunnen worden. Een man uit het dorp had gezegd dat haar kwade geest de goede fortuin van het dorp zou verjagen. De man die dat zei had ooit van haar lichaam genoten. Ze was vlak buiten de dorpspoort begraven. Wilde honden hadden haar opgegraven en haar lichaam tot op het bot opgevreten.

Hoewel hij nog steeds heel kwaad was, bleef de Supervisor rustig. 'Nadat moeder was overleden, ging ik naar Shanghai,' zei hij, 'naar een familielid, een ondergrondse communist. Deze introduceerde me bij een linkse theaterorganisatie, waar ik de jongste operazanger werd. Datzelfde jaar werd ik lid van de Partij. Ik miste mijn moeder. Toen ze doodging nam ze een groot stuk van mij mee. Ik ben sindsdien nooit meer aan eenzaamheid ontkomen. Ter nagedachtenis van mijn moeder produceerde en regisseerde ik een aangepaste versie van een westers toneelstuk, *Het poppenhuis*. Het was het hoogtepunt in mijn leven.' Hij hief zijn hand, tikte tegen de rand van zijn pet van het Rode Leger en zei: 'Ik speelde Nora.'

Voordat ik het beeld dat hij had geschilderd helemaal had ingevuld begon de Supervisor weer te praten. Hij vroeg me hoe ik het vond om in deze maatschappij een vrouw te zijn. Toen hij mijn aarzeling zag zei hij dat het de verantwoordelijkheid van iedere vrouw moest zijn rechtschapenheid te bevorderen. Ik vond het een onplezierige vraag, omdat ik had gezien dat het met de bevordering van rechtschapenheid niet best gesteld was. Maar dat zei ik hem niet. Ik zei hem dat ik zijn vraag niet begreep. Ik zei dat de Voorzitter ons alles over gelijke rechten had geleerd. Gelijke rechten voor vrouwen en mannen, gelijke rechten voor ieder menselijk wezen. Gelijke rechten zoals Juichende Speer en ik hadden gekregen. De Supervisor glimlachte vaag. 'Je zegt alweer niet wat je werkelijk denkt.' Ik zei: 'Misschien, maar waarom vertelt u me niet hoe u heet? Waarom kunt u uw echte identiteit niet onthullen? Hebt u zelf ooit weleens gezegd wat ú werkelijk denkt?' Hij zei: 'Maar we hebben het over jou. We praten over hoe jij je voelt, hoe jij wordt lastig gevallen door je ressentimenten. De ressentimenten waar je je vaak in onderdompelt, als een knoedel in azijnsaus.'

Zoet? Zuur? Hij lachte. Hij raakte me op een ongelukkige plek. Ik zei: 'Met mij gaat het goed en verder gaat het niemand wat aan.'

'Je liegt slecht,' zei hij. 'Je kunt je gevoelens niet verbergen – dat bewijst dat je niets weet van de kunst van het leven. Je staat onder spanning. Je bent gespannen als een konijn in een zak. Je ogen zeggen me dat je een hekel hebt aan alles wat je te doen krijgt. Je voelt je ellendig. Je haat Klank van Regen en Sovjet Wong. Je haat ze omdat ze je ambitie hebben gefrustreerd. Je bent jaloers op Juichende Speer. Je kunt je ambitie niet uitleven en dat kwelt je. Je wilt iemand zijn, je wilt geschiedenis zijn. Je verdient de titel bourgeoisindividualist. Een betere beschrijving kan ik niet van je geven. Zeg het maar als je het niet met mijn beschrijving eens bent. Vertel me de waarheid, wil je? Zou je me de waarheid vertellen?' De Supervisor zag hoe stil ik was en zei: 'Je bent een gecompliceerd iemand.'

In de kelder van het Westmeerhotel, waar we iedere dag na de opnamen een sigaret gingen roken, vertelde de Supervisor dat kameraad Jiang Ching kritiek kreeg vanwege haar scheppingen. 'Haar tegenstanders zeggen dat als er een vrouw aan boord van een boot stapt, de boot meteen zinkt.' De Supervisor vroeg me of ik hier verbaasd over was. Ik zei: 'Gezien de vijfduizend jaar traditie verbaast me dit niet.'

'Ach, ja, de geschiedenis,' zei hij. 'Alle wijsheid is mannenwijsheid. Dat is de Chinese geschiedenis. De val van een koninkrijk is altijd de schuld van de concubine. Wat kan er meer waar zijn? Waarom zou kameraad Jiang Ching een uitzondering op de regel zijn?'

'Kameraad Jiang Ching hoeft zich geen zorgen te maken over haar tegenstanders,' zei ik. 'Ze is de vaandeldraagster, de moderne keizerin van China. Ik weet zeker dat haar macht groter is dan wie dan ook zich kan voorstellen.' De Supervisor glimlachte. 'Denk je dat echt?' Zijn glimlach bevatte een bericht. Het bericht was opgesteld in een onbreekbare code, die ik niet kon interpreteren. Wat vreemd toch, bedacht ik, een supervisor die geen naam heeft, die naar believen de studio in- en uitzwemt, die de machtigste namen van het land vrijelijk noemt. Waarom wilde zo'n man in zo'n kamertje een sigaret roken? Waarom vroeg hij me steeds naar mijn werkelijke gedachten? Ik wist dat er veel mensen verdwenen waren nadat ze eens eerlijk gezegd hadden wat ze vonden.

We zaten te roken. De straatlantaren belichtte de contouren van het gezicht van de Supervisor. Hij stond aan het raam naar de maan te kijken. Welke gedachten stond hij daar te verbergen?

Mijn leven begon leuker te worden. Leuker te worden omdat de Supervisor belangstelling voor me kreeg. Iedere dag verheugde ik me erop hem weer te kunnen provoceren. Ik hield mezelf voortdurend voor dat dit niets aan de situatie zou veranderen, maar ik zou de aandacht die ik kreeg niet zomaar prijsgeven. De Supervisor begon met me te praten waar iedereen bij was. Hij praatte met me tijdens en buiten de opnamen, ten overstaan van Juichende Speer, ten overstaan van Sovjet Wong. We praatten over het opnameschema, de kostuums en de rekwisieten. We praatten ook onder vier ogen, op de trap, in de kamer waar we zaten te roken. Ik vertelde hem mijn versie van *Rode Azalea*. Ik bewees hem dat ik van nature een Rode Azalea was. Hij keek me stomverbaasd aan. Hij was verbijsterd over mijn krankzinnigheid. Ik zei dat ik weliswaar niet kon paardrijden, maar wel een tractor kon besturen. Ik vertelde hem dat een tractor harder ging dan een paard. Hij moest zien dat ik een motor had en Juichende Speer niet. Ik zei dat ik de klimop van mijn zelfvertrouwen om zijn zenuwen zou willen slingeren. Ik schreeuwde, zij het fluisterend, tegen hem: 'Ziet u niet dat ik zou kunnen zijn waarnaar u zocht?'

De Supervisor zweeg voortaan op de set. Hij praatte niet meer met me. Maar ik wist dat er iets bij hem gebeurde. Ik wist dat ik zijn belangstelling had gewekt. Ik wist dat ik een kameraad in hem zou krijgen. Om middernacht werd ik snikkend wakker nadat ik voor het eerst sinds lang weer van Yan had gedroomd. Ik schreef Yan en vertelde haar over de Supervisor.

De laatste opnamen waren achter de rug. 's Middags huurde de producer een boot en nodigde alle leden van de crew uit voor een afscheidsfeestje op het Westmeer. Denkend aan het afscheid voelde ik me vreselijk, alsof een geheime wens die ik had gekoesterd plotseling de grond in werd geboord. Terwijl ik op mijn bed lag waarschuwde ik mezelf dat de crew zich over twee dagen in alle windrichtingen zou verspreiden. Twee dagen – achtenveertig uur. Dan zou de film *Rode Azalea* erop zitten. Dan zou de Supervisor weg zijn. Mijn inspanningen zouden voor niets zijn geweest, een rimpeling in dat meer. Opeens regende er droefheid in me neer.

Ik lag, gewikkeld in mijn gedachten aan de Supervisor, op mijn hotelbed toen de kostuumontwerpster binnenkwam. Het was een vriendelijke vrouw van ongeveer dertig, die een gezicht als een Boeddha had. Ze vertelde dat Juichende Speer de Supervisor had uitgenodigd voor een afscheidsdiner in een restaurant in Russische stijl aan het meer. Ze stelde voor een boeddhistische tempel te bezoeken die verscholen lag in het gebergte in het oosten van de provincie. Ik zag steeds maar Juichende Speer en de Supervisor voor me, die zaten te babbelen. De kostuumontwerpster vertelde me dat de tempel heel bekend was omdat je wensen er werden verhoord. Dat van die wensen kon me niet schelen, maar ik moest erg nodig uit die kamer weg.

Als je van de voet van de bergen naar boven keek was het net of de tempel midden tussen de wolken dreef. Een in de rots uitgehouwen trap leidde erheen. Het was een smalle trap. Er kon maar één persoon tegelijk op. Het voelde aan alsof je in een stenen handschoen liep. De inscriptie op een gedenksteen vertelde dat er vier generaties steenhouwers nodig waren geweest om de trap te maken.

Hele kleine tandeloze oude vrouwtjes met tassen met eten klommen langzaam naar boven. Op iedere tree bogen ze, waarbij hun hoofd de steen raakte.

Uiteindelijk, om drie uur 's middags, kwamen de kostuumontwerpster en ik bij de poort van de tempel aan. De tempel was dicht met klimop begroeid. De lucht was kil en rook doordringend naar jasmijn. De rook uit een enorm bronzen wierookvat kringelde omhoog en hing om de schouders van de gelovigen. Aan het einde van een lange gang bevond zich een uit sandelhout gebeeldhouwd altaar. Voor het altaar lag een rij van ongeveer driehonderd primitief ogende, kleurig beschilderde poppetjes aan de voeten van een boeddhabeeld.

Een oude dame met een kaal hoofd liet zich badend in het zweet op haar knieën zakken. Op haar gezicht zat een koek van bruine modder van het buigritueel. Ze haalde een rood met groen poppetje en een balpen te voorschijn en schreef achter op het poppetje een paar karakters. Ze legde het poppetje in de rij en boog eindeloos voor de boeddhabeelden. Het geluid van haar hoofd dat de vloer raakte bleef nog lange tijd in mijn oren hangen. Ik liep langzaam op haar poppetje af om te kijken wat ze had geschreven. Er stond: 'Lieve Geboortegod, ik heb een poppetje van u meegenomen en u hebt me een prachtig kleinkind geschonken. Nu heb ik een mooi poppetje gemaakt, dat ik u teruggeef. Ik zal u nooit genoeg kunnen danken. Uw oprechte volgeling. Moeder van uw kind Grote Biksem.'

Mijn vingers trilden toen ik de wierook ging aansteken. Voor de eerste maal boog ik oprecht voor de boeddhabeelden. Ik wist niet wat ik moest wensen. Ik richtte me op en keek naar het beeld. Vertel me wat ik moet wensen, bad ik. Ik was geschokt toen ik mijn hart in die rook hoorde zeggen: 'Alstublieft, Boeddha, geef me kracht, geef me kracht.' Op dat moment besefte ik hoe zwak ik was. Het was een zwakte als gevolg van het feit dat er een ongewone man in mijn leven was binnengedrongen. Ik stond in paniek op: ik besefte dat mijn hart naar de Supervisor verlangde. Ik keek om me heen en zocht de kostuumontwerpster, maar ze was verdwenen. Ik bleef kijken. Plotseling ontmoette mijn blik de zijne, de blik van de Supervisor. Hij stond in de menigte en volgde me met zijn ogen. Hij wendde zijn blik af op het moment dat ik naar hem keek. Ik maakte een beweging. Er bleven mannen en vrouwen met poppetjes binnenstromen. Ze bogen, gaven zich volledig over, alsof er niemand anders was. De geluiden van hun gebeden verspreidden zich en mengden zich met het gezang van de monniken.

Weer stroomde er een golf mensen naar binnen. Het aantal poppetjes op het altaar groeide. Het geluid van de gelovigen die op hun knieën vielen klonk luid alsof er op een trommel werd geslagen. Ik werd door de menselijke rivier naar de achterkant van het altaar gedrukt, waar een muur stond van duizend standbeelden van de profeten van Boeddha. De wand en het plafond waren bedekt met geschilderde wolken van aardewerk: onder de voeten van de profeten, op hun handpalmen, rond hun hoofden. Een rennend hert met een rood lint om zijn nek, een strooien mand met perziken. Een tot op de vloer afhangende witte baard, die heen en weer zwaaide op de bries. De glimlachjes duister. Een rijk waar de zintuigen worden vervormd. Ik draaide me om omdat mijn hele wezen werd opgezogen door een starende blik, een starende blik achter me, van hem, van de Supervisor.

Mijn geest ging op in de wolken. Mijn hand strekte zich naar achteren, naar hem, alsof ze het op eigen kracht deed. Ik werd erdoor meegetrokken. Ze zwom door de lagen vlees van de menigte en werd plotseling aangeraakt en stevig vastgehouden door een andere hand.

Zonder te kijken wist ik dat hij het was. Ik keek naar de beelden van de Boeddhaprofeten en hoorde hoe mijn hart een kreet van vreugde slaakte.

Terwijl de menigte doorliep liet de hand los. Ik draaide me om om te kijken. Op ongeveer een meter van me vandaan stond hij, alsof hij daar was vastgenageld. Hij keek naar me. Hij was doodsbleek. Alles behalve zijn amandelvormige ogen begon voor me te vervagen. Het hert met het rode lint zette het op een rennen, de perziken zwaaiden laag aan de takken, de profeten bleven duister glimlachen.

Er verschenen twee mannen in een uniform van de veiligheidsdienst. Ze drongen zich door de menigte en liepen naar hem toe. Ze zeiden iets tegen hem, waarbij ze om zich heen keken. Ze vroegen of hij zich wel goed voelde. Hij zwaaide ongeduldig met zijn handen en gebaarde hen de heuvel af. De mannen waren beleefd, maar weigerden weg te gaan. Ze stonden daar roerloos. Hij hief zijn kin en richtte zijn gezicht naar de hemel. Ik zag een uiterste treurigheid in die amandelogen.

De kostuumontwerpster dook weer op. Ze klaagde dat ik zo traag was. Ze zei dat ze een wens voor zichzelf had gedaan en dat ze zich nu veel beter voelde. Ze stelde voor naar de donkere ondergrondse grot te gaan, de Grot van de Gele Draak. Men zei dat er miljoenen jaren geleden een draak was gestorven en dat de nauwe ingang het pantser van zijn darmen was.

In de grot was het heel druk; hij stond stampvol mensen die jasmijn in hun handen hadden, vrouwen die jasmijn om hun nek en in hun haar droegen. Opeens merkte ik dat de Supervisor me volgde. En achter hem liepen de beide veiligheidsmensen.

De kostuumontwerpster begon te juichen toen ze de menigte zag. 'Wat leuk,' zei ze, en vroeg iemand waar ze die jasmijn kon plukken. Ze wrong zich met haar schouder door de menigte naar een lichtstraal bij de uitgang, een paar meter van ons vandaan. Ze zei dat ze voort moest maken voordat alle jasmijn weg zou zijn. De gang was zo smal dat de onbekende lichamen op elkaar werden gedrukt en geperst. De zure geur van zweet mengde zich met die van jasmijn. Ik bewoog me naar hem toe. Ik hoopte dat hij mijn hand weer zou vasthouden. Ik hoopte het heel erg. Ik wachtte. De jasmijngeur werd sterker. Hij kwam dichterbij in de menigte. Hij stond naast me. Onze ademhalingen raakten elkaar. Ik bood hem mijn hand. Hij reageerde niet. Hij greep mijn hand niet vast. Ik zat onder de blaadjes van de kapotte jasmijn.

Ik gaf mezelf de schuld. Ik gaf mijn dwaasheid de schuld. Maar mijn dwaasheid was sterk. Ik werd erdoor beheerst, gestuurd. Toch had ik ook een wil. Ik vermeed het bewust te klinken met de Supervisor, tijdens dat laatste diner, dat op een grote, met draken en feniksen gebeeldhouwde boot werd gegeven. Met alle anderen klonk ik wel. Ik klonk met Juichende Speer en Sovjet Wong. Vaarwel en pas goed op jezelf, mijn lippen gingen automatisch open en dicht. Ik hield mezelf voor dat alles over een dag voorgoed voorbij zou zijn, dus hou op met hopen en knijp ertussen uit. Ik klonk met de crew.

Juichende Speer was dronken. Ze begon een kinderliedje te zingen. Ze zong: 'Pluk de radijs, de radijs' en viel lachend op de vloer. Toen ze weer overeind stond, begon ze over te geven. Sovjet Wong bracht Juichende Speer naar haar kamer. Het feest ging door.

De Supervisor deed alsof onze vingers elkaar nooit hadden geraakt. Hij glimlachte tegen de leden van de crew. Hij acteerde goed. Hij knoopte zijn blauwe Mao-jasje los. Eronder droeg hij een wit overhemd. Zijn lange, tengere vingers hielden een wijnglas vast. Zijn wangen waren rood, en door deze kleur ging zijn huid er als de huid van een jonge vrouw uitzien. Toen het hoofd van de belichtingsploeg, Grote Tai, hem voor een drinkwedstrijd uitdaagde, ging hij op de uitdaging in.

De crew juichte en verzamelde zich om de tafel om te kijken. Grote Tai was een kolossale, sterke man van ongeveer vijftig, een vrijgezel die de Supervisor altijd had aanbeden. Hij prees hem als de mooiste man die hij ooit had gezien, en zei dat hij alles zou doen om bij hem in de buurt te kunnen blijven. De mensen hadden de Supervisor gewaarschuwd niet te dicht bij Grote Tai in de buurt te komen, omdat Grote Tai rare problemen had: hij vond altijd wel een excuus om mannen met een meisjesachtig uiterlijk het leven zuur te maken.

De Supervisor pakte een glas rijstwijn en dronk het leeg, terwijl Grote Tai hetzelfde met het zijne deed. Hun glazen werden door leden van de crew weer volgeschonken. Ik verstopte me in een hoek waar geen licht kwam en voelde hoe mijn hersens verlamd raakten. Grote Tai was een goed drinker. Het gezicht van de Supervisor was na drie glazen zo bleek als dat van een Japanse papieren pop. De leden van de crew wachtten opgewonden op de pret die zou komen. Ze werden wat rustiger nadat de Supervisor en Grote Tai hun vierde glas achterover hadden geslagen.

Grote Tai stelde voor dat ze vanuit de boot zouden gaan vissen. De kostuumontwerpster lachte toen ze visspullen ging lenen van de man die de boot bestuurde. Grote Tai haalde twee hengels te voorschijn en gaf er een aan de Supervisor. Met trillende vingers pakte de Supervisor een stukje eten van zijn bord en stak het op de haak. Ze legden in. De boot gleed soepel voort.

In de verte schreeuwde een gans. De kostuumontwerpster zei dat het paartijd was. De ganzen paarden graag onder water, en altijd 's nachts. De mannetjesganzen hadden prachtige veren, met schitterende kleuren, maar de vrouwtjes waren egaal, net als eenden. Na de paring likten ze elkaars nek. 'Walgelijk,' zei de kostuumontwerpster.

Grote Tai leunde met gezwollen gezicht achterover in zijn stoel. Zijn ogen leken heel klein, kleiner dan die van een vet konijn. Hij zette zijn glas neer en strekte zijn hand uit naar het gezicht van de Supervisor. Hij lachte, waarbij zijn zilveren tand zichtbaar werd. Hij zei dat hij de Supervisor mooier vond dan een vrouw. Hij vroeg: 'Waarom ben je een man? Je zou geen man moeten zijn: je ruïneert je uiterlijk als je je als man kleedt.'

De Supervisor stelde voor dat men hun nog eens inschonk. 'Proost! Proost!' moedigden de leden van de crew hen aan. Na het vijfde glas begon Grote Tai met zijn armen te zwaaien en stak hij zijn benen in de lucht. De Supervisor zei dat hij beet had. Hij had een geluid gehoord en wist zeker dat Grote Tai een grote vis had gevangen. Grote Tai liep met moeite naar de hengel. Hij viel in het water toen hij de vis ophaalde. De kostuumontwerpster haalde een enorm net en de leden van de crew hielpen de man en de vis uit het water te halen.

De Supervisor draaide zich om. Hij betrapte me terwijl ik naar hem stond te kijken. Hij liep op me af. Ik merkte dat ik beefde, op het punt stond over te geven. Ik rook jasmijn en moest aan die middag in de Grot van de Gele Draak denken. Ik ging naar de kostuumontwerpster en hielp Grote Tai aan boord te trekken. Grote Tai sliep diep, ondanks het gesjor en getrek. Er kwam water uit zijn mond. De leden van de crew deden niets anders dan lachen. Die amandelogen waren strak op me gericht. Ik rekte mijn gezichtsspieren om met de anderen mee te lachen.

De volgende morgen stond de bus al klaar om naar Shanghai terug te gaan toen de Supervisor instapte. Ik boog mijn hoofd en deed alsof ik mijn aantekeningen doorlas. Hij kwam dichterbij, ging achter me zitten. Hij vroeg naar het totaal aantal opnamen dat we hier hadden gemaakt. Ik gaf geen antwoord. Ik wist dat ik dat niet hoefde. Ik wist dat hij dat aantal niet echt wilde weten. De bus vertrok in de hitte. De leden van de crew zongen een lied over het zwerversleven. Juichende Speer gaf iedereen een afscheidskaart die ze zelf van papieren uitgeknipte figuurtjes en roze lint had gemaakt.

In de middag kwamen we in Shanghai aan. De bus stopte bij de toegangspoort van de studio. De Supervisor stond op en schudde iedereen van de crew de hand. Hij wenste iedereen een goede gezondheid en een goed leven. De leden van de crew wensten hem een veilige terugreis naar Peking. Toen hij zijn hand naar de mijne uitstak gaf ik mezelf geen kans. Ik weigerde me deze intimiteit te laten aanleunen. Ik liet zijn hand in de lucht hangen, stond op en stapte uit.

Ik haalde snel mijn fiets van de parkeerplaats. De achterband was leeg. Ik besloot er toch maar op te fietsen. Ik reed naar de poort. De wielen maakten een krakend geluid op de droge ahornbladeren op het plaveisel. Er trok iets aan me. 'Je hebt een lekke band.' Het was zijn stem. 'Ach, dat geeft niet,' zei ik zonder me om te draaien. Hij wilde de fiets echter niet loslaten. Ik draaide me om. Hij probeerde te glimlachen. 'Zeg eens iets aardigs bij wijze van afscheid,' opperde hij. Ik wendde mijn blik af. Hij zei: 'De mensen kijken naar ons.' Ik zei: 'Dat weet ik.'

'De vuile, geile zwijnen,' zei hij.

Ik leed. Ik kon er niets aan doen. Ik begon weer te trappen. Hij liet mijn fiets los en zei: 'Ik wil je vanavond om half acht in het Vredespark zien.'

Ik zat aan het raam en mijn gedachten dwaalden weg. Ik hoorde niet dat mijn moeder me aan tafel riep. Ik hoorde alleen maar het krioelen van mijn gedachten. Ik liep naar een bureau en pakte snel een pen en een aantekenboek. Ik scheurde een stuk papier uit het boek. Ik kon niet schrijven wat ik wilde. Mijn moeder kwam binnen. Ze hield mijn handen vast. Ze zei: 'Je bent warm.' Ze opperde dat ik mijn trui zou uittrekken. Dat deed ik. Ik keek mijn moeder aan en ontdekte opeens hoeveel ik op haar leek. Ik had haar stijfkoppigheid geërfd. Ik had haar hartstocht geërfd. Dat ik voor mezelf moest leven was me aangeboren. Ook al was het een droom: dat moest dan maar.

Het Vredespark lag naast het Crematorium Drakenzicht. Het was een park waar maar weinig bezoekers kwamen. De meeste mensen die er kwamen waren in de rouw. Ik voelde me veilig in het donker. Nadat ik uit de bus was gestapt keek ik om me heen. De geur van wierook dreef over vanaf een begraafplaats in de buurt. Ik vergewiste me ervan dat ik niet gevolgd werd. Ik betaalde vijf cent bij het hek en liep het park in.

Het was buitengewoon stil. De bomen en bladeren waren dik als muren. Ik zwierf tussen de bomen rond en hield de ingang goed in de gaten. Om acht uur zag ik hem. Hij kwam me achterop en was in het zwart gekleed. We liepen naar de schaduw onder de bomen, waar de lichten wel de ogen van geesten leken. We bleven tegenover elkaar staan bij een grote boomstam. Hij zei dat hij al sinds zeven uur hier was. Hij was blij dat ik was gekomen. Ik zei dat ik ook blij was. Toen wisten we niets meer te zeggen. We liepen naar de dikke bomen. Ik kon mijn hart horen bonken.

'Heeft u uw koffers gepakt?' Ik zocht naar woorden.

'Ja,' zei hij. Zijn stem klonk geforceerd.

'Hoe laat vertrekt de trein?'

'Om vier uur in de ochtend.'

'Tja,' zei ik.

'Tja,' zei hij. 'U zult wel een opwindend leven leiden in Peking,' zei ik. Ik weet niet waarom ik dit zei.

'Opwindend, zeg dat wel, waar charmante lachjes moorddadige bedoelingen maskeren.' Hij schudde zijn hoofd. Hij vertraagde zijn pas en zei: 'Je zult dat aspect van me niet begrijpen. Niemand zou het begrijpen.'

Ik vroeg: 'Zelfs uw vrouw niet?'

'O, mijn vrouw,' zei hij. 'Mijn vrouw is heel lief. Maar ze zou niet lief meer tegen me zijn als ze me werkelijk kende. Maar ik wil wel dat jij me kent.' Hij pakte mijn handen en zei: 'Ik denk dat je me wel zult leren kennen.' Hij keek me recht aan. Ik kon zijn ogen niet zien. Ik zag de contouren van zijn hoofd. Ik keek in het licht, maar hij stond in de schaduw. Hij keek me aan, legde zijn armen om me heen en draaide me om, zodat hij in het licht stond en ik in de schaduw. Ik bekeek hem onbekommerd, want ik wist dat hij mijn ogen niet kon zien. Ik keek naar hem. Ik keek naar de contouren van zijn gezicht. Het werd per seconde ouder. Hij was gedrenkt in treurnis. De uitdrukking op zijn gezicht verslapte. 'Ik ben eenzaam,' zei hij. 'Ik dacht dat ik eraan gewend was, maar dat ben ik niet. Zie je dat niet?'

Mijn armen legden zich om hem heen. Terwijl ik hem voelde, voelde ik Yans huid. Ik raakte hem aan en zei: 'Ik sta tot uw dienst.' Hij huiverde als een jonge boom in een storm. Hij omhelsde me. Hij zei zacht: 'Ik wil het. Ik wil jou.'

Zijn lippen waren zacht. Zacht als een geschilde lychee. Mijn hart dronk het kleverige sap. 'Wil je weten hoe ik heet?' vroeg hij. 'Nee,' zei ik. 'Ik wil je naam niet weten, want we hebben niet het plan elkaar terug te zien.'

Hij maakte mijn wangen nat. In zijn stevige armen vond ik mijn dorst. We stonden onder de dichte osmanthusboom, bedekt door zijn zoete geur. In de verte hoorden we opeens lawaai. Er kwam een groep mensen met zaklantarens onze kant op. Het waren leden van de patrouille tegen criminaliteit van de stad. We lieten elkaar los en trokken ons terug in de schaduw. Ik leunde tegen een boomstam toen de groep lantarens langs me heen veegde. Terwijl ik de beweging van de lichtbundels volgde zag ik tot mijn verbazing menselijke gedaanten in de struiken. Niet een paar, maar een groot aantal. Tegen elkaar gehouden hoofden, fluisterend in het donker.

De Supervisor en ik liepen als gezochte misdadigers in het park rond. Nadat de patrouille was gepasseerd verborgen we ons achter het mededelingenbord van het park. Het bord hing vol foto's van misdadigers, dieven, mannen en vrouwen die op overspel waren betrapt. Rond de foto's hingen artikelen met openbare kritiek.

Hij liep ongeveer drie meter achter me aan. We probeerden een plek te vinden waar we konden zitten. Alle banken in het stuk met bomen, dicht bij de struiken, in de schaduw waar de geestenogen niet blonken, waren echter door stelletjes bezet. Op iedere bank zaten drie stellen, die allemaal een andere kant op keken. Niemand viel anderen lastig. Ze waren allen, fluisterend en strelend, verdiept in hun hartstochtelijke bezigheden.

Ten slotte ontdekten we een rustige plek achter de openbare toiletten. We kropen de struiken in en gingen op onze rug in het gras liggen. Het donker wenkte uitnodigend. Ik vroeg hem of hij iets uit een van zijn lievelingsopera's wilde zingen. Hij neuriede in mijn oor:

Staand bij het hek
Is de vrouw magerder dan de kwijnende bloem.
Ze maakte van haar liefde een weefsel.
De sjaal die ze maakte is door een vreemdeling versleten.
Ze was een oude vrouw toen haar liefde nog jong was.

Plotseling zei hij dat hij voelde dat ik een minnaar had. Hij vroeg of ik hem kon beschrijven. Ik ging rechtop zitten. Ik was verbijsterd. Hij merkte hoe ongemakkelijk ik me voelde en begon te fluisteren, vormde de woorden voorzichtig met zijn tong. 'Het geeft niet,' zei hij. Hij vertelde dat hij rijpheid belangrijk vond, en wat ik ook opbiechtte, het zou niet afdoen aan het beeld dat hij van me had, omdat hij brandde van begeerte naar me. Hij wilde mijn honger naar hartstocht ondervinden.

Hij wachtte op mijn antwoord. Hij wist niet dat hij zelf mijn pistool laadde. Ik rook de rook al nog voordat ik de trekker overhaalde. Ik aarzelde, en zei toen dat ik wel een affaire had gehad, maar niet met een man.

Lange stilte. Ik voelde hoe hij langzaam bijkwam van de schok. 'Heb je haar zelf gekozen?' Zijn stem klonk bitter. 'Ja en nee,' zei ik. 'Maar het had geen enkel verschil gemaakt als ze een man was geweest.'

'Waar zit ze nu?' vroeg hij.

'Op de Boerderij van het Rode Vuur. Ik weet niet precies waar. Ik heb mijn leven aan haar te danken.' Hij zei: 'O ja?' Ik vroeg hem of ik hem het hele verhaal moest vertellen. Hij zei dat dat niet hoefde. Ik zei dat ik het niet erg vond. Hij zei dat hij altijd bereid zou zijn te luisteren, maar dat hij het verhaal liever een andere keer hoorde. Ik zei hem dat ik zijn begrip waardeerde. Hij zei dat het nog te vroeg was om ook maar iets te waarderen. Thee smaakte het beste als je een tweede kop nam.

Koorts laaide op toen de honger zich een weg baande. Handen, die niet onder kleren mochten komen, vonden toch de weg naar de verhitte lichamen. Huid straalde licht uit. Genot sloeg over ons vlees en bracht onze zielen tot zingen.

Ik vroeg hem me iets over Peking te vertellen, over zijn leven. Ik vroeg of ik hem nog eens mocht zien. Hij zei dat dat erg riskant zou zijn. 'Ik wil niet dat je om mij problemen krijgt. Er hebben veel mensen om mij problemen gekregen,' zei hij. 'Het kan je het leven kosten...' Hij zweeg, hief zijn hand om mijn gezicht aan te raken. 'Lief vriendinnetje,' vervolgde hij. 'Ik ben bang voor je vragen.' Ik hield hem vast en zei: 'Ik zou alles doen wat je me vroeg.' 'Wees dan een mooie droom voor vannacht,' zei hij. 'Waarom ook niet voor morgen?' vroeg ik. 'Nee, alleen voor vannacht,' zei hij streng. 'Want als de dag aanbreekt zul je me niet meer kennen. Dan is er geen vannacht geweest. Vannacht heeft nooit bestaan.'

Hij zei dat het zou gaan als met een mot in een kaarsvlam. Ik zou alleen maar verbranden als ik probeerde met hem contact te houden. Iedere poging contact met hem op te nemen was uitgesloten. 'Peking is een vierkante stad,' zei hij. 'Erg vierkant. Omdat de zon er opgaat blijft er niets in de schaduw.'

Ik keek hem aan. Ik wist dat hij de waarheid sprak. Toch vertrouwde ik hem intuïtief niet helemaal. Wie was hij? Het mysterie intrigeerde me. Ik hield hem dicht tegen me aan, maar toch voelde hij irreëel aan. Ik legde mijn gezicht tegen zijn nek, die prachtige, vrouwelijke lange nek. Er hing nog steeds een geur van jasmijn om hem heen.

Hij vroeg me me niet meer te bewegen en goed te luisteren. Hij zei dat er zich iemand in de bosjes achter ons had verstopt. 'Wie k-kan... dat zijn?' Van angst ging ik stotteren. De Supervisor zei dat hij geen idee had. Hij bleef me vasthouden en zei: 'Ik hoop dat het niet iemand van de geheime politie is. Laten we hem niet opschrikken. Laten we ons samen zo omdraaien dat ik hem kan zien bewegen.' Terwijl we ons langzaam omdraaiden kromde de schim in de bosjes zijn rug. Hij bewoog zich in onze richting. 'Wat moeten we doen? Wie zou het kunnen zijn?' vroeg ik. 'Heb je weleens gehoord van die eenzame mannen en vrouwen, de masturbators?' Hij hield me vast en begon me te strelen.

'Ik heb er weleens van gehoord, en niet eenmaal, maar dikwijls,' ging hij verder. Hij sleepte me nu mee in een angstaanjagend genot. Zijn stem bij mijn oor zweepte al mijn zenuwen op. 'Ik weet zeker dat het een masturbator is. Nee, wacht even. Ik zie twee mensen. De ander verbergt zich bij die pijnboom. Ik weet zeker dat er daar meer staan te kijken. Ja, daar zie ik de derde, en daar de vierde. Kijk ook maar even. Wees niet bang, ze zijn even bang als wij. Kijk, daar, achter die muntboom. En daar, achter de osmanthus. Ik zie ze zacht kreunen, voor- en achterkant naakt als dieren in het paarseizoen, smekend om aanrakingen en penetratie. Ik zie de heuvels van de jeugd, bedekt met bloedrode azalea's. De azalea's blijven bloeien, overspoelen de bergen en de planeet. De aarde wordt gebeten en kreunt, radeloos kermend van begeerte en drift. Hoor je het? De hartstocht die ze voor de Grote Roerganger koesterden is verraden. O, wat een schitterend tafereel! Ik zou willen dat onze grootste Voorzitter het zag. Hij zou onder de indruk en impotent zijn... O, nu snap ik het: dit is de plek waar iedere nacht eenzame mannen en vrouwen bijeenkomen om het wezen van het drama aan den lijve te ondervinden. Ze ontmoeten hier hun goden en godinnen. Ze dragen de geesten van de doden wier vlees net is gecremeerd. Ze masturberen en ejaculeren hun hartstocht en worden zo misdadigers. Rustig maar, kleine vriendin, kijk naar de geweldige schoorsteen van het Crematorium Drakenzicht, kijk naar de rode rook die hij ten hemel zendt, kijk hoe hij wegkringelt, hoe hij opstijgt. Sluit je ogen niet, kijk alleen maar, leer de schoonheid waarderen die ons door de natuur geschonken wordt. Kijk samen met mij, voel me in je, de opwinding is nog lang niet voorbij. De masturbators volgen onze bewegingen, ze worstelen met een angst die zo diep is dat hij hun innerlijke visie heeft verblind. Ze weten dat ze worden doodgeschoten als ze worden betrapt – wij ook, trouwens. Ze zien dit moment als hun laatste optreden – wij ook. De angst verzoet het gevoel. We bevinden ons dicht bij de dood en ook dicht bij de hemel. Voel je het?'

Ik smeekte hem weg te gaan. Weg te gaan uit dat woud van masturbators. Hij steunde me met zijn schouder, ik had geen kracht meer, en we verdwenen in de fluwelige nacht. De dorens van de struiken scheurden mijn kleren, krasten over mijn armen en benen, lieten merktekens achter op mijn vlees. De schimmen bogen hun rug. De struiken trilden in een gespannen ritme. De masturbators bewogen heen en weer, monumentaal rijzend en dalend, en terwijl we voorbijliepen hoorde ik hen de een na de ander exploderen. Ik zakte in elkaar, half bewusteloos, in extase.

Ik keek om op het moment dat ik de poort van het Vredespark uitkwam. Ik zag de zaklantarens van de patrouille door de struiken gaan. De patrouille schreeuwde leuzen als: 'Onthou je van reactionaire activiteiten!' 'Laten we ons verenigen en ons ontdoen van bourgeoisinvloeden!' Het park verzonk in de klank van de dood.

Om twee uur in de ochtend ging ik naar het station. Het was er druk als een bijenkorf. Ik sloeg af en baande me een weg naar het perron voor de sneltreinen naar Peking. Ik zocht de ene wagon na de andere af en vond hem ten slotte. In wagon nummer vierentwintig. De Supervisor stond tussen twee bekende mannen in uniformen van de veiligheidsdienst. Hij stond uit het raam te kijken. Ik liep naar de trein. Ik zwaaide echter niet zoals de anderen. Toen zag hij me, maar zijn gezicht bleef uitdrukkingsloos. Alleen zijn ogen zochten niet meer. Hij maakte geen aanstalten afscheid van me te nemen. Dat kon hij niet. Hij was te belangrijk. We keken naar elkaar. De trein kwam in beweging. De mannen legden een gebroken wit tafelkleed met borduurwerk voor hem neer. Een stewardess kwam binnen met een kroes verse thee. Ik probeerde tegen hem te glimlachen. Hij probeerde terug te glimlachen, maar een van de mannen stond op en trok het gordijn omlaag.

Opeens werd er een einde gemaakt aan de vrijwel voltooide produktie. Men vertelde dat kameraad Jiang Ching problemen had met de keuze van de acteurs. We kregen stapels leesmateriaal over de kunstpolitiek van de Partij, verzorgd door het Nationale Culturele Bureau. Om acht uur 's morgens gingen we naar de studio, hielden leessessies, hielden ons bezig met zelfonderzoek, ontdekten elkaars politieke dwalingen en hielden ze tegen het licht, zodat ze bekritiseerd konden worden. Deze bijeenkomsten duurden tot vijf uur 's middags. Een sigaret, een kop thee, verbale en daadwerkelijke strijd werden de levensstijl van het land.

Naast dweilen kreeg ik de opdracht de kannen met heet water op het kantoor bij te vullen en de notulen van alle toespraken te kopiëren en deze bij het Partijcomité van de studio af te geven. Ik was pas een paar maanden sethulp, maar de leegte die ik voelde was ondraaglijk geworden.

Ik voelde me als een zweer die iedere dag groter werd. Als de dag voorbij was en ik in mijn bed lag voelde ik hoe de zweer zich verspreidde.

Ik hoorde niets meer van de Supervisor. Waar ik ook was in de studio, overal zag ik zijn schim en hoorde ik zijn stem. De ahorn hield zijn geest levend. De herinnering aan de nacht van zijn vertrek hield me iedere avond bezig. Alleen in de leegte lag mijn lichaam zonder hoop op een veld van verlangen, als een gekortwiekte vogel.

Ik miste Yan, hoewel ze mijn brieven niet beantwoordde. We hadden het nooit over onze affaire. We durfden het onszelf en elkaar niet toe te geven dat het wel degelijk liefde was die we hadden gedeeld. We deelden nu het gevoel van schaamte en schuld. We gaven elkaar ons diepe schuldgevoel. De gedachte dat ik haar voor mezelf zou hebben was nooit bij me opgekomen; tot het moment dat ik zag dat Luipaard haar aanraakte. Op dat moment besefte ik hoe ik me schaamde. Omdat ik op dat moment had gewild dat er veel van me werd gehouden.

Yan wekte de indruk dat ze me had gedeporteerd. Het was hetzelfde als wat we in het begin van de lente met de jonge rijstplantjes deden: je brak de wortels tussen de plantjes, scheurde ze uiteen om te garanderen dat ze later apart zouden opgroeien. De meeste rijstplantjes overleefden dit, maar er waren er ook een paar doodgegaan. Als ik de wortels met mijn handen kapottrok luisterde ik naar het scheurende geluid en vroeg me af of de wortels pijn voelden. Yan luisterde nooit naar dit geluid. Zonder met haar ogen te knipperen deed ze wat ze nodig vond. Ze was wreed. Dat moest ze zijn. Ze gooide me eruit om me te redden. Ze stuurde me weg, zodat ik me haar zou herinneren. En dat deed ik. Yan was een deel van me geworden. Ik wist dit toen ik de Supervisor aanraakte. Mijn relatie met de Supervisor was logisch, ook al gebeurde het onverwachts. Het gebeurde binnen de grenzen van wat ik kon verwachten. Het verschil was dat ik me vreemd genoeg bewust was geweest van iedere stap die ik tegenover de Supervisor had gezet. Als ik met Yan liefde had gedeeld deelde ik nu met de Supervisor ambitie.

De Supervisor was vertrokken zonder me iets te beloven. Maar door mijn begeerte om uit te blinken wilde ik niets dan het onmogelijke. Yan was het onmogelijke. Ik kon er niet aan ontsnappen dat ik hiervoor moest boeten. En ik boette ervoor. Ik werd mijn moeder. Net zoals mijn moeder leefde ik in de droom van een wereld waarin ik geloofde. Ik verlangde naar de terugkeer van de Supervisor. Ik verlangde naar het moment dat hij aanwezig zou zijn. Dat eindeloze verlangen: eenzaam, bitter, vluchtig, en toch zo levend.

Juichende Speer werd ernstig ziek. Men zei dat het commentaar van kameraad Jiang Ching op de medewerkers aan de film inhield dat ze haar toekomst wel kon vergeten. Men zei dat kameraad Jiang Ching de rushes had bekeken en had gezegd: 'Het is niet alles goud wat daar blinkt', wat betekende dat ze in de rushes geen echt talent had gezien. Deze woorden werden afgedrukt op een document met een kop in rode inkt. Het werd tijdens bijeenkomsten in de studio gelezen. Juichende Speer ging naar Klank van Regen en Sovjet Wong om hulp te zoeken. Ze liet haar tranen de vrije loop. Maar ze zeiden niets. Geen woord.

'Je bent opgeroepen,' zei bewaker Een Ons tegen me. Klank van Regen en Sovjet Wong trokken het nieuws in Peking na: wiens naam? Wie was er opgeroepen? Ik verstond ieder woord dat hij zei, maar vroeg het toch, terwijl mijn hart sneller begon te kloppen. Even dacht ik dat ik doof was geworden, alsof mijn oren waren verdoofd door een reeks explosies van vuurwerk. 's Middags werd ik naar het kantoor van de studiohoofden geroepen. Terwijl ik tegenover een geweldig houten bureau zat werd me door Klank van Regen verteld dat ik door 'boven' in Peking was uitgekozen voor een belangrijke opdracht, een screentest als Rode Azalea.

Sovjet Wong zat naast Klank van Regen. De jaloezie spatte uit haar ogen. 'Ken je soms iemand in Peking?' vroeg ze. Uit haar stem sprak grote argwaan. Terwijl ik ontkennend mijn hoofd schudde zei ze: 'Je moet me de waarheid vertellen, niets dan de waarheid.' 'De behoeften van de Partij staan voor mij voorop,' antwoordde ik. 'Maar ik zou sethulp kunnen blijven als de Partij dat wil.'

'Hypocriet!' schreeuwde Sovjet Wong tegen me.

Vreemd genoeg vond ik het prettig Sovjet Wong zo tekeer te zien gaan. 'Waarom zou ik een hypocriet zijn?' vroeg ik luchtig. 'Nee! We kunnen haar niet laten gaan!' zei Sovjet Wong vastbesloten tegen Klank van Regen. 'We moeten ons bewust zijn van onze verantwoordelijkheden tegenover boven. Mijn instinct zegt me,' zei Sovjet Wong, 'dat ze ernstig corrupt is, als een steen in een gierput: stinkend en hard! Er moet ergens een man, een minnaar of zoiets, in de coulissen staan! Het is noodzakelijk de dijk te verstevigen voordat het water wast!'

Klank van Regen kalmeerde Sovjet Wong. 'Dat meisje is immuun – we hebben haar door de dokter laten controleren, weet je nog wel? Ik denk niet dat er een gewiekste minnaar in de coulissen staat. Ze is maagdelijke grond. Ze is een harde kleine opsodemieter, daar ben ik het mee eens, maar misschien – wie weet? – vinden ze dat daarboven nou juist wel leuk. Onze Voorzitter heeft zich altijd lovend over rebelse geesten uitgelaten. Daarboven hebben ze altijd gezegd dat ze jongeren met een luchtje van opstandigheid wel mochten. Wie kan het weten?'

Sovjet Wong schreeuwde tegen Klank van Regen: 'Je wilt gewoon de moeite niet doen een onderzoek naar haar in te stellen; je hebt je onverantwoordelijk gedragen jegens de Partij. Heb je dan geen principes?' Klank van Regen ging weer op zijn stoel zitten en zei langzaam: "'Zeg altijd *ja* tegen onze Partij," dat is mijn principe.'

Ik wist niet waar ik werd heen gebracht. Ik wist alleen dat ik in Peking was. Ik had in verschillende fraaie auto's gezeten. Ik had nog nooit in een auto gezeten, en toch werd ik er niet nerveus van. Alle chauffeurs droegen witte nylon handschoenen. Ze gaven geen antwoord op mijn vragen waar we heen gingen. Ik vermoedde dat ze dat niet mochten. Als ze 'alstublieft' zeiden, zeiden ze het met een sterk noordelijk accent, waaraan ik merkte dat het zoons van boeren moesten zijn. Ze hadden oprechte en tolerante gezichten, alsof ze uit steen waren gehouwen.

Ik droeg Yans kleren, het gebroken witte legeruniform. Ik droeg dat hetzij als ik bang hetzij als ik trots was. Mijn intuïtie vertelde me dat het feit dat ik door hogere kringen in Peking was uitgekozen met de Supervisor te maken had. Zijn geheimzinnigdoenerij joeg me tegelijkertijd angst aan en wond me op. Ik was niet blij met het feit dat ik door hem geobsedeerd was, omdat ik rook dat hij gevaarlijk was. We stonden niet op gelijke voet. Ik zag in dat hij me had betoverd. Ik besloot dat ik die betovering zou verbreken als ik hem terugzag. Ik zou op mezelf rekenen. En ik wist dat ik dat moest. Ik was twintig. Ik had moed.

Witte nylon handschoenen gebaarden me uit te stappen. Om me heen zag ik een park met pioenrozen en daaromheen een bos. Wat een land! De stroompjes aan mijn voeten liepen ruisend langs de stenen. Een duidelijk zichtbaar pad door de roze pioenrozen liep de groene heuvels in. De chauffeur zei me dat ik het pad moest volgen en liep terug naar zijn auto. De auto reed weg als de schaduw van een vogel. Grasland strekte zich uit tot het einde van de hemel, waar de zon onderging. Een bries veroorzaakte een ritselend geluid in het bos. Wolken dreven in de rivier, die zo glad was als een spiegel. Mijn voetstappen waren licht alsof ik op de wind reed. Hoewel de deinende pioenrozen mooi waren om te zien herinnerde de pracht van de bloemen me aan de maatschappelijke status van hun eigenaar. Plotseling herinnerde ik me Yans eerste bevel nadat ik op de Boerderij van het Rode Vuur was aangekomen: 'Gedraag je als een soldaat!' Ik dwong mezelf door te lopen.

Er verscheen een oud landhuis, bekleed met klimop en felgekleurde bloemen. Ik zag een donkere, smalle deur. Bij de deur bleef ik staan. Een jongeman met witte handschoenen in een groen legeruniform deed me open. Hij glimlachte zwijgend tegen me en liet me binnen in de hal. Er stond een man in de hal te wachten toen ik binnenkwam, maar aanvankelijk merkte ik hem niet op omdat hij roerloos bij de deuropening stond, als een meubelstuk. Net als de eerste man glimlachte hij op een manier die van veel training getuigde. Hij gebaarde me hem te volgen naar een theekamer, waar een rij zwart-witfoto's stond. Ik werd neergezet op een bank die een schitterend uitzicht op de tuin bood. De jongeman verliet met geluidloze stappen het vertrek. Er verscheen een volgende jongeman, met een vriendelijk gezicht en een wit dienblad. Getrainde glimlach. Hij bood me een warm vochtig doekje. Net toen hij vertrok kwam er een vierde jongeman met een prettig gezicht binnen die een kop geparfumeerde thee voor me neerzette. Getrainde glimlach. Getrainde voetstappen. Witte handschoenen. Geschoren wangen. Monden als bloemblaadjes. Gezichten als uit steen gehouwen. Ze dreven de kamer in en uit als vissen door zeewier.

Terwijl ik van de thee dronk begon ik de foto's te bekijken. Het waren grotendeels foto's van bloemen, en de meeste van pioenrozen. Pioenrozen in de mist, in de regen, bij zonsopgang, in het maanlicht en in het donker.

Pioenrozen in de sneeuw, tegen een witte achtergrond. Stervende pioenrozen, met hartstocht gefotografeerd. Het raakte me diep, en even vergat ik waar ik was. Toen ik goed keek merkte ik dat de foto's niet helemaal zwart-wit waren. Ze waren met de hand ingekleurd, bruinig. De kleur van de wijd openstaande bloemen was heel zorgvuldig behandeld. Ik werd ontroerd door de manier waarop de kunstenaar zich in deze afbeeldingen had gegeven.

Vanuit de theekamer leidde een boogbruggetje naar de tuin. Alles buiten was overbelicht door de heldere zon. Ik hoorde de sluiter van een camera klikken. Ik hoorde een bekende stem. Het was een stem die ik had verwacht, maar toch was ik geschokt.

'Dat is lang geleden, hè?' zei de stem. Ik beefde inwendig als toen. Ik wilde iets zeggen, maar mijn tong liet me in de steek. 'Kom, dan laat ik je mijn tuin zien,' zei de stem.

De Supervisor droeg een blouse van gebleekte witte katoen, een grasgroene broek en diepblauwe strosandalen. Zijn magere, meisjesachtige armen hield hij gekruist voor zijn borst. Hij draaide zich om om in het hart van een pioenroos te kijken. Hij concentreerde zich op de bloem. Ik voelde me aangetrokken door het parfum dat hij droeg. De vreugde hem terug te zien sloeg door me heen. Zijn korte zwarte haar was glad achterovergekamd. Hij liep door naar een andere roos. Zijn elegantie benam me de adem, en ik verlangde ernaar dicht bij hem te zijn. Toen zijn vingers de blaadjes van de roos aanraakten huiverde mijn hele wezen, omdat ik me herinnerde hoe hij mij had aangeraakt.

Ik vond dit verlangen vervelend, omdat het me machteloos maakte tegenover hem. Hij boog zich voorover om een bloem in de vorm van een rolletje te bekijken. Door zo te spreken zonder iets te zeggen trok hij al mijn aandacht. Ik had een hekel aan zijn trucs, maar was heel erg bereid verleid te worden. 'Heb je commentaar op de foto's?' Hij sprak. Ik hoorde mezelf zeggen: 'Hebt u die genomen?'

'Verder woont hier niemand,' zei hij. 'De foto's zijn in deze tuin genomen.'

De jongemannen met de prettige gezichten liepen in en uit. Ik voelde dat ik in de gaten werd gehouden. 'Hun hersenen zijn van ijzer,' zei de Supervisor, naar de ruggen van de Prettige Gezichten wijzend. 'Ze hebben vierkante harten, als robots. Ze begrijpen emoties niet zoals jij ze begrijpt. Jij bent ervaren. Hoe is het met je minnares? Hoe heet ze? O nee, geef maar geen antwoord. Ik ben van gedachten veranderd.'

De manier waarop de Supervisor me doorzag beangstigde me. Ik vroeg waarom ik hierheen was geroepen. 'Ik heb je nodig,' zei hij. 'Je bent uitgenodigd voor een belangrijke screentest, een test die een aantal fundamentele ideeën van onze landgenoten zal veranderen.'

De kroes met thee viel bijna uit mijn hand. 'Moet ik Rode Azalea spelen?' vroeg ik, doodsbang voor zijn antwoord. 'Dat klopt,' knikte hij. 'Weet je, ik zou er gelukkiger mee zijn als je me geen vragen zou stellen.

Ben je een beetje voorbereid op Rode Azalea?' vroeg hij me terwijl hij me door de tuin naar een andere hof bracht. We betraden een kamer. Ik zag een wit doek van het plafond hangen. In de kamer bevond zich een donkere gelakte muur waarin pioenrozen waren gebeeldhouwd. In iedere hoek stond een lamp in de vorm van een bloem. Tegenover het doek stonden twee grote gele banken. De Supervisor gebaarde me op een bank plaats te nemen.

'Soms slaap ik hier, als de nacht te donker wordt en ik het koud krijg van de duisternis,' zei hij. 'En ik word de treurigste mens ter wereld als ik mijn lievelingsfilm heb gezien. Dan rol ik me op de bank op en laat als een kleuter mijn tranen stromen. Moet je je immers niet laten gaan als je je zwak voelt?'

Er schoof een schaduw over het doek. Ik draaide me om en zag een projector in de muur. 'Dit is dus de kamer voor de screentests,' zei ik. 'Het is een doek waarop de geschiedenis wordt uitgevoerd en weer uitgevoerd,' zei de Supervisor. 'Het heeft allemaal met onze wil te maken,' voegde hij eraan toe. De jongemannen met de prettige gezichten brachten zwijgend de geparfumeerde thee binnen. De Supervisor staarde me aan terwijl hij kleine slokjes nam. 'Ik houd van de manier waarop het licht nu op je gezicht valt. Beweeg je niet. Ja, dat is prachtig.' Zijn handen frummelden aan mijn gezicht. 'Je gezicht heeft de heroïsche eigenschappen waarnaar ik heb gezocht. Ik vind het zo prettig naar je te kijken. Vind je het leuk dit te horen? Laat me eens blijken dat je het leuk vindt, net als de anderen. Dat zwijgen irriteert me, houd daar dus mee op. Ik houd er niet van in de war gebracht te worden. Ik heb gezien dat je niet wilde lachen op de momenten dat domme meisjes hard lachten. Het maakte indruk op me, hoewel ik nog niet helemaal aan je karakter gewend ben. Jouw kwaliteiten zijn aangeboren. Dat is zeldzaam. Door dat dweilen heb je geleerd. Het gezegde klopt: 'Slik het bitterste van het bitterste, dan word je de mooiste van de mooiste.'

Hij vertelde me het verhaal van Rode Azalea alsof het zijn eigen levensverhaal was. Ze was een leidster van het Rode Leger; een rode godin die door iedereen werd bewonderd en bemind. Het verhaal ging over een lange spirituele mars. Het ging over een onschokbaar geloof in het communisme, over de verering van Mao, over een ongelofelijke wil vijanden te overwinnen, over buitengewone militaire bekwaamheid in het voeren van enorme veldslagen.

Het verhaal pakte me minder dan het pratende hoofd tegenover me. Hij was een pioenroos die openging. Een met de hand ingekleurde pioenroos, zoals die op zijn foto's. De amandelogen waren helder als altijd. De porseleinachtige, fijne huid getuigde van zijn elegantie. Hij was een vrouw en een man. Zijn verhaal was slechte sterke drank. Het stroomde mijn keel in en maakte me dronken van hitte.

'Dit wil ik in je ogen zien,' zei hij. 'Een miljoen stieren die met brandende staart een heuvel afrennen.'

Hij maakte een wuivend gebaar. Het licht in de kamer ging uit. 'Ik wil je een van mijn favoriete films laten zien,' zei hij in mijn oor. Ik vroeg hoe de film heette. *De Slag om het antieke Rome*. Ik zei dat ik geen vreemde talen verstond. Hij zei dat dat de reden was waarom hij naast me zat. Hij wilde voor me tolken.

De film begon. De man achter het projectieapparaat stelde de lens bij. Het vage beeld werd scherp. Het ronde logo zag eruit als een geweldig oog dat me van achteren bespioneerde. Het gezicht van de Supervisor bevond zich op een paar centimeter van het mijne. Ik rook zijn parfum. Hij begon te vertalen. Zijn stem deed me denken aan struiken die huiverden in de wind.

De stem van de Supervisor vermengde zich met de geluidsband van de film. Zijn stem kreeg een droevige klank toen hij de afloop van het verhaal vertaalde. Het ging over de ondergang van een wereldrijk en de zelfmoord van de prinses. De muziek was tragisch en sober. Ik zag de glinstering in zijn heldere amandelogen. Parels dropen langzaam over zijn wangen als een gebroken halssnoer. Zijn vertaling werd brokkeliger en zijn ademhaling ging sneller. Hij zweeg, niet in staat door te spreken terwijl de film verder ging.

Ik ontving een document met rode karakters op het kaft. De karakters luidden 'Topgeheime instructies'. Het was een order van de Supervisor. Ik kreeg bevel een van de toneelversies van *Rode Azalea* te gaan zien. Ik ging op bezoek bij een plaatselijk theatergezelschap dat *Rode Azalea* al jaren speelde. Het gezelschap repeteerde het stuk voortdurend zonder dat het een datum voor een eerste voorstelling kreeg. De actrice die Rode Azalea speelde was zes centimeter kleiner dan ik en wilde niet met me praten. Het scheen dat alle leden van het gezelschap wisten wie me had gestuurd. Achter hun beleefdheid ontwaarde ik afstandelijkheid en koelheid.

Iedere ochtend om acht uur begonnen de acteurs uit hun hoofd hardop de tekst door te nemen. Er zat geen energie in het stuk. De actrices brachten een breiwerkje mee en de acteurs rookten hele pakjes sigaretten. Tijdens de lunch vroeg ik een lid van het gezelschap waarom alles zo'n trage indruk maakte. Hij vroeg of ik hem een seconde aan *Rode Azalea* wilde laten ontsnappen. Ik begreep zijn houding niet. Hij knikte naar me en vroeg me te luisteren terwijl hij de radio aanzette. Hij draaide de zenderzoeker heen en weer en luisterde naar ieder station. Opera, opera en nog eens opera. De opera's die we al jaren uit ons hoofd kenden. Kinderen op straat zongen ze mee. De man zei met een bittere glimlach: 'De revolutionaire opera is de lucht die we inademen.' Hij spuwde op de grond en snoot zijn neus met zijn vingers. Ik wendde me af. 'Neemt u me niet kwalijk,' zei hij soezerig. Hij doezelde weg en liet de radio aan. Wat hij uitstraalde was pure verveling.

Ik verveelde me niet met de opera's, en evenmin met Rode Azalea. Ik had op de Boerderij van het Rode Vuur een hoge prijs betaald om de rol te kunnen spelen. Yan en miljoenen jongeren leverden nog steeds strijd met bloedzuigers. Alleen al de gedachte deed me huiveren. Het kon me niet meer schelen of andere mensen van de operaheldinnen van kameraad Jiang Ching genoten. Rode Azalea was mijn leven geworden.

Iedere ochtend trok ik een eerbiedig gezicht. Ik stapte elegant de zaal binnen waar de repetities werden gehouden en ging bescheiden zitten. Bij wijze van middagmaal at ik een kom rijst met daarop een paar stukken ingelegde zure groente. Ik deed karakterstudies. Ik nam de tekst door tot ik hem uit mijn hoofd kende. Ik bleef wachten.

De Supervisor riep me bij zich. Hij stuurde me een stel nieuwe legeruniformen die ik moest dragen. Later die middag ging ik in mijn nieuwe uitmonstering naar hem toe. Hij glimlachte. Hij was een pioenroos. Hij droeg ook een uniform. Er hing een lange streng haar voor zijn gezicht. Hij wachtte me bij de poort op en stelde voor een lange wandeling door zijn tuin te maken. We dompelden onszelf onder in het groen, in tuinen vol pioenrozen. We kwamen bij een stenen boot aan de rand van een meer. Hij vertelde me de fabel van de stenen boot. Het was het cadeau van een zoon aan zijn moeder. De zoon was keizer. Hij vroeg zijn moeder wat ze voor haar negentigste verjaardag wilde hebben. De moeder zei dat ze altijd gefascineerd was geweest door boten, maar dat ze bang voor water was. De zoon bouwde de stenen boot pal aan de oever, zodat zijn moeder aan boord van een boot zou kunnen zitten zonder dat ze het water op hoefde. De moeder genoot enorm van het boottochtje op haar verjaardag, en de fabel werd in het land bekend als een voorbeeld van de eerbied van een zoon voor zijn moeder.

We gingen in de stenen boot zitten. Ik keek naar de spiegelbeelden in het water. 'Je moet nadenken over de grote film,' onderbrak de Supervisor opeens mijn afdwalende gedachten. 'Het leven van een ware held is als het bestaan van koorddansers op een koord. Je kunt je nooit volledig voorbereiden.'

De zon zakte aan de hemel en de hemel zag eruit als een gouden waaier. De rozige wolken, die met inkt en water leken geschilderd, gaven de hemel een gloed en een vage tint. 'We zijn de handen die geschiedenis moeten schrijven,' zei hij, terwijl hij opstond en naar de rand van de stenen boot liep. Hij staarde in het water. Het water was van donkergroen diepzwart geworden. 'Ik ben niet bang voor water,' zei hij, terwijl hij zijn kin in de lucht stak en in de verte staarde. Ik keek naar zijn blik. Ik zag pure toewijding. Onder zijn blik condenseerde de avondnevel tot dauw. Hij vroeg me mijn oude persoonlijkheid op te geven en aan de verwachtingen van de Partij te beantwoorden. Hij vertelde me dat het opofferen van je eigen leven voor de idealen van het volk een verbreding van je leven betekende. Hij zei dat hij een duivel in me wilde doden. 'De duivel die maakt dat je toegeeft aan je emotionele behoeften,' zei hij. Hij vroeg me mijn kleine ik te vergeten. Hij zei dat hij een volledige inzet verlangde. Deze godsdienstige toon schrikte me af. Ik begreep niet waarover hij het had.

Hij zei dat hij voelde dat mijn geest een eigen wil bezat. Ik ontkende dit niet. Zijn gezicht werd somber. Hij vroeg me of ik hem niet teleur wilde stellen. Hij zei dat hij zo op me had gerekend dat zijn missie zonder mij niet compleet zou zijn. Hij zei dat hij nooit goed met afwijzingen had leren omgaan. Hij vroeg me op mijn hoede te zijn. Hij zei dat hij een tijd lang een hekel aan individualisme had gehad. Hij vroeg me of ik hem ervan wilde weerhouden me schade te berokkenen. Hij vroeg me hem te gehoorzamen, want als ik hem gehoorzaamde gehoorzaamde ik mijn eigen ambitie. Omdat hij en ik nu onscheidbaar waren.

De Supervisor bracht me terug naar Shanghai. Hij zei dat hij te veel moeilijkheden zou krijgen als hij *Rode Azalea* in Peking zou verfilmen. Er was daar een politieke stroming die tegen hem gekant was, en tegen de grootste vaandeldraagster, kameraad Jiang Ching. Shanghai was een betere plek, zei hij. In Shanghai waren de revolutionaire opera's van kameraad Jiang Ching dagelijkse geestelijke kost. De radio's in alle buurten brachten opera's. Bij het

Wu Li-atelier stond de hele dag de radio aan. De meeste vrouwen zongen met de radio mee terwijl ze draden aan elkaar soldeerden.

De opstand na de oogst was een hevige storm.
Het baken lichtte op,
Verlichtte mijn hart.
Het deed me begrijpen dat
We van wapens afhankelijk zijn
Om ons land te bevrijden.
De enige manier om een goed leven te krijgen
Is lid te worden van het Rode Leger en de Partij.

In het vliegtuig zei hij dat ik me hem eens zou herinneren als een genie.

Ik woonde tijdens de opnamen in het gastenverblijf van de studio en mocht om de paar dagen mijn ouders bezoeken. Ik werd gefascineerd door mijn kostuum – het uniform en de jas van het Rode Leger – dus droeg ik het als ik bij mijn ouders langsging. Als ik door het laantje liep wist ik dat mijn buren door het raam naar me keken. Nu durfden ze niet met me te praten. Ik was te groot geworden.

Als we elkaar toevallig tegenkwamen, spraken ze me op vleiende toon aan. Ze zeiden dan: 'O, we wisten allang dat je op zekere dag iemand zou worden. We wisten het sinds je in deze wijk kwam wonen.'

Ik kon niet veel zeggen, omdat ik me de tijd nog herinnerde dat ik Vlo werd genoemd.

Ik maakte een praatje met Kleine Doodskist toen ik haar haar ouders zag bezoeken. Ze was fabrieksarbeidster geworden, met een collega getrouwd en verhuisd. Kleine Doodskist vleide me nooit. Ze keek me alleen maar bewonderend aan. Ik wist dat ze trots op me was en zei tegen haar: 'Ik zal je nog trotser maken.'

'Ik wil dat je vanaf nu je familienaam vergeet. Je bent nu Rode Azalea,' zei de Supervisor. 'Laat me horen hoe je heet, alsjeblieft.' Ik huiverde en zei hardop: 'Ik ben Rode Azalea.' Hij knikte tevreden. 'Ik wil dat je je bewust bent van wat je schept,' vervolgde hij. 'Je schept een beeld dat binnenkort de ideologie van China zal beheersen. Je schept geschiedenis, de geschiedenis van het proletariaat. We geven de geschiedenis haar gewone gezicht terug. Binnen een paar maanden, als de film overal in China te zien is, word je het idool van de revolutionaire jeugd. Ik wil dat je denkt aan de les van Voorzitter Mao: "De macht van een goed voorbeeld is oneindig."

Ben je klaar?' Zijn ogen waren rood van slaapgebrek. Zijn stem droeg een geur van verbrande aarde. 'We zijn met de strijd begonnen,' zei hij. 'Kameraad Jiang Ching staat achter ons. Het is een strijd op leven en dood. Een politieke strijd om de macht.' Ik knikte, alsof ik begreep wat hij zei. Hij liep op me af, bleef staan en duwde met zijn middelvinger mijn kin omhoog. Hij inspecteerde me. Hij drong als een draak binnen door het venster van mijn ogen en doordrong mijn lichaam met een stille kracht. 'Laat me zien hoe vastbesloten je bent,' mompelde hij. Ik keek hem recht aan. 'Ja, prachtig. Binnenkort trotseren we een woud van kanonnen en een regenbui van kogels om onze moeders eer te bewijzen. Moeders die duizenden jaren in schande hebben geleefd, in schande zijn gestorven, in schande zijn begraven en weggerot. We zullen ze vertellen: "Dit is een nieuwe wereld. Een wereld waarin het feit dat je als vrouw bent geboren een reden tot feest en eerbewijzen is. Een wereld waarin een vrouw die gedwongen is met een zwijn te trouwen een affaire kan beginnen."' Hij zweeg abrupt. Hij staarde me aan en kneep zijn ogen halfdicht. 'Goed, dat is voorlopig genoeg.' Hij drukte op een bel op tafel en er kwam een jongeman met een prettig gezicht binnen. 'Breng haar naar de grimekamer.'

Het was de eerste keer dat ik poseerde. De fotograaf zei dat de persen van de drukkerijen op deze foto wachtten: het affiche zou over drie dagen verschijnen. Het was een politieke opdracht van kameraad Jiang Ching. 'Rode Azalea moet aan haar meest oprechte verwachtingen voldoen.'

Ik staarde in de lamp tegenover me. Ik dacht aan de haat die Sovjet Wong en Juichende Speer tegen me hadden gekoesterd. Ik zei tegen de fotograaf dat ik klaar was. Het klikkende geluid was irreëel. Ik voelde Yan onder mijn huid.

De crew deed de opnamen over. De opnamen van Juichende Speer werden nu de mijne. Juichende Speer en Sovjet Wong waren buitengesloten. Niemand noemde hun namen. De opnamen verliepen glad tot we op zekere dag bepaalde zinnen moesten wijzigen. Rode Azalea moest niet te tragisch worden. Haar tijd op het doek moest worden ingekort, wat betekende dat de mannelijke hoofdpersoon de film moest gaan beheersen. De Supervisor bracht de wijzigingen aan. Hij werd ettelijke keren naar Peking teruggeroepen. Iedere keer dat hij terugkwam zag hij er gefrustreerd uit. Hij rookte vier pakjes sigaretten per dag. Zijn vingers waren bruin geworden omdat hij de hele dag een sigaret vasthield. Hij legde niets uit. Hij maakte drie opnamen van dezelfde scène met verschillende teksten. In de eerste moest ik zeggen: 'Nee, je kunt me mijn droom niet afnemen.' In de tweede moest ik zeggen: 'Nee, hij is China's hoop, je kunt me die hoop nooit afnemen.' In de derde moest ik zeggen: 'Ik zou mijn leven opofferen om hem te kunnen volgen, want hij is de redder van het wereldproletariaat.' Zo leverde de Supervisor strijd met zijn tegenstanders in Peking. Als de eerste versie niet zou werken zou hij de tweede of de derde laten zien. Hij onderhandelde. Hij vocht voor iedere centimeter film.

Mijn gezicht was gegrimeerd. De kostuumontwerpster gaf me een grauw uniform van het Rode Leger en strooien schoenen. Mijn mouwen werden opgerold, er werd een vlecht in mijn haar gelegd. Mijn middel werd met een brede riem ingesnoerd. Iemand bond een lang stuk textiel om mijn been. Ik repeteerde mijn tekst. De Supervisor had nog een regel ingelast. Deze luidde: 'Voorzitter Mao.'

De Supervisor zat op de stoel van de regisseur. Zijn concentratie hield iedereen in de ban. Een assistent mat keer op keer de afstand tussen mijn neus en de lens, de getallen mompelend terwijl hij ze noteerde. De handen van Rode Azalea werden met touwen op haar rug gebonden. Ze zou dadelijk in het openbaar worden gemarteld.

Take twee, take drie. 'Ik wil een grote, grote close-up van haar ogen!' schreeuwde de Supervisor. 'Alleen haar gezicht! Camera! Dichterbij! Dichterbij!' De cameraploeg kwam in beweging. Er werden veranderingen aangebracht. Produktieassistenten begonnen te zweten. Een van hen mompelde zijn getallen. Vier voet vijf inch. Vijf voet driekwart inch. Er brandde een lamp door. De kabel rookte. De belichtingsman verving hem meteen. De grimeur kamde mijn lokken bij.

Plotseling werd ik bang dat ik de Supervisor niet tevreden kon stellen. Ik had geen voeling met mijn tekst. De grimeur vroeg of hij water in mijn ogen moest druppelen. De Supervisor gebaarde dat hij weg moest gaan. De kostuumontwerpster kwam mijn rug natmaken met water. De Supervisor riep: 'Draaien!' Ik sprak mijn tekst: 'Voorzitter Mao!' De Supervisor riep: 'Cut!' Hij zei: 'Nee, misschien is het het licht. Ja, de belichting is niet goed. Dit licht vindt ze niet mooi. Kameraad Jiang Ching zou deze belichting niet waarderen. Het licht moet recht, vlak zijn. Kameraad Jiang Ching wil geen schaduw onder de neus van Rode Azalea zien. Onze heldin mag geen schaduwen in haar gezicht hebben. Geen enkele schaduw!'

De camera draaide weer. Iedereen hield zijn adem in. Ik repeteerde mijn tekst zorgvuldig. De Supervisor schopte een lamp omver. Hij was gefrustreerd. De cameraploeg werd nerveus. Iedereen stond weer klaar. De Supervisor hief zijn hoofd. Zijn amandelogen waren helderder dan de lamp tegenover me. Ik zag bezorgdheid in die ogen branden. Zijn lippen waren gebarsten en droog en zijn vingers strekten zich in de lucht als de klauw van een arend. Hij sloot zijn ogen en kreunde mijn tekst: 'Voorzitter Mao.' Hij opende zijn ogen en vroeg of ik hem meer dan die vier lettergrepen kon geven. Achteroverleunend zei hij langzaam: 'Camera draaien.'

Ik stelde hem teleur. Ik kon hem niet geven wat hij wilde. Ik acteerde klinisch. Hij liet de camera stoppen. Zijn gezicht vertrok. Hij zei: 'Nog één minuut, en doe het nu goed. Dompel je erin onder.' Ik haalde diep adem en sprak mijn tekst uit. Ik herhaalde: 'Voorzitter Mao. Voorzitter Mao.' Geen enkele magie.

De Supervisor noemde me een idioot. En ik noemde mezelf een idioot. Ik kon me niet concentreren. Ik vond mijn tekst zelfs erg raar. Voorzitter Mao *wat*? 'De nationalisten zouden je moeten doodschieten,' schreeuwde de Supervisor. 'Waar is de geest die ik in je heb gezien? Ik weet dat het erin zit. Wat is er met je aan de hand? Dringt de betekenis van die vier lettergrepen niet tot je door? Ik dacht dat je hersens had. Ik dacht dat je alles begreep.'

De grimeur kwam om het litteken op mijn voorhoofd opnieuw aan te brengen. De kostuumontwerpster sprenkelde nog wat kippebloed op mijn borst. Ik zag nog steeds geen kans de woorden 'Voorzitter Mao' goed te brengen. De Supervisor haalde de hoofdschakelaar van de elektriciteit over. Het werd aardedonker in de studio. Ik kon geen adem krijgen.

Ik zat alleen in een van de gastenverblijven van de studio. Het was ongeveer middernacht. De ahorntakken buiten sloegen tegen mijn raam alsof er iemand aanklopte. De hele slaapzaal was stil als een kerkhof. Ik had een vreselijke dag achter de rug. Ik was bijna tijdens de opname ontslagen. De belichtingsmensen begonnen over Juichende Speer te praten, ze hadden het erover met hoeveel gemak die een situatie had opgelost die ik niet kon oplossen. Ze suggereerden de Supervisor me naar huis te sturen.

Ik hoorde het geluid van voetstappen aan het einde van de lange gang. Ze kwamen mijn kant op. Voor mijn deur hielden ze stil. Een lichte klop, als van een specht. 'De deur is open,' zei ik. De Supervisor kwam binnen. Hij sloot de deur achter zich. Hij droeg een blauw Mao-jasje. Ik probeerde een stoel voor hem bij te schuiven. Hij hield me tegen. Hij kwam naast me zitten. Hij raakte met zijn handen mijn blote schouders aan. Hij streelde me zacht. Hij vroeg me hem te vertrouwen. Hij vroeg me in hem te geloven. Hij zei: 'Alleen door te geloven zul je de toekomst zien die ik zie en de kracht voelen die ik voel.'

Ik zei dat die nieuwe tekstregel niet goed viel. Ik zei dat ik niet wist hoe ik die woorden in de mond moest nemen. Hij zei dat het geen kwestie van goed of niet goed vallen was. Dat het niet lekker viel diende een politiek doel. Die woorden moesten erin, anders zou *Rode Azalea* niet doorgaan. Ik zei dat ik niet goed genoeg acteerde om dit er goed uit te krijgen. Ik was niet in staat die vier lettergrepen van gevoel te voorzien. Hij zei dat dat het punt was: ik *moest* een gevoel laten zien. De woorden zelf hadden totaal geen betekenis. De betekenis lag achter de woorden, achter *Rode Azalea* zelf. Ik zei dat ik het niet begreep, maar dat ik wel begreep dat die nieuwe tekst de film zou ruïneren. Ik zei dat de mensen erom zouden lachen. Hij zei: 'Wie denk je dat de mensen zijn? Het zijn wandelende lijken, laat me je dat vertellen. Wat weten de mensen? Het enige dat ze weten is dat ze bang zijn. Daarom hebben ze behoefte aan gezag. Je moet ze zeggen wat ze moeten doen. Ze hebben behoefte aan een wijze keizer. Zo is het al vijfduizend jaar. Ze geloven wat de heersers ze laten geloven. Vandaar al die intellectuele formules. De opera's waren een methode om hun geest te vormen, om hun geest op zijn plaats te houden. Snap je? Ik laat je zien wat ik weet. Ik schenk je mijn macht. Snap je? Nu weet iemand anders precies wat ik weet. En iemand anders gebruikt mijn macht om te krijgen wat ze wil.'

Hij keek naar mijn verwarde gezicht en zei: 'Weet je, ik benijd je. Echt waar. Ik benijd je je naïviteit, je pijn, en je twijfels. Omdat ik die niet heb, geen van alle. Ik ken geen twijfels, snap je wel? Mijn wil is onverdraaglijk. Luister je naar me?'

Ik vroeg hem waarom hij deed wat hij deed. Hij stond op en trok de fluwelen gordijnen dicht. Terwijl hij zich naar me omdraaide knipte hij het licht uit. In het donker trok hij me tegen zijn borst. Hij omhelsde me. Hij zorgde dat ik hem wilde. Toen vertelde hij me, tot mijn verrassing, in het donker dat hij altijd had gedacht dat hij vrouwen niet minder goed kende dan ik, omdat hij ook een vrouwelijk aspect had. Deze persona bracht hem ertoe te doen wat hij deed, te werken voor kameraad Jiang Ching, te werken voor zichzelf. Hij zei dat hij, door mij Rode Azalea te laten spelen, een vrouw kon spelen die hijzelf had bewonderd.

Ik voelde de kramp van razernij en pijnlijke opwinding door zijn lichaam trekken. 'Laten we weggaan,' fluisterde hij me in het oor. Enkele ogenblikken later hielden we opeens onze adem in en hoorden we het geluid van voetstappen op de gang. Het geluid van houten slippers. Hoewel ik erop was voorbereid, voelde ik afschuw. Het waren de voetstappen van de portier, die van het eind van de gang steeds dichterbij kwam. De Supervisor knipte het licht weer aan en trok snel zijn jasje recht. Hij zette de deur op een kier en ging op een stoel tegenover me zitten. Hij haalde een krant te voorschijn en deed alsof hij zat te lezen. Ik greep een pen en deed alsof ik aantekeningen maakte. De voetstappen hielden voor de deur halt. Ik keek naar de Supervisor. Hij was kalm als een meer op een windstille zomerdag. De deur werd opengeduwd. De portier stak zijn hoofd naar binnen. Hij keek ons aan, kwam binnen. Hij droeg een theepot en twee geëmailleerde kroezen. Hij liep naar de tafel en schonk de thee in de kroezen. Hij zei geen woord. De Supervisor zei tegen me: 'Ik wil dat je deze wijzigingen uit je hoofd leert. Je moet morgen goed kunnen acteren.'

Mijn pen kraste over het papier. 'Ja,' zei ik. Ik keek vanuit mijn ooghoeken naar de portier. Hij had een uitdrukkingsloos gezicht. Hij vulde mijn kan met heet water, liep toen de kamer uit en sloot de deur. We hoorden zijn voetstappen in de gang wegsterven.

De Supervisor zei dat die portier een signaal was. Een teken van onraad, een teken van gevaar. We werden in de gaten gehouden. Hij zei: 'Nu is het moment gekomen dat ik je iets belangrijks moet vertellen. Iets wat ik je moet vertellen voor het te laat is.' De stem van de Supervisor trilde terwijl hij dit zei. Er verscheen een vreemd licht in zijn amandelogen. De ogen van een gelovige. Hij nam een slokje van zijn thee en vroeg me of ik een verhaal wilde horen, het werkelijke verhaal van Rode Azalea. Ik zei: 'Ik wacht.'

'Ze was de dochter van een vrouw die door haar man in de steek was gelaten,' begon de Supervisor. 'Ze leerde dat het een schande was om als dochter geboren te worden. Ze probeerde dit net zo te geloven als haar moeder het geloofde. Maar ze kon het niet. Ze was zestien. Ze was communist. Ze ging bij een plaatselijk operagezelschap en vertrok naar Shanghai. Ze speelde Nora. Ze was Nora. Ze hoorde van Mao en zijn Rode Leger. Zijn idealen waren precies de hare. Ze ging haar held opzoeken in een afgelegen berggebied, in een grot in Yanan. Ze droeg alleen haar jeugd mee. Ze was drieëntwintig en actrice. Daar ontmoette ze Mao, de hemelse draak, de rode zon, de hoop van China, de hoop van de vrouwen. Ze ontmoette er haar geestverwant. Hij werd haar leven, en sindsdien kende ze geen liefde meer. Ze kon hem niet vergeten. Ze kon de hartstocht te midden van het kanonvuur niet vergeten. Ze kon niet vergeten hoe hun lichamen een hoogtepunt bereikten op het moment dat er naast hen een bom ontplofte. Ze kon niet vergeten hoe de stukjes van het dak midden in de nacht op hun naakte lichamen waren neergeregend. Ze keken door het gat in het dak. Ze zagen de zwartfluwelen hemel. De hemel van het Rijk van het Midden.

Ze kon zijn lach niet vergeten. Hij was een geboren dichter, een geboren minnaar en heerser. Hij vertelde haar dat het de beste keer in zijn leven was geweest. Hij deed het weer met haar, en weer, te midden van kanonvuur. Hij vertelde haar dat ze zijn oorlogskeizerin was. Hij vertelde haar dat ze zijn leven was, zijn overwinningsgodin. Hij zei dat ze zich geestelijk en lichamelijk moesten verenigen. Ze moest hem toestaan met haar te trouwen, terwille van de strijd voor een nieuw China, een China waar de geboorte van een meisje reden tot feest zou zijn. Ze sloten een verbintenis in die grot in Yanan. Het hele Rode Leger vierde de vereniging met rijstwijn, pinda's en zoete aardappelen.

Het was het Rode Leger van de jaren dertig. Hij had maar weinig troepen. Hij rekruteerde mannen, vrouwen en paarden. Het jonge stel reed zij aan zij. Ze gingen door vuur en water, trotseerden talloze gevaren. Ze maakte veldslagen met hem mee. Veldslagen die haar bijna het leven kostten.

Toen ze eens uit een langdurige veldslag in het Westen te voorschijn kwam, was haar maag gevuld met bladeren. Haar dijen waren even dun als haar armen, haar borst was een wasbord. Haar paard was zo groot als een grote hond. Ze doodden haar paard om de magen te vullen van de soldaten van het Rode Leger, die van de honger omkwamen. Soldaten stierven aan hun verwondingen en van honger. Ze stierven langs de kant van de weg. Vrouwen en baby's. Zij overleefde. Haar bloeddruk was zo laag dat ze nauwelijks kon staan. Haar geloof in haar idealen hield haar overeind op die met doden bezaaide weg. Ze kon haar geluk niet beschrijven, die dag – 1 oktober 1949 – toen haar man op de bovenste verdieping van de Poort van de Hemelse Vrede stond en de wereld verkondigde dat China het tijdperk van de onafhankelijkheid had betreden.'

De toon van de stem van de Supervisor veranderde. Hij klonk nu hees. Zijn ogen waren net twee rode spinnen. Hij vervolgde: 'Ze kende hem echter niet zo goed als ze hem dacht te kennen. Toen ze een contract kreeg voorgelegd was het te laat om te bedenken hoe naïef ze was geweest. Ze werd gedwongen een contract met de Partij te tekenen waardoor ze verder geen recht meer had deel te nemen aan de politieke besluitvorming van de Partij. Haar strijd betekende niets voor de Partij. Ze was geschokt. Ze wilde het niet geloven. Ze wendde zich tot Mao, tot de man die haar kracht had gegeven.

Mao zei dat het een besluit van de Partij was en dat hij een voorbeeld moest stellen voor zijn kameraden. Hij zei dat het individu het besluit van de groep moest gehoorzamen. Dat was het principe waarop de Partij was gebaseerd. En zij, benadrukte hij, mocht geen uitzondering zijn. Ze begreep zijn excuus niet. Ze wist alleen dat hij dit koninkrijk bezat. Ze begon te beseffen dat hij aan verandering toe was. Zijn liefde voor haar was met de rook van de daverende kanonnen vervlogen. Ze werd verstoten. Hij trok zich terug uit hun bed en kwam niet meer terug. Ze wachtte dag en nacht op hem, op de liefde die ze vroeger had ervaren. Ze twijfelde geen moment aan zijn liefde. Ze schreef hem. Hij antwoordde niet. Ze ging hem opzoeken, maar werd bij zijn deur door zijn lijfwacht tegengehouden. Zijn woorden waren scherp als messen. Ze belde op omdat ze zijn lijfwacht niet geloofde. Een jonge verpleegster, zijn minnares, nam op. Ze was beleefd, maar haar woorden doorstaken haar hart. De verpleegster zei: "Mao zou graag zien dat zijn vrouw rustig in het Oostelijke Paleis blijft. Mao heeft gezegd dat u eraan moet denken op tijd uw medicijn te nemen."

Ze stond zichzelf niet toe te huilen. Haar hart bloedde om middernacht, als ze zich de hemel van Yanan herinnerde. Ze kon het niet verdragen daar in dat gekmakende huis te zitten. Ze wilde werken, om haar evenwicht te hervinden. Ze eiste dat ze bij haar volk kon zijn. Het Centrale Bureau van de Partij snoerde haar echter de mond. Ze werd, zogenaamd om te genezen, naar Moskou gestuurd. Ze hield niet van Moskou. Haar adem bevroor in de kou. Ze gaf order films uit Hollywood naar Moskou te sturen. Ze keek naar de films tot het laatste winterblad op het ijs viel. Ze zong tijdens haar slapeloze nachten haar favoriete oude opera's. Ze bleef verzoekschriften sturen. Jaar in jaar uit.

Op zekere dag, in het begin van de jaren zestig, kreeg ze toestemming om naar haar vaderland terug te keren. Haar echtgenoot weigerde echter haar te zien. Het kon hem niet schelen wat ze 's nachts deed. Het kon hem niet schelen of ze gek werd. Het kon hem niet schelen. Hij vertelde de Partij dat ze krankzinnig was en dat hij niets met een krankzinnige vrouw te maken wilde hebben. Andere partijleden mochten evenmin iets met haar te maken hebben.

Hoe bracht ze haar nachten door?' De Supervisor herhaalde de vraag en zijn stem klonk angstwekkend sarcastisch. De rode spinnen krompen ineen in zijn ogen. 'Het was alsof ze begraven was,' glimlachte de Supervisor, 'levend begraven. Ze aanvaardde echter niet wat het lot haar had beschoren. Ze geloofde dat ze een heldin was. Ze zou met haar blote, bebloede handen uit het graf kruipen. Haar kameraden van weleer waren haar vijanden geworden. Ze hadden haar eigenlijk nooit gemogen. Ze hadden de actrice uit Shanghai nooit gemogen. Ze konden die vrouw niet vertrouwen. Ze was te wild voor hen. Ze was nooit tam, nooit rustig; ze viel Mao lastig nadat ze hem had verleid, zeiden ze. Ze had China verleid. Het land was in oorlog met haar. Ze werd aangevallen maar gaf zich niet over. Ze wist niet hoe dat moest. Ze weigerde te verdwijnen. Ze was een rietstengel die onder een zware steen opschoot. Ze maakte zich de kunst van het oorlogvoeren eigen. Ze begon haar openbare toespraken met de woorden: "Ik breng u de groeten van Voorzitter Mao." Ze hield het Rode Boekje vast en schreeuwde: "Een lang, lang leven voor Voorzitter Mao! Een lang, lang leven voor de revolutie!" Ze speelde het goed. Ze was de grootste actrice van haar tijd.'

De Supervisor stak nog een sigaret op. Zijn gedachten waren ver weg. Zijn handen waren koud als de dood. Zijn stem sloeg door me heen en ik werd meegesleurd. Hij ging door: 'De tijd verstreek en een ijzeren staaf werd afgesleten tot het een naald was. Ze wist nauwelijks meer of ze een levend wezen was of een levende dode, en evenmin wist ze of ze een vrouw of een man was. Ze speelde gewoon de rollen en veranderde als een kameleon van kleur. Ze leefde en was dood. Ze had landhuizen in het hele Rijk van het Midden, maar ze was bang te lang in één bed, in één huis te slapen. Elke nacht ging ze op bed liggen en werd opgevreten door intense eenzaamheid. Ze verdronk. Het wachten maakte haar gek. Ze scherpte haar tanden en stond klaar om te doden. Ze kon niet langer wachten. Ze was echt krankzinnig. De opera's die ze zong klonken schril. Ze vloekte. Ze bad. Ze lachte. Ze huilde en ze veranderde in een ander mens.

Op een ochtend werd Mao wakker en besefte dat zijn politiek bureau een kapitalistisch hoofdkwartier was geworden. De draak was een wezen zonder lijf geworden. Tijdens een jaarlijkse partijbijeenkomst werd zijn plan voor een grote sprong voorwaarts van vijf jaar niet gesteund omdat er duizenden mensen van de honger waren omgekomen door zijn communeplan. Zijn oude kaderleden waren bezig hem eruit te werken. Hij had totaal geen basis meer.

Dit waren de omstandigheden toen hij weer een beroep op haar deed. Toen hij zich tot niemand anders meer kon wenden. Ze zei ja. Ze had een eigen plan. Op een gouden septemberdag verschenen ze beiden op de Poort van de Hemelse Vrede; ze waren gekleed in groene legeruniformen en inspecteerden miljoenen gillende leden van de Rode Garde. Daar, op het Tienanmenplein, voelde ze het leven in zich terugkeren. De oude draak was waanzinnig geworden. Iets waarom ze gebeden had. De Grote Proletarische Culturele Revolutie herenigde haar met haar verleden. Mao begon weer koortsachtig plannen te maken. Ze vroeg zijn steun. Ze schiep acht groteske modelopera's. Heldinnenopera's. Opera's waarin haar diepste gevoelens tot uiting kwamen. Ze vertelde hem dat de opera's zijn rode koninkrijk in stand zouden houden. Ze liet een miljardenbevolking tien jaar lang naar dezelfde opera's kijken. Ze liet kinderen de teksten voordragen en de aria's zingen. Ze mochten naar niets anders kijken dan naar haar opera's. Ze temde hen, ze moest wel, en ze werden haar lievelingen. Omdat ze Mao vertegenwoordigde. Ze was blij toen ze in Sichuan de volksleus hoorde: Beter een modelopera zingen dan een lichaam vol kogelgaten. Een hele generatie jongeren raakte aan haar gehecht. Ze werd bijna tot Voorzitter van de Communistische Partij van China gekozen. De massa's, miljoenen aanhangers, vereerden haar operaheldinnen. En haar. Ze was hun godsdienst geworden. De massa's begonnen te roepen: 'Lang leve kameraad Jiang Ching!' Tijdens hun ochtendritueel, voordat ze aan het werk gingen. Ze was de ochtendster aan de rand van de wereld van het volk.

Mao werd ziek. Zijn trillende tong viel bijna uit zijn mond. Kameraad Jiang Ching was de overstromende Gele Rivier. Ze was niet tot staan te brengen, vernietigde alles wat ze op haar weg vond. Mao's rijk schudde op zijn grondvesten. Het was zijn partij en haar partij geworden. Ze steeg boven zijn mannen uit. Als ze een hekel had aan een bepaalde man ging hij de gevangenis in en werd zijn familie gefolterd. De oude zon ging hulpeloos onder. Mao deed een beroep op het congres. Hij klaagde: "Verenig u en ga niet uiteen, wees open en oprecht, intrigeer of komplotteer niet." In zijn Verboden Paleis verzamelde hij zijn mannen en richtte een openbaar telegram tot het publiek. Het was een wanhopige oproep. "Kijk uit, kameraden, ze ziet me niet staan," stelde Mao. "Jiang Ching wil partijvoorzitter worden. Ze ziet me niet staan. Ze respecteert niemand. Ze zal eenieders vrede verstoren. Als ik ben gestorven zal ze het land problemen bezorgen. Dat zal ze zeker doen. Ik waarschuw u, mijn geliefde landgenoten. Ik wil dat u weet dat ze me niet vertegenwoordigt. Ze vertegenwoordigt me niet."

Een halve eeuw lang had Mao haar leven beheerst. Maar ze was hardnekkig. Ze had zich dwaas gedragen. Maar ze was zo'n heldin. Hoewel haar eenzaamheid ondoordringbaarder was dan de cocon van een zijderups, was ze niet bereid geweest haar ideaal op te geven. Ze wilde dat het werd doorgegeven, ook al zou ze zelf op een dag in as veranderen.

Het moest op haar manier, voor het volk,' zei de Supervisor. 'Mao is meer dan drieëntachtig jaar oud. De modder komt tot zijn hals. Zijn onderkaak hangt slap omlaag en zijn handen trillen. We hebben geen tijd meer. We moeten ons haasten. Kameraad Jiang Ching heeft haast. Ze moet een remedie vinden voor de pijn die haar liefde voor het volk haar bezorgt. We mogen geen tijd verliezen. We moeten Rode Azalea tot leven wekken. Jou. De heldin. De onbevreesde, de duivelse, de wellustige, de obscene heldin. Rode Azalea.'

Nerveus zijn haar achterovergooiend trok hij zich terug van mijn gezicht en kwam toen, duister, weer dichterbij. De hitte uit zijn mond raakte mijn oorlelletje. Alsof hij contact had met een grote macht glinsterden zijn spinachtige ogen. 'Geef je aan het volk,' fluisterde hij. 'Geef je aan kameraad Jiang Ching.'

Ik had nooit zo geloofd dat de Supervisor alleen leefde om kameraad Jiang Ching te vereren. Nu geloofde ik het wel. Hij was haar geestelijke minnaar. Ik geloofde nu in zijn geobsedeerdheid door haar omdat ze zijn vrouwelijke kant vertegenwoordigde. Omdat ze hem toestond zijn droom te verwezenlijken: het beheersen van China's psyche.

Ik zag geen scheidslijn tussen liefde en haat. Die nacht was er geen scheidslijn tussen liefde en haat, tussen hem en mij.

De Supervisor had me de vorige avond van zijn wellust doordrongen. Ik was als een kogel in het magazijn van een geweer. Ik voelde zijn warmte nog in me. Mijn ambitie maakte me vele malen sterker. Ik bekeek mezelf in de spiegel in de grimekamer onder de tl-buizen. Ik zag Rode Azalea. Met haar pet van het Rode Leger. Felle ogen. Klaar voor de strijd. Volmaakt meester van de situatie. Ze belichaamde Yans vastbeslotenheid en de geest van de Supervisor. Ik geloofde mijn make-up. Ik geloofde dat ik degene was die ik geacht werd te zijn. Ik schiep geschiedenis.

Ik ben kameraad Jiang Ching en de fysieke materie van de Supervisor. Ik laat zien wat ze denken. Ik ben mijn eigen ambitie. Er komen energiestromen uit de hemel en uit de aarde die zich in mij verenigen.

Morgen zal de naam Rode Azalea op ieders lippen liggen.

Ik ben de belichaming van Rode Azalea. Ik ben mijn rol.

De crew wachtte al een hele tijd. Ik had mijn kostuum

aan en droeg mijn grime. De lampen waren aan en de camera stond gereed. We wachtten tot onze regisseur, de Supervisor, zou komen opdagen. Maar hij kwam niet. De grime werd opgebracht en weer verwijderd.

De crew bleef wachten. De ahornbladeren hingen roerloos, alsof ze naar de ongebruikelijke stilte luisterden. De leden van de crew werden argwanend. Er begonnen geruchten de ronde te doen. De belichtingsploeg verzon een excuus om voor het officiële einde van de draaidag te vertrekken. De grimeploeg volgde. Toen begonnen de andere afdelingen smoezen te verzinnen. De mensen zeiden dat ze lang genoeg hadden gewacht en dat dat maar voldoende moest zijn. Ik zat wachtend naast de camera. De cameraman had sinds het middageten liggen slapen. Niemand had de leiding. Er hing een vreemde sfeer. De manier waarop de mensen met elkaar praatten: hoofden dicht bij elkaar, alsof ze elkaars oren afbeten.

Er viel een stilte in de studio. Toen op straat. In de stad en in het land. De afwezigheid van de Supervisor betekende dat er gevaar dreigde. Ik probeerde mijn omgeving niet te voelen. Ik was een mier die rondkroop op een verhitte wok. Ik probeerde niet te zien dat de explosie ophanden was. Ik vroeg mezelf me te beheersen.

Toen werd het nieuws van de eeuw bekend. Het was 9 september 1976. De roodste zon viel uit de hemel van het Rijk van het Midden. Mao overleed. In een enkele nacht veranderde het land in een oceaan van witte papieren bloemen. Rouwende mensen sloegen met hun hoofd tegen deuren, op toonbanken van kruideniers en tegen muren. Verwoestend verdriet. De officiële rouwmuziek werd dag en nacht uitgezonden. De lucht werd loodzwaar.

Net als ieder ander kreeg ik witte papieren bloemen te dragen. Ik droeg ze zoals alle andere vrouwen ze droegen: in mijn vlechten, aan mijn blouse en schoenveters. We zagen eruit als rondwandelende katoenplanten. De mensen van de studio kwamen in de grote vergaderzaal bijeen om te rouwen. Het gesnik rekte zich als het gejank van een handgrammofoon waarvan de veer was afgelopen. Ik kon niet huilen. Ik hield mijn hoofd tussen mijn handen om mijn gezicht te verbergen. Door de kieren tussen mijn vingers zag ik Sovjet Wong. Ze drukte haar gezicht in natte zakdoeken. Haar neus droop. Ze huilde heel hard. Ik vroeg me af waarom ze huilde. Haar vergane jeugd, dat wist ik zeker. Ze huilde natuurlijk om al die gemiste kansen. Ze vierde feest: aan haar ellende was eindelijk een einde gekomen. Ze keek naar me terwijl ze haar neus snoot. Ik voelde dat ze me doorzag. Ze moet vermoed hebben dat ik niet dacht aan het grote verlies dat ons land had geleden. Ik dacht aan kameraad Jiang Ching.

Men vertelde dat hij door zijn vrouw was vermoord. Mao was door kameraad Jiang Ching vermoord. Men zei dat kameraad Jiang Ching Mao's arts door een ander had vervangen. Mao was vergiftigd. Kameraad Jiang Ching had het zuurstofmasker van Mao's gezicht gerukt. Ze kon gewoon niet wachten tot hij vanzelf stierf. Ze maakte hem zelf af door hem te vragen met zijn laatste ademtocht een vel papier te tekenen. De roddel werd vet, vettig, als een gerecht van varkensnek.

Mannen begonnen te zeggen dat ze die slet op moesten hangen. De slet die het land regeerde. De slet die het leven van de burgers zo ellendig maakte. Hoe kunnen we de pest China laten regeren? Zijn we niet gek? Laten we die slet in een ketel kokend water gooien. Laten we haar verdrinken. Haar levend aan stukken snijden. En haar offeren op het altaar van onze grote voorouders.

De media publiceerden een foto van de eerste vrouw van Mao, een jonge vrouw die een halve eeuw daarvoor door de nationalisten was vermoord. Ze zeiden dat die vrouw Mao's enige echte echtgenote was. De foto werd overal aangeplakt. Zelfs op crèches, waar de kleintjes leerden de naam van de vrouw uit te spreken en liedjes te zingen waarin ze werd geprezen.

Op Mao's begrafenis, die via de tv werd uitgezonden, zagen we nauwelijks het gezicht van de weduwe, de weduwe van de dode rode zon. De camera liet de grote hoofden van bejaarde mannen zien. De kaderleden van de Lange Mars. Mannen met pafferige gezichten, waarop je geen emoties zag. De camera liet de gezichten van de nauwste medewerkers van de weduwe zien. Het waren magere en lange gezichten. Piramidevormige monden die ieder moment 'Vuur!' konden roepen.

De Voorzitter zag er ontevreden uit, zoals hij op zijn doodsbed lag. De rouwenden, de vertegenwoordigers van het volk, kermden van verdriet. 's Morgens ging de vloer open, steeg de kristallen doodskist op uit de grond en lag de dode te kijk. Honderdduizenden mensen gingen hun geliefde redder bezoeken. Ieder van hen had een dikke zakdoek in de hand. Ze veegden en veegden, vielen vervolgens de een na de ander flauw, wat op de tv te zien was. Ze werden naar buiten gedragen, en hun trouw werd door de media geprezen. De geliefde redder van het volk was gekleed in een splinternieuw jasje, dat hij zelf ontworpen had. Het heilige lichaam was in de nationale vlag gewikkeld, het gezicht was gegrimeerd en de binnenzijde leeggehaald en met een anti-rotmiddel behandeld.

In de studio verzamelde iedereen zich voor een nieuwe zwart-wittelevisie om te kijken. Achter het toestel hing nog een leus: 'Een lang, lang leven voor Voorzitter Mao!' De kleuren waren fel als die van rozen in de zomer.

De woorden 'kameraad Jiang Ching' bestonden niet meer. Ze werd de hoer genoemd, de versleten pantoffel.

Via de luidspreker die voor mijn raam aan de boomstam was gebonden werd de instructie van Mao nog eens uitgezonden. De stem van de omroeper klonk glad als een kwal. Hij herhaalde: 'Ze ziet me niet staan. Jiang Ching wil partijvoorzitter worden. Ze ziet me niet staan. Ze respecteert niemand. Ze zal eenieders vrede verstoren. Als ik ben gestorven zal ze het land problemen bezorgen. Dat zal ze zeker doen. Ik waarschuw u. Mijn geliefde landgenoten... Ik waarschuw u.'

Ik weigerde bang te zijn. De verdwijning van de Supervisor had me op het ergste voorbereid. 's Nachts wachtte ik. Wachtte ik op een nachtmerrie. En deze kwam in de ochtend.

De boodschapper was Sovjet Wong. Ze zag er ongelooflijk fris en jong uit. Ze gaf me een officieel vel papier. Op het document stond dat de Partij had besloten me naar de Boerderij van het Rode Vuur terug te sturen. De filmcrew was allang verspreid. Er werd een bestelwagen gerekwireerd om me terug te brengen naar de plaats waar ik thuishoorde.

Ik nam geen afscheid van Sovjet Wong, want ik wist dat het verspilde moeite was. De trein van de geschiedenis had een andere richting genomen. Ik besefte dat ik, ook al had ik nooit echt gekozen, bij de verliezende partij behoorde. Ik begon mijn spullen te pakken voor de Boerderij van het Rode Vuur, waar ik gevangen zou worden gezet.

De knop van mijn deur werd omgedraaid. Er werd een briefje naar binnen gegooid. Het was het handschrift van de Supervisor. Ik greep een tafelpoot vast om niet te trillen. De Supervisor wilde me in het Vredespark zien. Onmiddellijk. Dringend. 'Je hoeft niet te komen,' stond er in het briefje. 'Het zal heel gevaarlijk zijn me te ontmoeten. Ik word gezocht. Het land zal me geen vergiffenis schenken, niet voor de zonde die ik heb begaan. Maar ik wil je zien. Kom alsjeblieft, als het nog kan.'

Ik ging. In het donker. Recht tegen de storm in.

Hij zei dat hij nog nooit in zijn leven tegen iemand 'het spijt me' had gezegd, maar vanavond moest hij zijn spijt betuigen. 'Ik heb je teleurgesteld. Ik heb mezelf teleurgesteld. Ik schaam me. Ik wil dat je mijn schaamte bij je houdt, dat je hem in de stenen tafel van je geheugen grift.'

Ik keek hem aan. Ik liep naar hem toe en hield hem vast. In zijn handen voelde ik een sterke, krampachtige huivering. Hij voelde zich bedroefd omdat hij te oud was voor de komende ontberingen. Hij betwijfelde of hij het zou overleven. Hij moest echter leven voor zijn ideaal, zei hij terwijl hij zijn tanden op elkaar klemde. Hij zei dat hij niet het recht had zichzelf teleur te stellen. Hij mocht zich niet overgeven. Jezelf doden was je overgeven. En voor een echte communist was dat onaanvaardbaar.

Ik vertelde hem dat de studio me als volgeling van kameraad Jiang Ching op de lijst had gezet. Mijn dossier zat vol zwarte vlekken. Hij omhelsde me en vroeg of ik kameraad Jiang Ching wilde vergeven. Ik zei dat ik haar niet kende. Hij wilde met alle geweld dat ik het deed. Hij zei dat kameraad Jiang Ching mijn hartstocht had gezien. 'Ze was trots op je en rekent nu op je. Want zelf wordt ze een dezer dagen door haar kameraden van de Lange Mars opgehangen, en ze moet op haar Rode Azalea kunnen rekenen. Ze moet zien dat haar ideaal wordt doorgegeven.'

Ik vroeg in welke situatie hij verkeerde. Hij glimlachte merkwaardig. Hij zei: 'Het zou het beste zijn als ik op hun lijst geesteszieken terechtkwam. Mijn leven hangt aan een zijden draad en ik word een zwarte vloek op het Koninkrijk van het Midden,' zei hij gekscherend. 'De strop zit om mijn nek. Daarom moet ik je deze laatste boodschap geven. Luister, politiek heb je niets verkeerd gedaan. Dat betekent dat je politiek gezien onschuldig bent. Je zou moeten worden ingedeeld als slachtoffer van Jiang Ching, als slachtoffer van de Bende van Vier. Dat moet je tegenover het publiek verklaren. Je moet verklaren dat je me niet kent, punt uit. Je hebt niemand gedood, je hebt niets misdadigs gedaan. Het enige waarvan ze je kunnen beschuldigen is je uiterlijk, het uiterlijk dat bij kameraad Jiang Ching in de smaak viel.' Terwijl hij dit zei keek hij me aan in het heldere maanlicht. Hij keek naar ieder detail van mijn gezicht en de uitdrukking op het zijne bevroor. 'Maar je wist niet wat ze van plan was.

Trap niet in hun val,' ging hij verder. 'Vergeet niet dat ze vallen voor je zullen zetten, heel goed ontworpen vallen, grondig getest. Maar het zal niets nieuws zijn. Ik ben ze tot op de dag van vandaag te slim af geweest. Ik verlies van de geschiedenis, niet van hen. Ze zullen alles wat ik heb gedaan door het slijk halen. Dat is natuurlijk logisch. Ze zullen jou bekritiseren, maar het is te verdragen als je je tanden op elkaar zet en volhoudt. Zeg me nu dat je een heldin bent. Beloof me dat je het kunt verdragen. Stel me niet teleur.'

Maar ik had al bevel gekregen naar de Boerderij van het Rode Vuur terug te gaan, zei ik. Wat kon ik doen? 'Dat bevel is gewijzigd,' zei de Supervisor kalm. 'Dat heeft een vriend van me bij de studio geregeld. Je krijgt een baantje bij de studio. Een rotbaantje. Maar je hoeft niet naar de boerderij terug. Je hebt weer een woonvergunning voor de stad. Ik weet dat je niet naar de Boerderij van het Rode Vuur terug kunt. Het spijt me dat ik je niet beter heb kunnen beschermen. Ik heb je meer kwaad dan geluk gebracht. Ik wenste alleen...' Hij zweeg en keek me lange tijd aan. 'Je bent zo jong, en zo mooi. Het is maar goed dat je niet veel weet.'

Ik vroeg hem naar zijn relatie met kameraad Jiang Ching. Ik wilde het weten. Hij zei dat het beter was als ik het niet wist. Hij zei dat hij me beschermde tegen ongelukken. Hij vroeg me me de duisternis van de nacht te herinneren, te kijken naar het opmarcheren van de geschiedenis, te kijken hoe de koers werd verlegd, te zien hoe de doden werden gegrimeerd en werden gedwongen te spreken, hoe ze geen moment klaagden over wat hun in de rottende mond werd gelegd. Hij zei dat hij door deze macht van de geschiedenis betoverd was geraakt. Hij vroeg me de geschiedenis te bewonderen. Zijn stem sneed door me heen. 'Rode Azalea zal in een andere tijd, op een andere plek worden herboren, dat weet ik zeker, heel zeker,' mompelde hij. 'Ik houd van Rode Azalea. En jij?'

In de schaduwen in de struiken vertelde de Supervisor me dat de opera's het resultaat waren van Jiang Chings onvervulde begeerten. Hij zei dat diezelfde begeerte de oorzaak was dat antieke tragediën de ziel beroerden en beschavingen voortbrachten. En dat diezelfde begeerte de vonk was geweest die de vlam van de Grote Culturele Revolutie had doen ontbranden. Hij zweeg en keek om zich heen, en zei toen dat hij een beetje teleurgesteld was dat er die nacht niet zoveel geheime geliefden en masturbators in het park zaten. Hij zei dat men ten volle moest genieten van het ruisen van de ahornbladeren. Hij vroeg of ik me de groene heuvels en de roze pioenrozen in zijn tuin in Peking nog herinnerde. Hij vroeg me of ik me hem en mezelf kon voorstellen, zittend in het dal tussen de borsten van Moeder Natuur. Hij vroeg me mijn ogen te sluiten en de geur van de bloemen op te snuiven. Hij zei: 'Laat je dat je hele leven bijblijven. Open het verborgen pad in je geest, ervaar het, sta er volledig mee in contact.' Hij vroeg me hem te vertellen hoe de wind de wolken verjoeg. Ik dreef mee in zijn warmte. Ik vertelde hem dat zijn handen wind waren, en in zijn handen werd mijn lichaam een wolk. Hij zei dat hij vurig was en dat zijn hartstocht sterk was als de dood.

Hij zei dat hij altijd graag keek hoe de rook uit de schoorsteen van het Crematorium Drakenzicht opkringelde. Hij zei dat de dood hem nooit angst had ingeboezemd. Hij had de Chinese geschiedenisboeken nooit vertrouwd. Omdat die boeken waren geschreven door mensen die niet tot begeerte in staat waren geweest. Mensen die door de generaties keizers waren betaald. Het waren eunuchen. Hun begeerten waren gecastreerd.

Hij wilde me zien leven. Hij wilde me zijn leven zien leiden. 'Je kent mijn geheime wens, houd hem nu bij je en voed hem voor me.' Ik huilde, huiverend. Ik zei: 'Dat zal ik doen, dat beloof ik.' Hij zei: 'Laten we elkaar vasthouden en niets zeggen.'

We hielden elkaar vast. Ik voelde Yan – we liepen het duister uit.

Een week later werd Jiang Ching, Madame Mao, gearresteerd en aangeklaagd. De arrestatie werd gelast door het nieuwe Centraal Bureau van de Partij in Peking onder leiding van Hua Guofeng, een man die nog door Mao was benoemd. Het ging waardig en welgemanierd in zijn werk. De arrestatie gebeurde snel en zonder lawaai. Het publiek was erg tevreden. Men vierde het, kocht krabben en kookte deze, om ze met wijn op te eten. De vrouwtjeskrabben symboliseerden Jiang Ching. Ze werd nu opgegeten. China juichte. Bijeenkomsten, monsteroptochten en de hele nacht vuurwerk. Miljoenen stroomden de straat op, op trommels slaand en dansend als knoedels in kokend water. Een jaar later werd de regering van Hua overgenomen door Deng Xiaoping, een van Mao's kaderleden van de Lange Mars. Weer bijeenkomsten, optochten en vuurwerk. Hua's portretten werden van de muren gescheurd en vervangen door de nieuwe leuzen die de nieuwe man prezen. Jiang Ching werd in afwachting van haar rechtszaak in de nationale gevangenis van de stad Ch'ing opgesloten. De mensen vierden feest en schreeuwden: 'Weg met haar! Weg met haar! Weg met haar!'

NAWOORD

De hieropvolgende zes jaar werkte ik weer als sethulp bij de Shanghai Film Studio. Zes jaar kopieerde ik scripts, stelde opnamenroosters op, legde sets op verschillende locaties vast, dweilde vloeren en vulde kannen met heet water op kantoren. Tijdens deze zes jaar van intense eenzaamheid en verwaarlozing begaf mijn gezondheid het. Ik hoestte bloed op en viel flauw op de set. Ik had tuberculose. Ik kreeg geen toestemming verlof op te nemen. In het dossier van de Partij was ik voor altijd verdwenen. 's Nachts voelde ik me zo terneergeslagen dat ik de moed verloor. Ik miste Yan en de Supervisor. In zes jaar veranderde ik in een steen, doof voor hartstocht.

Op een dag in 1983 kreeg ik een brief uit het buitenland van een jonge vriendin die ik op de filmschool had gekend. Ze had drie jaar daarvoor China verlaten en woonde nu in Los Angeles. Ze vroeg me of ik er ooit aan had gedacht naar Amerika te gaan. Het idee was me even vreemd als op de maan te gaan wonen, de maan zoals mijn vader me haar had beschreven: ijskoud, geen lucht en doodstil. Ik was echter zo wanhopig dat ik geen angst meer voelde. Hoewel ik geen woord Engels sprak wist ik dat Amerika de enige oplossing zou zijn.

Ik vocht om weg te komen en arriveerde op 1 september 1984 in de Verenigde Staten.

Chicago, Kerstmis 1992